LOS MEJORES NARRADORES JÓVENES EN ESPAÑOL

Duomo

GRANTA

Otoño 2010

GRANTA en español
DIRECCIÓN — Valerie Miles y Aurelio Major
REDACCIÓN — Àngels Balaguer y Doris Castellanos
COMUNICACIÓN Y MARKETING — Laia Salvat
PREIMPRESIÓN — Edide, S.L.

GRANTA en inglés
DIRECTOR — John Freeman
JEFA DE REDACCIÓN — Ellah Allfrey
EDICIÓN ELECTRÓNICA — Ollie Brock
EDITORAS — Emily Greenhouse, Patrick Ryan
VICEPRESIDENTE — Eric Abraham
PRESIDENTE — Sigrid Rausing

Domicilio en el Reino Unido
12 Addison Avenue
London W11 4QR
Tel: +44 207 605 1360
www.granta.com

Domicilio en el reino de España
La Torre 28 Bajos, 1.ª
08006 Barcelona
Tel: +34 93 181 01 53
ISBN: 978-84-92723-53-9
Dep. legal: B-36.442-2010
2.ª edición, noviembre de 2010
Impreso en España *(Printed in Spain)*
www.duomoediciones.com

Grupo editorial Mauri Spagnol S.p.A.
www.maurispagnol.it

ÍNDICE

Prólogo

Es la primera vez que *Granta* propone una reunión de los mejores narradores jóvenes procedentes de una lengua distinta a la inglesa. La inicial, ya célebre y que recogió a novelistas británicos, se publicó hace casi veinticinco años. A ésa le siguieron dos dedicadas a estadounidenses (si descartamos el número inaugural de la revista) y dos más de nuevo a británicos. Entre los escritores seleccionados en estas páginas hay varios conocidos y reconocidos, y otros que lo son menos. Sólo unos cuantos han sido traducidos al inglés. Al igual que en la más reciente dedicada a los estadounidenses, se vedó la participación a los mayores de treinta y cinco años, es decir, todos nacieron a partir de enero de 1975 y han publicado al menos una obra. La proliferación editorial de las últimas décadas en español, que da acceso a la difusión, así sea limitada, de las obras, nos aconsejaba poner este cerco para no elegir, de un universo tan amplio, sólo a los consabidos. Pero hay otros motivos. Este número es una conspiración.

Ese año, 1975, es el del fin de la dictadura en España, el año del preludio o los auges de las dictaduras de América del Sur y sus consecuentes exilios, del fin de la guerra de Vietnam, cuando ya era manifiesto el oportunismo político de quienes aún veneraban otra dictadura, radiante, la de Cuba. Se podrían multiplicar las efemérides. Por esa época comienza a examinarse la superstición del escritor sudamericano emigrado a París, y todos quieren publicar en España, que ya había consolidado de nuevo, primero en Barcelona y tiempo después en Madrid, la industria editorial literaria. Entre los escritores nacidos después de ese año, la imbricación compleja, equívoca, entre la política (distinta a partir del fin del comunismo «realmente existente» en 1989) y la literatura, es más la excepción que la norma. Aquella censura de uno u otro bando, el boicot, el exilio forzoso y la persecución, son en la actualidad asunto ya de trance entre la memoria y la historia (salvo en la actual Venezuela y en Cuba), y los narradores de estas páginas son ya ajenos a aquellas circunstancias sociales, morales, que perturbaron a las generaciones anteriores. A pregunta expresa, buena parte de los aquí espigados recela, con diversos grados de reticencia o nerviosismo o ironía de la influencia activa del escritor, independiente de su obra, en la vida pública, antaño compromiso ineludible para muchos (no siempre los más lúcidos). Sin embargo, en la actualidad se imponen otras censuras, quizá más insidiosas: la de los poderes culturales, la de un mercado que erosiona el pacto de referencias consensuadas, la del déficit de atención en un mar de autismo virtual, la de los lectores en fuga, pues sin lectores habrá obras pero no literatura: unas censuras que han de enfrentarse con estrategias como ésta que proponemos en *Granta*. Es evidente que para estos jóvenes narradores las taras y restricciones son otras; pero aún coinciden en admirar a muchos escritores canónicos, casi todos leen en varias lenguas, y siguen enfrentándose a los mismos inveterados enemigos de la promesa que Connolly señalara también a los treinta y cinco años de edad: las actividades ajenas a la creación de una obra que la restringen o pervierten.

Redactamos este prólogo sin que estos novelistas y cuentistas sepan quiénes los acompañan en el número, que se convierte en la culminación de una perseverancia que comenzó hace siete años con la publicación del primero de *Granta en Español*.

Entre los seleccionados por los seis miembros del jurado hay escritores que aún son, en efecto, promesa. Esta es una selección de autores, no de obras sueltas, y nos parece que todos están aún por publicar sus mejores libros. Sirva de contraste constatar que Cabrera Infante, Fuentes, Vargas Llosa, Donoso o Juan Goytisolo habían escrito algunas de sus obras fundamentales al cumplir los treinta y cinco años de edad, pero no así Saer o Benet, que las escribieron después. Aunque por un lado algunos sostengamos que a partir de los treinta nadie es propiamente joven y, por otro, que la novela es casi siempre un género de madurez, de vida vivida y decantada, en este caso convenía además limitar la edad de los participantes por la irrupción de innumerables antologías, improvisadas o compendiosas, sumadas a incontables listas y encuestas comarcales, de narradores jóvenes en todos los países de la lengua desde los años noventa (casi se podría proponer otra antología con ellas). Sobre todo si consideramos a los lectores no versados en las tradiciones, evoluciones, tiranías, excomuniones, revoluciones y traiciones literarias de este idioma. Al mismo tiempo, en un empeño muy concreto para encontrar la puerta de entrada al reconocimiento de los centros del poder literario, es decir, para sobrevivir como escritores, se han enarbolado variopintos manifiestos desde hace casi dos decenios que emulan los procedimientos y estrategias del oportunismo ideológico. El tiempo se ha encargado muy pronto de revelar sus insuficiencias y hasta su puerilidad: ¿hace falta repetir que así se aspire a interrumpir o interferir colectivamente la tradición literaria (McOndo desde Chile, Crack desde México, Nocilla desde España), el talento es exclusivamente individual y la intrusión de un sólo escritor puede trastocar toda lectura del pasado y del futuro? ¿Quién habría imaginado hace quince años que la obra de un chileno recalado en Barcelona y procedente de México ejercería tan amplia influencia entre los narradores jóvenes, no sólo del español, con entusiasmo semejante al que despertó Cortázar en las dos generaciones precedentes? A todos los escritores, lectores, críticos y editores en español nos exaspera menos que por fin las referencias en lengua inglesa a la narrativa de nuestro idioma no queden reducidas al binomio Borges-García Márquez, y ahora también se mencione a Bolaño. Pero esa trinidad no basta.

Como esta selección incluye a narradores de diversas naciones y de al menos cuatro nodos regionales (Barcelona-Madrid, Buenos Aires, Lima-Bogotá y México) conviene recordar cuatro momentos importantes de las relaciones literarias, siempre complejas y desequilibradas a causa de los particularismos nacionales y las susceptibilidades colectivas, de recíproca influencia y efecto acumulativo entre la América hispana y España: la conmoción en España de la obra del poeta nicaragüense Rubén Darío inscrita en el panorama dejado para la pérdida de las últimas colonias españolas ante Estados Unidos en 1898; la influencia de la española generación del 27 en todo el continente americano, y del posterior exilio republicano, sobre todo en Argentina, Venezuela y México, inscrita en el panorama de la guerra civil española a finales de los años treinta; el apogeo de la novela sudamericana en la España de los años sesenta inscrita en el panorama de la sísmica revolución cubana; y este presente que parece signado por las obras de Bolaño y poco antes por las de Marías y Vila-Matas inscritas en el panorama del irradiante populismo plebiscitario venezolano, la antiglobalización (el antiamericanismo) y el narcoterror.

Para articular esta selección de narradores jóvenes inscritos en el panorama del presente se invitó a participar como jurado a otros cuatro escritores, cosmopolitas que ejercen el oficio de modo muy variado, de edades diversas y procedencias diferentes a fin de ofrecer una visión más o menos distante, de otro arbitrio y nervio, de lo que se escribe en esta lengua: el narrador y realizador argentino Edgardo Cozarinsky, que reside entre París y Buenos Aires desde hace décadas; la periodista inglesa Isabel Hilton, antaño corresponsal en América del Sur y ahora repartida entre Inglaterra y China, y quizá entre los jurados la que más interviene directamente en asuntos públicos, junto con el novelista Francisco Goldman, guatemalteco y estadounidense (cuya influencia también ha sido decisiva para la publicación de varios escritores hispanoamericanos en Estados Unidos, entre ellos, justamente, Bolaño), y que reside entre Nueva York y Ciudad de México; y la crítica literaria, editora y autora catalana Mercedes Monmany, residente en Madrid. A estos cuatro nos sumamos los que suscribimos estas líneas, editores y escritores, una estadounidense y un canadiense-mexicano residentes en Barcelona desde hace lustros. Así pues, dotados de nuestros inevitables prejuicios y arbitrariedades cuidadosamente cultivados, elegimos a veintidós. Apenas es necesario afirmar que nuestro veredicto no constituye un manifiesto, ni este número es fruto del contubernio de una editorial con un agente literario, sino apenas un retrato que pretende mostrar la vitalidad y diversidad, pues se trata de talentos individuales, insertos en las literaturas (¿la literatura?) del idioma.

La tarea fue ambiciosa: nada menos que abarcar todo el ámbito de la segunda lengua más difundida del mundo, la de más de una veintena de países. Procuramos ser lo rigurosos que hubiera sido deseable. El aluvión de obras narrativas mediocres, así como la dejación de la crítica literaria en los ámbitos no universitarios, acicatearon nuestra ansiedad. Pero no creemos que se hubiera podido confeccionar otra lista de igual mérito con otros veintidós autores, tal como uno de los jurados había comentado al entonces director de *Granta*, Ian Jack, cuando se decidió el primer número de los mejores novelistas de Estados Unidos. Convocamos pública y privadamente a todos los narradores que nos recomendaron o descubrimos por los más diversos medios, desde la conversación o la llamada telefónica, hasta las bitácoras de internet y la prensa, y, por supuesto, los libros. Se recibieron en Duomo Ediciones, la editorial que patrocina *Granta* desde Barcelona, más de trescientas obras de casi todos los países de lengua española. Cribamos hasta confeccionar una lista que incluyó propuestas adicionales de cuatro miembros del jurado en diversos estadios de votación. Renunciamos pronto a una imposible unanimidad, por lo que establecimos que los seleccionados, en cuatro fases, recibieran al menos la aprobación de la mayoría. Casi es ocioso subrayar que no tuvimos en cuenta ni la nacionalidad ni el sexo, sólo la certeza, a veces más entusiasta, a veces menos, de que lo que estábamos leyendo se correspondía con las intenciones: que nuestra lectura como vicio impune reconociera el mérito consolidado o el que está, a nuestro juicio, por consolidarse en la distancia que mediaba entre los objetivos y los logros, la escritura narrativa de propósito artístico (qué herejía...) con pretensiones de perdurabilidad. Era de esperar que algunos miembros del jurado se opusieran a incluir o a excluir a determinados escritores, pero al final la mayoría se impuso. Algunos lamentamos que no estuviera aquella o a aquel. Este tribunal tan diverso ha encontrado entonces la diversidad que el lector está por corroborar y que poco tiene que ver, sin duda, con los talleres de escritura y tampoco con el chato exotismo: narradoras profundamente irónicas y exigentes por un lado, pero también escritores que representan a las mujeres de un modo menos pasivo y tradicional que en promociones anteriores; parodias e innovaciones formales; revisión, y hasta exacerbación, como cabría suponer, de diversas costumbres sentimentales y tradiciones literarias más o menos regionales e incluso locales, aunque no necesariamente las propias, pues muchos de ellos residen por su voluntad en países distintos al de nacimiento y están más abiertos, por su misma procedencia, a las invenciones concretas de otros sitios.

Una digresión necesaria: en la introducción a alguna de las primeras antologías de *Granta* ya se advertía en los años ochenta sobre los cambios que se estaban gestando en el modo en que los escritores se presentaban públicamente, instigados por sus agentes o editores, a convertirse en personalidades que conceden entrevistas en los medios, pero no en calidad de intelectuales que intervienen en la cosa pública, sino como meras celebridades cuyo aspecto es también relevante para la difusión de una obra que ya no es la única que habla. Ese tipo de publicidad es rutina entre los escritores españoles desde comienzos de los años noventa, en un medio editorial sometido a circunstancias que imperan, por ejemplo, en la lengua inglesa desde hace muchos años, pero considerablemente menos en una Hispanoamérica algo más recatada, donde, por ejemplo, aún no se impone del todo la distinción ni la figura del escritor epigonal que se dirige exclusivamente al público más amplio posible. Aquella transformación comentada hace un cuarto de siglo en esta revista ha devenido en la actual explosión, entonces inimaginable, del universo de bitácoras, vídeos, redes sociales y las mil maneras de promoción autista, como fuegos de artificio que nos detraen de la concentración mínima para una lectura ponderada. La mayoría de los escritores seleccionados aquí cuentan con su propia bitácora e incluso algunos exploran las posibilidades narrativas de esta explosión mediática. Nada nuevo. Pero las virtudes que buscábamos no se evalúan con esos epifenómenos, integrados en un presente que no agotan. Es posible entonces que alguien eche en falta la apología de internet y de la riada de ese mundo paralelo en este prólogo o en nuestra selección, pero ya nos bastan los entusiasmos del futurismo de hace un siglo para darle mayor importancia *literaria*.

Si buena parte de la literatura española contemporánea parece hoy excéntrica a la europea, la de la América hispánica ha sido siempre el extremo occidente literario, otra manera de ser europeos, si se quiere, pues sus tradiciones incorporan todas las fuentes, no sólo, reiteramos, las propias. No hay extensión territorial (ni población) semejante que comparta el mismo idioma en «naciones» contiguas. Y su modernidad parecía periférica hasta que en los años sesenta su literatura se volvió contemporánea de todos los hombres: implantó una renovación de las metrópolis de varios idiomas, de la periferia al centro. Hace más de un siglo que el meridiano intelectual de esta lengua no pasa, en efecto, por Madrid, aunque sí pase por ella y por Barcelona el meridiano editorial, donde se encuentran los escritores en busca de reconocimiento, y que a su vez amplifica su prestigio regional. La polémica sobre las literaturas nacionales en la América hispana hace mucho que es sólo materia de los historiadores, y nosotros preferimos sostener, en un primer momento, aunque afirmado sin excesivas cursilerías, que la lengua española es nuestra patria. Aunque la realidad es que toda la literatura es un magma de fuerzas o tradiciones o tendencias en oposición, fluctuación e influencia; de vivos y muertos, de todas las lenguas, como puede verificarse con la lectura de los escritores elegidos en este número, puestas en circulación por otros legisladores ocultos: los traductores, los editores y los críticos (pues sin crítica tampoco hay literatura). Pero para eso hace falta, digamos, conocerlas, y eso se consigue sólo leyendo, evidentemente, en traducción. Ya se sabe, pero es preciso insistir en ello, que una cultura literaria que no traduce termina por repetirse a sí misma las mismas cosas.

Este número se publica entonces casi simultáneamente, como consta en la portada, en inglés y español. Hace quince años una selección de los mejores narradores jóvenes de esta lengua no habría encontrado de nuevo circunstancias tan propicias para su traducción como las actuales, por modestas que sean. Hasta hace poco, sobre todo en Estados Unidos, y dado el imperio del inglés como *lingua franca* y de la relevancia de su industria editorial (aunque no se olvide que buena parte de ella es de propiedad alemana o francesa, es decir, europea, y Londres y Nueva York disten mucho de ser los únicos nodos del poder literario mundial), se constataba el desinterés por los escritores de habla española a causa de las costumbres culturales dominantes, pues el marchamo nacional de «latino» o «*hispanic*» parecía bastar para cumplir con una cuota, confundiendo los valores literarios con la integración, y los autores hispanoamericanos consagrados en los años sesenta satisfacían la escasa curiosidad del lector medio, lo que condujo incluso a algunos novelistas, en busca de reconocimiento, a escribir en inglés.

Hay varios modelos prestigiosos de ello. Pero la tercera ciudad del mundo por número de hispanohablantes se localiza en Estados Unidos y el español es la segunda lengua más extendida en el país. Los escritores americanos y españoles ven con alguna perplejidad este fenómeno, a sabiendas de que la referencia fundacional de la tradición literaria inglesa es una traducción. En Hispanoamérica o España la literatura traducida de muchos idiomas está plenamente establecida, como puede verificarse por algunas admiraciones actuales de los narradores aquí recogidos: todavía Faulkner, Nabokov, Joyce, Bernhard, Cheever, Salinger, entre otros (Borges y Onetti). Es pues una obviedad, aunque sea preciso repetirla, que la intermediación de la traducción garantiza el intercambio entre los centros de poder literario.

La situación en Estados Unidos está cambiando (mucho menos en Inglaterra) gracias a nuevas iniciativas editoriales precedidas por la de New Directions desde 1936 e inscritas en el panorama que con agudeza el escritor Eliot Weinberger ha señalado: la reciente disposición y apertura a la literatura traducida a causa de las secuelas de los ataques del 11 de septiembre hace casi una década. Tras la influencia de *Cien años de soledad* en la literatura estadounidense y mundial y de la recepción de narraciones epigonales entre el amplio público, la reciente aceptación por un lado de las novelas de Carlos Ruiz Zafón, de la obra de Bolaño entre los más jóvenes por otro, y, aún por otro, el universal prestigio crítico de Marías, han ampliado un capital y renovado el crédito de la narrativa de nuestro idioma en sus diversos estamentos. El conjunto de jóvenes narradores propuesto por esta conspiración de lectores desde *Granta* busca refrendar un pacto de reconocimiento previo, de señas de identidad con otros lectores, que en diez años podrán corroborar la vigencia de este arsenal de referencias consensuadas, como en otras selecciones anteriores: cuánto hemos acertado, cuántos narradores aún se siguen leyendo, cuántos permanecen y duran.

Sigrid Rausing y Eric Abraham, presidenta y vicepresidente de *Granta* alentaron con entusiasmo esta iniciativa desde Londres en el contexto de las ediciones internacionales de la revista. Agradecemos a Luigi Spagnol y Stefano Mauri, que encabezan el Gruppo editoriale MauriSpagnol, el patrocinio de este empeño a través de Duomo Ediciones, a los miembros del jurado su disposición, y a Àngels Balaguer, Laia Salvat, Doris Castellanos y Ella Sher su indispensable participación.

Aurelio Major y Valerie Miles
septiembre de 2010

GRANTA

COHIBA

Lucía Puenzo

Lucía Puenzo nació en Buenos Aires en 1976. Es escritora, guionista y directora. Su primera película (*XXY*) ganó el Gran Premio de la Crítica de Cannes (2007), un Goya a la Mejor Película Extranjera y más de veinte premios internacionales. Su segunda película (*El niño pez*) abrió la sección Panorama del Festival de Berlín (2009) y ganó premios en España, Rumania y Tokio, y fue parte de la selección oficial de Tribeca y La Habana, entre otros muchos festivales. Del 2004 al 2009 publicó las novelas *El niño pez*, *9 minutos*, *La maldición de Jacinta Pichimahuida*, y *La furia de la langosta*. Sus libros han sido publicados en Francia, España, Alemania, Italia, Estados Unidos y Brasil. Tanto en el cine como en la literatura disfruta con los desvíos que la apartan de las intenciones originales y se deja llevar hacia donde la historia la invite.

El hombre roza mi mano en la oscuridad. Tiene la piel caliente y áspera. El pelo corto, los rulos aplastados con algún ungüento casero que brilla hasta en la penumbra del cine. Su olor se desprende del resto. Me mira de reojo y yo a él. Todo lo que tiene es nuevo: la camisa blanca, el reloj, la mochila abierta con un par de libros de arte afrocubano. Es un profesor joven o un alumno a punto de recibirse. Treinta años, no más. Saco la mano del apoyabrazos y la escondo entre mis piernas. En la pantalla el protagonista habla a cámara desafiando al Imperio: la comida chatarra es culpable de la obesidad del mundo. Presenta a su novia naturista y a los médicos que van a seguir el desbarranco de su cuerpo embutido de basura un mes entero. Con un movimiento suave, que nadie ve, el hombre deja caer su mano sobre mi pierna. Un segundo nada más –una caricia– y todo desaparece… la gente, la película: él es lo único que existe, su respiración pausada. Espero agazapada contra la mujer de la derecha. Podría pedirle permiso, decir que tengo que ir al baño, esperar en el hall del cine. Pero no hago nada. La mujer se corre para que mi brazo no siga rozando el suyo. Los tres miramos al frente en silencio. En la pantalla el cuerpo americano empieza a descomponerse. Hinchado, flácido, sin deseo, vomita en la puerta de un McDonald y el cine estalla en una carcajada. El hombre ríe con ellos, mientras apoya su pierna contra la mía. Esta vez no me muevo. Se da cuenta de que estamos jugando una pulseada (le gusta). Acomoda la mochila en su pierna izquierda y la prepara para que el extraño que está del otro lado no lo vea. Su mano busca el pantalón, desabotona, baja el cierre. Sin girar la cabeza puedo ver cómo la saca. Con la mano derecha la acaricia, la izquierda sostiene la mochila. Arriba y abajo, cada vez más rápido. Sin dejar de mirar la pantalla (arriba, abajo) ríe cuando todos ríen (arriba, abajo) en la fila de adelante un alemán se recuesta en la butaca sin saber que le apunta a la nuca (arriba, abajo) su respiración se agita, se entrecorta, nadie se entera de nada (arriba, abajo) su mano enloquece, señala (alemán, español, argentina) un telégrafo en medio de la guerra (extranjeros blancos, rodeado) la apunta hacia mí (no voy a irme, no voy a darle el gusto) su respiración nos envuelve a los dos (no voy a…) acaba con los aplausos, la mirada fija en la pantalla, salpica la butaca del alemán, las puntas de su pelo rubio, pinta la madera de espasmos y la firma con una última gota de semen.

Se queda quieto, recomponiéndose, mientras los créditos anuncian que el americano ganó todos los premios del cine independiente. Cuando las luces se encienden se levanta y pide permiso para que lo dejen pasar. Es el primero en pararse, aunque estamos en medio de una fila. La gente levanta rodillas, alguno se queja por su apuro. Cobarde y huidizo como una rata abandona la sala con la mirada clavada en el suelo. Camina encorvado, su altura lo incomoda. El cine se vacía de a poco sin que pueda arrancar mis ojos de su obra de arte, la expresión más efímera del arte moderno. En la fila de adelante la novia del alemán le acaricia el pelo y saca la mano pegoteada.

El hall del cine es un hervidero de gente. Un caldo en el que se cocinan todos los países del mundo. Él no está por ninguna parte. En la babel sudorosa se recortan los gritos de un grupo de ingleses que discuten con un guardia mulato. Exigen que los deje quedarse en el cine para ver la próxima película japonesa, se niegan a hacer otra cola, uno de ellos es miembro del jurado del festival de cine de La Habana. El guardia habla de la igualdad de derechos y hasta de la revolución. A punto de cruzar la puerta siento su aliento en la nuca. Lo tengo encima, su cuerpo apoyado contra el mío. En el caos de gente que empuja para llegar a la salida nadie nota algo extraño en la forma en que sus manos me agarran de la cintura. *Mírame, aunque sea una vez.* Tiene una voz grave, serena, tan oscura como su piel. No tiene el acento cerrado del interior de la isla. *Ahora. Por favor. Mírame.* Su mano izquierda se desliza hacia abajo. La derecha sigue de largo y se detiene en medio de mi estómago. Por un instante la naturalidad con la que sus manos sostienen mi cuerpo me sorprende (parece conocerlo de memoria). Los que vienen detrás nos empujan. Escapo de entre sus manos y cruzo la puerta.

Afuera esperan los cuarenta grados. Una cola de tres cuadras en la que se mezclan cubanos y extranjeros con credenciales colgadas del cuello. Busco a la brasilera, la camisa roja del vasco, el cuerpo gigante de la húngara. La gente baja la pequeña escalinata a empujones. Algunos llegan tarde a una función, a otros los arrastra la corriente. Peleo contra las ganas de mirarlo hasta que un tropezón me aplasta contra la espalda desnuda de una mulata de ojos grises que gira y se ríe como una encantadora de serpientes. Nuestras pieles patinan, no hay de dónde agarrarse. Desparramados entre los europeos hay negros de todos los colores. La mulata no alcanza a decirme nada, una mano toma la mía ahí abajo, en el amasijo de cuerpos. La brasilera sonríe con su hilera de dientes blanquísimos. Tiene un lunar encima del labio y una marca de nacimiento en el cuello, la eterna marca de un beso. Las huellas del maquillaje corrido de la noche anterior le dan un halo glamoroso, de estrella de cine clásico. Su aliento es dulce y alcoholizado, lleva una petaquita de ron en la cartera desde el primer día y lo toma de a tragos cortos como si fueran Flores de Bach.

Baja los últimos escalones de a dos en dos, cortando camino en diagonal. Grita que nos dejen pasar, es una emergencia. En la esquina, el vasco espera atándose el cordón del zapato ortopédico. Tiene un pie veinte centímetros más corto que el otro, pesa cincuenta kilos. Desde el día que nos conocimos (setenta horas para ser exactos) avisó cinco veces que no sirve para defender a nadie. La húngara es todo lo contrario, en tamaño y espíritu. Sus relatos son tan exuberantes como su cuerpo. Cruza la calle entre los autos devorando un helado vencido. *Tenemos una hora hasta la próxima película*, dice en perfecto español, *vamos al cementerio*. Sigue de largo sin esperar respuesta. Trabaja de asistente de dirección en Budapest, está acostumbrada a dar órdenes. Conoce la isla de memoria, tuvo marido cubano durante una década, su hija menor nació en Varadero y creció comiendo pescado y naranjas. Desde que llegó insiste en llevarnos a conocer el lugar en el que su esposo le propuso matrimonio.

La calle es una ola migratoria psicótica: la gente camina en grupos, nadie en la misma dirección, con el mismo paso aplastado por el calor y la falta de aire. En las orillas hay una hilera de caserones, mansiones de la época colonial convertidas en palomares, una familia en cada cuarto, todas en el mismo estado: pintura descascarada, vidrios rotos, pastos altos, agujeros en el techo y las paredes. En las puertas, sentados en sillas de plástico, los habitantes de las casas miran el desfile de extranjeros. Una rubia con la piel tajeada por el sol no disimula una mueca de desprecio al ver el estado desfalleciente de algunos representantes del Primer Mundo. La brasilera es la única que le sostiene la mirada, sin pestañear, hasta que la rubia le sonríe y pasa al siguiente extranjero.

El cementerio está en el centro de La Habana, una manzana entera repleta de muertos. Cuanto más al centro más viejas las lápidas. Algunas no tienen rastros de nombres ni fechas, son bloques de piedra que salen de la vegetación. Cruzamos la puerta en la hora mágica: cuando todo parece un poco más lindo de lo que es. La caída del sol no alivia el calor. Pero la humedad es cada vez más espesa. Al vasco se le nubla la mirada pensando en las fotos que podría haber sacado con esta luz. Su cojera marca el ritmo de la caminata, mientras piensa en el traidor que pudo ser su aventura cubana: llegó un día antes de que empezara el seminario y decidió pasar el día paseando solo; en la feria del Malecón –mientras compraba por quince dólares la *Trilogía sucia de La Habana*– un negro le susurró al oído que él se la conseguía por diez. Así, de un plumazo, el vasco consiguió el libro, guía de turismo y la esperanza de un amante. Al mediodía ya le había regalado tres mojitos, el almuerzo, la trilogía, los anteojos de sol… Estaba extasiado: La Habana superaba sus fantasías, disparaba su cámara a diestra y siniestra (quería llevárselo todo) hasta que su guía le ofreció sacarle una foto. Se fue alejando en busca de un plano general del Malecón. A cincuenta metros le gritó que sonriera y salió corriendo.

La húngara se detiene frente a una tumba que tiene una ficha gigante de dominó en lugar de una lápida. Un doble seis grabado en la piedra, gastado por décadas de intemperie. *Es acá*, dice, *acá le dije que sí*. La mujer enterrada frente a nosotros fue su amiga, su amor, una jugadora compulsiva de dominó que la siguió de Budapest a La Habana. Murió en una sesión de macumba (no toleró el paso de la Inmaculada Concepción por su cuerpo). El ex marido de la húngara fue el artesano que se encargó de la lápida en forma de dominó. Ahí mismo se conocieron: señala el Teatro García Lorca que está frente al cementerio y nos pide que la acompañemos. Los sigo mirando sobre mi hombro. Todo tiene algo de irreal, la lógica de los sueños: hombres sin cara, amigos-extraños, dramas ajenos... Desde que salimos del cine me acompaña la sensación de que él sigue ahí, mirándome, tragado por la oscuridad de la noche cubana cada vez que me doy la vuelta.

Un hall de mármol blanco, arañas de cristal, alfombras persas... El Teatro García Lorca es uno de los pocos edificios restaurados de La Habana. Toda la grandeza de épocas pasadas que no existe en ningún otro rincón de la isla. En diez minutos empieza *La Bohème*. La brasilera seduce a uno de los guardias con la naturalidad con la que el resto de los mortales respiran. Sus pestañas aletean hasta hipnotizarlo. El guardia nos deja hacer la cola de cubanos residentes. Los que entran llevan vestidos largos y trajes de verano. Son extranjeros, aunque también hay cubanos que no son parte del socialismo agonizante que está ahí afuera, en la calle. La húngara muestra su viejo documento de residente y saca cuatro entradas, mientras la brasilera se pinta los labios frente a un espejo. El dúo entra a la sala arrastrando su lastre vasco-argentino. Llevan los mentones tan altos que nadie ve los bermudas de niña exploradora de la húngara ni la piel de la paulista, tan transpirada que parece bañada en aceite. La soprano grita como si fueran a descuartizarla. Antes del entreacto la brasilera escapa hacia el baño con un suspiro agónico. El hall está desierto y en penumbras (en Cuba se ahorra luz hasta en la ópera). En la antesala hay sillones antiguos tapizados con pana y ribetes dorados, pero en el baño no hay nada, no hay papel, no hay jabón, un hilo de agua sale de las canillas, una bombita de luz se mueve en círculos, como un péndulo, sobre la mirada hipnotizada de la brasilera que la sigue acostada boca arriba sobre uno de los sillones, con un brazo colgado y el cuello estirado hacia atrás. Por un instante parece roto –quebrado– pero levanta la cabeza al escuchar que alguien entra. Se levanta el vestido con una mano y se baja la tanga con la otra mientras entra a uno de los cubículos. No se sienta, apenas dobla las rodillas con las piernas abiertas. Hace un bailecito de sacudida antes de levantarse la tanga. *Tenho um presentinho pra voce.* Saca una tuca del corpiño y la hace girar con la punta de dos dedos como si fuera un diamante.

Fue así desde el primer día: termina de despertarse al atardecer. El domingo llegué a la escuela a las cinco de la madrugada. El taxi que me trajo del aeropuerto se detuvo en la puerta de entrada para que el guardia de seguridad confirmara mi nombre en una lista. Me asignó un cuarto en el último módulo de departamentos, la llave y un aviso: mi compañera brasilera había llegado el día anterior. Las luces del auto iluminaron cinco edificios racionalistas desparramados en medio de un campo tan despojado como la sabana africana. El taxi me dejó parada frente al último módulo de departamentos, un rectángulo de cemento con ventanas de acrílico. Una cosquilla en el pie izquierdo me hizo mirar hacia abajo: era una rana diminuta, dos más encima del bolso. Todo el suelo a mi alrededor salpicado de ranas.

La brasilera cantaba en la ducha cuando entré. El velador de su cuarto estaba encendido, con un pañuelo encima de la pantalla. La ropa desparramada por el suelo, papeles, libros, parlantes, discos, inciensos, aceites, cremas, maquillajes, golosinas, leche en polvo... La cama revuelta, fotos pegadas en la pared. Sobre la mesa de la cocina un cartón de leche vacío. En el mirador del living –colgando de la mecedora de cintas de plástico azul– una bombacha y un corpiño de encaje. Para alguien desembarcado hace menos de veinticuatro horas era un prodigio del caos. Apoyé su ropa interior sobre la mesa. Estaba húmeda, recién lavada. Afuera no había señales del amanecer. Un rebaño de cabras raquíticas pasó por delante del departamento, arengadas por un mulato igual de flaco. Salió del baño desnuda. Quedó suspendida dos pasos más adelante, al ver primero mi bolso y después a mí, sentada frente al balcón. Se apoyó contra la pared, las manos a la espalda. Hablamos hasta que se hizo de día. En ningún momento atinó a vestirse ni a taparse, dejó que a sus pies se formara un charquito de agua y se fue secando, poco a poco, con la brisa que entraba por el balcón. A las siete dijo que teníamos que dormir un par de horas antes de conocer al maestro.

A las diez menos cinco de la mañana un auto negro de vidrios polarizados aparece como un espejismo al final del camino de palmeras. Los diez seminaristas esperamos al pie de la escalera, frente al resto de los alumnos, las cámaras, los periodistas. Corre el rumor de que éste es el último seminario dictado por el maestro. Birri –el director de la escuela– lo ayuda a salir del auto. García Márquez se baja enfundado en un mameluco azul, lustrando unos anteojos que pierde por un segundo en la barba blanca de Birri, después de desprenderse de su abrazo. *Sonríanle a las hienas*, susurra, abrazándonos frente a las cámaras de los periodistas. Lo seguimos un piso más arriba, hasta el aula. Le prohíbe la entrada a todos menos a nosotros. Adentro los micrófonos están encendidos. Cada palabra se graba y es propiedad de la escuela de cine de San Antonio de los Baños. *Entonces... ¿quién tiene la buena?*, dice García Márquez. Se divierte con nosotros. Mejor dicho: de nosotros. *La misión de ustedes es entregarme una buena idea, una sola*, dice revolviendo el bolsillo del mameluco hasta encontrar lo que busca: un inhalador. Le pega un saque y su mirada vuelve a cargarse de vida. *Si no la tienen, salgan a buscarla.* Nos despide diez minutos después, intimidados hasta el mutismo, sin que nadie termine de decidir si su voracidad es vampirismo o desprecio. Una sola cosa está clara: los guionistas, para el maestro, son una raza de cipayos.

Así, desde el primer día, García Márquez transforma a sus seminaristas en una manada de cazadores. La presa es *la buena* y puede estar en cualquier parte (pasado, futuro, ficción, realidad). La segunda noche, parada en la puerta del teatro con la tuca colgándole del labio, la brasilera mira la oscuridad y suspira... *No vuelvo sin encontrarla*, dice. Se aleja por una callecita angosta, de adoquines, que separa la parte trasera del teatro de una pared repleta de leyendas dedicadas a los que descansan bajo tierra del otro lado. Las luces de los autos recortan las siluetas de los habaneros noctámbulos. Cuando cae el sol se transforman en taxis clandestinos: suben clientes, uno encima del otro, hasta que adentro no queda lugar para respirar. Si uno elige ir a pie la mirada se acostumbra y las siluetas –lentamente– vuelven a tener rasgos. El silbido de la brasilera llega desde la esquina. Por un segundo, cuando los focos de un auto la iluminan al pasar, la veo agitando el brazo, antes de que la oscuridad se la trague de nuevo. Lo único que ilumina la cuadra es el resplandor de una luz del teatro. Un chistido a la derecha me hace girar, una brasa se consume suspendida en el aire. Al ajustar la mirada la brasilera va apareciendo detrás: sostiene la tuca con la punta de dos dedos, apoyando la nuca contra la pared del cementerio mientras se llena los pulmones de humo. *¿Viú isso?* Señala una puertita apenas iluminada. Dos extranjeros de colores pastel esperan frente a un negro con cuerpo de boxeador y una jinetera adolescente, acaramelada a su lado. Escrito a mano, sobre la puerta, alguien escribió: BIENVENIDOS AL INFIERNO DE GARCÍA LORCA.

Al abrir la puerta, la ropa de marca europea se tiñe con el halo de luz que llega desde adentro. Los europeos bajan y el negro está a punto de cerrar la puerta cuando la brasilera arremete, endulzada por la mezcla de música afrocubana y hip-hop. Un nuevo aletear de pestañas alcanzan para que nos deje pasar. Abajo la gente baila apiñada en un sótano de unos cincuenta metros en el que la utilería del teatro sirve de escenografía y los trajes de época, de uniformes para los mozos. Mejor dicho, los negros bailan; los blancos miran con respeto lo que nunca podrán hacer. Algunos borrachos (blancos) se animan a sacudir sus cuerpos espásticos al lado de tanta elegancia mientras algunas elegidas (blancas) son sacadas a la pista y conducidas como muñecas de goma. Tardo en sentir una punzada de dolor en el antebrazo. Mi movimiento –torpe– vuelca el trago del hombre que está a mi lado. Va a gritarme cuando ve lo que su habano le hizo a mi piel: una quemadura redonda, perfecta como una marca de nacimiento en carne viva (el mismo lugar en el que el hombre me acarició por primera vez). El hall del teatro es el limbo del infierno que está abajo. La gente espera que termine el entreacto con poses impostadas, no imaginan que bajo sus pies otros sacuden los cuerpos hasta entrar en trance, ni que los mozos que están detrás de la barra repartiendo tragos llevan trajes tan parecidos a los que ahora reparten copitas de jerez con sonrisas plásticas. La húngara y el vasco están postrados cerca del baño, aburridos, sin nada que decirse. Ella mira su reloj cada quince segundos, un tic de su trabajo de asistente. Se le iluminan los ojos cuando me ve (no es por mí, es la esperanza de ver a la brasilera detrás). En cinco zancadas la tengo encima, seguida por el vasco (con el doble de pasos y la mitad de velocidad). *En una hora sale la última guagua de la Heladería Copelia hacia la escuela,* dice la húngara. Aceptan descender al infierno con tal de encontrarla.

Bajar es siempre más difícil que subir: hay más gente que unos minutos antes, bailan donde quedaron, encajados entre cuerpos extraños. En la barra la húngara sacude un par de billetes hasta que logra cambiarlos por mojitos. La quemadura de habano está cada vez peor, un círculo rojo y húmedo tiñe una servilleta tras otra y la brasilera no está por ninguna parte, ni en la barra, ni en la pista… En la última vuelta la veo en los brazos de un negro que la mueve como si fueran de la misma raza, una pierna entre sus piernas, una mano en la espalda, otra en el cuello, y ella que gira transformada en marioneta, tan fascinada con el que mueve los hilos que lo deja hacer con ella lo que quiera, giran y ahí está todo: la camisa blanca, el pelo empastado con ungüento, el reloj en la muñeca, la mochila colgándole del hombro con los libros de arte afrocubano, giran y ahora tiene el cuello de la brasilera en su boca y sus ojos puestos en mí. Sonríen al verme (los dos). La brasilera grita por sobre la música, grita mi nombre y el suyo: *Cohiba*. El hombre me da un beso, su boca tan cerca de la mía que las comisuras de nuestros labios se rozan. Antes de separarse me susurra un *hola* al oído. El saludo es peor que todo lo anterior, el saludo nos hace cómplices.

La brasilera abre la canilla del baño y mete la cabeza en el agua. Por el espejo alcanzo a ver los pies de un hombre asomándose por debajo de una de las puertas cerradas. Dos manos de nena agarradas a sus tobillos, con tacos violetas de suelas gastadas. Desde el interior llegan los gemidos del hombre. La brasilera se hace un nudo en el pelo mojado, para sacárselo de la cara. Dice que apareció de la nada. La apretó contra él como si se conocieran. Sus cuerpos encajaron. Después empezaron a hablar y entonces todo encajó. Dice lugares comunes, cursilerías de enamorada. Le cuento lo que pasó en el cine. *Nao pode ser*, repite: *nao pode ser ele*. Le juro que es él. La puerta de uno de los cubículos se abre. Del interior sale la jinetera que bajó al sótano con nosotras. Se lava la cara, hace un buche de agua. Detrás de ella un canoso de camisa floreada se frota la nariz con los ojos achinados por el exceso de todo. La brasilera espera que salgan antes de volver a mirarme... *¿Por qué no me contaste antes lo que pasó en el cine?* Me mira, desconfiada, como si yo pudiera tener razones para inventar algo así. *Nem sequer o veste bem.* Yo misma dije que se levantó apenas encendieron las luces, nunca lo miré de frente. *É professor na universidade*, dice (como si eso aclarara el asunto): *pinta, expôs em Amsterdão três vezes, trabalha como curador*. Repite tres veces que no puede ser él. La húngara entra al baño con los cachetes rojos por el calor. Si no nos vamos perdemos el micro. *Eu vou ficar*, dice la brasilera. (Y le habla a ella, a mí ni siquiera me mira.) *Encontrei-me com alguém que tem um carro. Ofereceu me-levar à escola mais tarde.* La húngara se encoge de hombros. *Oki-doki*, dice, *nos vemos mañana*. No vale la pena que insista, de pronto somos extrañas.

No tengo que hacerme cargo de nadie, repito, que haga lo que quiera. Salgo del baño y antes de subir la escalera veo a Cohiba por última vez. Está parado detrás de un par de cabezas, con una sonrisa en los ojos. La bronca me dura hasta que el micro sale a la ruta. En medio de dos plantaciones de café aparece el miedo. A mi alrededor todo el mundo duerme. Un grupito comenta la última película iraní que parece haberles cambiado la vida. La húngara ronca con la frente volcada hacia delante y el vasco con los ojos entreabiertos. Una parejita se besa en la primera fila, al lado de la luz que llega del asiento del acompañante. Él pasa la punta de su lengua por el contorno de los labios de ella, tan despacio que parece ir dibujándolos.

Afuera se amontonan las plantaciones.

Abro los ojos en la puerta de la escuela, cuando el micro se detiene. Nadie habla. Decenas de cuerpos dormidos se arrastran hacia los cuartos mascullando buenas noches. Zombies con ojos que luchan por abrirse y brazos que cuelgan inertes a los costados del cuerpo. El vasco es uno de ellos, camina subrayando su cojera. La húngara va en medio y yo última, en fila india, un metro entre cada uno. Al silencio de la noche lo astillan las ranas. Una revienta debajo de mi pie, me salpica hasta el tobillo. No hay forma de arrancar el cuerpito de la suela. Está pegado con las patas abiertas, como si la hubiera aplastado durmiendo. *Una rana menos en el mundo no cambia nada*, dice la húngara riéndose. Llevo el cadáver hasta el baño. No hay agua, la cortan casi todas las noches, no hay papel higiénico (no hay papel en la isla, no hay hojas, no hay cuadernos, en las escuelas volvieron a usar pizarras pero no hay tizas). Despego los pedazos de rana con la punta de un vestido sucio, envuelvo la sandalia ensangrentada ahí adentro y escondo los restos en un rincón. En el espejo del baño hay dos fotos carnet (una es mía, la otra de la brasilera). Afuera siguen croando las ranas. En algún momento de la noche lo siento parado frente a mí, mirándome dormir. No hay nadie cuando abro los ojos. Gemidos al otro lado de la pared.

Al amanecer abro las ventanas y aun así el aire no corre. Estacionado en la puerta hay un Chevy azul petróleo con el vidrio trasero roto. La puerta de la brasilera está cerrada. Un incienso hecho ceniza cuelga del borde de un cuadro. Apoyada sobre la mesa de madera del living está la mochila con los libros de arte afrocubano. Uno con *La jungla* de Wilfredo Lam en la portada. *El Paraíso ha muerto,* reza el título. Libros caros, llenos de fotos marcadas con separadores. Un cuaderno repleto de anotaciones. En la última página, escrito a mano:

> *Las empresas de turismo nos venden con las cuatro S*
> *(Sun, Sex, Sand & Sea)*
> *¡Cómprenos, disfrútenos!*
> *¡Cómanos!*

El papel está agujereado en el final, como si hubiera atravesado la superficie de tanta fuerza. «*Las crónicas de los conquistadores dicen que nuestra isla estuvo habitada por caníbales con cabeza de perro.*» El trazo no es firme, si uno mira bien ve el temblor de la mano. «*El mestizaje: lo mejor que tenemos que ofrecer.*» En el bolsillo de la mochila hay una bolsita de tabaco, papel para armar. Una billetera de cuero. Adentro, pesos cubanos, convertibles, un par de dólares (chicos), y la foto de una nena de cinco años, una mulata de ojos claros. Los mismos rasgos del hombre suavizados por una madre blanca. Un crujido dentro del cuarto me hace volver sobre mis pasos. En la cama, acostada boca arriba con la respiración entrecortada, veo la foto de la nena en mi mano, como si hubiera querido salvarla de algo trayéndola conmigo. Es tarde para ponerla en su lugar. La dejo donde está, sobre la sábana.

Cuando abro los ojos el sol entra por todas las ventanas. Una brisa que viene del campo hace aletear uno de los bordes de la sábana. La brasilera canturrea feliz. Pasa por delante de mi puerta envuelta en una toalla, me da los buenos días en portugués. Tiene un vaso de leche en la mano. La foto de la nena está en el mismo lugar en que la dejé. Lo que falta es mi foto, la que estaba pegada en el espejo del baño. La busco en el piso, en los rincones del baño. Le pregunto a ella si la vio y se ríe como si fuera un chiste. *¿Para qué puedo querer tu foto?* No me espera; está muerta de hambre y no quiere perderse el desayuno. La veo caminar hacia el edificio principal por la ventana de acrílico del balcón. Va cantando, llenándose los pulmones de aire (tan encantadora que hasta los perros de la escuela la siguen). En el suelo todavía están las pisadas descalzas del hombre, van del baño al cuarto, secándose hasta desaparecer. Afuera hay silencio, no queda nadie en los tres pisos del edificio. Un departamento junto a la puerta de entrada funciona como lavandería. Pero ni el olor a ropa recién lavada me quita la náusea.

García Márquez ya está sentado a su escritorio. *La argentina que llegó tarde*, dice. *Quiero la buena de hoy.* Le cuento la historia de un seminarista que –a falta de ideas– decide asesinar al maestro. Me interrumpe enseguida (pide otra). Hay cruce de miradas. La brasilera respira hondo y aclara que lo único que tiene es el principio. El maestro sonríe: un principio es todo lo que se necesita para una historia. Le pide que hable fuerte, y se sube el cierre del mameluco. Hace cuatro días que se viste igual, siempre de mameluco. Azul el primer día, naranja el segundo, marrón el tercero. El cuarto verde inglés. La brasilera se lleva el micrófono a la boca y cuenta la historia de una mujer que se enamora en su tercera noche en La Habana. Sabe que ese hombre esconde algo, pero no le importa. Sería capaz de dejarlo todo para no perderlo. Habla hasta que los ronquidos del maestro la interrumpen en la mitad de una frase. El empleado que graba el seminario aprieta el botón de pausa. Como si el peso de todas las miradas sobre él volvieran a despertarlo, García Márquez abre los ojos y le dice a la brasilera que tiene un buen principio. Ahora necesita un final.

La buena no sale ese día. Nos deja ir quince minutos antes de la una. La próxima media hora no consigo salir del baño: arrodillada frente el inodoro vomito hasta quedar vacía. Cuando salgo el micro se aleja rumbo a ciudad, a más de cien metros de distancia. No intento correr, tengo las piernas flojas. El camino de regreso al de-

LUCÍA PUENZO

partamento se hace cada vez más largo. El cemento arde, desfigura
el paisaje. De día las ranas les ceden su reinado a las moscas. A mis
espaldas, un auto avanza a paso de hombre, siempre un par de metros detrás. La brasilera espera en la puerta con un vestido celeste
y anteojos negros. Tiene una trenza larga y los zapatos en la mano.
Su sonrisa no es para mí, es para el Chevy que viene detrás. Cohiba
nos devuelve la sonrisa desde el otro lado del parabrisas. La brasilera no se da cuenta de que estoy descompuesta y temblando. Me
lleva abrazada hacia el auto: quiere que lo conozca. Abre la puerta
de atrás para que suba. Cohiba me mira por el espejo retrovisor. Va
a decir algo cuando la brasilera sube al asiento del acompañante y
lo saluda con un beso en la boca. *Mi amiga viene con nosotros.* Cohiba no dice nada. Da una vuelta en U para volver hacia la puerta
de entrada de la escuela. Todas las ventanas del auto están abiertas.
No hay vidrio en el parabrisas trasero. Cuando el auto sale a la ruta
el viento zigzaguea entre una ventana y otra. La brasilera grita para
que Cohiba la escuche sobre el viento y el motor del auto. Le cuenta la historia, García Márquez dijo que falta el final. Cohiba sonríe
como si el problema ya estuviera resuelto. Enciende la radio y pone
un casete a todo volumen. Tan alto que se hace imposible hablar.

A la altura de San Antonio desvía el auto de la ruta y baja la
velocidad en una calle de tierra. No detiene el motor, pero tampoco
avanza. Cuando la brasilera pregunta qué esperamos no responde,
cautivado por la imagen que tiene frente a sus ojos. En la esquina
un trío de nenas juega con una manguera. Las gotas de agua brillan
contra el sol. Ríen, entre saltos y gritos, empapadas: ensayan una
coreografía, revolean los pelos, sacuden las caderas y los hombros.
La música que suena en la radio parece inventada para ellas. Son
hipnóticas, durante varios minutos las miramos bailar en silencio;
hasta que una de las nenas levanta la mirada al ver el auto estacionado en la esquina. Es la mulata de ojos verdes de la foto, un par de
años más grande. Se acerca al auto, pero se detiene a una distancia
prudente, como si supiera que no tiene que seguir. Cohiba avanza
un par de metros más con el auto, hasta que la nena queda parada

30

a nuestro lado. Nos mira. Es igual a él, en colores claros. El hombre busca algo en su bolsillo. Un sobre. Va a dárselo cuando una negra se asoma desde una casa. Debe de tener cuarenta años pero ya es una anciana. Al ver el auto, llama a la nena con un nombre extraño: Ixé. La nena tarda en despegarse de la mirada del hombre, da un par de pasos hacia atrás y con el segundo grito corre en dirección a la casa. El hombre baja del auto para ir a su encuentro. La mujer habla rápido, en un español cerrado, incomprensible. *Con las extranjeras lo que quieras, con tu hija no.* Es lo único que entiendo. Lo repite varias veces (*con tu hija no*) antes de guardar el sobre. La nena los espía desde la ventana. Si pudiera elegir se iría con él. Algo en la forma en que se miran hace pensar en dos amantes separados a la fuerza.

Nos despedimos dos días después, el último día del seminario. Sin que aparezca *la buena* de García Márquez. Hoy recibí un mail desde la casilla de correo electrónico de la brasilera. Lo escribe su hermano mayor, están juntando datos de las últimas personas que la vieron. Se fue de la escuela con un hombre que manejaba un Chevy azul petróleo.

Nunca llegó al aeropuerto. Encontraron su cuerpo a cincuenta kilómetros de La Habana. ∎

CRIATURAS ALADAS

Carlos Yushimito

Escritor peruano de ascendencia japonesa, Carlos Yushimito del Valle nació en Lima en 1977. Sus cuentos circularon por primera vez en revistas universitarias, y posteriormente, en una edición limitada de Sarita Cartonera, titulada *El mago* (2004). Dos años después, su segundo libro de cuentos, *Las islas*, recibió una cálida acogida. Sus historias, localizadas en favelas y sertones, se inspiran en Brasil, aunque nunca lo ha visitado. Huyendo de su país natal, como lo hiciera antes su abuelo paterno, se mudó en 2008 a Estados Unidos para estudiar en la Universidad de Villanova, Pennsylvania. Actualmente reside en Providence, donde cursa un doctorado gracias a una beca de la Universidad de Brown. Allí mismo, entre bibliotecas y seminarios, termina de escribir su primera novela, de la que «Criaturas aladas» es un fragmento. Otros libros, *Equis* (2009) y *Madureira sabe* (2007) han recogido más relatos, algunos de ellos traducidos al francés y al portugués.

1

Al otro lado del río, un muchacho negro agita los brazos. Es un día azul y las aguas verdosas, compactas, del Ene, se arrugan como si fueran el espinazo nervioso de una bestia. La veo rozar el esqueleto de la balsa cautiva; bajo los tablones ocultos fluye, con ligeras agitaciones, una corriente que se prolonga en el gritito nervioso que una compañera itinerante ha dejado correr, incapaz de guardarse en el cogote, impresionada, quizá abatida, una porción de su miedo. Éste será el primer recuerdo que tendré de Fátima. Y éste será el segundo. Una pareja de adolescentes riéndose sin intención de ofenderla: simplemente riendo porque son felices y jóvenes y porque se dejan llevar por sus estados de ánimo. ¿Cómo censurar a la juventud?, me pregunto. Sigo derecho el dedo índice de la adolescente y, al otro lado de su dirección punitiva, encuentro a la mujer trepando la rampa de metal. En el desarreglo de esa media tarde yo también la veo: vulnerable, ansiosa de vida, amarrada como una enredadera del brazo de un joven indio de Padre Biedma. Conmigo Kunigami, apuntándola con su cámara de fotos, también la ve. Y es así como yo también la veo yo ahora.

Ninguno la recordaría si no fuera por la imagen que conservamos de ella, la imagen que le robamos en ese rápido escamoteo fotomecánico. Una memoria que la encapsula en la oscuridad artificial del artefacto que el japonés dispara y que la convierte en el pequeño ser inválido y nervioso que vacila para siempre quieta en ese puente tendido entre la tierra y la plataforma flotante.

Hay otro recuerdo.

Ayudada por el joven nativo, Fátima nos mira y sonríe; quizá busca condescendencia, antes de desviar los ojos para trepar a la embarcación. Dije antes que había gritado. Pues bien, su voz se pliega y acaba perdida entre el revuelo de la multitud. Ahora me parece que grita para que yo la oiga. Voces de mujeres y hombres habituados al transporte fluvial hacen, sin embargo, que ese piadoso miedo sea algo incompleto: la cubren con el tráfico cotidiano e indiferente de sus mercados. Pero lo curioso es que ahora ya no me parece absurdo. Hay después de todo algo más que la intimida y que no es sólo esa fuerza subterránea de masa turbia que se agita con el propio reflujo clandestino que circula bajo sus pies. Pienso sobre todo en ello. En los pies indefensos negados a la transparencia. En el indescifrable abismo de sedimentos que se arrastran bajo la seguridad del hombre, ahora amenazada por su propio descontrol. Caer al agua debe de ser como ser tragado por la tierra: pienso en la voracidad de aquella tierra líquida, y viendo a la muchacha, que antes gritaba, presiento similar desconcierto; el color de aquel sólido espacio fluvial licuado; su inaudita capacidad transparente hecha ahora carga de tierra. Cierro los ojos a un nuevo recuerdo. La mujer que poco antes miraba con miedo la lustrosa capa del río sonríe ahora con los pies seguros en el balance de la armazón. Ahora pisa fuerte el madero y se refugia en los pretiles de la balsa, mirando al antiguo enemigo que flota, silencioso, a la espera de ser vencido.

Oswaldo Quinchori, el cobrador de la balsa cautiva, tiene una gorra de basquetbolista y una camisa abierta hasta el tercer botón. Lo conozco desde que mi hijo, Arturo Claussen, hiciera el primer viaje al caserío de Padre Biedma; yo lo acompañé para conocer el terreno; y yo mismo lo ayudé a amansarlo, pero eso pasó hace mucho tiempo. Me reconoce, aun así, cuando llego a su fila. Sigue viejo y canoso y algo en los ojos, que quizá solamente yo, que a estas alturas en que estoy ya viejo y tengo llenos de años los ojos, soy capaz de reconocer, me dice que se alegra de verme. Siempre se alegra cuando me ve llegar a la orilla fangosa del Ene. Y esta vez no es la excepción: yo le creo. No demora en arrebatarme los billetes de la mano cuando se los abro delante, como si no tuviera tiempo, o el tiempo fuera a treparse también al río.

—¿Qué me traes hoy? —dice.

Señalo al japonés que me espera al interior de la camioneta y hago un leve gesto de desencanto.

—¿Uno solo?

Levanto mi gorra y me seco el pelo.

—No anda bien el negocio —me justifico.

Quinchori sacude la cabeza:

—Ningún negocio anda bien, gringo. Pero al paso que tú le das, vamos a terminar todos en la ruina.

El río agita su lomo como si estuviera de acuerdo. Hace más de diez años que vivimos en la ruina. Pero Quinchori, que lo sabe mejor que nadie, tiene ya mis billetes; hace una seña, y su mirada, automatizada en el gesto, sigue distraída en el remoje del dedo que desgarra el talonario. Al rato grita: «Van a subir la camioneta, oye». Y un muchacho con el torso desnudo recibe el mensaje.

—Derecha —dice Quinchori.

Antes que la mía, una furgoneta con el capote abarrotado de canastos de plástico ha ocupado parte de la balsa.

—¿Vamos? —dice Kunigami.

—Así es.

Escucho el sonido de la puerta y luego el motor que despierta en el estómago de la camioneta. Avanzo y la balsa cautiva late, de arriba abajo. Tres minutos después estoy encima de los tablones que han crujido antes mientras yo los ocupaba, haciendo equilibrio sobre las rampas. Oigo esta vez el motor que remueve el agua torrentosa del río, empezando a arremangar las cuerdas que lo atraviesan con las poleas.

—¿Es la primera vez que cruza el río en una camioneta? —le digo.

—Sí —responde el japonés, filmando el revuelo de personas a través de los cristales. Duda un momento—: ¿Puedo bajar?

Yo muevo la cabeza.

El japonés abre la puerta.

A través del cristal lo veo arrimarse junto a la baranda y hacerse un campo entre el grupo de gente que se apiña en los márgenes. Asomo la cabeza por la ventanilla y hablo, como para que me oiga:

–No se vaya a caer, Kunigami.

Unas jovencitas le dicen algo y poco después él les está sacando fotografías contra el fondo verde de Mazamari.

Escucho el roce de unas sandalias sobre la plataforma. Y al rato alguien me toca el hombro, junto a la clavícula.

–¿Adónde lo lleva? –me pregunta un indio viejo.

Lo conozco: le llaman Salazar.

–A ver mariposas.

El cable se tensa y la polea, caldeada por el combustible, empieza a enrollar el camino: una recta sólida que corta el cielo en dos y luego se deshincha como si tomara un descanso y dejara el traslado a la potencia del cauce. A su suave fuerza natural le siguen quince minutos. Quince minutos en los que veo el cielo azul, ensuciado por mi parabrisas.

Luego, nada.

2

Me dijeron que aquí encontraría a La Soberana. En Río Negro. Me lo dijo por primera vez un nativo de Padre Biedma, cuando el Prudencio y yo tomábamos una cerveza, allá por San Ramón, y no teníamos ni un solo cobre para ir a meternos a tirar troncos al río con la gente del campamento. Fue cosa de vernos el bolsillo ocioso para llamar al infortunio. Verlo, nada más. Eso creo. De otro modo, qué hacía aquel nativo asháninka sonriéndonos con la bocaza abierta y como si supiera, en secreto, mucho más de lo que aparentaba saber. Ese gesto suyo, medio idiota o iluminado, podía significar para nosotros sólo cualquiera de las dos cosas. Yo me pregunto ahora por qué lo encontraron los ojos del Prudencio, justito ahí, perdido, entre la gente. Qué sabía o no sabía. Quién sabe. Quizá por eso se esté muriendo ahora mi compadre Prudencio, porque no se perdió también el indio y, en cambio, se quedó flotando delante de la mesa, con su risita idiota o iluminada, o porque cuando Prudencio levantó la mano el indio viejo se nos acercó y no se marchó cuando la dejó caer abajo, tendría la mala suerte rondándole los ojos; y, esa tarde, sencillamente, mirándola de cerca, se le habrá metido en el cuerpo. Quién sabe. Quizá fuera ya inevitable que esto acabara así: la tarde que escuchó hablar al japonés sobre La Soberana, en Río Negro, o el día en que el japonés abrió la boca y dijo: Claussen. Es verdad que ya casi nadie visita el museo; pero da el caso que mi compadre, que lo había llevado precisamente hasta ahí esa tarde, en su mototaxi, recordaba el nombre y la forma y hasta los colores que el japonés le había descrito, enseñándole la lámina que finalmente consiguió quitarle poco antes de que desapareciera. Sí, esa misma. La que yo le abrí al asháninka en San Ramón mientras bebíamos las cervezas. La misma que no tuvo necesidad de mirar cuando mi compadre Prudencio le pidió que la viera. Qué carajo. Inocente, el chino. Cuando le dijo cuánto podía costar él sólo abrió los ojos. Y cuando a mí me lo dijo, a su vez, ahí mismito se me despertó la codicia; peores animales hemos visto adentro, le dije para convencerle. Y ya convencido, él respondió: Igual acabaríamos adentro, compadre, ¿a que sí? Y sí. En eso, en las circunstancias, estuvimos los dos de acuerdo. Los dos habíamos visto cosas peores e imaginamos que íbamos a terminar enfangados hasta el ombligo, igual que si no lo hubiéramos hecho. Anda, me dijo el Prudencio. Sacó la lámina del japonés y yo la desdoblé encima de la mesa para que el chico pudiera verla y el chico la miró, pero sus ojos resbalaron por ella. ¿Tiene las alas amarillas? Sí. ¿Lunares verdes? Sí. ¿El cuerpito morado? Sí. ¿Estás seguro? Ni siquiera hizo falta que mirara otra vez. La tenía en su cabeza. Metida. Le daba vueltas. Por eso digo que fue la miseria la que nos trajo hasta aquí y no el nativo de Biedma ni la balsa de Río Negro ni la curiosidad de mi compadre Prudencio, que ahora agoniza, metido en su cuerpo. A nosotros, en realidad, nos trajo la mala suerte; nos trajo, si quiere que se lo diga, no por tener nada en los bolsillos sino por tenerlos todito llenos de un viaje que era imposible a Madre de Dios para talar caoba en mayo, y echarla al río, en junio, cuando la lluvia hincha el caudal de Las Piedras y los troncos pueden viajar, río abajo, con nosotros, hacia el aserradero. Quién sabe si no estaríamos ahora acampando en una selva distinta. Bebiendo aguardientes a orillas de Las Piedras. Durmiendo en un campamento caliente, con peores animales e igualmente adentro. Quién sabe. Con dos zafras, mi compadre y yo habíamos comprado las mototaxis dos años antes. Con una más hasta podría haberme casado con Melba a mi regreso. Por Dios que sí, Prudencio, me hubiera casado esta vez con la gorda, compadre. Me hubiera casado, y no estaría yo aquí, perdido, ni estaría él metiéndose en su cuerpo, ya medio muerto.

Pero ¿cuándo se perdió?, dijo el capitán. Recuerdo que esa noche Olinda tuvo un sueño nervioso y que yo aparté la frazada, creyendo que era un pedazo de tela el que se nos había metido entre los dos. Y no; era la nena. Quizá entonces, dijo Prudencio. Despertó dos veces y a la tercera sentí su brazo sacudiendo mi hombro, la niña quiere ver la procesión, cholo, no seas malito. No estaba seguro. Fue un mes entero en que tuvo sueños, sueños, oficial: sí, quizá había sido entonces. Dos semanas atrás, Olinda había soñado con una araña de seis ojos que la miraba metida en una vasija de cristal y en su sueño ella se tocaba la boca y ya no tenía dientes. Se anduvo hurgando y yo la sentí en la oscuridad, inquieta, riñendo con ese vacío que le había dejado el sueño, empujando la sábana, cholito, no seas así, pues. ¿No tengo que cocinar? ¿No tengo que coser las cortinas? ¿No tengo que cuidar a tu madre? Colabora, pues. Hasta que se quedó dormida la sentí moverse, y cuando por fin se quedó quieta, yo supe que dormiría poco. Olinda se tocaba la boca y yo la podía sentir. Tampoco pude yo dormir esa noche ni la noche siguiente. Me inquietaba su sueño. Me decía: Prudencio, llama a tu mujer; no sabe. Pero a la noche siguiente volvió a suceder. Esta vez la escuché llorar bajito, y cuando le pregunté qué pasaba, hipó, como tragándose el llanto y los mocos, y luego se me quedó callada y tiesa, arrimándose al borde, como si quisiera caerse. Supe que se había dormido. Pero esta tarde, insistió el capitán, impaciente: ¿cuándo se perdió la niña? El sueño se repitió todavía dos semanas después y cuando ya nos íbamos, esa tarde Olinda me apretó la mano fuerte, me la apretó fuerte y a mí me entró no sé qué calor nada más verle la carita hundida, ven aquí, Melissa, como si ya se le hubiera muerto alguien y tuviera los ojos secos, vamos a ver a la virgencita, y sus ojos se iluminaron, como si no me volvieran a ver, se colgó de mi cuello, me apretó fuerte la mano y cuando salí con Nazareno, todavía me dijo, espera, Prudencio, la ropita de la nena, no te olvides de llevarla, por si suda. Sí, oficial: quizá entonces. Recuerdo que la tarde casi se había acabado. Me decía: llámala, Prudencio, es tu responsabilidad. ¿Y si te dice que está con ella? ¿Y si la encontró la Melba? ¿Por qué no empezar por la parte que puede solucionar tu angustia, Prudencio? Era lo único que me daba esperanzas y ella insistió tanto que yo le dije, al fin, cansado, porque está de camino, y porque Nazareno y la gorda van para el pueblo, no quería perder esa última excusa para no enloquecer. Olinda me dio un beso; dijo, gracias, cholito, eres un cielo; y yo le cogí la mano y la tenía helada. ¿Y si no está? ¿Y si se había perdido durante la procesión? Carajo, pues, colabore, dijo el capitán. Ahora temo que de verdad fuese así, quiero decir que me lloró de enantes, en realidad, todititas esas noches como si yo ya me le hubiera muerto en los dientes y ella me hubiera visto perdido, en este infierno, a través de su sueño. ¡Oh, Melissa! ¡Melissa! ¡Melissa! Sí. Eso era todo, oficial. Pero yo tuve que escuchar todavía: Melissa Bardales Yamunaque de doce años, pelo negro, ojos marrones, vestido verde, doce años. Como si al decirlo, nada más se hubiera convertido en eso. Nombre, edad, colores, dirección. Ay, cholito, no me digas eso. Recuerdo que yo tenía el teléfono pegado a la oreja, tenía el timbre alargando mi esperanza, y mientras tanto veía las camionetas llenándose de gente junto al coliseo, y me decía, en voz baja: que responda ella. Pero fue Olinda la que respondió: no quiero que te preocupes, cholita. ¿Nombre? ¿Edad? ¿Estatura? Lloraba, yo lo sabía, se tapaba la boca. ¿La hora?, dijo el capitán. Tanta gente que empujaba. ¿Cómo quiere que sepa la hora, oficial? Yo tenía su manita en la mía; apretaba, yo lo sabía, apretaba fuerte el teléfono contra su oído, eso nomás sé, oficial. ¿Pero en la procesión? ¿Cuándo? ¿Antes, después? Su mano estaba fría y Olinda, respirando como si estuviera bajo el agua, tapándose la boca llena de dientes, sin responderme, un metro veinte, me dije: Así será el infierno, Prudencio. Metro veinte. Pequeñita, así, de este tamaño, ya sin fuerzas, oficial. Por eso yo no veo nada, yo no escucho nada, yo no siento nada, sólo recuerdo que no dormí. Qué iba a dormir si la sentí moverse a mi lado esa noche y me decía: ¿Por qué no me dices nada, cholita? ¿Por qué no me odias por haber perdido a nuestra hija? Pero ella se tocaba los dientes, se tocaba los dientes que no estaban, llorando bajito.

Ahora, si yo me encontrara con la Melba, no sabría decirle cómo se murió su hermano. Quizá ella sí sepa. Ella lo sabe todo con sólo verte la cara. Sabe lo que le dices y lo que dejas de decirle. Tiene ese don, pues. ¿Él? ¿Mi compadre dice? Él sólo empezó a morirse, a morirse nomás, sin saberlo. Hace tres días que comenzó. Primero fue su boca. Se puso negra en los labios. Se le puso negra, nomás, porque sí; porque es una manera que tiene el cuerpo para caerse, como hacen las hojas. Me dijo, compadre, me duele la pierna, creo que me resbalé al subir la grama fangosa de la cascada. Al principio había sido un calorcito. Con él, tapado por el pantalón, llevado a cuestas, caminamos ocho kilómetros hasta que oímos la catarata que caía. Elegimos ahí mismo un terreno descubierto y ahí mismo bajamos las bolsas y armamos la carpa. Al principio, digo, era sólo un calorcito. Eso me dije. Cholo, quince minutos más y paro, diez minutos más y paro, ocho minutos más y ¡cuándo vamos a parar, carajo!, pero igual seguimos, pues, por algo eres macho, cholo, y caminamos hasta dar con la cascada y entonces le miré, sudando como estaba, parecía que fuera a derretirse, y me dijo descansemos, compadre. Quiero verme la pierna, creo que me resbalé al subir la grama fangosa de la cascada. Pero verlo fue otra cosa. El pellejo se había enrollado completito abajo, pegado al algodón del buzo. Y la carne blandita, no le miento: se veía que había estado sufriendo, echando sangre, sufriendo mientras caminábamos porque había una costra que el roce del algodón había removido al menos un par de veces. Y la sangre saltaba, no sé decirle cuánta. Yo le dije a mi compadre, esto se ha puesto serio. Y él me dijo, compadre, es verdad que esto se ha puesto serio. Y luego no dijo más. El Prudencio algo ha leído: fue profesor en Tarma, pero yo sé que la vio fea ahí mismo. Necesito un desinfectante urgente. Esto hay que tratarlo así y asá. Pero ya ve, muerto está mi compadre desde hace dos horas. Muerto, quizá desde que me dijo eso. Esto hay que tratarlo así y asá. Bien muerto. Le moví el brazo por ver si se levantaba, pero no se levantó. Y de eso hace tres horas por lo menos. Me imagino que estará bien muerto porque yo en su lugar también lo estaría. Me hubiera metido como él en su cuerpo y no le estuviera hablando, hablando, será por eso que no me he muerto: porque sigo hablando con usted. Y usted tampoco se habrá muerto porque hay muchas razones todavía para quedarse vivo en mitad de esta selva. Eso pienso. Ahora mi cabeza está dura; sólo sirvo para meterme al monte, conducir mi mototaxi, tener hijos. Pero Prudencio me animó y me puse a pensar, eché a andar esa cabeza dura que Dios me ha dado: vamos, cholo, me dijo, vamos a meternos al monte. Su mujer, la Olinda, vende artesanías. Vende mariposas también, metidas en cajitas de vidrio. Y él sabe, él las atrapaba, él mismo las ensarta con sus alfileritos. Él las vende. ¿Se lo dije? Pero cómo iba a saber. Ya ve, señor. Sería la mala suerte que le andaba siguiendo y que se le metió en el cuerpo el día que encontramos al indio viejo con la boca abierta, allá en Río Negro. Será así, pues. Eso creo. Si no, dígame ¿por qué nos hizo venir a buscar nuestra propia muerte, metidos en el monte, como estamos? ¿Por qué? Yo se lo dije, se lo dije a mi compadre, carajo. ¿Se lo dije? Que las mariposas son almitas en pena, señor. Eso mismo le dije. Almitas en pena son, Prudencio. Y nosotros, dentro de poco, también almitas en pena seremos, eso es todo.

3

La mototaxi levanta una ruda costra de tierra y en pocos segundos arma una ligera escaramuza, una batalla de manchas, imperfecciones, vaivenes. La tierra va recordando que es tierra, y a medida que cae en el reflujo de su propia gravedad, deja de volar y seca su estampida de trampa quieta para esperar a que el mundo, que se mueve alrededor de ella, se apacigüe con el trayecto. Lleva casi dos días, pero hay algo que Kunigami ya sabe y ellos quizá no. Lo piensa mientras mira al conductor acelerando en vano, su nuca empañada por la turbia transparencia del plástico. Lo mira: el hombre, doblando el tórax, echa la mirada hacia atrás y él lo sigue, saca la cabeza fuera de la carrocería, imita su angustia, también se inquieta. El ángulo difícil que ha conseguido amansar es como arremangarse el pantalón para meterse al río; lidiar con el borboteo caliente del motor que gruñe, ronca, silba, para alcanzar la parte más alta de Río Negro, y recuperar de aquella taquicardia operativa un nuevo impulso que acabe por encaramarlos, por hacerlos trepar, definitivamente, a la cuesta. Visto con atención, ésa es la verdadera naturaleza del sitio al que has venido a parar, Kunigami. Ese avance victorioso, sólo una huella perdida e inútil. La selva apenas conoce el heroísmo. El hombre y sus máquinas y sus acciones apenas dejan marcas aquí. Aquí a las huellas se las traga la tierra; si no es el bochorno el que se arrima a las construcciones de cemento será la lluvia y si no es la lluvia ni el calor será la vegetación y si no es la vegetación ni el calor ni la lluvia ni el bochorno de la canícula será probablemente algo escupido por la Tierra. Un salivazo por el que tarde o temprano la naturaleza pasará su lengua y los rastros del hombre quedarán limpios de actividad y acaso también de esperanza. Ratito después los verás como ahora, a través de esa difícil transparencia que se sacude como un pellejo suelto: sentados a la orilla de la plaza central, a media tarde, los bancos, a media tarde los bordes de la pileta, a una menos cuarto los escalones indignos que gradúan sus dentelladas frente al portal de la iglesia, a poco más, nada más la una, todos llenos de gente bajo las acacias, se habrán perdido inmóviles en el balance terrible, quieto, del calor y la lluvia. Se quedarán así, quietos, cuando la tregua de una sombra recién anochecida les caiga encima. Como si vencer una cuesta fuera como respirar. Como si cada victoria fuera la postergación de una mirada derrotada. Como si la tierra seca, revuelta como el perro que restriega su espinazo en mitad de una calle sin asfaltar, no fuera más que aquel espectáculo cotidiano que ha acabado por concentrar las miradas delante de una desintegración lenta y apacible, que llega gateando bajo las ruedas, y que, sin embargo, no logran ver y él quizá sí.

Kunigami puede ver el suelo apisonado que pasa arrastrándose bajo el resquicio de una puerta precaria. Y a través de la ventanilla, el pueblo. ¿Cuándo acabará de acariciar esa diagonal que sólo llega hasta la frondosa mata verde que encrespa el pueblo grande? La combustión del petróleo deja el sonido regado de su vehículo, y cuando lo hace, ya terminó por acostumbrársele al oído y no es más el molesto traqueteo que lo ha acompañado desde que partió del hotel, como si a él, también, se le hubiera terminado por secársele, por hacérsele hueco e impersonal. Es un movimiento más escandaloso que eficiente, piensa Kunigami; no es un pueblo que viva rápido, por el contrario, se diría que vive languidecido, ensopado, flotante. No es eso lo que te molesta. El tiempo aquí no es más que una cicatriz que se cierra rápido, Kunigami: dentro de poco, él mismo será nada más que parte del paisaje, de esa tierra seca que se quedará de nuevo quieta en el suelo, apisonada, domesticada, hasta que algo más la despierte. Y hoy es martes dieciséis de junio, su mano tiembla al escribirlo: *martes, 16 de junio*. Así, al menos, quedará un registro del movimiento que lo ha traído hasta acá, la mano subiendo con él, escribiendo, equilibrándose. Lo piensa sabiendo que ese aleteo que se filtra a través del toldo rasgado de la carrocería es insuficiente para mitigar el calor que, de una u otra forma, aplacará el anochecer que ya parece inminente. En otro lugar, en otras condiciones, quizá se quejaría. Aquí no. Aquí se alegra de ver aletear aquel pellejo plástico que le abre un pedazo de Río Negro y se lo cierra como el párpado veloz que mira el espejo retrovisor y esconde, cautivo en la ruta, la misma curiosidad con que lo ha sentido mirar desde que llegó a Río Negro.

—*Se va a apagar* —logra escribir su pulso tembloroso. Y al poco rato, en efecto, la mototaxi se apaga.

Mira al conductor lidiando con el nuevo ángulo difícil que le ha dejado el ascenso; pero el motor se atraganta nuevamente con su propio intento y se apaga, esta vez, en definitiva. Lo ve forzar el arranque. Un nuevo gruñido. Imposible. Kunigami siente cómo ambos, hombre y máquina, deshacen el camino juntos, y cómo una calle después el freno de mano interrumpe el descenso.

—No se puede seguir avanzando —dice esta vez el hombre, resignado—. El motor. No quiere seguir arriba.

Lo mira por primera vez con detalle. ¿Cuántos años tendrá? Treinta, veintiocho, calcula. ¿Treinta y dos? Su cara tiene una prodigiosa capa de grasa natural que lo preserva del tiempo y al pensarlo, sonríe, es evidente. Nunca va a envejecer. Es como si aquí la naturaleza y el hombre también se hubieran puesto de acuerdo en eso.

—A veces las máquinas saben más que los hombres —dice Kunigami mientras acomoda su mochila.

Salta a la pista. Luego, dándose cuenta de su desamparo, añade, hablando para sí en voz alta:

—¿Y hacia dónde ahora?

—Arriba —dice el hombre—. Dos cuadras, más o menos.

Señala el resto de la pendiente que han dejado sin remontar.

Kunigami asiente, escudriña su canguro y un pequeño monedero asoma agarrado a sus dedos. Dos monedas se tragan la luz cuando pasan por entre el plástico y la armazón de metal en dirección a la mano del hombre.

—Hace tiempo que nadie visita el museo.

—¿Lo conoce?

El hombre chasquea la lengua.

–Todos lo conocemos aquí, señor. Es el único museo de Río Negro.

Arriba no hay más que una calle empinada, una lengua seca que termina en la cresta domesticada de la selva. Será verdad lo que dice.

–Me refería a Claussen.

–Alguna vez le vi allá–asiente el otro–, por Mazamari. ¿Viene por turismo el señor?

–No. –Y echa a caminar.

–Hay unas cataratas en Mazamari, a dos horas de camino, si le interesa.

–Lo siento –insiste Kunigami; se ha arrimado a la vereda y siente la impaciencia como un peso–, vengo para encontrar una mariposa.

–Conozco un parque natural, cerquita de aquí, para que pueda ver mariposas –miente–: mi esposa conoce.

Kunigami mueve la cabeza.

–La Soberana –dice, echando a andar esta vez más deprisa–. Ésa es la mariposa que busco.

–Primera vez que la oigo –dice el hombre.

–Debe de ser porque ya no existe –dice más alto Kunigami.

El hombre estira su boca y silba.

–¿Y usted cree que tendrá la suerte de ver una por aquí?

Kunigami ríe mirando la mototaxi y al hombre dentro, detenidos en mitad de una cuesta de tierra apisonada, bordeada por pequeñas casas de adobe sin movimiento ni gente. Una cuesta que va hacia abajo, una lengua seca que acaba en la plaza del pueblo, unos cuantos árboles, gente, partículas de polvo flotante. Nada.

–Es lo que intentaré –dice, señalando hacia arriba–. Si Claussen acepta decirme dónde.

–Eso sí que está difícil –se apresura a decir el hombre.

–¿Cómo dice?

–Que está difícil que lo vea a Claussen –dice el hombre de nuevo y esta vez es él quien espera a que Kunigami se acerque esos cinco pasos para decirle:

–Porque Claussen está muerto.

4

Prudencio gangueó pesadamente y se sacudió otra vez el sueño, como si se sacara de encima un mosquito. La mano de su mujer volvió a acunarlo desde alguno de sus hombros; ya no estaba hablando con su hermano; nadie lo llamaba para que mirara el río. Entonces abrió los ojos. Dejó que el ojo bueno se le arrastrara fuera de la funda del almohadón, se fijó en ese desnivel de sombras que era la madrugada, y en la sombra misma que era ella, sus manos, sus cabellos, sus ojos: como si Olinda, y con ella el resto de la habitación, estuviera también cubierta por capas, y él estuviera pelándolas ahora, una por una, con los ojos afilados por una vigilia azul y grumosa, por primera vez consciente de que ésa era su cama y ésa su mujer y ése su cuerpo, y los traspasaba y sus ojos se iban lejos, dejando sus cáscaras como tira fina acumulada en el suelo.

—¿Qué pasa, chola?

—Mi madre.

—¿Qué tiene tu madre?

—Mi madre —sollozó Olinda— no tiene la llave. Está haciendo frío.

El timbre se quejó nuevamente.

—Anda, cholito —insistió—. Estás despierto. No te hagas el sonso.

Pero él cerró los ojos.

La madre de Olinda tenía setenta años. Era una mujer dura, de arrugas profundas y de una voluntad testaruda que difícilmente acataba lo que se le pedía hacer. Hacía cuatro días que había partido a San Ramón para poner la denuncia, aunque esa denuncia ya estuviera puesta en Río Negro y la niña se hubiera perdido dos años antes. Se había quedado en casa del Waldo Tacuri, el primo abogado que tenían allá, en San Ramón. Todos los meses iba a la comisaría para saber si tenían noticias; él lo había hecho los primeros cinco, luego se sorprendió a sí mismo el día que no llegó a tiempo, ni él ni ella, cuando al cumplir el primer año, Olinda y él lloraron entre las capas de una noche similar a ésa, sin sentir el calor que se les metía entre las piernas.

–Pobre mi madre –dijo Olinda–. Se va a enfermar.

Y ahora había vuelto. La Olinda tenía ese don para saber quién volvía; sabía mucho antes de que se fueran si volvían porque se les olvidaba algo, si se quedaban lejos porque ya no tenían nada más que buscar.

Prudencio abrió los ojos.

Sus ojos encontraron el techo.

–Ya está bueno –dijo Prudencio, al rato–. Tú ganas.

Aun así hizo falta que el timbre sonara no una, sino tres veces más, antes de que Prudencio se decidiera a bajar. Y, cuando por fin bajó los pies, sintió el suelo anegado en sus plantas.

–Carajo, Olinda, el agua.

–¿Qué pasa con el agua, cholo?

Tomó la primera tela que atrapó sobre la cama y se secó el pie.

–Se ha salido de nuevo.

–¿El río? –preguntó Olinda.

–Quién sabe –dijo él.

Luego se incorporó:

–No enciendas la luz.

A tientas, sus pies acabaron por encontrar el tacto gomoso de sus sandalias y, encajados en ellas, se balancearon hasta que sintieron el resto de su cuerpo erguido hacia arriba. Olinda también debió de hacer lo mismo, porque al rato escuchó sus huellas chapoteando en la misma dirección por la que él andaba. Calculó que debían de ser las cuatro; luego arrimó la cortinilla de cuentas que los separaba del comedor y tocó, por instinto, la misma área de la pared donde sabía que estallaría el interruptor. Las paredes verdes –¿cuándo las habían pintado?– adquirieron en la habitación la proporción plana de una distancia legañosa. Se limpió los ojos sólo para ver a su mujer, su camisón de rosa descolorido, perdiéndose en la cocina, con una fragilidad flotante que a él mismo se le hizo extraña. Él mismo se vio andando poco después, o vio sus pies, abandonándose a lo inevitable, al charco compacto que se apretaba contra la puerta.

La puerta de metal rechinó al abrirse armando un pequeño oleaje que saltó la acera.

—Pensé que iba a terminar durmiendo en la calle —dijo su suegra, al entrar en la casa.

Prudencio vio el desastre de la inundación encrespándose en la calle; luces en las ventanas de la calle vecina y el ladrido opaco de un par de perros, ladrándoles, olfateando quién sabe a quién, detrás de alguna puerta.

—Los vecinos están igual —le dijo a su mujer al rato—: El río. Se ha salido de nuevo.

Ella lo sabía. Lo esperaba con el balde y las bayetas, y ella misma se había encajado, sobre los hombros, una chompa de lana para soportar la noche que les esperaba en vela:

—Habrá que empezar a devolverlo. ∎

GRANTA

UN HOMBRE LLAMADO LOBO

Oliverio Coelho

Oliverio Coelho nació en Buenos Aires, en 1977. Publicó las novelas *Tierra de vigilia* (2000), *Los invertebrables* (2003), *Borneo* (2004), *Promesas naturales* (2006), *Ida* (2008) y *Parte doméstico* (2009). Realizó residencias para escritores en México y en Corea del Sur. Fruto de su estancia en Corea, nació Ji-do (2009), una antología de narrativa coreana contemporánea y el interés del autor por la cultura de ese país. Entre otras distinciones recibió el Premio Latinoamericano Edmundo Valadés, en México, y el Premio Nacional Iniciación, en la Argentina. Los premios que recibió los derrochó metódicamente en viajes por Latinoamérica, Europa y Asia, en los que desaprendió varias lenguas, y en los que, como contrapartida, gestó un diario que prosigue hoy en su casa porteña de Boedo. Ha escrito artículos y críticas para los suplementos culturales de los diarios *La Nación*, *El País*, *Clarín* y *Perfil*. Actualmente escribe sobre novedades editoriales en la revista *Inrockuptibles* y en su bitácora www.conejillodeindias.blogspot.com. «Un hombre llamado lobo» es un fragmento de su novela en cierne.

Un ómnibus destartalado, que probablemente treinta años antes hubiera sido un lujoso vehículo de larga distancia con asientos reclinables, entró al andén. Un papel escrito a mano y adherido con cinta al lado interno del parabrisas decía «Balcarce». Iván se apuró a subir y se acostó en el asiento del fondo. Volvió la cabeza y observó una rebaba luminosa, un sol aumentado o deformado por el sucio vidrio trasero. El corazón le latía fuerte, la garganta se le cerraba, tuvo la impresión de que no dormía desde hacía días y nunca más conciliaría el sueño. Una certidumbre repentina lo serenó: si encontraba a su padre quizás alguna mujer lo amara en el futuro; quizá perdiera eso que su abuela atribuía a una maldición y era, simplemente, premonitoria timidez de huérfano. Experimentó ese tipo de alivio momentáneo al que acceden ciertos condenados a muerte que conservan la esperanza de que a último momento se les conmute la pena.

Así, cortejado por la fe, durmió hasta que el ómnibus entró en San Manuel. Automáticamente se despertó y caminó por el pasillo hacia el conductor. La avenida principal del pueblo estaba repleta de lomas de burro y más de una vez dio la cabeza contra el pasamanos del techo.

«¿Esto es San Manuel?», preguntó, mirando por la ventanilla las construcciones antiguas de un pueblo fantasma a orillas del ferrocarril.

«Acá mismo.»

«¿Dónde es el centro?»

«Todo es centro... Al final del boulevard, termina San Manuel y están las vías. Yo doblo. ¿Dónde vas?», y empezó a doblar.

«No sé, busco a alguien...», y enseguida pensó en lo simple que sería su aventura si no hubiera perdido la dirección de su padre.

«Entonces bajá acá y preguntá en el bar.»

Iván se bajó en la puerta de una típica construcción de los ferrocarriles ingleses con frente de ladrillo a la vista. Era mediodía y el viaje había durado, según calculó, más de un hora. Las persianas de chapa del bar estaban semibajas, pese a lo cual entraban y salían hombres. En el ventanal un cartel versaba «Bar de Chicho». Detrás del ventanal, siluetas de hombres reunidos en torno a una mesa. La puerta emitió un chirrido que el temor de Iván a adentrarse tornó sobrenatural. Luego, cuando dio el primer paso en el interior del bar, rechinó un tirante de pinotea que probablemente desde hacía un siglo había soportado el primer paso ansioso y el último paso ebrio de miles de parroquianos, y tuvo ganas de esconderse o retroceder, pero la decoración anacrónica del lugar lo hipnotizó: en las paredes altas y descascaradas sobrevivían propagandas de otra época, afiches en los que se anunciaban corridas de toros, banderines de Boca y un póster de la formación campeona en el Nacional 1976. Nadie se volvió, nadie notó que había entrado un forastero. En una mesa, cerca de la ventana, seis hombres impregnados de esa atmósfera jugaban al truco y tomaban ginebra. Se escuchó el rezongo de uno de ellos: «Eso sí, no hay nada como la piedad de las mujeres».

Iván trató de no quedarse quieto en esa luz de otra época. Jugó a pensar que si no se movía quedaría para siempre congelado en el cerco de nostalgia de esos parroquianos. Detrás del mostrador de madera había una señora. Fue hacia ahí, despacio para no renguear, esquivando la mesa de *pool* con el paño rasgado, convencido de que esa figura femenina, tan característica del bar como las fotos y los afiches que abarrotaban las paredes, podía saber algo de su padre. La señora lo miró sin asombro. Con acento gallego y entonación maternal le dijo: «Si busca trabajo acá no hay». Iván se volvió. Observó rápidamente el paisaje de timberos desparramados justo antes del almuerzo, en un salón que se comunicaba con el salón principal del bar. Como si jugara a leer los pensamientos del forastero, ella volvió a hablar: «No se quedan todo el día. A la una se van todos a almorzar y vuelven después de la siesta. Si busca a alguien, acá lo va a encontrar».

A Iván le horrorizó la idea de que su padre estuviera entre los presentes y lo hubiera visto entrar rengueando. Ese nuevo defecto, tan impropio, le avergonzaba y era lo primero que le explicaría. Mencionaría una caída, omitiría por supuesto la aventura que había precedido su llegada a San Manuel, y le comentaría que Estela había muerto. Luego le diría que no venía a pedir explicaciones, que sabía –porque un hombre llamado Marcusse lo había visitado y le había referido todo– que él había querido a Estela y había hecho todo por encontrarlos cuando ella huyó por motivos que aún después de su muerte seguían en el misterio.

Miró las caras, tratando de reconocer a alguien que se le pareciera. El exceso de luz y polvo le impedía distinguir rasgos en detalle. Las caras estaban vacías como máscaras. Las voces eran guturales, lejanas y muy imprecisas, como si salieran de un fonógrafo. El espacio amplio y frío, el piso de madera con cámara de aire, levantaba un eco tan extraño que todos esos hombres con naipes en la mano parecían estar negociando en el purgatorio un pasaje al paraíso.

«Busco a Silvio Lobo.»

«¿Silvio Lobo? A ver...», y en vez de mirar hacia los presentes cerró los ojos para hacer memoria. «Medina, Lobo se acaba de ir, ¿no?»

Un hombre de boina y bigotes tupidos, camisa arremangada, el mismo que había dicho «no hay nada como la piedad de las mujeres», se volvió enseguida y sin soltar las cartas ni hablar, señaló hacia el salón contiguo.

«¿Quiere que lo llame?», preguntó la mujer.

«No, por favor», casi suplicó Iván. «Señáleme quién es y yo me acerco.»

«A ver, ahora te digo», se inclinó por sobre la barra como si asomara por una ventana: «Ahí, ves ese señor con un pullóver gris y anteojos, al fondo... Ése es Lobo».

Iván atravesó con la mirada los corpúsculos de luz que llenaban el ambiente y clavó los ojos en ese hombre como si quisiera sorber su apariencia. Lobo, al igual que cualquier persona que inconscientemente se siente observada, desvió el rabillo de un ojo hacia él durante un instante ínfimo, y volvió a fijar la atención en el partido que se desarrollaba sobre la mesa. No parecía estar jugando, pero observaba cómo jugaban los otros con una concentración que podía confundirse con la resignada autoexclusión de un perdedor nato.

Se dijo que no convenía irrumpir de la nada en esa situación. Si se acercara rengueando y se presentara como su hijo, podía abochornarlo y despertar en los demás jugadores burlas que su padre luego no le perdonaría. El hijo bastardo de Lobo, dirían. La dueña, ahora que sabía que buscaba a un espectro y no venía a pedir trabajo, vigilaba la situación en vistas a un futuro rumor que podría amenizar su tarde. Iván se acodó en la barra, buscó un punto de vista claro y siguió cada movimiento de su padre: no gesticulaba mucho, tenía los pómulos hundidos, arrugas fuertes en la frente y en las comisuras, entradas amplias y labios finos que cada tanto humedecía con la punta de la lengua y que, de manera automática, como si ejercitara un tic, secaba con el dorso de la mano. El color de los ojos era indiscernible, porque la luz espejaba el cristal verdoso de sus anteojos enormes y anticuados. Podía distinguirse, sí, el gesto reverente con el que bajaba la mirada cuando alguno de los jugadores le pedía porotos. Cuando amagaba a sonreír, se formaban hoyuelos, inmediatamente después de lo cual la sonrisa retrocedía. La piel amarillenta de la cara brillaba, como en casi todos los presentes expuestos al sol frontal que filtraban los sucios ventanales. Para observar su boca, fijarse por ejemplo si tenía todos los dientes, o mirarle las manos y compararlas con las propias –había oído que padre e hijo compartían una estructura ósea más que una apariencia–, tenía que acercarse. Así, a la distancia, no advertía ningún parecido salvo atributos muy generales, como ser desgarbado y medir un metro setenta. Sentía, sin embargo, que en cuanto alterara la posición que, para volverse imperceptible, había tomado junto al mostrador con el consentimiento de la dueña, todo el mundo se volvería sincronizadamente hacia él durante al menos cinco segundos eternos para estudiar su condición de forastero.

Decidió esperar a que algo rompiera el hechizo del lugar. En algún momento alguien iría al baño o emprendería el regreso al hogar para almorzar, y entonces quizás él pudiera aprovechar y tomar asiento en una mesa cercana y estudiar en silencio los rasgos de su padre. Miró el reloj de pared: faltaban cinco minutos para la una. Había estado en la misma postura casi media hora. Se volvió hacia la dueña, que seguía al acecho. Antes de que él pudiera decir algo, ella intervino: «Acercate... Ya se van. ¿De dónde lo conoces a Lobo?».

«No lo conozco.»

«¿Y entonces?»

«Vengo a conocerlo», se detuvo en seco, la frase le sonó peligrosa y delatora, como si en realidad hubiera dicho «vengo a matarlo». Para desviar el tema y solucionar una inquietud que le incomodaba desde que había entrado al bar, le preguntó si sabía a qué se dedicaba Lobo y si tenía hijos. La dueña le susurró que se dedicaba a matar el tiempo, como todos en el pueblo, y agregó: «Querés que te dé un consejo: es un pobre hombre, alejate, está enfermo. Si lo buscas por alguna deuda, hablá con las hermanas Ventura, no tiene hijos, pero ellas le atienden el negocio, le manejan todo desde hace años, viven con él, cocinan, planchan, le alimentan los animales... Son como enfermeras. Unas santas... Tanta piedad con un tipo del que nadie sabe nada. Anduvo en algo raro, nadie se entierra en un pueblo como San Manuel para vivir mejor. Mi marido, que en paz descanse, siempre decía que Lobo tenía en la cara el miedo de alguien que vivió algo terrible».

El ruido de las sillas sobre el piso rompió el hechizo de la atmósfera e interrumpió el monólogo. De inmediato el bar se ensombreció con el tránsito de cuerpos, voces roncas y toses. Algunos se acercaron a la barra para pagar. Otros salieron cantando lo que habían consumido para que la dueña tomara nota en el cuaderno de fiados. Silvio Lobo fue uno de los últimos en retirarse. Juntó los porotos, ordenó las cartas sobre la mesa, se acomodó los pesados anteojos sobre la huella oscura que el puente había grabado en el tabique de su nariz, y se dispuso a salir del lugar como casi todos, cantando en el mostrador lo que había tomado. Iván, a un metro de distancia, estuvo por abordarlo, bastaba extender un brazo y tocarle el hombro para detenerlo, pero la garganta se le cerró y un escalofrío le recorrió la piel.

La dueña siguió la escena con una discreta expectativa y no intervino de pura casualidad, porque en ese momento alguien se acercó a pagarle la cuenta de la semana. Iván aprovechó para salir detrás de su padre. Lo vio doblar en la esquina. Caminó. Flexionó la pierna derecha. El dolor casi había desaparecido. Levantó la cabeza: un paisaje desolado. Esos hombres que en el bar parecían cientos, al salir a la intemperie habían disminuido y se habían dispersado de tal manera que, mirando hacia los cuatro puntos cardinales, no se distinguían más de diez cuerpos solitarios, puntos neutros desplazándose sobre el fondo cristalino de la nada.

Desde que la dueña del bar le confió que Lobo tenía cantidad de animales, Iván se hizo la idea de que su padre debía de ser un hombre honrado. Alguien que cría animales sin matarlos y sin comérselos no podía ser un estafador ni un traidor. Siempre había creído que quienes criaban animales como a hijos, eran personas incurablemente buenas que no tenían, sin embargo, quizá por esa misma bondad, palabras para acercarse a los hombres.

Lo siguió varias cuadras, a una distancia prudente, por el boulevard que vertebraba el pueblo. Lobo caminaba a pleno sol, despacio. De pronto, como si intuyera una presencia extraña en la atmósfera, se detuvo en una esquina. No se volvió. Se sentó en un banco, a la sombra, con la cabeza entre las manos. A unos veinte metros, quieto, Iván trató de adivinar en qué estaría pensando su padre. Se preguntó si no estaría enterado de su presencia, si no lo habría reconocido cuando la dueña del bar había preguntado por él, y si no estaría purgando su nerviosismo en el banco, a la espera de que su hijo diera el primer paso. En un impulso irracional, decidió seguir caminando, pasar delante del banco. Si su padre lo llamaba, se volvería para responderle; si no lo llamaba significaba que no lo había reconocido en el bar ni había incubado sospechas, y daría media vuelta, se volvería hacia él y se sentaría a su lado.

En cuestión de segundos tuvo a su padre más cerca que nunca y experimentó un retraimiento súbito, diferente de la timidez que tan bien conocía. Como si todas las fuerzas ancestrales que moran en un hombre, de repente y al mismo tiempo, lo sumergieran en una interioridad criminal, apretó los dientes y apuró el paso para superar el pánico. Caminó una cuadra, sin darse vuelta, a pleno sol. No se le cruzó otra idea que la de desaparecer. De pronto se preguntó adónde iba. No podía volver a pie a Tandil, menos a Buenos Aires. En ese momento, cuando sonó la bocina del mismo bus que lo había traído y el conductor lo saludó como si lo conociera de siempre, dedujo que el único modo de seguir viviendo era integrarse a su padre. No tenía adónde volver, pero sí adónde ir.

Llegó a discernir que Lobo se ponía de pie y doblaba por la calle perpendicular al boulevard. Se apuró y al asomarse en esa esquina lo vio de espaldas, con el mismo paso exhausto, entrando a un pequeño negocio en cuyo frente, sobre la vereda soleada, dos perros dormían boca arriba al sol. Había una vidriera con artículos de mercería y algunas mudas de ropa, y a un lado una puerta de vidrio con un cartel que, pese al mediodía, indicaba *Abierto*. Sacudió las piernas, ya no había rastros de renguera, el pánico y la emoción lo habían sanado. Giró el picaporte, empujó la puerta, que con un crujido seco recorrió una huella inmemorial grabada en el piso de granito, y el tintineo de unos cascabeles lo anunció. Dos señoras canosas, cada una situada a un lado del mostrador, se pusieron de pie a la par como si lo hubieran estado esperando durante mucho tiempo. Iván atinó a pensar que lo habían reconocido. Sobre un espejo lateral sucio identificó a su padre sentado en una mecedora, en un ambiente contiguo. El quejido regular y frágil de la silla parecía una melodía gestada en el organismo de Lobo. En el negocio flotaba la misma luz anacrónica que en el bar.

«¿Qué se le ofrece», preguntó una de las hermanas.

Iván juntó las manos entrecruzando los dedos. Miró a su padre en el espejo. Parecía mucho más viejo de lo que realmente era. Las facciones angulares y las patillas crecidas le daban una severidad de prócer. Inhalaba por la boca como si le faltara aire.

Mientras decidía si convenía preguntar directamente por el señor Silvio Lobo, o hacer tiempo indagando por el precio de algún artículo hasta que su padre se fijara en él y la situación desembocara en un diálogo que le abriría la posibilidad de confesarse, la otra de las hermanas Ventura entró en escena, impaciente ante el mutismo del visitante: «¿Se le ofrece algo?».

Para salir del paso y no pasar a ser más sospechoso de lo que ya era, Iván dijo que venía por el aviso.

«Ah, bueno… lo hubiera dicho antes. Hace tiempo que estamos esperando a alguien... ¿Usted es de Tandil?» Iván negó con la cabeza y enseguida se arrepintió. Una tensión mínima ensombreció, a la par, los ojos azules de las hermanas Ventura. Él supuso que desconfiaban de que alguien tan joven y tan mal vestido pudiera tener dinero para allegarse a comprar un auto.

«De Mar del Plata», dijo de inmediato, pensando que era la ciudad más cercana.

«¿Y vio el aviso en el diario?»

«Mi abuela lo encontró…», contestó mecánicamente, y sintió que el acto de mentir, además de reportarle un placer desconocido, le deparaba una identidad verdadera y la herramienta ideal para sobrevivir en el futuro. Contra lo que siempre había pensado, si mentía alguien podía creer en su verdad.

De inmediato las hermanas se relajaron y hablaron en voz baja. Una de ellas gritó «Silvio», como si Lobo estuviera muy lejos. Se escuchó que Lobo dejaba la mecedora e iba hacia ellas arrastrando los pies. Iván, a través del espejo, lo vio acercarse y de pronto lo tuvo enfrente. Ya no sintió miedo. Cuando ese hombre, su padre, apoyó en el mostrador las manos amarillas y rugosas como cuero, Iván identificó en la forma de los dedos un rastro filial. En la escena se hizo un silencio profundo.

«¿Puedo mostrarle algo?», preguntó Lobo con un hilo de voz muy fino.

«Silvio, él no es un cliente, es el acompañante que viene por el aviso», observó una de las hermanas.

«Ajá... ¿es enfermero?», respondió levantando las cejas y bajando la mirada. Iván se alzó de hombros y en voz baja le dijo a las hermanas que no tenía mucha experiencia, pero que podía ayudar.

«No, el joven viene para hacerte compañía y cuidarte», contestó una de ellas mirando a Iván, enternecida. Él las miró con una mezcla de desconcierto y algarabía ante ese malentendido que venía a simplificar sus planes. Se serenó y dejó escapar una sonrisa. Aunque su padre, salvo por las manos, fuera distinto al hombre que había imaginado cuando escuchaba a Marcusse, las cosas al fin y al cabo habían salido mejor de lo que esperaba. No podía desaprovechar la ocasión.

«¿Te gusta el chico? Vino desde Mar del Plata», le susurró al oído una de las Ventura, y en un tono de voz leve, aunque no tan bajo como para que Iván no escuchara, le dijo que parecía un chico humilde pero honrado, no perdían nada tomándolo a prueba; además no podían hacerlo volver a Mar del Plata sin ofrecerle hospitalidad.

«Claro», contestó él, y en un tono alto y desafinado, como si quisiera gritar y hubiera olvidado la manera, agregó que prefería una chica, en lo posible menor de treinta años.

«Pero no se presentó ninguna chica, Silvio... Para cocinarte y lavar estamos nosotras», y dirigiendo la mirada hacia Iván, agregó: «Necesitamos a alguien que lo lleve al médico, lo acompañe al bar, lo bañe, lo ayude a comer. No puede estar solo...».

«¿Cómo te llamás?», interrumpió Lobo con fastidio.

«Esteban», y en ese momento, al pronunciar un nombre falso, Iván supo que podría sobrevivir a cualquier tragedia futura si mantenía esa forma de extranjería.

«Esteban, ellas te van a decir lo que tenés que hacer. Si querés empezá hoy.»

Una de las hermanas, de inmediato, le señaló el pasillo, al final del cual ahora estaba la mecedora vacía, y le pidió que pasara. El corredor comunicaba con un comedor pulcro, pocos muebles, pisos de mosaico y un ventanal que mostraba un fondo arbolado, donde había un gallinero y un corral con dos chanchos. Sobre un silloncito de campo destartalado dormían dos gatos. Los demás ambientes de la casa parecían haber quedado congelados a mitad de una refacción, tiempo atrás. El caos vegetal del fondo, el deterioro de las paredes y la humedad, le recordaron a Iván la casa de su abuela en Temperley. Tuvo la impresión de que llegaba a ese hogar para devolverles a los habitantes espacios misteriosamente clausurados. ∎

GRANTA

EL LUGAR
DE LAS PÉRDIDAS

Rodrigo Hasbún

Rodrigo Hasbún nació en Cochabamba, Bolivia, en 1981. Publicó el libro de cuentos *Cinco* y la novela *El lugar del cuerpo*. Le concedieron el Premio Unión Latina a la Novísima Narrativa Breve Hispanoamericana y fue parte de Bogotá39, así como del número monográfico que Zoetrope: All-Story dedicó a la narrativa latinoamericana emergente. Su obra ha sido incluida en diversas antologías y dos de sus textos fueron llevados al cine, con guiones co-escritos por él. Vive en Ithaca, Nueva York, y hace meses fantasea con volver a tener una guitarra eléctrica. En 2011 publicará en Duomo ediciones *Los días más felices*, su segundo libro de cuentos.

I

Llevate contigo tu mierda, todos tus recuerdos, quise decirle antes de que se pusiera de pie, pero luego, cuando empecé a balbucearlo, cuando al fin me animé a decirlo, era tarde, ella se había dado la vuelta, ya salía del café, de mi vida, a la calle, a la vida de cualquier otro. Llevate contigo tu nombre, puta, ladrona, mujer, quise decirle, para herirla, para devolverle un poco del dolor que me estaba provocando. Llevate contigo todo y por favor no vuelvas (porque Valeria siempre vuelve después de irse). Y por favor no vuelvas esta vez, Valeria, quise decirle, es lo que más te pido, que te vayas para siempre y te lleves tus recuerdos y tu olor. Y si es más fácil para ti, pensá que te vas porque yo quiero que te vayas, como en el bolero, como en tantas otras vidas (pero yo sólo quiero que te vayas después de que te has ido). Llevate contigo a ti, al fantasma que inauguras. Llevate el cuerpo. Y no vuelvas, quise decirle, esta vez no se te ocurra volver. Por favor, si es que en serio has dejado de quererme, no vuelvas.

Pero una semana después estábamos de nuevo ahí, en la única mesa con ventanal. Tenía que parecer que nos habíamos encontrado casualmente y tenía que parecer que yo no me había enterado de nada o que ya había guardado el daño, que las heridas eran la mejor parte del amor. Así que saqué de mi mochila las fotos sin decir nada, sin reproches, y las dejé sobre la mesa, al lado de los cafés recién servidos y todavía humeantes. Valeria se quedó mirándolas un buen rato.

No entendía porque no había ido a la última sesión del taller, adonde yo, a pesar de todo, sólo fui para encontrarla. Una sucedía en un vagón. Aparecía un anciano un poco perdido, posiblemente se había equivocado de tren o a lo mejor olvidó dónde debía bajarse. Tal vez seguía instalado en alguna guerra, huyendo del fuego y de las balas. Aún vivo o ya no, cubierto entero por una sábana blanca, en la otra aparecía un hombre en una cama de hospital. Eran fotos extrañas. No se sabía bien si estaban armadas, escenificadas, hechas, o si habían salido directamente de la realidad. De esa realidad en la que yo le decía a Valeria que debía elegir una y escribir un cuento a partir de ella para la próxima sesión. ¿Las escogiste tú? Fue al azar, ya sabes cómo es Madeiros. ¿Cuál prefieres? La del anciano, dije. Bueno, dijo ella, entonces me quedo con la otra. ¿Por qué no fuiste el otro día? Porque no tenía ganas de tanto manicomio.

Me hacían daño su tono y su crueldad y al mismo tiempo me gustaban. Puta, quise decirle mientras recordaba lo de la semana anterior y le buscaba los ojos y sorbía el café. Ladrona, quise decirle, mujer. Y devolví la taza a la mesa y estiré la mano para coger la suya. Cada vez me interesan menos los ejercicios de Madeiros, dijo ella, ajena a todo lo que pudiera estar sintiendo yo. No sé a dónde pretende llegar, he dejado de sentirlos necesarios. El viejo sabe lo que hace, intenté defenderlo, aunque lo cierto es que últimamente había pensado lo mismo. Además los escritores deben inventarse a solas, añadió Valeria, que durante meses había sido la más entusiasta del taller. Mi mano todavía estaba sobre la de ella pero eran manos muertas, manos que ya no nos pertenecían. ¿Dejarás de ir?, pregunté con miedo. Respondió con una mueca que no entendí y luego volvimos a quedarnos callados.

Eran las cuatro de la tarde de un viernes igual a otros y descubrí en ese momento que escribiría mi cuento sobre esas horas. Nosotros, los personajes, hablaríamos de las fotos mientras nos destruíamos lentamente, mientras íbamos creciendo con la traición, con las oscilaciones y el sexo y el café, con las palabras que no sirven. Y lo más seguro es que Madeiros lo detestaría. Le molestarían el asunto autorreferencial, la ausencia de un argumento claro, la desaparición del lugar, el sentimentalismo o eso que estaba demasiado cerca. ¡Este jodido ejercicio era justo para lograr lo contrario!, vociferaría seguro unos días después, con su voz hecha mierda por los cigarrillos, ¡para que me hablaran de lo que veían en las fotos, para sacarlos de ustedes mismos! Y se atoraría y escupiría en un rincón antes de secar su cerveza.

¿Estás bien?, preguntó Valeria, devolviéndome a nosotros, al café diminuto.

Sí, bien, respondí. Ella estaba ahí. También las horas largas y quietas en las que nos daríamos un buen revolcón, las horas en las que la perdonaría de nuevo.

Sonreí y ella sonrió y apartamos las manos y vaciamos nuestras tazas.

Después pagamos la cuenta y nos fuimos.

II

cada vez que pienses en mí pellizcate una mano. cada vez que pienses en mí, dijo valeria, da tres saltos o ponte a bailar. será divertido imaginarte así.

*

borrachera con madeiros. lo acompañé. cuando llegamos a su casa, se echó en la puerta de la calle, quería dormir ahí. le dije que se iba a enfermar. dijo que necesitaba saber qué sentían los vagabundos, los que ya no tienen adónde volver.

*

idea. enciende su cámara y la acomoda en el trípode, abre la ventana, cierra los ojos con fuerza y salta. vive en el cuarto piso de un edificio de no muchos más, sólo logra romperse unas cuantas costillas. meses más tarde vuelve a intentarlo. esta vez acomoda la cámara abajo para grabar el momento en que el cuerpo colisiona contra el cemento. los daños son mayores pero no muere. vende las cintas a un museo importante y, como artista, se hace relativamente conocido en la ciudad.

*

me pidió que le chupara los dedos de los pies y quiso también que le escupiera en la cara. lo había visto en una película la noche anterior.

★

estos cuadernos son mi lugar, aquí aprendo, aquí pierdo. (lo que quiero decir es que para saber cómo funcionan las cosas hay que destrozarlas primero. pero igual sigo siendo el escritor que no quiero ser...)

★

su lengua, cuando sonríe. y su aliento. y sus manos y sus tobillos. el diente que tiene roto. las cicatrices chiquititas de sus rodillas. eso junto. además de todo lo demás.

★

todo lo demás: la piel suave. cómo tiene recortado el pubis. el sabor de su sexo. es dulce casi siempre. pero también me gusta las otras veces.

★

lo que necesitamos: limones en la boca, echarnos al sol. un precipi- cio o una guerra. matar a quince hormigas y no sentir ninguna culpa. arrancarle las alas a dos moscas y sonreír. botar nuestra basura al patio de los vecinos.

★

lo que necesitamos: una pelea en medio de la noche que ya no nos deje dormir, asomarnos a la ventana y encontrar al otro lado del

vidrio la violencia o la simulación de la violencia. bailar desnudos en
el baño. un temblor. venganzas más sutiles. decirle sí o no o más
o menos a las mismas cosas, ser ridículos de una manera parecida. que
ella sea buena y no se vaya nunca. el amor o la simulación del amor.

*

estar juntos para siempre. no soltarnos de la mano nunca. eso dije.
ella dijo: cada vez que pienses en mí ponte a aplaudir. siete veces
seguidas. fuerte.

*

Vidas ajenas

1

Las mentiras hubieran sido más dulces, no haber sabido, haber
sabido menos. Las mentiras, quizá, hubieran logrado salvarnos. Después de un tiempo anularlas, acostumbrarnos, creer en
ellas para luego hundirlas en ese silencio de los días y los meses y la
vida. Ser capaces de sonreír de vez en cuando sin remordimientos
ni culpa. Sin esta mierda de ahora. Pero también es por el perro
y por papá, el mundo ya no es sólo ella. Con las mentiras el mundo tal
vez hubiera seguido siendo sólo ella. Con las mentiras hubiéramos
podido inventarnos una historia menos triste, seguiría estando y el
perro no habría enfermado jamás, aunque una y otra cosa no se
relacionen de ningún modo, y no estaríamos matando al perro
y papá no tendría necesidad de ocultarnos su necesidad de llorar. El
perro ya no puede moverse, mira el mundo casi por última vez. Son
los minutos decisivos que tendremos que afrontar todos en algún
momento. Papá no puede seguir soportando la visión, suelta a Juan,
deshace el abrazo y participa, se bota al piso, acaricia al perro, lo

besa en el hocico, en las orejas. Mario le dice algo pero no sirve de nada, ni siquiera responde. Se acerca, intenta levantarlo. No puede, el viejo le quita los brazos, insiste en despedirse de esa manera. Como buscando instrucciones, confundido, mira hacia nosotros (el único que parece haber guardado algo de la infancia es Mario, su cuerpo aún vigoroso, dispuesto, las mejillas rasuradas a filo). Ni Juan ni yo decimos nada. La respiración del animal, mientras tanto, se hace más pausada. Lo siento, murmura papá, lo siento, pequeño, pero insiste en no llorar. Una tarde quieta, tres hermanos juntos luego de mucho, el padre de los tres botado al lado de un perro que tal vez ya está muerto. Juan me mira. Me doy cuenta recién que detrás de sus ojeras, de la barba de semanas, que detrás de su silencio… Quiero hablar contigo, dice.

2

Voy a divorciarme, pienso divorciarme, creo que quiero divorciarme. Estamos en el auto, el perro en una bolsa sobre el asiento de atrás. Me quedo callado, de nuevo, pensando que no ha elegido el mejor momento para anunciarlo. ¿Por qué?, pregunto. La relación ha dejado de funcionar, ya no nos queremos tanto. Su titubeo, las torpes oscilaciones de la voz, y el temblor casi imperceptible de su mentón, que no le veía hace años, me hacen sospechar que no me está diciendo todo, que se está guardando los motivos. Pienso en esas calles, en esa ciudad, en los cafés a los que ella podría estar entrando. Recuerdo su manera de fumar. Ustedes que se querían tanto, digo. Sí, nosotros. Empieza a oscurecer, acelero. ¿Conoces bien el lugar? Sí, estamos cerca. Juan no va a hacer preguntas sobre ella porque no sabe nada, nunca le conté mucho, cree que fue una más en mi vida, hacia el final de la lista. Por el retrovisor miro la bolsa sobre el asiento de atrás, me da la impresión de que se está moviendo. Doblo por un caminito de tierra, disminuyo la velocidad. ¿Hay algo que no me estás contando? Me gustaría ser capaz de oírlo pensar, de oír pensar a toda la gente alrededor. Sería terrible, casi tan terrible como leer los correos electrónicos que le escribe el amante a nuestra novia, pero igual quisiera. Pero igual quise. Las mentiras, haberme obligado a olvidar, hubieran... Nada, dice Juan, la relación se ha desgastado y no estamos dispuestos a seguir insistiendo. La historia de siempre, dice, no le busques ninguna sofisticación. Detengo el auto y apago el motor. Queda poco tiempo de luz.

3

En la cena hay silencio. Solos, irremediablemente solos, y todavía más cuando recordamos o imaginamos o soñamos, o cuando queremos desde lejos, sin decirlo. Juan no va a mencionar su divorcio inminente. Mario ha agotado ya todos sus recursos y está, además, un poco borracho. Papá nunca fue muy hablador.

*

ese final no me gusta. (nunca sé dónde terminar. es decir: no soy un buen escritor...) ese narrador tan difícil de ver no me gusta. voy a reescribirlo. mañana mismo o más tarde, directamente en la máquina.

*

pero igual se lo leí. dijo que está orgullosa de mí. luego bostezó. luego volvió a bostezar. y sonrió. y dijo: a que no sabes hacer esto. y cruzó los ojos, se volvió bizca durante unos segundos. ya la estaba echando de menos aunque estuviera a medio metro de distancia. le dije que quiero que me lea sus cuentos nuevos. dijo: me los comí todos. los sazoné con aceite de oliva y me los comí.

*

intento mover mentalmente una moneda. lo intento durante diez
minutos.

*

las novias se van, las mascotas se mueren, los tíos violan a sus
criadas. las criadas lo pasan bien, las criadas piden más al día
siguiente. (este cuaderno y todos los demás cuadernos algún día se
irán a la basura...)

*

la lasagna que hizo. casi no podía tragarla. pero cuando preguntó
qué tal le había salido dije que le había salido increíble y un rato
después incluso pedí más.

*

me lo contó la anciana el otro día, en la peluquería. su marido era
borrachín, cada cierto tiempo desaparecía. luego la llamaba y se
inventaba historias y le pedía dinero prestado, para pagar las
deudas acumuladas en bares o lugares de juego, deudas que le
impedían volver a casa. eso duró décadas, hasta que ella se cansó
y ya no quiso darle nada. un día él estaba realmente urgido de
dinero. en su desesperación, la única salida que se le ocurrió fue
pedirle a un amigo que llamara a su mujer y le dijera que había
muerto atropellado en una ciudad vecina y que necesitaba dinero
para trasladarlo. fue una noche terrible para ella. él, como si nada,
apareció al día siguiente, seguro de que su mujer se alegraría de
verlo, regresado de la muerte. después de darle una bofetada
fuertísima ella se largó a llorar. vivieron juntos catorce años más,
hasta que él murió en serio, pero ella nunca más le dirigió
una sola palabra.

*

madeiros dijo que somos los dos más talentosos del grupo. estaba borracho cuando lo dijo. valeria cree que le ha dicho lo mismo a todos los demás.

★

tardes quietas. haberla visto vomitando (y luego la besé...). haberla visto llorando (y luego la besé...). haberla oído diciendo una y otra vez, mil veces, que no quiere envejecer. no me gusta escupirle en la cara. no me gusta chuparle los dedos de los pies.

★

algunas veces se queda dormida de pronto. está diciendo algo y se queda dormida. sin culpa, es lo que más le gusta hacer. yo no la despierto. podría verla dormir durante horas. su respiración, sus gestos. es quizá lo que más me gusta hacer a mí.

★

sueña que es aire. dijo: era aire. dijo: necesito ser invisible. fumaba. verla fumar. oír cómo salta de un lugar a otro. sus lugares. crece a mi lado. hay cosas que hemos hecho juntos por primera vez en nuestras vidas. eso nos une.

★

¿es difícil ser tú? ¿es lindo ser tú? ¿cómo se siente ser tú?

★

a veces repite la misma palabra durante largo rato, ochenta o cien veces. se pone loca a veces. yo le digo que pare y lo hace aún con más ganas.

★

dime ramera de mierda, me pide entre jadeos, dime perra asquerosa. me cuesta decirlo pero lo digo y termino dos segundos después. ella me abraza.

★

Últimas semanas

Guardaba las botellas en los basureros de los baños, sumergidas en la piscina, colgadas de los árboles del jardín. Luego, en los días siguientes, no dejaba una sola sin vaciar, escuchando siempre esos discos viejos y evaluando a veces en voz alta, para despistar a mamá, cuando mamá estaba cerca, cómo haría para conseguir nuevas botellas y dónde las ocultaría, si en el cesto de la ropa sucia o enterradas en lugares que no se le olvidaran fácilmente. O en el ropero de mi cuarto, bajo mi consentimiento, a mí no me molestaba que papá se emborrachara todo el tiempo, estaba habituado a verlo así, bailando en la sala (en los mejores momentos), lamentándose y llorando (en los peores), estaba habituado ya a tragarme peroratas enteras que podían extenderse durante varias horas seguidas.

Tengo por lo menos trescientos muertos, dijo de pronto esa tarde, altivo, como si algo así pudiera enorgullecerlo. Te los cuento uno a uno, papito. Trescientos por lo menos. O cuatrocientos. Si quieres apostamos.

Yo cuatro, dije. Y debí pensar en los abuelos y en mi tío, pero sobre todo en Mastrono, al que tuvimos que matar ahí mismo, en el jardín en el que papá ahora enterraba sus botellas.

Este que ves es un sobreviviente, siguió él. Uno de los que más suerte tuvo. Estoy rodeado de muertos pero sigo aquí. Trescientos o cuatrocientos muertos, papito querido, quizá más, toda la gente que fue importante, y yo todavía aquí, hablándote. ¿Te conté alguna vez de tu tío Eduardo?

Conocía sus historias de memoria. Me enternecían, me conmovían, me alegraban. Quería a papá y me gustaba lo que había logrado en su vida, incluida la mujer a la que enamoró, una mujer valiente que ocupaba un cargo importante en un banco importante y que era la que nos permitía llevar cierto tipo de vida. Tenía prohibido salir y cumplía mientras no le faltaran las botellas, que también tenía prohibidas. Yo se las facilitaba y a lo mejor mamá incluso lo sabía. La cuestión es que pronto empezaría a estudiar, lo que quiere decir que eran mis últimas semanas en la ciudad, mis últimas semanas en casa. Me tenía prometido volver siempre, por lo menos una vez al mes, pero también tenía claro que no hay nada más fácil de romper que las promesas. No fallaría a papá, me decía a mí mismo todo el tiempo en esas últimas semanas, obligándome a disfrutar los detalles más insignificantes. No dejaría que se sintiera más solo y más abandonado.

¿Te la conté o no?

Creo que no.

Le gustaban las mujeres de mal vivir. En esa época eran muy baratas, así que no había semana que no le diera un polvo. Se conocía a todas. Hasta lo saludaban por su nombre. Con cariño, porque era un hombre bueno.

Se interrumpía para beber. Singani con mucho hielo y una pizca de limón. Mientras vaciaba el vaso y se preparaba otro yo aproveché para mirar por la ventana. Al jardín deshecho, a las aguas estancadas de la piscina. A los árboles y al cielo que iba perdiendo intensidad, anochecía.

El problema fue que se enamoró. Y que dejó a su familia para irse a vivir con la putita, que creo que se llamaba Miriam o Mariam. Las personas nunca cambian. Ni por amor. Eso es lo que tu pobre tío Eduardo nunca llegó a entender y lo que yo necesito que tú entiendas ahora, para no sufrir en vano. Estarás lejos y tendrás que ser fuerte y no olvidar en ningún momento que la gente no cambia nunca. Después se resignó, tu tío. Pero por debajo le fue creciendo la tristeza, la pena… No sé si estás preparado para lo que viene luego. Es algo duro.

Le pegó un tiro, dije simulando que dudaba, que me aventuraba con una posibilidad radical para demostrar que ya no era tan inocente. ¡Sí!, se sorprendió papá de que hubiera acertado. ¡Exactamente! Pero no es sólo eso. Eduardito hizo después algo aún peor...

¿Se pegó un tiro?, pregunté simulando aún más duda.

Sí, asintió entonces, menos efusivo esta vez. Vi su cuerpo, vi su cabeza abierta, sus sesos desparramados. Lo vi sin vida, al lado de Miriam o de Mariam o de como mierdas se llamara. Era una morena voluptuosa y lo hacía delicioso, disculpá que te lo diga así de crudamente, pero es que al final tu tío nos regalaba polvos, si seguía metiéndose con medio mundo mejor con nosotros más. En ese tiempo no había enfermedades, papito querido, ahora hay que cuidarse, ponerse chulo.

Me miró fijamente durante algunos segundos mientras lo decía, yo sostuve la mirada con esfuerzo, había algo que daba miedo, quizá vi por un segundo mi reflejo futuro, lo que yo también sería, y luego se puso de pie tambaleante y llegó hasta el lavaplatos. Botó los hielos que quedaban y lavó el vaso. Luego cogió la botella, callado, como si estuviera solo, desapareciendo a su hijo mientras iba pensando en su hermano, recordándolo, intentando estar de nuevo con él, y salió. Yo me quedé quieto, mirándolo a través de la ventana. Debieron de pasar dos o tres minutos así, suspendidos, y mamá llegó entonces. Me saludó y preguntó por papá justo cuando él entraba a la cocina por la otra puerta, sus manos llenas de tierra, los ojos rojos.

Es posible que aun así la abrazara. Es posible también que ella no se quejara ni mencionara el olor a trago, la tristeza evidente.

Antes de que dijeran nada propuse invitarlos a cenar. Me miraron y preguntaron a dónde y si tenía plata para hacerlo, sensibles también ante la inminencia de mi partida, que sería el principio de algo pero al mismo tiempo el final de algo, de lo que éramos nosotros hasta entonces.

Claro que tengo, dije, ¿cómo les suena unas pastas? Estupendo, dijeron ellos, nos suena estupendo.

★

dijo: últimamente siempre hay perros muertos en tus cuentos.
y puso una cara chistosa y preguntó: ¿qué significa, que ya no me
quieres tanto?

★

que los monstruitos no jueguen a mancharse. que no se den la
espalda nunca. que no se digan que ya no se quieren si algún día
dejan de quererse.

★

a veces se va sin pagar. a veces se recoge la propina que otros
clientes dejan en las mesas del café. a veces me cuenta cosas
terribles. luego, al final, siempre dice lo mismo: no sé por qué te
estoy contando esto.

★

la universidad no importa. el futuro no importa. (necesito cuadernos de más hojas. necesito aprender a escribir largo. necesito
aprender a escribir. debería haber más tiempo, deberíamos saber
cómo y cuándo vamos a morir…)

★

a veces jugamos a que somos ciegos. ella o yo. nos cubrimos los
ojos, dejamos que nos guíe el otro, que no nos deje caer. los ruidos
de la ciudad, caminar sin ver. acariciar sin ver, sentir sin ver. seguir
siendo nosotros mismos sin ver.

★

que el otro día la vieron tomando algo con un profesor, que se
mataban de la risa, que valeria parecía feliz. esperé media semana
a que dijera algo, no dijo nada. las traiciones han dejado de ser
hermosas. nuestro nuevo pacto: haz tú la herida, yo pongo la piel.

★

lo que más necesitamos: nubes que parezcan cosas. que a nuestros amigos les vaya muy mal, prenderle fuego a la casa de los
vecinos. soñar horrible y luego despertar. (no escribo aquí
para decirme la verdad. escribo aquí para mentirme…)

★

ella hace un rato en el café. mi imposibilidad de decirle lo que estaba sintiendo, su facilidad de doblegarme. ella hace un rato en su
cama. le gusta que termine dentro, no le preocupa. a mí tampoco.
ha sido una semana atroz.

★

la gente que odio, dijo. la ropa que odio, los gestos que odio, los
recuerdos que odio. no debería ser tan fácil odiar. (no debería ser
tan fácil amar, pensé yo…)

III

En la ducha lloro. No estoy segura de por qué, pero lloro y las
lágrimas se confunden con el agua y luego me seco y ya está.
Vuelvo al cuarto. No lo encuentro y por dos segundos pienso
que se ha ido, me desespero por dos segundos mientras lo imagino
corriendo de vuelta al café o a su casa, a cualquier lugar, pero entonces se me ocurre que está leyendo en la cocina, que se ha prepa-

rado un mate y que está leyendo ahí, porque leer ahí le gusta mucho. ¿Pablo?, pregunto de todas maneras, fuerte, sólo por si acaso, y él no responde y yo no insisto. Me siento sobre la cama. Todavía huele a nosotros y ese olor que hacemos juntos es el olor que más me gusta en el mundo, pero lo borro con el de la crema que me unto en todo el cuerpo. Busco qué ponerme. Un calzón blanco, una falda amarilla, una blusa azul. Lo que esos colores dicen de mí. Lo que cada una de las cosas de mi cuarto dice de mí. Pienso eso o hago como si lo pienso y me seco el cabello y dejo la toalla en el baño y voy en busca de Pablo. Pero no está en la cocina y me desespero por otros dos segundos y quiero entender y no entiendo y miro por la ventana sólo por mirar, y ahí sí está, sentado en el columpio de la hija de los dueños de la casa. Sonrío y él no me ve y sigo sonriendo. Es raro que no lea. Es rarísimo en realidad, porque Pablo no desaprovecha un solo segundo libre para ponerse a leer.

Parece pensativo. Está pensativo o lo parece. Eso me da miedo. Pero luego me doy cuenta de que tiene abierto su cuaderno rojo y vuelvo a sonreír y el miedo se va y ya está. Quizá empezó a escribir el cuento para el taller. Es así, obsesivo. Yo ni siquiera estoy segura dónde dejé la foto que me dio. Todavía queda la semana entera y no voy a pensar en eso ahora. Salgo y me acerco y no dice nada y yo no digo nada y me siento en sus piernas. Hace calor y el cielo me gusta y el columpio cruje un poco con el peso de los dos. Lo abrazo y él todavía huele a nosotros y hay un silencio larguísimo que no se siente tan larguísimo porque Pablo cierra el cuaderno y lo deja caer al pasto y apoya su mano en mi cadera. No me deja leer sus cuadernos, yo a veces los leo cuando se queda dormido. Son lindas sus anotaciones. Son sentimentales, tiernas. Y es idiota mencionarlo pero sé que algún día recordaré tardes como ésta con una tristeza insoportable. Eso pienso a veces cuando los leo y eso pienso ahora, sentada en sus piernas. Viviré lejos, en otro país, y antes de los treinta, en el trabajo o en algún bar o donde sea, conoceré a un hombre que se enamorará de mí, y nos casaremos y le daré hijos. Nada será tan especial y lo sabremos y no importará y lo peor será que no importe y no se me ocurre cómo ni por qué nos alejaremos, pero ahora, en el patio, abrazándolo, estoy segura de que sucederá. Te amo, digo entonces, un poco para defenderme del futuro, para defendernos a los dos del futuro, y lo beso en la boca con rabia y con todo el amor del mundo. Te amo, Pablo, le digo al oído, necesito que sepas que te amo con todo el amor del mundo. Y él está triste o lo parece, a veces el sexo lo pone así, a pesar de mis palabras, o quizá se daba a lo que estaba escribiendo, seguramente el principio de su cuento para la próxima sesión del taller, o a lo que pasó la semana anterior, que en realidad no es nada, absolutamente nada, y su respuesta es abrazarme y apoyar su cabeza en mi pecho. Una de las cadenas del columpio cede en ese momento y caemos. Nos abrazamos. Nos matamos de la risa. ∎

EVA Y DIEGO

Alberto Olmos

Alberto Olmos nació en Segovia, España, en 1975. Debutó en 1998 con *A bordo del naufragio*, finalista del Premio Herralde. Ha publicado las novelas *Así de loco te puedes volver* (1999), *Trenes hacia Tokio* (2006), *El talento de los demás* (2007), *Tatami* (2008) y *El estatus* (2009), todas en la editorial Lengua de Trapo. También es responsable del volumen *Algunas ideas buenísimas que el mundo se va a perder* (2009) elaborado a partir de textos extraídos de internet. Durante tres años, residió en Japón, en la prefectura de Tochigi, donde impartió clases de español y de inglés. Mantiene el blog http://hkkmr.blogspot.com (Hikikomori, palabra japonesa con la que se nombra a los inadaptados sociales de las grandes urbes actuales). Ahora reside en Madrid. «Eva y Diego» es el primer capítulo de su nueva novela.

1

El aburrimiento conduce al mal, pero entretanto hubo un mes de agosto en el que aún amé a mi marido. Fue así.

–Nada que suponga consumo.

La frase ha sonado en una guardería. Un niño está llorando a los pies de Diego. Él se agacha, lo coge con ambas manos y se lo pone sobre los hombros. Sonríe. Me sonríe mientras un niño llora sobre su cabeza. Yo respiro hondo, miro la hora en mi reloj de pulsera y trato de darle un beso. Aquí no, Eva.

Nada que suponga consumo, pienso.

Salgo de la guardería y monto en mi coche. Conduzco hacia casa. Por el camino escucho música. Doy unas cuantas vueltas antes de encontrar aparcamiento. Después subo a mi domicilio. Me miro la cara en el espejo del ascensor. Me miro la cara muy de cerca en el espejo del ascensor. Estoy cansada.

He puesto el bolso sobre la mesa y lo he abierto. Acabo de comprarme un doPi. Lo saco de su embalaje y me paso dos horas entretenida con todo lo que un doPi tiene que ofrecerme antes de que suene siquiera la primera canción. Cuando he conseguido poner dentro del doPi treinta y cuatro canciones me ajusto los auriculares y aprieto la parte baja de la rueda. Es la primera canción.

Me muevo por la casa con la primera canción.

Miro por la ventana con la primera canción.

Acabo por tumbarme en la cama con la primera canción.

Y cuando empieza a sonar la segunda, cuando ya estoy relajada sobre el edredón de mi cama matrimonial, sin zapatos, con los ojos cerrados, comienzo a tocarme por encima de las bragas, comienzo a tocarme por debajo de las bragas, comienzo a masturbarme pensando en un hombre que no es Diego.

Fue así.

Todo empezó por una tienda. El pensamiento, sobre todo; las ideas. Yo le conté a Diego mis ideas durante un desayuno. Me paso el día gestionando ideas en el periódico y si hay algo que me sobra, sí, son ideas.

Putas ideas.

Le dije a Diego que la vida estaba tapada. Dije eso, tapada, y coloqué las manos en forma de casita justo encima de mi taza de café. Era domingo, el periódico estaba sobre la mesa y cada uno de nosotros había encendido ya el móvil. Diego llevaba puesta una camiseta que decía: Gran día de los padres.

—Cuéntamelo todo, Eva —dijo Diego.

En realidad Diego no dijo eso. No exactamente.

—Cuéntamelo todo, Evita.

Dijo eso exactamente.

Fue en nuestra calle donde encontré las ideas que me han llevado hasta aquí. Eso le conté a Diego. En nuestra calle, era mi impresión, se sucedían las mutaciones. Justo delante de nuestro portal había una tienda de electrodomésticos, la tienda de electrodomésticos de toda la vida. Tostadoras, microondas, secadores: yo compré en ella de todo. Pero un día el establecimiento cerró, y desde ese día me dediqué a especular sobre la clase de negocio que llegaría a abrirse en su lugar. El escaparate de aquel bajo, vacío en el ínterin, me dejaba atisbar un interior casi amniótico, porque, cada día, percibía yo la gestación de una estructura comercial: una mesa, un mostrador, algunas cajas, embalajes de varios tamaños y misteriosas formas; personas que se movían por aquel espacio con cara de dentistas, de fontaneros, de abogados, de agentes inmobiliarios, de floristas...

Finalmente triunfó un letrero con la palabra Zapatería.

Así que zapatos. Hubo que comprarlos pronto, sin embargo, porque la zapatería quebró a los tres meses.

El proceso de destrucción total de un negocio y posterior embarazo comercial volvió a desarrollarse ante el portal de mi casa. Una heladería. Gruñí. Es imposible que no instalen algo que no me tiente.

Y, a los seis meses, una agencia de viajes.

Y, a los cuatro meses, una tienda de ropa para niños. ¿No crees que es una señal?, dijo Diego.

–No.

Yo.

La inquietante tienda de ropa para niños entre 0 y 12 años duró sólo un mes y veintidós días, pero su evangelio se me hizo eterno.

No entendía lo que pasaba con aquel local. Por qué ninguna propuesta encajaba en esos doscientos metros cuadrados, como si el callejero y el mercado no llegaran a ponerse de acuerdo.

Supongo que lo más adecuado hubiera sido poner allí otra tienda de electrodomésticos...

Me desentendí. Y lo hice porque un edificio entero dejó en pura nimiedad la falta de acierto de los pequeños comerciantes.

Era un edificio que se encontraba a cuatro manzanas de nuestra casa y que me gustaría mucho poder recordar. No puedo porque un día, de pronto, ese edificio desapareció totalmente.

Yo pasaba siempre delante de él los domingos, cuando iba a comprar el periódico. El domingo que noté su falta (es simpático hablar de «falta» cuando se trata de varias toneladas de realidad) llovía. Me había puesto un abrigo con capucha e hice todo el camino de ida con la cara baja, mirando para el suelo y esquivando charcos. A la vuelta, sin embargo, alcé la barbilla, aunque llovía con la misma intensidad. No me importaba hundir los zapatos en los charcos si podía evitar ver mi cara en ellos.

Hundí mis zapatos en un charco enorme, y los mantuve sumergidos durante diez minutos. Me quedé de pie ante un solar, absolutamente aterrada.

El espacio lo acotaban los edificios colindantes, tres paredes de ladrillo crudo, desnudas de repente, intolerable impudicia catastral. Durante todo el tiempo que pasé con los tacones en el agua, sólo pensé una cosa: ¿qué coño había aquí antes?

Había pasado por esa calle una vez a la semana como mínimo durante los últimos cinco años. Había mirado escaparates. Había tomado café en varios de los bares que se me ofrecen en el camino. Había buscado con la mirada al hombre tan atractivo que suele volver de comprar su periódico de izquierdas cuando yo voy a comprar mi periódico de derechas. Sabía que una niña pelirroja vivía en la casa azul. Sabía que había un parque con columpios y dos toboganes. Había tenido cuidado de no mancharme la falda cuando pintaron de verde los bancos. Había notado las papeleras nuevas. Había notado la retirada de los dos teléfonos públicos. Había percibido alguna vez un extraño olor a quemado.

Pero ese día, mirando aquella ausencia inmensa, irregular, fea como la extracción de una muela, fui incapaz de recordar siquiera cuántas plantas tenía el inmueble desaparecido, de qué color era la fachada, qué tiendas había (si había) en el bajo, si asomaban balcones, si tendían ropa, si vivían españoles o sudamericanos o fantasmas sin patria; si me había apoyado alguna vez en sus paredes para ajustarme los zapatos de tacón; si Diego había incluido ese edificio alguna vez en alguna conversación sobre algo o alguien; si, cuando llovía, ese edificio, Dios santo, se mojaba al menos.

Nada más volver a casa le pregunté a él. Diego, ¿has visto el edificio que han tirado? ¿Qué había antes allí? ¿Te acuerdas? Diego no se acordaba. ¿Cómo no puedes acordarte? ¿Cómo no puedo acordarme?

La vida está tapada.

Ese edificio, ese no edificio −si no lo recordaba tampoco podía asegurar cabalmente que lo había visto alguna vez, que alguna vez yo y el edificio nos miramos a los ojos−, ese solar ahora, ese no solar cuando levantaran un edificio nuevo al que mirar a los ojos para, algún día, en mi vejez, encontrarme con que no estaba, con que lo habían tirado también, con que un nuevo solar −¿el mismo solar?− me miraba con sus ojos vacíos, ese edificio, ese no edificio, fue, sin duda, el que me ha traído hasta aquí.

A la construcción de este vacío.

Y pensé: ¿no será ese edificio, el nuevo, el que levanten en unos pocos meses después de que el solar se haya llenado de basura y cagadas de perro y jeringuillas de drogadictos y de mierda de todo tipo, y de grafitis, el que no sea tirado un día, el que permanezca, el que, en definitiva, deje de verme a mí pasar por delante de él para comprar el periódico u ocupar un banco verde, repintado otras nueve veces? ¿No será él, el edificio, el incapaz de recordar siquiera que yo cientos de veces le miré directamente a los ojos y estuve ahí plantada, vestida de alguna manera, con un bolso, o sin bolso alguno, pero *viva*?

Soy un solar.

—No entiendo muy bien lo que quieres decirme, amor. Lo siento.

–Trataré de explicarme.

–Te escucho.

Le conté a Diego un experimento que acabábamos de referenciar en el periódico. Se trataba de poner a una persona sola en una habitación. La estancia es cómoda, pero sin ocasión para el ocio ni la comunicación. No hay una ventana que dé a la vida. No hay televisión que dé a una especie vida. No hay nada, sólo tiempo.

Los sujetos sometidos a ese experimento alcanzaron grados de psicosis sólo comparables a la contemplación del horror. Preguntados por las causas de su nerviosismo, de su pesar, de sus (en algunos casos) ataques de ansiedad, todos llegaron a la misma conclusión: nada había provocado sus ataques de ansiedad, nada su pesar y nada su nerviosismo. Nada.

La nada, entendí yo, y expliqué a Diego. La nada es el horror.

Yo hice yoga una vez, hice aeróbic. Hice un curso de alemán e hice un curso de otro idioma que ahora no recuerdo (no palabras en ese idioma: ni siquiera qué idioma). Me pasaba tardes enteras viendo vídeos en internet. Tardes enteras buscando pornografía. Tardes enteras con una antigua amiga, hablando de cosas que ahora soy incapaz de señalar. Fui a exposiciones, rutinariamente, hasta que me cansé. Al teatro también fui hasta que me cansé. A danza moderna hasta que me cansé. Hice un curso de cocina por correspondencia. Hice cosas, hago cosas.

Hacemos cosas, Diego.

Pero cuando estoy inmersa en una nueva actividad siempre hay un momento en el que me pregunto: ¿qué hacía yo antes en lugar de lo que hago ahora? Y nunca soy capaz de acordarme. Y Diego nunca es capaz de acordarse.

¿Hacemos cosas?

El edificio desapareció, y yo no podía recordar el edificio. Ahora había un solar allí, un solar que, en un tiempo muy breve, sería tapado por otro edificio, del mismo modo que mis horas de aeróbic de los sábados fueron inmediatamente tapadas por mis horas de alemán; y no recordaba el edificio del mismo modo que no soy capaz de recordar ya ni mis horas de aeróbic ni mis horas de alemán ni mis horas de idiomas absurdos: sólo un nombre para su ausencia.

Pero en mi memoria no hay solar. En este pugilato de ideas, en esta relación entre edificios y ocio de los sábados, no hay solar. El solar sería ese momento en el que estaba esperando algo nuevo con que llenar mis horas libres. Pero recordar ese momento es imposible, como si no estuviéramos preparados para asomarnos a un abismo abierto en la propia rutina.

No recordamos cuando no hicimos nada. No recordamos el aburrimiento. No viene en los mapas.

Es más fácil recordar un edificio que un solar. El edificio es arquitectura, alguien pensó un orden y unas formas, y las dispuso, en cierto sentido, para ser recordadas; un solar es vacío arbitrario, está ahí de momento, y nadie quiere en principio que ese solar sea recordado o tenido siquiera en cuenta.

Pero, del mismo modo que el edificio tiene balcones, cables, un tejado a dos aguas, dinteles y geranios, un solar tiene escombros y broza y residuos y detritus y animalejos y hondonadas y quién sabe si hasta las varillas de un paraguas. Es decir, deberíamos poder recordarlo.

Deberíamos poder rememorar el aburrimiento, no sólo como un tiempo más o menos largo y desesperante en el que tuvimos la impresión de que nada fuera de nosotros mismos reclamaba convincentemente nuestra presencia y concurso, y en el que si permanecíamos atentos a nosotros mismos (hasta el punto de poder diagnosticar que nos aburríamos) se debía a que no podemos dejarnos al margen cuando no nos gustamos; sino recordar el aburrimiento al detalle, como recordamos el argumento de una película aunque sea, precisamente, aburrida.

–Decimos: Ayer me lo pasé bien, ayer me lo pasé muy bien, ayer me lo pasé en grande, ayer me lo pasé mal, ayer me lo pasé muy mal, ayer me lo pasé regular. Pero no decimos ayer me aburrí bien.

–...

El aburrimiento no tiene adjetivos. Pero tiene forma verbal: aburrir. «Me aburro», «me aburres». (No puedo olvidar esa frase que tantas veces me decía mi madre cuando niña –ya de niña, me aburría–: No sea burra, señorita.) «Me aburro» suena a «me hago daño»; «me aburres» suena a «me haces daño». Sin embargo, muchas veces he querido estar sola, y hasta he comentado directamente: «Me quedaré en casa, aburriéndome.» Y efectivamente me aburría, porque quería hacerme eso a mí misma, ese daño.

Porque un solar, a veces, reclama su espacio.

–¿Sabes lo que hago siempre en los cines, Diego?

–Susurrarme: esta película es vomitiva. Eso es lo haces siempre en los cines, Evita.

–Sí, pero también hago otra cosa, una especie de rezo.

–¿Rezas para que la película sea buena?

–No; le digo a la película, «Sácame de aquí», Diego. Le digo eso *a la película.*

Y si la película es buena, me saca de ahí.

Lo mismo que una buena novela, una tarde en el teatro o las 8.500 canciones que llegué a tener en mi doPi.

Lo mismo que comprar.

Sobre todo, comprar.

De hecho, ¿es que no hay nada que una pueda hacer en este mundo que no suponga consumo?

Se lo dije a Diego:

–¿Es que no hay nada que una pueda hacer en este puto mundo que no suponga consumo?

–Tranquila, por favor. Estamos hablando.

Sonaba *God's gonna cut you down*, de Johnny Cash. Lo recuerdo porque acababan de llegar a la redacción un montón de cedés cuyo lanzamiento las discográficas esperaban que cubriéramos. Como siempre, el redactor jefe y yo hicimos valer nuestro puesto en el organigrama para saquear antes que nadie aquella tonelada de copias gratuitas de música. Yo me apropié sólo de un par de discos (entre ellos el de Johnny Cash); Rafael Presa se llevó a su casa unos cincuenta cedés.

Tanto Rafael Presa como yo misma ganábamos más que nadie en nuestra sección. De hecho, yo ganaba más que nadie. No teníamos ninguna necesidad de «robar» ni los cedés ni los libros; ni los deuvedés ni las entradas para conciertos que llegan a una redacción de Cultura todos los días. Sin embargo, lo hacíamos.

El hecho de que me aprovechara menos que Rafael Presa de mi posición no se debía a que fuera más honrada o generosa que él (generosa porque todo lo que nosotros no robáramos o disfrutáramos lo podían llegar a disfrutar, con suerte, personas –los redactores, los becarios– que realmente no podían permitirse semanalmente ni adquirir discos compactos ni acudir a recitales o representaciones): se debía a que a mí me gusta mucho gastar el dinero. Me gusta comprar.

Y, sobre todo, me gusta comprar cosas caras.

Porque las cosas baratas, el pan, la leche, el papel, la fruta, son útiles. El placer que proporcionan está en su uso. Lo mejor del pan es comerlo; lo mejor de un lapicero es hacer un garabato en el margen del periódico. Además, hay algo emotivo en la compañía continuada de algunos productos, de los más modestos. Digamos que el pan nuestro de cada día es muy cariñoso, como un marido.

Sin embargo, las cosas caras son completamente inútiles y nunca proporcionan más placer que cuando las compras. Son pasiones perecederas. Como los amantes.

–Me voy a comprar un doPi.

–¿Eso qué es?

Un doPi es un reproductor de música MP3 creado por Elppa en 2001 que ha revolucionado el modo en el que entendemos la música. Yo, personalmente, ya no entiendo la música.

Yo tenía un sueldo que me permitía comprarme 15 doPis al mes, más o menos. Mi sueldo, por tanto, eran 15 doPis al mes, 15 promesas de doPis al mes, 15 tentaciones, cada mes, de comprarme un doPi.

Por ello, era una de esas personas que no pueden no acabar comprando un doPi. Tampoco podía no acabar comprando cualquier cosa que inventaran para ser comprada. Yo supongo consumo.

Me compré mi doPi por aburrimiento. Pero también por miedo. El consumo es el miedo a la muerte. Cada cosa que he comprado en mi vida es una apuesta por seguir viviendo. Si yo me fuera a suicidar no compraría nada; si pusiera como fecha fin de mi vida el 1 de agosto no compraría un doPi el 31 de julio. Compramos porque queremos estar aquí mucho más tiempo, porque eso que adquirimos nos necesita vivos. Las cosas nos reclaman. El sentido de la vida es que todo lo que compramos no tiene sentido si estamos muertos.

El consumo es futuro.

El día que compré mi doPi murieron 45 personas en un atentado terrorista. Cuando se produce una noticia importante, parte de mi sección colabora con la sección «afectada» (Nacional o Internacional, normalmente); además, se reducen páginas de Cultura y, por lo tanto, yo como jefa de todos ellos no tengo casi nada que hacer. Me aburro y miro mucho por la ventana.

Las bombas estallaron a las 8.56 a.m. en un centro comercial de Madrid. Estaban escondidas en los probadores de la planta de ropa para mujer. Treinta y dos de las víctimas fueron féminas; doce fueron niños. Sólo falleció un hombre. Resultaron heridas varias decenas de personas más, en proporción similar a la de los muertos en lo que a sexo y edad se refiere.

La autoría del atentado apuntaba a formaciones terroristas árabes.

Vi una foto y no quise ver más. Un maniquí vestido con carne humana. La bomba había deshecho por completo el cuerpo de una persona y su piel, sus huesos, sus órganos habían cubierto de arriba abajo la parte delantera de un maniquí.

—Los próximos somos nosotros.

El periodismo es esencialmente pesimismo. Me fui de la redacción antes de mediodía.

A comprar.

Me gusta mucho comprar tecnología porque tardo bastante tiempo en darme cuenta de que tampoco sirve para nada. Leo las instrucciones, aprieto teclas, conecto un cable aquí y otro allá, y me siento como ante un enorme misterio por resolver. Y lo disfruto. Luego no hay misterio alguno, sólo inutilidad, y arrojo el aparato correspondiente en cualquier cajón.

El doPi me lo compré porque el dependiente era muy guapo. El centro comercial estaba extrañamente (o no tan extrañamente: cuarenta y cinco muertos) despoblado. Había decidido aprovechar la mañana para ir a visitar a Diego, así que opté por la planta baja en lugar de la planta sexta. Me demoraba menos comprando un miniordenador o una PDA que unos zapatos, y el resultado iba a ser el mismo. El dependiente era muy guapo.

Lo vi a los cinco minutos. Estaba leyendo una revista sobre el mostrador de su stand de Elppa. Yo tengo miles y miles de discos compactos en casa y lo último que se me hubiera ocurrido es comprar un aparato que me obligara a deshacerme de todos mis cedés. Pasé por delante de su stand varias veces. Ni por un momento levantó la vista.

Supuse que, debido a la falta de clientela, su actitud comercial había sido desactivada. Lo mínimo que podía hacer era ofrecerme un jodido doPi.

Volví a pasar otra vez por delante del muchacho, a paso más lento y a una distancia más corta. No me hizo ni caso.

Finalmente, me acerqué.

–Buenos días –dije.

El muchacho se quitó los auriculares (no se los había notado) y me sonrió.

–Perdone –dijo.

Tenía una boca muy bonita.

–¿En qué puedo ayudarle, señora?

–Quiero uno de ésos.

Señalé el doPi más caro que había. De hecho, señalé la placa con el precio, no el aparato.

El dependiente se dirigió hacia allí. Le miré de arriba abajo mientras abría la cerradura de una mampara de cristal.

Se volvió para mirarme.

–¿De qué color lo quiere, señora?

–Rojo.

La guardería está en el norte de la ciudad, no muy lejos de la sede del periódico, pero sí del centro comercial al que acudí ese día. Me llevó casi una hora llegar al lugar de trabajo de Diego.

El edificio era azul, el patio tenía columpios amarillos y los niños llevaban petos rosas y verdes. Yo venía de ver una fotografía con carne humana pegada a un maniquí.

–Eva, cuánto tiempo.

–¿Está Diego?

–Claro, sígueme.

Era joven y guapa. Le miré el culo mientras la seguía por los pasillos. No sé qué necesidad hay de venir así de ceñida a un trabajo con críos.

Se llamaba Laura o cualquier otra cosa.

–Diego, tu mujer.

–No haremos nada en vacaciones. Nada.

Diego me ha llevado a un aula vacía. Estamos sentados en dos sillas diminutas, hablando del atentado, de mi reciente compra y de las vacaciones. Esto último no lo entiendo.

–¿Nada? ¿Cómo nada? ¿No querías ir a...?

–No, el año que viene. Éste, nada que suponga consumo.

–Todo supone consumo, Diego.

Yo supongo consumo.

Entró un niño en el aula. Lloraba. Nos pusimos en pie y el niño, como impulsado por una extravagante fuerza de la gravedad, se precipitó de inmediato hacia Diego. Él lo tomó en brazos y lo colocó sobre sus hombros.

–Nada que suponga consumo, Eva. Ya verás. Confía en mí.

Conduje hacia casa sin dejar de pensar ni por un segundo en el dependiente de Elppa.

Confío en Diego. ∎

OLINGIRIS

Samanta Schweblin

Samanta Schweblin (Buenos Aires, 1978) se licenció en la carrera de Imagen y Sonido en la Universidad de Buenos Aires, con especialidad en el área de guión cinematográfico. En 2001 obtuvo el primer premio del Fondo Nacional de las Artes y el del Concurso Nacional Haroldo Conti con su primer libro *El núcleo del disturbio* (2002). En 2008 obtuvo el premio Casa de las Américas, por su segundo libro *Pájaros en la boca* y la beca FONCA. Muchos de sus cuentos han sido traducidos al alemán, al inglés, al italiano, al francés, al portugués, al sueco y al serbio, para su publicación en numerosas antologías, revistas y medios culturales. Actualmente lleva su propia agencia de diseño.

1

Alcanzaba para seis. Una quedó afuera, en la sala de espera. Dio vueltas por el hall. Tardó en asumir que tendría que aguantarse las ganas hasta el día siguiente, o el siguiente, o hasta que volvieran a llamarla. No era la primera vez que le pasaba. Las que entraron subieron las escaleras blancas hasta el primer piso. Ninguna se conocía particularmente con las otras. Quizá alguna vez se cruzaron, tal vez en ese mismo lugar, pero nada más que eso. Pasaron al cambiador en silencio. Colgaron sus carteras, se quitaron los abrigos. Se lavaron las manos por turnos, y por turnos también se acomodaron el pelo frente al espejo, atado en una cola o con una bincha. Todo con amabilidad y en silencio, agradeciendo con gestos o sonrisas. Han pensado en esto toda la semana. Mientras trabajaban, mientras cuidaban a sus hijos, mientras comían, y ahora están ahí. Ya casi dentro de la sala, ya casi a punto de comenzar.

Una de las asistentas del instituto abre la puerta de la sala y las hace pasar. Dentro todo es blanco. Las paredes, las repisas, las toallas enrolladas como tubos unas sobre otras. La camilla, al centro. Las seis sillas alrededor. También hay un ventilador de techo, girando con suavidad, seis pinzas plateadas alineadas en una toalla, sobre una banqueta de madera, y una mujer recostada en la camilla, boca abajo. Las seis mujeres se acomodan en las sillas, tres de cada lado, ubicándose alrededor de las piernas de la mujer. Esperan mirando el cuerpo, impacientes, sin saber muy bien qué hacer con sus manos, como si frente a una mesa al fin hubieran traído la comida pero todavía no se pudiese empezar. La asistenta las rodea, ayudándolas a acercar las sillas aún más. Después reparte las toallas de mano, y entrega, una por una, las seis pinzas que estaban sobre la banqueta. La mujer de la camilla sigue inmóvil, boca abajo. Está desnuda. Una toalla blanca la cubre desde la cintura hasta la media pierna. Tiene la cabeza hundida sobre los brazos cruzados, porque es bueno que no se le vea la cara. Tiene el pelo rubio, el cuerpo delgado. La asistenta enciende el tubo de luz que hay sobre la camilla, a unos dos metros de altura, lo que ilumina aún más la habitación y a la mujer. Cuando el tubo parpadea, levemente, antes de quedar completamente encendido, la mujer de la camilla mueve apenas los brazos, como reacomodándose, y dos de las mujeres miran con reprobación el movimiento. Cuando la asistenta da la señal de comenzar, las mujeres doblan sus toallas de mano en cuatro, y colocan el pequeño recuadro de tela frente a ellas, sobre la camilla. Después algunas arriman todavía más las sillas, o apoyan los codos, o se acomodan por última vez el pelo. Y empiezan a trabajar. Levantan las pinzas sobre el cuerpo de la mujer, eligen rápidamente un pelo y las bajan abiertas, con decisión. Pinzan, cierran, tiran. El bulbo oscuro sale limpio y perfecto. Lo estudian un segundo antes de dejarlo sobre la toalla, y van por el siguiente. Seis picos de gaviotas arrancando peces del mar. El pelo en la pinza las llena de placer. Algunas hacen el trabajo a la perfección. El pelo entero cuelga de la pinza, huérfano e inútil. Otras luchan un poco con la tarea y hacen más de un intento antes de lograrlo. Pero nada las priva del placer. La asistenta rodea la mesa. Cuida que todas estén cómodas, que a ninguna le falte nada. Cada tanto, un tirón, un pinchazo, provoca un leve temblor en las piernas. Entonces la asistenta se detiene en seco y vuelve su mirada a la mujer de la camilla. Maldice que las reglas del instituto las deje boca abajo, porque con la cabeza oculta no puede reprenderlas con la mirada. Pero tiene su anotador, que saca del bolsillo de su guardapolvo, y registra con eficiencia los excesos. La mujer de turno sobre la camilla escucha el chistido de las sandalias de goma al detenerse en seco. Sabe lo que eso significa. Un punto menos, una cruz, un tilde. Tarde o temprano suman lo suficiente para descontar algo de su sueldo. Las piernas van llenándose de pequeños puntos rosados. Ya casi no tiemblan, porque los tirones adormecen la piel resentida, ahora apenas consciente de un leve ardor.

2

Cuando la mujer de la camilla tenía diez años vivía con su madre cerca del río. Era una zona que a veces se inundaba y las obligaba a mudarse a lo de su tía, que vivía unos metros más arriba, en una casa montada sobre una estructura de madera. Una vez, cuando la mujer de la camilla estaba haciendo su tarea en el comedor de la tía, vio por la ventana que un pescador merodeaba su casa, la de su madre. Había llegado en un bote, que ató a unos árboles. Unas botas altas lo protegían del agua, que le llegaba casi hasta las rodillas. Lo vio desaparecer por un lado de la casa, y después volver a aparecer por el otro. Espió por las ventanas. Pero en ningún momento golpeó la puerta o los vidrios. Cuando la madre lo vio le hizo una seña y lo hizo pasar. La mujer de la camilla podía verlos si se mantenían cerca de la ventana. Su madre le ofreció té caliente y se sentaron en la mesa. Después se alejaron. Cuando la mujer de la camilla regresó de la otra casa hablaron de los viajes que él hacía, de su trabajo de pescador, del río. El pescador se ofreció a llevar a la mujer de la camilla de pesca al día siguiente. Como era época de inundaciones y no había colegio, a la madre le pareció bien. El pescador la llevó hasta la desembocadura, en el lago. A esa altura el bote casi ni se movía, avanzaba suave sobre el espejo de agua y a ella fue quitándosele el miedo. Entonces se dio cuenta de que tenía frío, y un poco de hambre. Recién empezaba a amanecer. El pescador armó su caña, dispuso los anzuelos, y empezó a trabajar. Ella preguntó si su madre les había preparado algo para desayunar, pero el pescador le chistó y le hizo una seña para que permaneciera en silencio. Entonces preguntó si tenía algún abrigo de más en el bote. El pescador volvió a chistar.

–¿Usted es mi padre? –preguntó ella al fin.

El pescador se quedó mirándola y a ella le dio por sonreír. Pero él dijo:

–No.

Y no volvieron a decirse nada.

L a madre de la mujer de la camilla siempre quiso que su hija estudiara y se mudara a la ciudad. Le exigió que se sacara buenas notas y se esmeró en repetirle que lo que no se esforzara de chica lo pagaría de grande, a un precio muy caro. La mujer de la camilla estudiaba. Hacía todo lo que la madre decía. El colegio quedaba a dos kilómetros de la casa y ella hacía el recorrido en bicicleta. Cuando estaba inundado le dictaban la tarea por teléfono. En el secundario aprendió mecanografía, inglés, algo de computación. Una tarde en que volvía a su casa rompió la cadena de la bicicleta. La mujer de la camilla se cayó al barro y se estropearon los cuadernos que llevaba en la canasta. Un chico que conducía una camioneta por la ruta la vio caer, la alcanzó y se bajó a ayudarla. Fue muy amable. Le juntó los cuadernos, que limpió con las mangas de su abrigo y se ofreció a llevarla hasta la casa. Cargaron la bicicleta en la caja de la camioneta. En el viaje hablaron un poco. Ella le contó lo que estaba estudiando, le dijo que estaba preparándose para mudarse a la ciudad. Él parecía interesado en todo lo que ella decía. Tenía una cadena dorada, muy fina, colgando del cuello con una cruz pequeña. A ella le pareció hermosa. Ella no creía en Dios, su madre tampoco, pero algo le hacía pensar que él podía caerle bien a su madre. Cuando llegaron lo invitó a pasar a cenar más tarde con ellas. Él pareció encantado, pero dijo:

–Es que salgo a trabajar en un rato. Soy pescador. –Sonrió–. ¿Puedo venir mañana?

–No –dijo ella–. No creo que mañana sea una buena idea. Lo siento.

C uando la mujer de la camilla llegó a la ciudad tenía veinte años. Le gustó ver que las casas no se elevaban sobre estructuras de madera, eso descartaba las inundaciones y los pescadores. La ciudad le pareció además calurosa, y la mareó un poco durante los primeros días. Los domingos llamaba a su madre y le contaba algunas cosas de su semana. A veces mentía. No lo hacía con maldad, lo hacía más bien para distraerse. Le decía a la madre que había salido con nuevos amigos. O que había ido al cine. O que había comido algo muy rico en un restaurante del barrio. A la madre le encantaban estas historias, y a veces no podía esperar a cortar y las repetía al teléfono para que la tía también se enterara.

La mujer de la camilla tenía algunos ahorros y se había anotado en un terciario. Pero los gastos de comida, alquiler y estudios eran muy altos y pronto tuvo que interrumpir la carrera y buscar un trabajo. Una tarde en que estaba comprando pan, la señora del almacén, con la que a veces conversaba de sus problemas, le dijo que tenía un trabajo para ella. Dijo que ganaría más dinero, y tendría tiempo para estudiar. La mujer de la camilla no era tonta. Sabía que el trabajo podía tratarse de algo desagradable que nadie más querría hacer, o algo peligroso. Pero dijo que, si no había ningún compromiso, le interesaría ver de qué se trataba.

La mujer del almacén la llevó en su coche hasta una avenida cercana, y se detuvo frente a un edificio de dos plantas con un cartel que decía «Instituto». Dentro había un pequeño tumulto de mujeres. Una de ellas, vestida con un uniforme color durazno que también decía «Instituto», pidió a las mujeres que se reorganizaran en una cola y las amenazó con no reservarles turno si permanecían fuera de la línea. Rápidamente las mujeres se ordenaron. Otra mujer de traje reconoció a la señora del almacén y se acercó de inmediato a ellas. Las hizo pasar a una sala contigua y le pidió a la mujer de la camilla que se arremangara los pantalones para poder ver los vellos de sus piernas. La mujer de la camilla pensó en un primer momento que no había entendido el pedido. Pero se lo repitieron. Entonces pensó que era ridículo, y que seguramente no era un trabajo para ella. Pero tampoco vio un peligro en mostrarle los pelos a la mujer de traje, así que se arremangó la manga del pantalón, y se los mostró. La mujer de traje se colocó los anteojos y estudió los pelos iluminándolos con una pequeña linterna que llevaba en el bolsillo. Revisó el tobillo, donde los pelos no eran tan fuertes todavía, y también la pantorrilla. Sólo cuando pareció estar convencida de que funcionaría, explicó en qué consistía el trabajo, los términos generales y el sueldo. La mujer de la camilla no supo qué decir. Porque el trabajo era muy simple, el horario aceptable, y el sueldo excelente. Su madre le había hablado tanto sobre las trampas de la ciudad, que se esforzó algunos segundos en entender dónde podía estar el peligro o la mentira. Pero todo siguió pareciéndole perfecto. Y aceptó.

3

Cuando ya no quedan pelos las piernas se ven vivas y coloradas. La mujer de la camilla está inmóvil. Las seis mujeres parecen cansadas, pero satisfechas. Se apoyan finalmente en los respaldos de las sillas, suspiran, descansan las manos sobre el regazo. La asistenta junta las toallas de mano donde las mujeres fueron dejando los pelos. Antes de levantarlas, las pliega dos veces a la mitad, para evitar que los pelos se pierdan, y así mismo las deposita cuidadosamente en una bolsa, que una vez llena cierra con un nudo doble. Sólo entonces ayuda a las mujeres a incorporarse, corriéndoles la silla, acomodándoles algunas veces los cuellos o las hombreras a las que han quedado desalineadas. Después toma la bolsa atada, con delicadeza, cuidando de no inclinarla, abre la puerta y acompaña a las mujeres hasta el cambiador. Cuando todas están dentro la asistenta regresa al pasillo y cierra tras de sí la puerta. A veces las mujeres comentan sobre el turno, se ríen, o se hacen preguntas sobre las veces anteriores. La asistenta las escucha hablar mientras baja las escaleras blancas. Sabe que debe entregar la bolsa antes de volver con la mujer de la camilla.

4

La asistenta nació en el campo, en una familia que vivía de siembras y viñedos. Tenían un casco de estancia rodeado de jardines y una pequeña fortuna. A la asistenta le gustaban los peces, y el padre, que casi nunca estaba en la casa, le mandaba libros enormes con ilustraciones a color de todos los peces del mundo. Ella se aprendía los nombres y los pintaba en su cuaderno. Le gustaba, de todos los peces, uno que se llamaba Olingiris. Tenía el cuerpo fino y chato, con la trompa larga en forma de tubo. Turquesa y amarillo. Los libros decían que era un pez delicado, porque sólo comía pólipos de coral, y eso no podía encontrarse en cualquier sitio. Pidió uno, pero le explicaron que no podía tener peces en el campo. La asistenta le mostró a su madre un libro que explicaba cómo instalar y mantener una pecera, pero la madre dijo que, aunque consiguieran la pecera y la comida adecuada, los peces se morirían de tristeza. La asistenta pensó que su padre tal vez no opinaría lo mismo, que podría mostrarle las fotos y él entendería. Pero cuando al fin él estuvo en la casa, ella no encontró el libro por ningún lado.

La asistenta tenía muchos hermanos, pero eran mayores y trabajaban con el padre, así que estaba casi todo el día sola. Cuando cumplió siete años empezó a ir a una escuela rural. Uno de los hombres que trabajaba para el padre pasaba a buscarla a las siete y media, la dejaba en el colegio a las ocho y volvía por ella a las doce. A la asistenta le costó adaptarse a ese nuevo ritmo. No le fue bien al principio. La madre contrató una profesora particular, y entonces la asistenta estudiaba por la mañana en el colegio y por la tarde en la casa. Como la profesora particular sabía del interés que la asistenta tenía por los peces, acotaba los ejercicios a esa temática. A veces le leía algo de poesía y una vez en que estudiaban puntuación le propuso que escribiera algunos versos. La asistenta hizo la prueba y la maestra particular pareció encantada con el resultado. Le dejó como tarea escribir una poesía con los nombres de sus peces preferidos. La asistenta se tomó la tarea con mucho interés. Despejó su escritorio y dejó en él sólo unas hojas blancas, un lápiz y una goma de borrar. Escribió una poesía sobre los peces, pero peces inventados, sobre lo que sentía a veces a la mañana, cuando recién se despertaba y a veces no sabía bien quién era, ni dónde estaba. Sobre las cosas que la hacían feliz, sobre las que no, y sobre su padre.

Una tarde la profesora particular le dijo a la asistenta que tenía una sorpresa para ella, y sacó de su bolso un paquete muy grande, del tamaño de una carpeta, o más, envuelto en papel regalo. Antes de permitirle abrirlo le hizo prometer a la asistenta que sería un secreto, y que nunca le contaría a nadie sobre el regalo. La asistenta asintió. Arrancó el papel y cuando vio de qué se trataba pensó que no le alcanzaría la vida para devolverle a la profesora particular algo del valor que ella le había regalado. Era el libro de las peceras. No el mismo libro, pero uno igual, nuevo, idéntico.

A los doce años el nivel de la asistenta había mejorado mucho, y su madre decidió que ya no era necesario que viniera la profesora particular. La asistenta la dibujó un tiempo entre sus peces. Hizo algunos de la profesora particular besando al Olingiris y otro de la profesora particular embarazada de un Olingiris. Escribió algunas poesías para que su madre enviara a la profesora particular, pero no tuvo respuesta.

Cuando la asistenta terminó el secundario empezó a administrar las finanzas del padre y a ocuparse de algunas cosas del campo. Ya no pintaba ni escribía, pero tenía sobre el escritorio un portarretrato con la foto del Olingiris, y a veces, cuando descansaba, lo levantaba para mirarlo detenidamente, y pensaba en qué estaría haciendo la profesora particular, y en cómo sería vivir como un Olingiris.

No se casó ni tuvo hijos. Dejó el campo cuando su madre tuvo los primeros síntomas de enfermedad, el mismo año en que la sequía acabó con los viñedos y la siembra. Decidieron que la asistenta viajaría con la madre a la capital, y vivirían en el departamento que el padre había comprado unos años antes. La asistenta llevó consigo el libro de las peceras que le había regalado la profesora. El departamento no era muy grande, pero alcanzaba para las dos. Tenía una ventana que daba a una calle y por la que entraba mucha luz. Compraron una mesa y dos camas de pino, y la asistenta

arrancó del libro algunas láminas y las pegó en las par‹
de cuadros. La asistenta aprendió a cocinar, a hacer l‹
lavar la ropa. Encontró un trabajo en una tintorería. ‹
la ropa estaba limpia había que colocarla en la máquin. ᴗᴗ ᴠᴀpor,
cuidando que no quedase ninguna arruga. Bajar la tapa, esperar
unos segundos, y repetir todo otra vez con el resto de la prenda.
También había que doblarla y perfumarla. A veces había manchas
difíciles, y había que llevarlas atrás, al lavadero, para ponerles un
producto especial. Cuando pasaba eso la asistenta elegía la primera pileta, y mientras esperaba los diez segundos que necesitaba el
producto, se miraba en el espejo a los ojos.

Cuando la madre de la asistenta murió, la asistenta renunció al
trabajo. Encontró entre la ropa de su madre el libro de las peceras, el original perdido. Vació la mesa de pino y abrió los dos libros en la primera página. Los releyó a la par, varias veces. Pensó
que quizá podría encontrar una diferencia, porque a simple vista
parecían iguales, pero ella recordaba al primero de otra manera, era
algo difícil de explicar. Simplemente estaba segura de que tendría
que haber una diferencia. Pero no la encontró. Cerró los libros y se
sintió muy triste. Sintió que ya no le serían necesarios, y los guardó
juntos debajo de la cama. Esperó en la casa varios días. Cuando se
le acabó la comida y el dinero, salió a caminar por el barrio y encontró un aviso de búsqueda de personal en un edificio que decía «Instituto». El trabajo era simple, y pagaban bien. La tomaron de inmediato. Con el dinero de los primeros meses le alcanzó para pintar el
departamento y comprar nuevos muebles. Tiró las láminas que tenía colgadas en las paredes. Salía por la mañana con su traje del
instituto. Abría puertas, llenaba fichas, acompañaba a las mujeres
hasta el cambiador, abría la sala, disponía los materiales, controlaba
a la mujer de turno en la camilla, recolectaba los pelos, cerraba la
bolsa, entregaba la bolsa, despedía a las mujeres, le pagaba a la mujer de la camilla, apagaba las luces, cerraba con llave. En la casa ordenaba las compras, hacía la comida, comía frente al televisor, lava-

ba las cosas, se duchaba, se cepillaba los dientes, ordenaba la cama, y se acostaba a dormir. A veces se acababan las fichas y había que ir hasta la librería por más. O las mujeres de la camilla se movían y había que descontarles puntos del sueldo. O no conseguía lo que deseaba cenar y entonces se acostaba más temprano.

5

La asistenta fue hasta la recepción y vio por la vidriera que ya era de noche. Guardó la bolsa en un estante, junto a otras tres bolsas idénticas, bajo la mesada de atención. Enseguida se abrió la puerta de la calle y la mujer entró con el frío. Era pequeña pero robusta. Vestía una campera gruesa y una botas altas y negras que siempre llevaba, que siempre a la asistenta le habían parecido de hombre, de pescador, pero a las que había terminado por acostumbrarse. Saludó con rudeza, y la asistenta respondió con un tímido asentimiento. La mujer puso ambas manos sobre la mesada. La asistenta vio que el auto de siempre esperaba en marcha en la calle. Le alcanzó las cuatro bolsas, cuidadosamente, una por una. La mujer las tomó con firmeza, dos en cada mano, y se fue sin saludarla. Sólo dijo:

–No olvide apagar todas las luces antes de cerrar.

La asistenta dijo que no lo olvidaría, y se quedó ahí unos segundos para verla subir al coche. Bajaron las mujeres ya cambiadas y se despidieron antes de salir a la calle. Sólo faltaba la mujer de la camilla, que debía de estar esperándola, ya lista, arriba. Subió, abrió de vuelta la sala y le sorprendió ver que la mujer de la camilla seguía desnuda. Estaba sentada en la camilla, abrazada a sus rodillas con la cabeza metida bajo los brazos. Le temblaba la espalda. Estaba llorando. Era la primera vez que esto pasaba y la asistenta no sabía muy bien qué hacer. Pensó en salir de la sala, volver unos minutos después, pero sacó el anotador, rehízo las cuentas en voz alta y le extendió a la mujer de la camilla el ticket con el dinero. Entonces la mujer de la camilla la miró, por primera vez. Y la asistenta tuvo un impulso, sintió su estómago contraerse apenas, mecánicamente, sus pulmones tomaron aire, sus labios se abrieron, su lengua suspendida en el aire, a la espera, como si fuese a preguntar algo a la mujer de la camilla. ¿Algo como qué? Eso fue lo que cerró su boca. ¿Si se encontraba bien? ¿Bien respecto a qué? No es que fuera a hacer la pregunta, aunque la distancia entre sus cuerpos era la adecuada y estaban solas en el edificio, sólo era algo a paso lento en su cabeza. Pero fue la mujer de la camilla la que calmó su respiración, y dijo:

–¿Está usted bien?

La asistenta esperó. Quería ver qué pasaba, entender lo que pasaba. Sintió algo fuerte en la garganta, un dolor punzante que le devolvió la imagen de los libros sobre la mesa de pino, las láminas de los dos Olingiris, uno junto al otro, y como si fuese una nueva oportunidad, buscó desesperada una diferencia, en los ojos, en las escamas, en las aletas, en los colores. ■

Pza. San Francisco, 4
50006 Zaragoza
Tel. 976 55 73 18
Fax 976 55 99 52
calamo@calamo.com

TRES CUENTOS

Andrés Neuman

Andrés Neuman nació en 1977 en Buenos Aires, donde pasó su infancia. Hijo de músicos emigrantes, terminó de crecer en Granada, en cuya universidad fue profesor de literatura hispanoamericana. A los 22 años publicó su primera novela, *Bariloche*. Sus siguientes novelas fueron *La vida en las ventanas, Una vez Argentina* y *El viajero del siglo*. Ésta última obtuvo en 2009 el Premio Alfaguara y el Premio de la Crítica en España. Es también autor de los libros de cuentos *El que espera, El último minuto* y *Alumbramiento*; la colección de aforismos *El equilibrista*; el libro de viajes por Latinoamérica *Cómo viajar sin ver*; y el volumen *Década*, que reúne sus libros de poemas. Ha recibido el Premio Hiperión de Poesía. Su página en internet es www.andresneuman.com

Un infierno propio

Cuando conocí a Juana, aunque ya no era sor, me volví loco. O no, me explico mal: se volvía loca ella, y por lo tanto yo.

Sor Juana abandonó el convento cuando tenía treinta y nueve años. La noche en que la conocí, me dijo que todo había sido culpa de la menopausia. ¿Qué dices?, objeté yo con pedantería, ¡la menopausia empieza a los cincuenta! Juana me miró como esos curas que están a punto de castigarte y deciden absolverte. Se me quedó mirando con una sonrisa superior, invitadora, con esos ojos negros como sus dos pezones, y contestó tranquilamente: ¡Tú qué vas a saber de la menopausia de las monjas! Quince minutos después, Juana pagó las copas. Veintidós minutos después, milagro, encontramos un taxi libre en mitad de la Gran Vía. Cuarenta y tres minutos más tarde, ella daba alaridos encima de mí, inmovilizándome las muñecas.

Acostarme con Juana, y no me entiendan mal, fue como recuperar la fe. Gracias a ella encontré la luz, la senda, el gozo divino, más o menos por las mismas causas por las que ella los había extraviado para siempre. Me temo que me explico mal. Lógico: hablar de Juana me trastorna la lengua. Lo que intento decir es que Juana, siempre según su relato, perdió la virginidad con un fraile rubio una semana antes de colgar los hábitos. Para ser precisos, digamos que perdió la virginidad con seis o siete frailes, no todos ellos rubios, a los treinta y nueve años de edad. Fue, en sus propias palabras, probar apenas uno y ya quererlos todos. Todos, todos, todos. La repetición no es mía, sino de la propia Juana. Así lo contaba ella, con los ojos entrecerrados y las piernas abiertas, después de cada orgasmo. Esta imagen me recuerda de inmediato el sexo de Juana: angosto, acogedor, velludo. Intentaré no desviarme demasiado.

En cuanto Juana comprendió que nunca más sería digna a los ojos del Señor (cosa que comprendió enseguida), se dejó crecer el cabello, se buscó un trabajo de ayudante en una veterinaria y dedicó todo su tiempo libre (todo, todo, todo) a fornicar con hombres de cualquier edad, raza y condición. El único requisito, según contaba Juana, era que no se enamorasen de ella. Y que se lo prometieran desde el primer día. Yo ya he estado casada, les decía (nos decía), con el más grande Él de todo el universo. Viví absolutamente comprometida con mi Señor desde los dieciocho hasta los treinta y nueve. Y como es imposible aspirar a entregas más altas, yo ahora quiero sexo, sexo, sexo. Aunque sé que por eso me voy a condenar.

Cualquiera que no se haya acostado con Juana (y reconozcamos que esa posibilidad empieza a ser remota en Madrid y alrededores), podría burlarse de esa frase suya: «Sé que por eso me voy a condenar». Y pensaría quizá que se trataba de una excusa beata, por no decir barata. De un mero subterfugio para redimir sus comportamientos pecaminosos. Pero bastaba una sola noche con ella, por no decir un breve coito, para comprender hasta qué punto la afirmación de Juana era severa y transparente.

La vida sexual de Juana era mucho más que eso. Que vida, me refiero. Y, de no haber sido tan arrasadora y entusiasta, incluso estaría tentado de decir que se trataba de lo contrario: de una muerte sexual. Con sus correspondientes, y absolutamente inevitables, resurrecciones carnales. Puedo imaginar los equívocos que esta declaración despertará en las mentes más perversas. Éxtasis espasmódicos. Succiones misteriosas. Burdas acrobacias. Inverosímiles duraciones. Por Dios, por Dios, por Dios. Nada más lejos: lo de Juana era distinto. Más llano. Sin técnicas orientales. Sin posturas incómodas.

Lo de Juana era algo que nuestra civilización casi ha perdido: pura lascivia. Con sus tentaciones irrefrenables, sus sinceros remordimientos y sus reincidencias fatales. Lo increíble era que estos ciclos, que a la gente vulgar pueden llevarle días, meses, años, Juana los resumía vertiginosamente en sólo unos minutos: los mismos que durase el sexo. Intentando una aproximación científica, digamos que las mujeres experimentan las fases de excitación, meseta, orgasmo y resolución.

Juana en cambio padecía rubor, enajenación, arrepentimiento y recaída. Sin cesar. Con la naturalidad de una tormenta de verano.

Desde la primera noche que pasé con Juana en su casa, rebotando en el sofá de la salita de estar, asistí boquiabierto a la liturgia que se repetiría siempre. Ella me desnudaba con brutalidad, me mordía con ansia, me rechazaba brevemente, se arrancaba las bragas y me atraía dentro de ella. Entonces daba comienzo la parte más asombrosa, la que terminaba de capturar mis sentidos y que, de alguna forma, terminó por condenarme: Juana hablaba. Hablaba, aullaba, rezaba, suplicaba, lloraba, reía, cantaba, daba gracias. Para hacerla ingresar en aquel trance no hacían falta hazañas físicas de ninguna clase. Sólo había que dejarse llevar. Aceptarla. La recompensa era, sin excepción, apabullante. Entre los cientos de obscenidades bíblicas que Juana solía proferir durante el acto, me fascinaban sobre todo las más simples: «me fuerzas a pecar, maldito», «por tu cuerpo ya no tengo perdón», «me llevas al infierno». Algún escéptico podrá objetar que eran meras exclamaciones de doctrina. Pero a mí, siendo honesto, esas cosas me conquistaban. Soy un hombre corriente. No suelo despertar grandes pasiones. Y nunca jamás, entiéndanme, había llevado a nadie hasta el infierno.

Mi tragedia era ésta: ¿cómo fornicar después de Juana? ¿Valía la pena salir de las voluptuosas llamas del averno para recostarse en las mediocres blanduras de un colchón cualquiera? Con Juana cada embate era un acontecimiento. Un placer deplorable. Un acto de maldad trascendente. Con las demás mujeres, el sexo sólo era sexo. Mecánica anatómica. Deseo satisfecho. Desde que conocí a Juana todas mis amantes ocasionales, y muy especialmente las progresistas, me parecían tibias, previsibles, de una normalidad desesperante. Lo que hacíamos juntos no era terrible, ni atroz, ni imperdonable. Ninguno de los dos perdía sus principios al hacer lo que hacíamos. Con el tiempo fui pasando de la apatía a la fobia, y llegué a detestar los gestos vacíos que intercambiaba con mis amantes. Las pequeñas contracciones. Los grititos moderados. Los tímidos gemidos. Ya no podía estar con nadie que no fuese ella.

La última noche que vi a Juana, iba vestida como de costumbre: falda ancha y zapatos viejos. Sin maquillar. Un poco despeinada. Y con la carne erizada, temblorosa, como en espera de un terremoto. Cuando se arrancó las bragas y contemplé de nuevo su sexo oscuro, no pude evitar besarla y susurrarle al oído: Estoy enamorado. Juana cerró las piernas de inmediato, se ovilló en el sofá, alzó el mentón y dijo: Entonces vete. Lo dijo tan seria que ni siquiera tuve fuerzas para insistir. Además, era yo quien había incumplido su promesa. Me vestí avergonzado.

Mientras cruzaba la salita, oí que Juana me chistaba. Me volví con la esperanza de que hubiera cambiado de opinión. La vi acercarse desnuda. Caminaba rápido. Se notaba que tenía los pies fríos. Me miró fijo a los ojos con una mezcla de rencor y compasión. No se puede ir al infierno por amor, me dijo. Después se apagó la luz.

Aún hoy, después de tanto tiempo, cada vez que pienso en Juana, se me doblan las rodillas y se me seca la boca. Mi vida, por supuesto, ha seguido adelante. No me va mal del todo. He vuelto a acostarme con otras mujeres. Yo no me enamoro, ellas no enloquecen. Nos vemos de vez en cuando. Fingimos encontrarnos para cenar o ir al cine. Bromeamos con cortesía. Nos aburrimos gratamente.

A veces me miro al espejo, acerco mi boca a mi boca y me pregunto qué habrá sido de mis infiernos. La respuesta es sencilla: nada. Nunca he tenido un infierno propio, como Juana. Mi único pecado en esta vida fue perderla.

El fin de la lectura

Lo saben, sentenció Vílchez. Tenenbaum se volvió hacia él. Lo vio de espaldas, contemplando algo a través del cristal de la sala. O quizá contemplando el cristal mismo, sus manchas, los múltiples y microscópicos arañazos que, observados desde muy cerca, podían parecer tan monstruosos como un vehículo accidentado.

Este símil complació a Tenenbaum, que experimentó un moderado acceso de vanidad literaria. Rinaldi guardaba silencio, absorto en ese teléfono móvil que invariablemente lo reclamaba cada vez que le tocaba compartir un mismo espacio con sus otros dos colegas. Lo saben, lo saben, lo saben, suspiró Vílchez con resignación.

Repuesto de su acceso de vanidad, Tenenbaum se puso en pie. Uno de sus brazos se extendió en busca de uno de los hombros de Vílchez, que no pareció asimilar este gesto de afecto o bien lo interpretó como algo muy distinto del afecto. Ambas cosas eran ciertas. Tenenbaum no apreciaba a Vílchez, como no apreciaba en verdad a ningún escritor que no fuera él mismo. Y sin embargo empezaba a respetarlo, o a compadecerlo, lo cual en alguien secretamente inseguro como Tenenbaum venía a ser casi idéntico. Ahora, por ejemplo, siendo testigo del inesperado ataque de pánico de su compañero, minutos antes de que diese comienzo la mesa redonda sobre la importancia de la lectura en nuestros días, Tenenbaum pensó que la proverbial altivez de Vílchez, que jamás se había permitido una duda ni el menor elogio frente a él, tenía probablemente la misma causa que sus propias mezquindades. Cuando Vílchez repitió como volviendo en sí, como sobreviviendo al accidente del cristal que contemplaba: Ellos ya lo saben, ya lo saben, entonces por fin Rinaldi levantó la vista de su teléfono móvil. ¿Pero a qué te refieres?, le preguntó. Vílchez declinó responder con una sonrisa irónica.

Rinaldi y Vílchez nunca se habían llevado bien, o mejor dicho siempre habían fingido eficazmente que no se llevaban mal. Tenenbaum comparó sus expresiones, yendo rápido de una a otra, intentando trazar una diagonal entre ellas. En opinión de Tenenbaum, que era quien mejor se llevaba con ambos dentro de su generación, quizá porque era también quien más los envidiaba, la animadversión entre Rinaldi y Vílchez se basaba en un trágico malentendido: el de que ambos luchaban por lo mismo. Nada más lejos de la realidad. Vílchez siempre había aspirado a un prestigio excluyente, a una especie de liderazgo moral a largo plazo. Rinaldi en cambio deseaba con furor (pero también con humor) una aceptación rápida. Uno ansiaba, por así decirlo, ganar la lotería en el próximo sorteo. El otro esperaba a que todos sus colegas la perdiesen, para ser recordado como el único que no se había rebajado a apostar.

Rinaldi no sabía, o no quería saber, a qué se refería Vílchez. Tenenbaum tampoco quería saberlo, pero sí lo sabía. Retiró poco a poco su brazo, que hasta entonces había permanecido sobre el hombro quieto de Vílchez, y después lo miró a los ojos. Lo miró con una atención física que nunca antes le había prestado, deteniéndose en su frente rayada, en la pigmentación de sus mejillas, en sus incipientes patas de gallo, en los pelos vibrátiles de sus fosas nasales, que se agitaban como si ocultasen un ventilador interno. Este caprichoso símil complació sobremanera a Tenenbaum, que estuvo a punto de olvidar lo que iba a decir. Tras unos instantes de distracción poética, recuperó el hilo y la mirada de Vílchez para preguntarle sin más rodeos: ¿Pero tú hace cuánto que no lees? Vílchez sólo pudo resoplar, negar con la cabeza y encogerse de hombros. A Tenenbaum le pareció que, desde su asiento al otro extremo de la sala, Rinaldi sonreía con alivio, como el ladrón que descubre que la policía también roba. Este símil no le produjo la menor satisfacción.

Sonaron tres breves golpes en la puerta de la sala donde esperaban los escritores. De inmediato asomó la cabeza redonda y excesivamente amable del poeta Piotr Czerny, quien, como organizador del ciclo de fomento de la lectura, sería el encargado de moderar la mesa redonda entre ellos. ¿Preparados, caballeros?, preguntó en un tono que a Rinaldi, que tendía a desconfiar de la cortesía ajena, le pareció burlón. Todavía en estado de contracción muscular, Vílchez le susurró al oído a Tenenbaum: Tenemos que salir y reconocerlo delante de todos. Caballeros, canturreó el moderador, cuando ustedes quieran, el público está deseando escucharlos, ha venido bastante gente. Mejor empiezo yo, ¿no, Vílchez?, dijo Rinaldi poniéndose en pie.

Madre atrás

Se entra en un hospital con un incendio de rencores y con ganas de dar gracias. Pero, para dar gracias, hace falta que alguien nos apague el incendio. Qué frágil es la furia. En cualquier momento podríamos gritar, golpear, escupirle a un extraño. Al mismo al que, dependiendo de su veredicto, dependiendo de si nos dice lo que necesitamos escuchar, de pronto admiraríamos, abrazaríamos, juraríamos lealtad. Y sería, hay que decirlo, un amor sincero.

Entré en el hospital sin pensar nada. O procurando pensar en no pensar. Sabía que el presente de mi madre, mi futuro, se jugaba en un lanzamiento de moneda. Y que esa moneda no estaba en mis manos y quizá tampoco en las de nadie, ni siquiera en las del médico. Siempre he pensado que la ausencia de Dios era una suerte que nos liberaba de un peso inconcebible y numerosas pleitesías. Pero, más de una vez, he echado en falta a Dios al entrar o salir de un hospital. Los hospitales multitudinarios, llenos de escalafones, pasillos, maquinarias y ceremonias de espera, son lo más parecido a una catedral que podemos pisar los descreídos.

Entré intentando no pensar porque temía que, si empezaba a hacerlo, acabaría rezando como un cínico. Le di un brazo a mi madre, que tantas veces me había ofrecido el suyo cuando el mundo era enorme y mis piernas cortas, le di un brazo y sentí el temblor del suyo. ¿Es posible encogerse de la noche a la mañana?, ¿puede el alma de alguien comportarse como una esponja que, demasiado impregnada de temores, adquiere densidad y pierde volumen? Mi madre parecía mucho más baja, demasiado delgada y sin embargo más grávida que antes, más propensa al suelo. Su mano porosa se cerró sobre la mía: imaginé de pronto a un niño parecido a mí en una bañera, desnudo, expectante, apretando una esponja. Y quise decirle algo a mi madre, y no supe hablar.

La sencilla posibilidad de la muerte nos exprime de tal forma que seríamos capaces de perder cualquiera de nuestros principios. ¿Es eso necesariamente una debilidad? Quizá sea la última, remota fortaleza de la que disponemos: llegar adonde nunca sospechamos que llegaríamos. La cercanía de la muerte nos vuelve atentos, afines al mundo. Entonces despertamos y caemos en la cuenta de que todos militamos en el mismo precario bando. La primera noche que pasé con mi madre después de que la internaran, o después de que ella se internase en no sé qué zona de sí misma, noté que en la habitación reinaba una igualdad instintiva que jamás había visto fuera del hospital. Los familiares de los enfermos colaborábamos entre nosotros sin discutir, nos repartíamos las tareas, alternábamos las vigilias, nos prestábamos los abrigos, compartíamos el agua como un don trabajoso. ¿Era eso necesariamente un espejismo? ¿O se trataba de lo opuesto, de la máxima dosis de verdad que necesitan nuestras venas, nuestros ojos, nuestras manos para dar lo que pueden, para hacer lo que saben?

La noche en que ingresaron a mi madre confirmé una sospecha: que ciertos amores no pueden devolverse. Que por mucho que un hijo recompense a sus padres, si es que los recompensa, siempre habrá una deuda ahí, temblando de frío. Muchas veces he oído decir, yo mismo lo he dicho alguna vez, que nadie pide nacer. Esta seca obviedad suele esgrimirse para excusarnos de alguna responsabilidad que, llegados al mundo, nos correspondería. ¿Cómo somos tan cortos de coraje? Nacer por voluntad ajena nos compromete todavía más: alguien nos ha hecho un regalo. Un regalo que, como casi todos, no habíamos pedido. La única manera congruente de rechazar semejante dádiva sería suicidarse en el acto, sin emitir queja alguna. Pero nadie que acompañe a su madre renqueante, a su madre encogida a un hospital, pensará seriamente en quitarse la vida. Que es justo lo que ella me había regalado.

¿Qué mal tenía mi madre exactamente? No importa. Eso es lo de menos. Queda fuera de foco. Era un mal que la hacía caminar como una niña, aproximarse paso a paso a la criatura torpe y trastabillante que había sido al principio del tiempo. Confundía el orden de sus dedos como en un juego indescifrable. Mezclaba las palabras. No podía avanzar recto. Se doblaba como un árbol que duda de sus ramas.

Entramos en el hospital, no terminábamos de entrar nunca, aquel umbral era un país, una frontera dentro de una frontera, y entrábamos en el hospital, y alguien lanzó una moneda y la moneda cayó. Eso fue. Es tan elemental que la razón se extravía analizándolo. Un mal puede tener sus fases, sus antecedentes, sus causas. La caída de una moneda, en cambio, no tiene historia ni matices. Es un acontecimiento que se agota en sí mismo, que se resuelve solo. Por supuesto la memoria puede suspender la moneda, dilatar su ascenso, recrear sus diminutas vacilaciones durante la parábola. Pero esos ardides sólo serán posibles después de que haya caído. El movimiento original, el vuelo de la moneda, es un presente absoluto. Y nadie, esto ahora lo sé, nadie es capaz de especular mientras mira caer una moneda.

La esponja, dijo, pásame la esponja un poco más arriba, me dijo mi madre, sentada en la bañera de su habitación. Arriba, ahí, la esponja, me pidió, y me impresionó el esfuerzo que había tenido que hacer para pronunciar una frase en apariencia tan sencilla. Y yo le pasé la esponja por la espalda, hice círculos en los hombros, recorrí los omoplatos, descendí por la columna, y antes de terminar escribí en su piel mojada la frase que no había sabido decirle antes, cuando cruzamos juntos la frontera. ∎

Kulturak liluratuta

Pasión por la cultura

elkar ezagutzen dugulako
porque ya nos conocemos

RASATE • BAIONA • BERGARA • BILBO • DONOSTIA • GASTEIZ • HERNANI • IRUN • IRUÑEA • TOLOS

DE LA PUERTA Y LOS SERES EXTRAÑOS

Sònia Hernández

Nacida en Terrassa, España, en 1976, Sònia Hernández creció en un municipio obrero de nombre evocador: Badia. Aunque en éste nunca encontró la tristeza de los paisajes descritos por Michael Ende –autor que la hizo lectora– ni la crudeza de las calles de Juan Marsé, siempre ha sentido una atracción por la periferia, no sólo la urbana. Ejerce la crítica literaria en el suplemento *Cultura/s* de La Vanguardia y ha colaborado en múltiples revistas de América y España. Es autora de los libros de poemas *La casa del mar* (2006) y *Los nombres del tiempo* (2010), y en 2008 publicó los cuentos de *Los enfermos erróneos*. Es coordinadora de la revista de investigación literaria *Quaderns de Vallençana*, dedicada al humanista Juan Ramón Masoliver.

La culpa es de la puerta. Antes de que la colocaran allí, las cosas habían sido diferentes. Así que la construcción de ese breve muro y la puerta que lo completa ha supuesto uno de esos puntos de inflexión –porque no puedo decir acontecimiento– que sirven para explicar el paso del tiempo y la secuencia de las etapas que han de configurar un conjunto cronológico, completo o no. La puerta, aunque suponga una especie de colofón, piedra angular o mascarón de proa, no significa, sin embargo, en absoluto, que complete nada. Al contrario, podría decirse que muestra la condición de inacabado, las carencias de este espacio, que necesita una puerta que lo comunique con el exterior para que siempre sea posible el acceso de lo que se echa de menos o aquello de lo que se carece.

El caso es que la puerta, colocada un buen día por la Organización, cambió el modo de vida al que no nos había quedado más remedio que acostumbrarnos desde que llegamos. No habíamos tenido otra alternativa que no fuese adaptarnos a los extraños hábitos de los seres de al lado y de los que vivían en los departamentos ulteriores. Nos hicieron saber de la existencia de un conjunto de normas, inquebrantables so pena de cruentos castigos, que regían la vida de entonces aquí: nada podía cambiar, sino que éramos nosotros los que debíamos aceptar y conformarnos al orden inmutable y preestablecido desde mucho tiempo antes. No fue nada fácil acomodarse a los sobresaltos provocados por los excesivos y descomunales ruidos que nos sorprendían en cualquier momento, especialmente por la mañana, cuando llegó el momento de que todos iniciáramos las respectivas tareas asignadas. Tal vez el origen de todo aquel estrépito compuesto por algo así como aullidos monstruosos y sollozos ahogados era la expresa desolación provocada por el descubrimiento de que el sol de un nuevo día, otro más, había vuelto a encontrarles allí. Continuaba la espera de un amanecer distinto, pero cada vez parecía más estéril. Seguramente, no deseaban estar allí y habían soñado con amanecer fuera de aquel lugar. Eso era lo que pensamos. Probablemente era el lamento de esa derrota lo que excitaba aquellos cavernosos sonidos que de ninguna manera podrían ser humanos. De hecho, los que habitábamos en el rincón que ahora ha quedado al *otro* lado de la puerta estábamos convencidos de que aquellos seres no eran hombres ni mujeres. Tampoco podíamos estar absolutamente seguros de que lo fuéramos nosotros. Todos éramos prácticamente iguales, casi imposible distinguirnos, aunque teníamos la certeza de que una característica nos diferenciaba y nos unía a los que quedamos en *este* lado del muro. Aquel lugar donde la Organización nos recluyera nos había despojado de cualquiera de los atributos que nos definieron en otros momentos de nuestra vida. Ya no teníamos ningún significado más que el que no aportaba nuestra ubicación. Por tanto, no era descabellado pensar que, alejándonos del sitio al que estábamos destinados, sería fácil recuperar cuanto nos había definido. Es ésa la razón por la que muchos empezamos a alimentar y a acrecentar la ilusión de la huida. Nos salva la memoria que hemos conseguido conservar, porque esperamos poder ser lo que fuimos, fuera de aquí.

La Organización decidió un día construir un muro que separaba ostentosamente el espacio que ocupaban los seres extraños y el que nos había sido asignado a nosotros. Al principio pareció una solución que pondría remedio, al fin, al desasosiego provocado por los aullidos incomprensibles y los lamentos. Ingenuos, pensamos que aquellos de los que dependía nuestro bienestar procuraban protegernos, que después de tanto tiempo finalmente habían comprendido lo perjudicial que resultaba para nosotros semejante compañía tenebrosa. Cuanto ha sucedido después ha demostrado cuán equivocados estábamos.

Mientras construían el muro, nos expulsaron de aquel espacio y nos dejaron en el jardín. Tuvimos miedo. Qué cruel paradoja: siempre ansiando la huida y cuando nos sacaron de nuestro rincón, sentimos pavor. Pero ahora sabemos que, de haber estado presentes mientras alzaban la pared ladrillo sobre ladrillo, hubiese sido demasiado evidente que lo que pretendían no era protegernos de nadie, sino emparedarnos. Tal vez, para no vernos, la hubiesen completado, evidenciando así la imposibilidad de salir, abandonándonos definitivamente en un espacio falso entre dos paredes que cualquiera hubiese podido pensar que era solamente una.

Contradicción frustrante la nuestra: obsesionados por la salida, estuvimos obligados a ver cómo nos construyeron una puerta que no ha de servir nunca para abandonar este espacio. Todo lo contrario. Una certeza que tiene mucho que ver con la inexorable veracidad de la muerte: sabemos que existe, pero no podemos hacer nada ante tal constatación. Esa puerta nos empuja con una fuerza atávica, inimaginable e indefinible al fondo de esta estancia, nos oprime contra la pared, nos convierte en materia exánime, como aquellos que se encuentran cuando se derrumban antiguos palacios, conventos o casas señoriales. Entonces se descubre que entre dos paredes, que querían ser la misma, alguien había intentado esconder los cuerpos de la vergüenza, la prueba del delito. Algo parecido somos nosotros. Pruebas de un delito ignorado, aunque de nada hubiese servido saber las razones de todo.

Cuando las obras hubieron finalizado y regresamos del jardín al espacio que nos había sido asignado desde nuestro primer día aquí –recuerdo aún la sorpresa que me causó, a mi llegada, descubrir la sordidez de este lugar, imposible de imaginar desde fuera; una sorpresa que no tardó en mudarse en desaliento y en resignación para aceptar que poco más podría esperarse de una organización como ésta–, ya encontramos el muro alzado y la puerta, cerrada como si hubiese querido mostrar desde el primer momento cuál iba a ser su invariable posición. La construcción de muros es una habitual costumbre en nuestra especie, es a la vez una amenaza a los demás, una muestra de poder y autoridad, y una inequívoca evidencia de miedo. Quieren protegerse al mismo tiempo que nos están limitando el espacio por el que podemos movernos. Pero ¿qué temían quienes habían alzado un muro como aquél en un espacio como el que hasta entonces habíamos compartido con los seres extraños? ¿Sabían que aquello con lo que pretendían defendernos o defenderse se convertiría en el detonante de todos los ataques que precisamente se querían evitar? Tampoco nosotros podríamos haber imaginado todo lo que tendríamos que temer a partir de ese momento. Leopold Bloom, ¿o fue su narrador?, dice que si te paras en mitad de la calle a mirar hacia ningún sitio, pero con una expresión de satisfacción o sorpresa, enseguida se acumularán más de veinte personas a tu alrededor queriendo ver lo mismo que tú miras. Ahora puedo decir que con una puerta sucede lo mismo. Hasta que no estuvo allí, nadie, ningún habitante de los departamentos ulteriores había reparado en nuestra presencia. Tal vez éramos incómodamente diferentes y ahí radicara la amenaza que significábamos para los demás. Nosotros, que tan asustados estábamos, también atemorizábamos a los demás. Por esa razón todos habían decidido ignorarnos, como si de verdad nos hubiéramos fundido con el lugar, con el suelo que pisábamos. Era la peor estancia de la Organización y nosotros no representamos más que el espacio que estábamos ocupando. Los primeros cuya desconfianza les empujó a la indiferencia fueron los más cercanos, los seres de los extraños sonidos y costumbres incomprensibles que a veces llegaban a producirnos un asco profundo. Se comportaban como si no estuviéramos, y por eso no tenían ningún reparo a la hora de exhibir indecorosamente sus angustias y sus espeluznantes graznidos. A pesar de todo, nos sabíamos obligados a permanecer allí –habíamos ingresado por nuestra propia voluntad y era la propia desesperación la que nos mantenía unidos a la Organización–, como todos ellos, y desarrollar la función que nos había sido encomendada, de forma que convivíamos en aquel precario equilibrio de desconfianzas, amenazas y reservas.

La puerta lo alteró todo justo en el momento en que parecíamos familiarizados con esa existencia. La idea de la huida era el único paliativo o lenitivo con que podíamos contar. Era el pensamiento agradable al que acudir cuando todo lo demás se hacía insoportable, como pensar en Camila al final de la jornada. Ansiábamos, todos por igual, huir de nuestras propias decisiones anteriores, como si bastase desearlo. Como si sirviese para algo. Todos los demás habitantes de este lugar empezaron a sentirse fuertemente atraídos por la puerta, de manera casi sobrenatural.

Al principio todo el mundo creyó, como nosotros, que aquel muro y la puerta habían sido creados para protegernos, ya que no salvarnos. Creyeron que la nueva construcción era la muestra de un nuevo poder que nos había otorgado la Organización. Desconfiaron de las razones de nuestros aparentes privilegios. Nosotros, que ocupábamos el peor rincón –con diferencia– de aquel lugar. Desde el principio habían sabido dónde estábamos y qué debíamos hacer, pero optaban por ignorarnos. La puerta, sin embargo, abrió en ellos insondables abismos de incertidumbre. Deseaban saber qué ocultábamos, lo necesitaban como un sustento. Nos habíamos convertido en la incógnita más dolorosa que exigía una solución rápida para tranquilizar sus ánimos. Nos convertimos en una obsesión, mientras que antes de la presencia del muro nunca habían querido vernos.

Se formaron hostiles peregrinaciones hasta aquella hoja de madera encuadrada en un quicio y un marco y que adquiría su razón de ser en un sencillo dispositivo colocado a media altura y que se debía accionar para desplazarla, que –además– se abría hacia fuera de nuestro espacio, ocupando parte de *su* estancia, en un acto invasivo en el que creían ver una muestra evidente de nuestro supuesto poder ante los demás. En un mundo que se había regido por la promiscuidad de tantos cuerpos cercanos, prohibido cualquier espacio o cualquier tiempo para la intimidad, una puerta así sólo podía suscitar recelo.

Por descontado, no entendíamos nada de cuanto estaba sucediendo. A nadie parecía preocuparle el muro, la pared que limitaba aún más nuestro espacio, sino que sólo se sentían atraídos por aquella nueva y pesada pieza de madera. La intranquilidad al otro lado de la nueva separación marcada por la puerta era tanta que temimos incluso cerrarla por no avivar las iras ajenas que no conseguíamos entender. La mantuvimos abierta. Apenas si hablábamos

entre nosotros. El funcionamiento de la Organización se había visto
seriamente afectado y nosotros parecíamos los únicos y absolutos
responsables. Ahora, por la apertura de la puerta que jamás nos
atrevimos a entornar entraban nuevos y renovados sonidos procedentes de los extraños vecinos y de otros seres que habitaban en los
departamentos ulteriores. La puerta les incitaba a gruñir, quejarse,
rumiar y gemir con más brío.

Un día volvimos a salir al jardín, circunstancia que avivó la sensación de alerta que aparentemente se había apoderado ya para
siempre de nosotros. Sólo fue un momento, en el que pensamos,
fugazmente, que tal vez estarían destruyendo el muro y la puerta
que tantos problemas nos habían supuesto. Entre nosotros circuló
un cierto alivio ante la posibilidad de que así fuera. Cuando regresamos, en cambio, descubrimos que alguien había prendido fuego a
las herramientas de trabajo y a los pocos enseres que nos permitían
tener allí. Todo cuanto había entre las dos paredes, especialmente el
papel y la madera, había ardido. Muy pocas cenizas y el suelo tizna-
do. Nadie nos avisó ni nos explicó nada. No podríamos quejarnos a
la Organización. Todos mis papeles acumulados cuidadosa y dis-
traídamente desde mi primer día aquí –para eso fui requerido y
para eso había venido yo– se habían carbonizado. También nuestras
ropas y los escasos muebles. Todo excepto la puerta, que, inexplicablemente, había cercado eficazmente el espacio que las llamas debían alcanzar. Nunca nadie nos dijo nada referente a lo que había
sucedido, pero como es obvio, el incendio se convirtió en un motivo
más para que creciera la curiosidad y el interés de todos los habitantes de los diferentes departamentos hacia nosotros. Los otros, todos
aquellos seres que nunca habían reparado en nuestra existencia, se
amontonaban al *otro* lado –convencidos, sin embargo, de que el *otro*
lado, el incorrecto, era el nuestro– del quicio para observarnos sin
ningún tipo de reserva o escrúpulo. Nunca podremos saber qué
miraban en realidad.

La vergüenza del fuego, que volvimos a aceptar con un acentuado sentimiento de culpa, nos empujó por fin a cerrar la puerta. Se

acabó la exhibición impúdica de nuestras incomprensibles e irremediables miserias. Al fin y al cabo, si habían puesto allí la puerta era para que pudiese ser cerrada en algún momento, aunque hubiesen instalado al otro lado un dispositivo idéntico que permitiera a los emisores de extravagantes sonidos abrir también la hoja y *acceder* a nuestro espacio.

La puerta continuó cerrada mucho tiempo, hecho que fue interpretado como la confirmación de nuestra diferencia con respecto a los demás. Sabíamos que fuera del espacio que delimitaba el muro continuaba creciendo la desafección hacia nosotros. Nadie se había atrevido a volver a entrar. Incluso habíamos dejado de percibir los gemidos y los alaridos de los vecinos, aunque no ignorábamos que se trataba de una amenazante tranquilidad. Paradójicamente, lo que habíamos esperado durante tanto tiempo –el silencio, dejar de escuchar aquellos ruidos que habían estado hostigándonos–, cuando llegaba lo hacía envuelto en una turbia e inquietante sensación.

Uno de los nuestros, Camila, enfermó. La puerta cerrada había acentuado su natural tendencia a la melancolía y ya ni siquiera el ideal de la huida ni la ensoñación de la posible vida fuera de este lugar eran suficientes para soportar una experiencia como la que estábamos viviendo. Cayó en un profundo delirio del que sólo parecía aliviarle el tacto del carbón en que habían quedado convertidas todas nuestras pertenencias tras el incendio. No advertimos cómo sucedió, pero el carbón se convirtió en su único medio de expresión. Con él, deslizándolo sobre el nuevo muro como si de un lienzo se tratara, inventó un nuevo lenguaje para los que llevábamos tanto tiempo sin hablar. En las inscripciones de Camila se encontraba todo cuanto hubiésemos querido decir. Ya no hacía falta evocarla a ella en ensoñaciones, sólo era necesario mirar hacia el muro, que por fin parecía haber encontrado la finalidad para la que había sido construido. Sucedió que aquel lenitivo para su delirio se convirtió en un mural, un fresco deslumbrante. Con aquel carbón sobre la pared que había supuesto el inicio de toda nuestra peor desgracia –que no la única–, ella había dado forma a toda la extrañeza, el dolor, el temor y la incomprensión que nos mantenía allí enclaustrados. Tenía la apariencia de un mensaje antiguo, arcano, necesario y esperado, como esos que emanan de las grandes creaciones, ésas en las que el ser humano muestra algún resquicio para la esperanza.

Todos sabíamos que Camila había conseguido una obra maestra cuya belleza se filtraba hasta nuestra esencia más primigenia, que escapaba a cualquier posible control de nuestra razón. Parecía como si hubiese sido alentada por una fuerza sobrenatural que quisiera dar sentido a nuestra existencia –como lo había hecho con aquellos ladrillos apilados– con aquel fresco que, a través del negro del carbón, conseguía desvelar todos los colores de este mundo. A medida que su trabajo crecía, ella se hacía más pequeña, más frágil y más enferma. Todos sabíamos que la única energía que nos mantenía vivos allí dentro procedía del delirio, y ella estaba depositando el suyo sobre una pared que no volvería jamás a ser un simple muro.

Cuando cualquiera hubiese podido decir que la obra ya estaba acabada, Camila nos dejó. Consiguió salir de allí. Un día ya no estuvo. Ni siquiera aquella novedad fue capaz de romper el silencio que se había instalado en nuestra estancia tras el incendio. Tampoco en esa ocasión los demás nos atrevimos a hablar. Sabíamos que un mundo se estaba desarrollando al otro lado del muro y de la puerta –que adivinábamos amargamente hostil–, y otro justo encima del muro: el mundo que nos había dejado Camila. Éramos igualmente ajenos tanto a uno como al otro, no pertenecíamos a ninguno de ellos por temor.

Ha venido hasta nuestro habitáculo, que no volverá a tener la puerta cerrada ya nunca más, uno de los hombres responsables de mantener el orden en la Organización. Sin saber cómo, ha llegado hasta los oídos de los mandatarios la noticia de la ausencia de Camila y la de su maravilloso fresco. El emisario ha enmudecido cuando sus ojos han topado con lo que antes había sido el muro. Y nosotros, tan habituados al silencio, por fin hemos comprendido que la carencia de palabras de aquel hombre significaba algo, mucho, tal vez era la síntesis de todo lo que nos hubiera gustado que nos dijeran y de todas las palabras que podrían dotar de significado a tantos acontecimientos.

Se ha marchado enseguida, cuando sus ojos ya no han soportado más las imágenes de Camila y cuando ya había dado tiempo a que su silencio lo explicara todo. Detrás de sus ojos estaban los demás, los vecinos de los extraños sonidos y los de los departamentos ulteriores y también los mandatarios. Ahora tenemos la certeza absoluta de que ya ha llegado el final, otro. Algo se ha acabado. Desde que se ha marchado el emisario, no ha dejado de crecer el sonido que empezó como un murmullo poco antes de que él entrara. No son los gritos propios de una fiera que tantas veces habíamos escuchado procedentes de los extraños seres que un día fueron nuestros vecinos. Ahora todos gritan y alborotan asustados. Nos insultan, nos temen. Están preparando algún macabro plan para acabar con nosotros. Ya no está Camila. No se detienen a pensar que, sin ella, somos mucho más vulnerables. Hemos perdido la fuerza del delirio, que yace enteramente sobre lo que antes había sido una pared después de no haber sido nada. Ya ni siquiera nos alienta la posibilidad de la esperanza de una vida fuera de aquí, porque ella ya no está. No vamos a oponer resistencia, nunca lo hemos hecho. Acabarán con nosotros enseguida. Muy pronto. Después, cerrarán la puerta.

De repente, todo da miedo y se llena de interrogantes. De poco, apenas nada, sirve el camino recorrido y, menos aún, la huida emprendida en un momento imposible de especificar. Porque los fulgores vuelven a ser abstractos, como si alguna fuerza irracional, centrífuga, nos volviera a arrastrar al punto del que es imposible salir, negando cualquier huida, pasada o futura. Los mismos miedos tanto tiempo después.

Mientras Camila tendía su mano suplicando la mía para que la llevara lejos de ese bosque, encontré la mirada de mi terror en sus ojos. El sentimiento universal que se busca cuando precisamente lo que se quiere es huir de él. Mi responsabilidad era apaciguarla, engañarla, hablarle de lo que queda cuando se supera la amenaza y se aceptan las normas impuestas por un dios ignoto. El orden de este paraje. Quiero insistir en la responsabilidad que se adquiere cuando se pronuncian los votos a esa deidad, para así confirmar su poder con la confesión de todos nuestros miedos. Y entonces olvidamos. Pensar sólo en el sol y la existencia, la materia, que no significan nada aunque lo son todo.

Ella pregunta y me busca ahora porque sólo somos dolor. Y me besa. Por eso yo quiero escapar también de ella y regresar a la casa donde todavía se nos permite ser niños porque nuestros terrores tienen consuelo.

Está más tranquila aunque no he sido yo quien la ha apaciguado. Ha comprobado que mis carencias son peores que las suyas y se ha alejado después de besarme. Está buscando la luz y su cuerpo: son la misma cosa. Va desnuda por este paraje y sólo a mí me molestan los ojos de los otros, aunque sepa que están muertos. Ella juega con las sombras mientras espera que lleguen los vigilantes. Pondrán el orden que los otros hombres necesitamos. Camila cree que el silencio puede ayudarla a escuchar su voz. Habla y habla porque nadie le ha dicho todavía que es imposible escucharla. Ninguno de los hombres ni las mujeres de las sombras pueden hablar. Pero ella no ha reparado todavía en ello. Desconoce el origen verdadero del ruido que nos aturde. Nadie puede hablar porque el mismo dios nos quitó la voz al desnudarnos.

Creímos que era una manera de vestirnos, o, mejor dicho, de protegernos de más desgarros. No es un dios. Tampoco eso lo sabe Camila. Quisimos creerlo para aceptar nuestra propia desnudez. Cuando nos habituamos, por fin olvidamos el cuerpo. Para siempre.

Hasta que llegó Camila. Apareció y todo el mundo quiso allanar su camino, embellecer cuanto ella sin duda había embellecido. Por eso creyó oír palabras y entendió la comunicación propuesta de la que surgía el consenso. Yo también lo quise y boqueaba y gesticulaba con grandes aspavientos, como si hubiese podido atraer su atención con gritos imposibles. Pero era sólo el sonido de los pájaros, las cigarras y el ramaje de los árboles. Desde entonces, sólo existió el cuerpo de Camila como sólo había existido el dios ignoto.

Los vigilantes no percibían la alteración que cada día superaba nuevas fronteras. Nuestro espacio estaba creciendo aunque nadie fuese consciente de ello. Empezamos a desplazarnos en círculo y así se ensanchaban nuestros horizontes. Por eso volvíamos a la infancia, para buscar a Camila y, a la vez, huir de ella. Nadie se estaba moviendo, de la misma manera que nadie hablaba. Engañamos a Camila porque ella quiso confundirnos. Expulsó de nuestra memoria cualquier rastro del dios ignoto y volvió a descubrirnos el cuerpo, que era volver a la muerte. La venganza de los hombres y mujeres de este paraje no tardó en llegar y le devolvimos la memoria.

Por eso tiende su mano esperando mi compasión y mi ayuda. Cuando sus ojos coinciden con los míos, desiste de su demanda y parece como si se perdiera entre la frondosidad del bosque que nunca nadie va a atravesar. Pero luego regresa, y me besa, y nuestros cuerpos se buscan para interrogarse y para cerciorarse de que tampoco nosotros existimos. La materia aquí no tiene sentido. Nadie se lo ha dicho a Camila y ése es el castigo a su soberbia. ■

Y... LIBROS.

LA VIDA
DE HOTEL

Javier Montes

Javier Montes (Madrid, 1976), es escritor, traductor y crítico de arte. Ha sido profesor de Historia del Arte en el Colegio Español de Malabo (Guinea Ecuatorial) y aunque siempre acaba volviendo a su casa en Madrid ha vivido temporadas largas en París, Lisboa, Río y Buenos Aires. En 2007 recibió el Premio José María Pereda por su primera novela, *Los penúltimos*, y acaba de publicar otra, *Segunda parte* (ambas en Pre-Textos). Con Andrés Barba obtuvo el Premio Anagrama de Ensayo con la obra *La ceremonia del porno* y coeditó la antología de relatos *After Henry James* (451 Editores). Como traductor se ha centrado en la edición crítica y la investigación de la obra de Shakespeare: ha publicado versiones de *Cimbelino*, *El rey Lear* y *Coriolano*, y el ensayo *Shakespeare y la música*. Se ha especializado en teoría y crítica del arte contemporáneo y colabora en diversos suplementos, periódicos y revistas. «La vida en un hotel» es un fragmento de una novela en ciernes.

Hotel Imperial, *17 de marzo*

He traído sólo una maleta ligera. Pero habrían podido ser más y más pesadas, porque el viaje fue corto. Diez manzanas: un kilómetro y ciento treinta y dos metros, según el ticket electrónico del taxi. Me llevó veinte minutos por culpa del tráfico. Nadie me despidió ni cerró tras de mí la puerta de casa, nadie me acompañó o mucho menos siguió mis pasos. Sí me esperaban, en cambio, a la llegada: reservado a mi nombre el cuarto donde iba a pasar la noche.

Vivo tan cerca del hotel que hubiera tardado menos andando. Si paré un taxi fue para empezar con buen pie el viaje. No por corto dejaba de serlo, y quería tomármelo en serio desde el principio (aunque siempre me he tomado en serio mi trabajo y mis viajes: al fin y al cabo son casi la misma cosa).

O quizá se trataba de lo contrario: de saber jugar también, cuando toca. Me he pasado media vida de hotel en hotel, pero hasta hoy no había dormido nunca en uno de mi propia ciudad. Por eso acabé aceptando cuando llamaron del periódico y me propusieron el Imperial. A todos, creo, nos sorprendió que lo hiciese.

–Han acabado la reforma, mandaron el otro día el dossier.

A la primera dije que no. Saben que nunca escribo sobre hoteles nuevos.

–Pero éste no es nuevo. Es el Imperial de toda la vida. Sólo le han lavado la cara.

No me gustan los hoteles nuevos: el olor a pintura, los hilos musicales. Y de los renovados desconfío. Con la cara lavada pierden la solera que en los antiguos hace las veces de sentido común y aun de sentimiento; o por lo menos, de buena memoria. No sé si soy yo muy sentimental, pero sí que tengo buena memoria. Ya voy viendo que a partir de una edad las dos cosas empiezan a ser lo mismo, y seguramente por eso prefiero los hoteles que saben recordar.

Hace mucho que cerré mi trato y puse mis condiciones en el periódico. Yo elijo el hotel semanal. Ellos pagan. Caros o baratos, lejos o cerca, famosos o secretos, una noche en principio pero a veces dos. Sin escatimar (ya escatiman bastante en mi tarifa) y sin sugerirme nunca nada. No acepto invitaciones a cambio de reseñas.

Ni aunque sea mala, como me preguntó una vez por teléfono un relaciones públicas tonto o listísimo.

Eso se sabe en el mundillo, pero aun así llegan muchas a mi nombre a la redacción (les tengo prohibido dar mis señas). Por si cuela, supongo, por si llega el día en que me ablando y acabo yendo y allá en el hotel me miman y me instalan bien en un cuarto bueno y lleno con elogios una página que enmarcarán y colgarán en recepción o en su web, que les traerá el dinero de los clientes y que aunque no lo traiga o no lo necesiten les dará cosas que valen tanto o más que el dinero a veces: la sanción de la estima del gremio, el calor de la vanidad satisfecha, la certidumbre del buen camino hotelero.

Porque debo decir que mi sección sigue teniendo éxito. Y aunque en el periódico no lo dicen mucho para que no me crezca sé que hay cola de hoteles, líneas aéreas y agencias para meter un faldón de anuncio en *La vida de hotel*.

Un éxito relativo, claro, como es ya cualquier éxito de periódico y de papel. Cada poco alguien me anima a abrir un blog con mis reseñas. Hasta a los del periódico se les escapa a veces. Igual es tirar piedras contra nuestro tejado, dicen, pero si abres un blog y metes publicidad te forras.

Yo creo que ya será menos.

–Y además, tú vives al lado, ¿no? Sólo tendrías que acercarte una tarde un par de horas para ver cómo lo han dejado.

Volví a decir que no. También saben que no escribo sobre hoteles en los que no haya dormido. Sería como hacer la crítica gastronómica de un restaurante después de oler los platos que van sacando (claro que mi vecino de página en el periódico escribe así, a veces, sus reseñas de *A mesa puesta*: sólo por el olor ya sé al sentarme a la mesa qué se cuece en las cocinas, me dijo la única vez que coincidimos. No me cayó bien y fue mutuo, supongo).

—Bueno, que no sea por eso. Siempre puedes pasar allí la noche.

Quizá era broma pero lo tomé yo en serio. Dormir en un cuarto de hotel con ventanas desde las que casi, como quien dice, podría ver las de mi piso y mi habitación vacíos. No me disgustó la idea, y a lo mejor por una noche me hacía bien la novedad. Me he ido cansando con los años, y son ya muchos en el mismo oficio. Que yo elegí, es verdad. Y que hago, creo, razonablemente bien y hasta mejor que nadie, si debo fiarme de lo que me escribe a veces algún lector por mail y hasta por carta de las de antes, de papel y pluma, sobre y sello, reenviada también desde el periódico.

Las cartas llegan abiertas. Parece que es por seguridad, y lo encuentro exagerado: soy duro a veces, pero no tanto como para merecer paquetes-bomba. Está bien igual que las abran y hasta que las lean, si las leen: así ven en la redacción que aún tengo mi público.

Por otra parte, no tiene tanto mérito hacer mejor que nadie este trabajo para el que casi no hay competencia. No quedamos ya muchos críticos de hoteles, por lo menos en los periódicos. Internet es otra historia, ahí todo el mundo quiere colgar su opinión y desmenuzar su peripecia y hasta redactar cosas con ínfulas de reseña (algunos, creo, me copian el estilo y los adjetivos). No está mal eso, supongo. Y no están bien las reseñas, por otro lado: casi siempre mal vistas, mal pensadas, mal escritas, por mala gente. O al menos por gente rara: me gusta mi trabajo pero no lo haría gratis.

En fin, acabé cediendo. Con eso debían de haber contado los del Imperial al probar suerte. Se alegraron mucho los del periódico, algún arreglo de publicidad tendrán. Hicieron, como siempre, la reserva a mi nombre. Al de verdad, claro, no al seudónimo que uso en mi página. El apellido del carné despista al gerente y al recepcionista más avispado y me permite estar en los hoteles como un cliente más. Por eso tampoco he dejado que pongan mi foto junto a mi firma, ni voy nunca a convenciones ni encuentros de colegas. No es ningún sacrificio: deben de ser tan insípidas como las críticas que publican. No tener rostro me hace el trabajo más fácil y, para qué negarlo, más divertido. Así tiene algo de agente doble o espía infiltrado.

De doble agente doble, porque nadie es nunca quien dice ser en los hoteles y cualquiera aprovecha la estancia para jugar, sin darse cuenta, a los detectives.

Después de tantos años de usarlo sólo al registrarme, el nombre de verdad me parece más falso que el falso: aparte de los del periódico, poca gente lo conoce. Y menos aún –yo creo que ya nadie, en realidad– lo usa.

A las doce del mediodía en punto, justo al parar el taxi, ha empezado a llover. Yo iba a cuerpo y sin paraguas. Debía de ser el único que no lo esperaba, porque en un minuto ha fraguado en la calle un tráfico de diluvio. No me ha importado. En realidad hubiese agradecido que el trayecto se alargase, aunque pagaba yo y no el periódico (soy escrupuloso en eso).

A estas alturas, las de taxi son las únicas carreras que me gustan y en las que todavía creo. Por lo demás, no llegué a licenciarme en la mía y en general hace bastante que dejé de creer que participaba en una. No hice, creo, una mala salida. Pero acabé perdiendo de vista a los otros corredores: esos que uno al principio tiene tan presentes, cuando a los veintitantos, a los treinta, mira por el rabillo del ojo a quienes van detrás y tratan de adelantarle (o eso piensa uno), calcula la distancia que le sacan los que van en cabeza, reserva energías e imagina atajos para el sprint final.

Pero no hay sprints que valgan, creo; y menos de los finales. En realidad hace mucho que dejé de correr. No vale la pena correr. Basta con caminar al paso que más se acomode a los pies de uno y se acaba llegando adonde se iba a llegar en cualquier caso. O quedarse quieto: últimamente me da la impresión de que son las cosas las que andan. Sólo hay que esperar sentado: no fallan, porque nada falla nunca y todo sucede.

Por lo menos se sucedía todo (y por su orden) tras las ventanillas del taxi: las calles archisabidas, los portales en fila india, el golpe de luz traidor a la vuelta de tal esquina. Incluso parados en el atasco seguía todo pasando, como en los taxis blancos y negros de las películas de gánsteres: el interior de los coches quieto, firme como una casa en la que podría vivir uno para siempre, pese a las sacudidas de mentirijillas que dan fuera los ayudantes más forzudos del rodaje. Y los actores sobre el fondo de pantalla en la que se proyectan farolas mojadas y aceras borrosas y sombras antiguas de peatones. Por suerte de noche conducían siempre con las luces de dentro encendidas. Y no costaba verle el truco al paisaje en aquellas películas. Estaban todavía tan seguras de sí que quizá lo dejaban adivinar a propósito. Giraba el volante el conductor sin que se apreciara la curva en la perspectiva del fondo; o se limitaba ese fondo a vibrar y agitarse y dejarse surcar por haces de luz tras las ventanillas recortadas. Como si definitivamente se hubiese cansado de fingir el responsable de los efectos especiales.

También en los dibujos animados que precedían de niño a las películas de mayores pasaba algo así: corría y corría el oso parlanchín o el gato con sombrero. Y por detrás, velocísimo, se sucedía un juego de árboles y edificios repetidos. Para ahorrar, porque así bastaba con un solo fondo para una sola figura, pies en polvorosa. Sin moverse nada ni nadie nunca en realidad durante aquellas escenas trepidantes. Entendí muy pronto, de pequeño, el truco aquel de los bucles: antes incluso de encontrarles una explicación ya era un experto en detectarlos.

De camino al hotel se me ha ocurrido que estaba huyendo en aquel taxi innecesario. O jugando a huir, como los policías y los gánsteres de mentira. Si no es con la idea de dar esquinazo a alguien, nadie se sube a un coche sin equipaje para alojarse en un hotel a diez manzanas. Y si lo hace y realmente alguien le sigue, resultará sospechoso. Dará la impresión de que intenta borrar pistas, como hacían y hacen aún hoy en las películas antiguas.

Pero nadie iba a seguirme a mí ni a decir *siga a ese taxi*. Ni siquiera ha extrañado al conductor lo corto de la carrera, de camino al hotel, en aquel coche que también me ha parecido cuarto de hotel donde hacer parada y fonda por una noche e imaginar que uno se esconde de sus perseguidores. Todo inventado, claro. Si no fuera por las noticias que voy mandando al periódico desde los hoteles, hace ya bastante que se me habría perdido la pista.

Las doce y veinte de la mañana de un martes tonto de marzo: estaba aburrido el portero que no abrió la portezuela del taxi ni cogió el maletín pero sí me acompañó hasta la puerta giratoria con un paraguas inmenso. Más decorativo que otra cosa bajo la marquesina de grandes pretensiones: servía como mucho de batuta para dar el tono al resto del hotel.

Y estaban aburridos en el vestíbulo desierto los dos recepcionistas, y en general se aburría el hotel entero en esa mala hora de los vestíbulos de hotel: cuando nadie sano o en su sano juicio está en su habitación, cuando es tarde para marcharse y pronto para registrarse y muda la marea de huéspedes idos y por venir.

De cerca parecían muy jóvenes. Y no muy contentos de verme. Quizá lo último que habían esperado nunca de aquel trabajo era verse obligados a registrar a un cliente. Los dos a una se abismaron en la pantalla de reservas. A su edad, la displicencia y el desconcierto se distinguen mal.

Desde niño no había entrado al Imperial. He pasado de largo muchas veces ante la fachada rimbombante, a juego con el nombre, y he visto desde muchas terrazas sus dos torres de esquina. Siguen teniendo un aire advenedizo, pero ya llevan cien años ayudando a localizar el centro y a orientarse al forastero que mira la ciudad de lejos (y sabe dónde mirar). Se construyeron con pretensión de faros del cosmopolitismo patrio y se quedaron sin remedio rancias desde el principio. Tanto como el hotel, que tuvo sus tertulias taurinas y aires de casino comarcal, con mucho ir y venir a la hora del aperitivo pero donde nunca nadie parecía alojarse.

El silencio mortal del vestíbulo estaba hecho de muchos ruidos: vasos entrechocando lejos, galope de aspiradoras en la otra punta del mundo. Y sí, un hilo musical sinuoso, tenue, tecno. Reptaba entre las patas de los muebles antes de enroscarse en los tobillos para entrar por un oído y salir por el otro. Casaba con la nueva decoración, de firma y tan traída y tan llevada en los *dossieres* reenviados del periódico que no sé aún si me ha gustado. Seguramente no lo sepa nunca, porque de eso se trata en estos casos: de que nunca importe mucho, la verdad, acabar de saberlo.

Dicen que los antiguos dueños vendieron todo por casi nada. Aun así ha faltado dinero para la reforma. En los folletos que leí florecían los clichés del género: refugios para el nómada experimentado, bases de operaciones para el viajero global. Jerga de superhéroes que al final se queda en lámparas aparatosas de luz escasa. Pero suficiente para adivinar que las butacas y las alfombras del lobby resultarán menos buenas al tacto que a la vista. Han desaparecido las flores de cera bajo campanas de cristal que al entrar he recordado confusamente –no, no confusamente: con vividez de pesadilla dentro del recuerdo general borroso–. Pero han escatimado en las naturales y derrochado ambientador sin éxito: todavía vaga por el vestíbulo, a pleno día, el fantasma de los puros taurinos.

También el de los toros, porque en la pared tras el mostrador sí que han dejado, como en broma, las cabezas disecadas de los que antiguamente lucían más bravos. Un Sobrero, un Embajador y un Ventoso que lo miran todo ahora estupefactos. Por un momento me ha parecido reconocerles las caras. O han brillado sus ojitos de cristal al reconocerme. Casi me he visto de niño y de la mano de alguien, rodeado de adultos que hablan de sus asuntos, mirando las mismas cabezotas en el viejo vestíbulo, con sus lenguas púdicas escapando del relleno de pacotilla. No sé si es un recuerdo inventado o si sentí entonces, como hace un rato, el mismo impulso de solidaridad.

Otro hotel que hace las veces de maqueta o mascota del país entero, de mansión de muñecas y versión a escala de la casa de verdad que la exhibe con mal gusto en el salón principal o deja que críe polvo en el desván. Este Imperial ha diluido su tipismo acre, cambiado con mucho trabajo unas asperezas por otras y al final adquirido un precario *confort* con alfileres. Sigue luciendo un tino errático a la hora de disfrutarlo.

Y de ofrecerlo. Se han eternizado los cuchicheos y los tecleos de los recepcionistas. He pensado en sacar este cuadernito, que no suele fallar como último recurso: tomar notas siempre atrae algo de atención. Por fin la máquina ha escupido la tarjeta magnética de mi cuarto. No han hecho ademán de llamar a alguien para subir mi maletín, y juraría que también la tarjeta me la han tendido los dos a la vez. Pero ha debido de ser culpa de la sonrisa doble, que me ha desconcertado.

El pasillo de mi piso estaba desierto y silencioso, como si fueran las cinco de la mañana. O como si fuera en realidad la hora justa que era, porque a las cinco de la mañana hay a veces mucho ruido en los hoteles. Ni un empleado, ni un huésped. Lo único que casi se oía era el olor a moqueta nueva apelmazando el aire. He llegado a mi puerta y me ha costado encontrar la forma de meter la tarjeta magnética en la ranura junto al pomo. Por fin ha parpadeado una lucecita roja antes de volverse verde. La puerta ha bufado y se ha abierto sola, de mala gana, un par de centímetros. Detrás había un espacio en penumbra: uno de esos distribuidores de cuarto de hotel que sirven de tierra de nadie y aportan el lujo de un metro cuadrado sin muebles ni nombre ni otra función que la de aislar en teoría la alcoba del ruido del pasillo.

A mi derecha la puerta casi cerrada del dormitorio dejaba entrar la claridad necesaria para ver enfrente el cuarto de baño abierto de par en par. Goteaba un grifo brillante en la oscuridad. Antes de cerrar la puerta del pasillo he oído una voz adentro. Me ha paralizado un instinto de ladrón sorprendido que ni sabía que tenía ni venía en realidad al caso. Algo se ha movido a mi izquierda, sobre el espejo de cuerpo entero del vestíbulo. En él sí podía distinguirse el interior del cuarto que la puerta entornada me impedía ver. Se reflejaba una cama de matrimonio con una colcha beige, a juego con la luz gris de una ventana que no alcanzaba a ver.

En el borde de la cama, hacia la cabecera, estaba sentada una chica. Guapa a pesar de un maquillaje insensato. Me ha parecido muy joven. Sólo llevaba sujetador y bragas. El pelo y la piel eran del color de la colcha. Tenía las manos sobre el regazo y se las miraba con cara de aburrimiento. Hinchaba un poco las mejillas, daba pataditas sobre la moqueta, suspiraba de desdén: exageraba los signos del tedio como el niño que no se aburre.

Por el rabillo del ojo seguía algo que pasaba en el extremo de la cama que no reflejaba el espejo. No estaba sola. Chirrió el somier sin que ella cambiase de postura y alguien –un hombre, desde luego– jadeó una, dos, tres veces.

No he sabido si volverme al pasillo o acabar de entrar y pedir explicaciones. No podían verme, y he dado un paso más sin dejar de mirar el espejo. El reflejo de la chica desapareció. Al otro lado de la cama, arrodillado sobre la colcha, de espaldas al cabecero y a ella, he visto a un chico desnudo. Seguramente un poco más joven que la chica y desde luego mucho más moreno. No se le distinguía la cara porque inclinaba la cabeza y se miraba el pecho, contrito: sí he alcanzado a verle la frente tensa, el arranque del ceño fruncido. Seguía respirando como quien se prepara para un esfuerzo, y se pasaba la mano por el pecho con un gesto de robot que no siente nada. La chica ha hablado entonces.

–Tócate, ¿no?

El chico ha dado un respingo y la ha mirado como si la tuviese olvidada.

–Ya, ya.

Ha vuelto entonces a concentrarse en su mano, y la ha dejado resbalar despacio por el vientre hacia el ombligo. No muy convencido, ha acabado llevándola hasta un pene blando que ha agitado un par de veces, como un sonajero. Y de repente un escalofrío le ha hecho sacudir los hombros.

–Joder, qué frío.

–Ya.

El «ya» de la chica ha sido uno muy resignado, como si eso ya se lo hubiesen dicho mil veces antes, como si se hubiese pasado la vida en aquella habitación, en bragas, oyendo a la gente quejarse del frío. He supuesto que estaría arqueando las cejas y asintiendo con solemnidad burlona, pero para comprobarlo habría tenido que dejar de mirar la cara del chico. A ella ha debido de gustarle el aire de mujer de mundo que le daba aquel *ya*, porque lo ha repetido.

–Ya.

El chico ha vuelto a resoplar y ha seguido a lo suyo sin resultado. La chica se ha sumado a su siguiente bufido.

–Bueno, qué.

–No sé, tía, ayúdame tú.

–Y dale, y mira que está hablado. Que no, que eso lo tienes que hacer tú solo. Que luego ya sí follamos.

–No me empalmo.

–Pues mira la peli.

La chica ha optado de pronto por un tono de hermana mayor.

–A ver, espera, que subo el volumen.

Se oyó cómo buscaba algo junto a la cama, y cosas cayendo a la moqueta. No me he atrevido a cambiar de postura para volver a verla a ella. Empezaba a darme miedo que me descubriesen. Se había descartado sola la posibilidad de entrar en el dormitorio, hacerme el sorprendido y afirmar mis derechos. Hubiera debido bajar a recepción. La verdad es que no sé si me he quedado por temor a hacer ruido al salir o por ganas de ver y entender más. Me ha parecido que podía esperar un poco aún: si el chico o la chica se levantaban tendría tiempo de salir al pasillo y cerrar la puerta del vestíbulo antes de que me viesen.

–A ver ahora dónde está el mando.

El chico no ha dicho nada. Amasaba su sexo con las dos manos. Lo hacía con poco cuidado y torpeza rara, como si nunca antes hubiese tenido que tocarlo. Ha atronado de repente un coro de gemidos sobre una música de fondo estúpida e inconfundible: la banda sonora de las pelis porno.

–Ay. Ahí. Ahí. Ay.

Yo me he dado cuenta de que estaba sonriendo en el vestíbulo. Sonreír a solas siempre es sonreír en falso. Seguramente he querido quitarme nervios. Y hierro a la escena: vistos los estímulos, no me extrañaba que al chico le costase conseguir su erección.

–Baja eso.

–Ya, ya, a ver.

Los gemidos y la música se han apagado justo cuando se sumaba al coro una voz ronca y no muy convincente.

–Sí. Así. Así. Sí.

El chico miraba la pantalla. Debía de estar al lado de la puerta del vestíbulo, y por un momento me ha dado la impresión de que me veía a mí a través de la madera: me ha latido fuerte el corazón y se me ha subido a la garganta. Pero no: lo que el chico estaba mirando a través de la rendija era su propia imagen reflejada en el espejo del recibidor. Por lo visto eso ha funcionado mejor que los jadeos mecánicos de la película. El pene apático ha empezado a dar señales de vida. Se ha girado un poco y se ha encarado del todo con su reflejo. Este chico, he pensado entonces, ve ahora exactamente lo mismo que yo, y se excita con lo mismo que yo veo sin excitarme: con la imagen de sí mismo que le devuelve este espejo en medio de este cuartito a oscuras; con la imagen que sustituiría mi propio reflejo, la espalda arrugada de mi americana, si avanzase un paso más.

En la penumbra de ese vestíbulo diminuto que no era ni pasillo ni alcoba, a medio metro del espejo, casi me he sentido en presencia del chico. El rectángulo de luz que enmarcaba su cuerpo reflejado me cerraba el paso como una pared de cemento: no podía avanzar hacia el dormitorio sin empujar la puerta entreabierta e interrumpir la escena allá adentro, pero tampoco retroceder hasta el pasillo sin interponerme entre el chico y su doble. Después de unos segundos eternos –casi ni a respirar me atrevía– he oído de nuevo el goteo del grifo del baño, me he dado cuenta de que llevaba ya un rato hincada en mi hombro el asa del maletín, he sabido que iba a cansarme de estar de pie. Quizá dentro de aquella ansiedad insensata iba a abrirse un paréntesis de tedio aún más descabellado. El cuarto a oscuras, la parálisis angustiosa de los sueños con fantasma o los juegos de niños: he notado, sobre todo, que el nudo en la garganta no había dejado de ajustarse despacio y empezaría pronto a parecerse a un pánico negro e infantil.

El chico se masturbaba ya abiertamente. Durante un segundo o dos lo he estado mirando todo sin ver ya nada, y él y yo hemos dado a la vez el mismo respingo al oír, de pronto, la voz de otro hombre dentro de la habitación.

–No, no. Está bien, pero no te des la vuelta. Sigue mirando hacia aquí.

Había alguien más en el cuarto. El chico volvió a girarse y desvió la mirada del espejo. He vuelto a respirar entonces (y a darme cuenta de que llevaba ya un buen rato olvidándome de hacerlo).

–Así mejor. Sí que hace frío. Voy a cerrar la puerta, tú sigue.

Y no hubiera debido respirar, a lo mejor, porque el aire nuevo me ha hecho bajar la guardia. El pánico ha cogido impulso y se me ha subido a la cabeza: he notado sus manos sosteniéndome fuerte por los hombros y rozando mi nuca y hurgando en mis lagrimales antes de darme un bofetón silencioso. Ha entendido lo que significaban esas palabras antes que yo mismo. Ahora el dueño de la voz se acercaría a la puerta del vestíbulo y me descubriría y sería terrible. He dado con la espalda en la pared. Ya no se veía nada en el espejo. Cualquiera en aquel cuarto o en todo el hotel hubiera podido oírme el corazón. Al otro lado de la puerta entornada he escuchado sobre la moqueta los pasos de alguien que se acercaba –claro que quizá los he imaginado o notado en la planta de mis pies o en el recoveco más profundo de mis oídos, porque yo creo que esa moqueta hubiera ahogado el ruido de todo un ejército desfilando. Me he visto desde fuera –desde arriba, para ser exactos– y me ha parecido que tenía toda una eternidad para calcular lo que seguramente iba a pasar (y lo que seguramente no iba a pasar), las muchas variantes del encontronazo con el dueño de la voz: la cólera −¡Qué hace usted aquí!−, la sorpresa −¿Usted qué hace aquí?−, la malignidad ominosa y falsamente divertida −Vaya, vaya, mira quién anda aquí...− o peor, el estupor ridículo de ambas partes −¡Ah...!

Sólo ahora, al escribir todo esto, me doy cuenta de que lo único que no se me ha pasado por la cabeza era que al fin y al cabo la habitación era la mía y la ley, como quien dice, estaba de mi parte. Claro, claro que sí: pero en ese momento ese cuarto se situaba fuera de casi todo; de la ley en cualquier caso.

Luego se ha cerrado la puerta. La empujaron desde dentro y se cerró sin más. No he alcanzado a ver nada: ni una mano, ni una sombra siquiera. He sentido un alivio que sabía también a decepción aturdida. Del otro lado se alejaban los pasos del dueño de la voz. Todavía llegué a escucharle.

−Si es que entraba frío.

No oí más: ni las voces del chico o de la chica, ni la banda sonora de la peli porno. He vuelto a respirar hondo y ha rebosado justo entonces el pánico acumulado. Durante otro segundo eterno he notado mis pies soldados al suelo. Jamás saldría ya de aquel vestíbulo, oscurísimo ahora que el espejo era sólo una superficie negra. Después, de pronto, de un par de zancadas milagrosas estaba en el pasillo y cerraba la puerta de la habitación muy despacio. El corredor seguía desierto.

Sólo entonces me he fijado en el *No molesten* rojo que colgaba del pomo −y hasta he fingido enfadarme conmigo mismo; a buenas horas, he dicho casi en voz alta−. El corazón se me iba amansando, y he notado la euforia que llegaba siempre de pequeño, tras mis travesuras más bien discretas. Ahora me doy cuenta de que estaba aún pensando en términos infantiles: estaba bien, estaba entero, estaba vivo, estaba a salvo. *Ellos* −los malos, los mayores− no me habían pillado.

Luego el adulto ha recuperado su puesto, se ha sacudido las mangas, ha arrumbado de nuevo a algún rincón oscuro al niño valentón y cobardica que se había hecho con el poder durante un minuto. Al fin y al cabo, he pensado, no había hecho ni seguramente visto nada malo. Una escena curiosa, eso sí. Difícil de entender, rara.

No me veía capaz de meterme en el ascensor, y he buscado las escaleras de emergencia. Sin moqueta ni ambientador ni música deshilachada. Hacía frío y resonaban los pasos sobre un zumbido sordo de máquinas mudas al fondo del pozo sin fondo de la escalera.

–Rara no, rarísima.

Eso creo que lo he dicho en voz alta, sin dejar de bajar escalones. De dos en dos, hasta que he llegado al piso cero y he tenido que volver a subirlos de uno de uno. ■

GRANTA

EL DILUVIO
TRAS NOSOTROS

Andrés Barba

Andrés Barba (Madrid, 1975) impartió clases en el Bowdoin College de Maine en el año 2000 y ha sido profesor de los cursos de extranjeros de la Universidad Complutense de Madrid y, actualmente, en talleres de escritura. En 2003 le concedieron la Beca de la Academia de España en Roma y en 2010 la Halma de la Unión Europea. Se dio a conocer con la novela *La hermana de Katia* (llevada al cine por Mijke de Jong), el libro de nouvelles, *La recta intención*, y las novelas *Ahora tocad música de baile*, *Versiones de Teresa* (Premio Torrente Ballester), *Las manos pequeñas*, *Agosto*, *Octubre* y *Muerte de un caballo* (Premio Juan March), todas publicadas por Anagrama. En colaboración con Javier Montes recibió el Premio Anagrama de ensayo por *La ceremonia del porno*. Su obra ha sido traducida a más de ocho idiomas. «El diluvio tras nosotros» es un cuento inédito.

Ahora se abren los oídos en sus oídos. Ahora se abren los ojos en sus ojos. Puerta giratoria de su rostro donde entra y sale, y entra y sale. Ya no duerme por las noches, le cuesta respirar después de las cuatro operaciones de aumento de pecho. Se deja caer por el cansancio como una gota por un cristal, respira por la boca y hasta el agotamiento parece un milagro constante. Luego, durante el día, el cansancio y la falta de sueño provocan a veces momentáneos y furibundos ataques de ira: entra en una tienda y, como no la atienden, pega un grito provocando una gran confusión. Las personas que están a su alrededor se vuelven hacia ella, Mónica puede ver los gestos de asco, de sorpresa, siente cómo las miradas la recorren de arriba abajo, ve cómo llegan hasta ella, cómo trepan por sus piernas, cómo se cuelgan de sus caderas y de sus pechos las miradas. Al salir a la calle tintinean colgadas de la carne, como campanillas, y eso le hace sonreír de nuevo; desde hace días hay una cosa nueva en el mundo: su cuerpo cubierto por las miradas, pero como un ácido, algo ha pasado por ella corroyendo todas las dulzuras. Hasta la casa ha cambiado, como si la hubieran ido cortando a jirones. A veces hay momentos en los que se quiere dirigir al baño y va a la cocina, o viceversa.

«Es que no duermo», piensa.

Y no dormir es tan cercano como el bolígrafo marcando la página en el diario de las operaciones, gravita como un pensamiento en el que todo se posee. ¿Quién camina por la noche? ¿De quién es el sonido de esos pasos que de pronto pasan junto a la cama y se detienen? Es como si efectivamente alguien se sentara allí, siente un peso real, en mitad de la noche, y piensa: «Ahora va a acariciarme». Juega con esa caricia como un refinamiento. Vuelve a cambiar de postura, vuelve a abrir la boca todo lo que puede. Aspira. Hasta el aire se ha vuelto ingrávido; ya no hay en él esa densidad que antes le capacitaba para llenar los pulmones, para oxigenar la sangre. Los pechos pesan lánguidos a ambos lados del cuerpo, se ahoga. Prueba a sentarse en la silla y luego vuelve a acostarse. Se revuelca, pierde la conciencia tres horas y la recupera al rato, retuerce los brazos vivos, blancos, asombrada.

«Mañana tengo que rodar», dice en voz alta.

De inmediato le entra la duda de si lo ha dicho efectivamente en voz alta, o si sólo ha pensado las palabras. Ella quiere decirlas en voz alta, de modo que se lleva los dedos a los labios para asegurarse de que se mueven esta vez.

«Mañana tengo que rodar», repite.

Se han movido. Y así transcurren los meses, los rodajes, los actores desvestidos como árboles fibrosos. Sin querer descuida algunas cosas ahora: la ropa, las comidas, se mira de pronto en el espejo y piensa: «estoy sucísima», y se ducha frotándose hasta hacerse daño.

«¿Qué te estás metiendo, Mónica?»

«¿Yo?»

«Algo te estás metiendo. No quiero actrices yonquis.»

«No me meto nada, te lo juro.»

Luego, un día, dejan de llamar. Y la intimidad se recluye un poco más en internet, en los chats, apenas sale de casa. Siente, cuando lo hace, que las cosas se han vuelto elásticas e inconmensurables. Un día, sentada en un parque, con una mano sobre la otra, tiene un pensamiento extraño: un cuerno. «Mi cara con un cuerno», piensa. Se lleva la mano hasta la frente. Ni siquiera uno demasiado grande, piensa, un cuerno pequeño, único, casi doméstico en mitad de la frente. La imagen es de una belleza perturbadora y la atemoriza de pronto, como si hubiese tocado un misterio, una pieza sagrada de una simplicidad casi siniestra. «Mi cara con un cuerno, mi sonrisa con un cuerno.» Al llegar a casa abre el diario de las operaciones y lo escribe.

«Próxima operación de cirugía: Mi cara con un cuerno.»

La idea tiene vida propia. Cierra los ojos conmovida, soportando algo dulce, agudo, lleno por fin de armonía: la seguridad del hueso.

Ha hecho antes otras operaciones: una de labios, cuatro de pecho, una supresión de costillas, otra de pómulos, y a veces en el diario se puede leer, entre unas operaciones y otras: «Soy un monstruo». Otras: «En la próxima operación...». Y la letra es alegre y vibrante. Tampoco duerme esa noche. Poco a poco la confusión se amansa, pero al amanecer vuelve de nuevo. Ahora la casa sirve a la perfección a su cuerpo grande, la casa como un lugar húmedo. Porque también el cuerpo exhala sus sentimientos, sólo hay que estar lo bastante cerca como para percibirlos. Y un día sale a la calle y emite un débil quejido que le hubiera gustado hacer durar. Quién podría explicar por qué camina hacia allí cuando lo que quiere es rehuir la imagen. Se sujeta al barrote de la entrada y luego, como impulsada, da un paso y otro como un reloj infalible. «Mi cara con un cuerno, mi sonrisa con un cuerno, mis brazos y mis piernas y mis tetas y mi coño con un cuerno.» La vulgaridad de las palabras es necesaria, pero ya no hay dinero. Ya no llaman para las películas.

Sin reparar en nada, escribe un anuncio en el periódico. «Mónica. 37 años. Actriz porno ESPECTACULAR. Te espero desnuda. Te la chupo sin condón. 100 euros completo.» Adjunta una foto de cuando tenía 23 años y comenzó a trabajar, tapando la cara, y añade en vertical, con una tipografía minúscula: «Foto real». La operación del cuerno cuesta dos mil euros, en una clínica ilegal; ha tenido que explicar tres veces lo que quería hasta que la han entendido. Luego, con escándalo, le han dicho que no será posible por menos de dos mil euros. Y allí espera, en bata, tranquila, una mano sobre la otra, a que venga la gente del anuncio. Las llamadas se suceden. Los hombres llegan. Hombres pequeños y casi siempre amables, rápidos, a veces avergonzados, otras tantas brutales. Una vez llega un chico y al verla se retiene.

«No me gustas –dice–, lo siento.»

Otra vez le dan dos billetes falsos. Otra vez le cruzan la cara. Mónica se sorprende de lo poco que le duele el golpe y mira al hombre fijamente, sin pestañear, hasta que nota el cansancio y el miedo del hombre, su olor, su piel, hasta que tiene la sensación de penetrarle. Por primera vez percibe que la parte inferior del labio del hombre tiembla, pero no sólo ve el temblor, sino que además lo entiende, ve cómo se entrecruzan las fibras de cada músculo, cómo tiran de la pobre gelatina del labio hacia arriba, cómo una a una se repliegan en las cavernas infrarrojas del cuerpo, a través de entrañas de marañas nerviosas, se desliza por el interior del cráneo hasta el globo ocular del hombre y ve su ojo *desde atrás*, el nervio grueso y cubierto de minúsculas venas azules y rojas, descubre que el hombre tiene miedo porque ella está dentro de él.

Es en el parque donde se queda dormida con más frecuencia, en una de las esquinas, como si sintiera frío, mirando las volutas nerviosas de los troncos de los árboles. Un día, en pleno sueño, se mea encima sin querer, y siente el calor de la orina, y luego el frío, y luego el olor. Al llegar a casa se ducha y regresa al diario, vuelve a escribir en él: «Mi cara con un cuerno». A medida que pasan los días la imagen va tomando una forma cada vez más concreta y más lúcida. Al principio era sólo un cuerno abstracto, en mitad de la frente, a veces estriado, a veces liso, un cuerno enorme del mismo tamaño que la cara, disparado hacia lo alto, otras un cuerno pequeño y dócil, casi una protuberancia, un bulto. Ahora cada vez con más frecuencia tiene en la imaginación una forma cónica de tres centímetros, en mitad de la frente. Y cuando llega a esa forma Mónica se abraza a ella, y siente que está cerca, cada vez más cerca.

En ocasiones también el paisaje la atemoriza. Como si algo en ella fuera a dejar de ser humano tras el cuerno. El cuerno duro, en el interior de la frente, como un puño cerrado, como el germen de una flor imposible. No sabe lo que es ni lo que desea ser pero se concentra en copiar los gestos serios del cuerno, tratando de imitar su crueldad y su ternura. En internet comienza a buscar cada vez con más frecuencia fotos de animales, de monstruos fantásticos, de peces de profundidades abisales. Seducida por sus formas, como para comprender mejor, como si toda una parte de ella tuviera que aprender una extraña delicadeza del monstruo, una breve escala, pasa horas enteras frente a las imágenes hasta que tiene la sensación de encarnarse en ellos, de dar un gran paso hacia delante. Al salir a la calle a veces no sabe hacia dónde caminar, o tiene inquietantes momentos de pánico. Boquiabierta y silenciosa va de esquina en esquina escondiéndose. Otras veces se descubre de pronto en su barrio de la infancia, sin saber cómo ha llegado hasta allí ni qué es lo que busca.

Los hombre se suceden, y los días. Vuelven a pegarla, esta vez brutalmente. Un adolescente, casi un muchacho, guapo y aparentemente frágil. Había sentido miedo de él desde el principio y sin embargo le dejó pasar. Luego, cuando se marcha, está en el suelo rodeada de cristales, la cabeza apoyada. Se lleva las manos a la cara. Tiene el vago recuerdo de haberse cubierto la cara, sólo la cara, para que no le dejara señales, y como no siente que haya logrado tocarle la cara, se queda dormida sobre el suelo, de puro y simple agotamiento, imaginándose que es un perro, se lame las manos con su lengua pequeña.

Imaginándose que es un perro, imaginándose que es un caballo, que es una sirena, una náyade, que es un insecto. El cuerno se ha incrustado en algún lugar, entre los ojos. Algunas noches que no puede dormir se echa a la calle, como si se retorciera las manos. Vestida como para una fiesta: los pendientes, los labios pintados, el rímel. Se echa a la calle tratando de invocar algún peligro, y a veces un pensamiento le relampaguea el cerebro al salir: «ojalá me mataran». Un pensamiento sin lástima, frágil como el del cuerno, piensa «ojalá me mataran» como cuando piensa «Ojalá pudiera dormir». Tres días antes, ha sabido por el periódico que unos delincuentes han prendido fuego a un vagabundo a pocas manzanas del barrio y ella pasea por allí, sin saber qué desea ver o encontrarse. ¿Qué le harían a ella los delincuentes? Lo que ella desea es más áspero y más difícil que ser quemada viva. Los delincuentes no sabrían qué hacer con ella; es valiente como un perro, como un loco. Pero no es verdad: no desea morir. Desea el cuerno. Por eso coge un cuchillo de la cocina y cuando ve a alguien en sus paseos nocturnos se dirige hacia él decidida. Una vez es un hombre, de unos cincuenta años; al ver el cuchillo sale corriendo. Otra es una muchacha. Mónica le cierra el paso, saca el cuchillo y dice:

«El dinero».

Pero la muchacha casi no tiene dinero. Tiene sólo un libro, una bufanda, siete euros en monedas que Mónica coge sin más y se guarda en el bolso, con el corazón un poco agitado, sorprendida de la torpeza de la escena, sorprendida de la fealdad de la muchacha y de sus reacciones. Piensa: «Ahora he robado».

Cuando menos lo espera el mundo se vuelve real de nuevo. Sale a la calle una tarde y al pasar junto a la entrada de un instituto unos adolescentes se ríen de ella. O entra en una tienda para comprar comida y un niño se asusta. Siente frío entonces. Se estremece dentro de la ropa. Vuelve corriendo a casa y come como un centauro, el rostro casi pegado al plato, los cabellos metidos en la comida, y después de comer se marea tanto que casi se desploma. El sofá huele mal, la casa huele mal. Con la cabeza entre las manos se adormece y luego vuelve a despertar, el peso de los pechos la ahoga. Piensa que tiene que hacer muchas cosas: tiene que limpiar, tiene que ducharse, tiene que arreglar el cuadro que se rompió el otro día, tiene que comprar pasta de dientes. Pero las obligaciones parecen como envueltas en una humareda que las hace difíciles, se asombra de haber vivido tanto tiempo, toda su vida, haciendo esas cosas con tanta soltura. «¿Cómo hacía yo...?» Ahora todo está algodonado, misteriosamente intacto, la casa se desliza como un cuerpo. Y cuando no sabe qué hacer cuenta los billetes que esconde bajo la botella con las casas colgantes de Cuenca.

¿Cuánto tiempo ha pasado? ¿Un año? Los hombres siguen viniendo, el dinero se acumula: ya lo tiene casi todo. Y cuanto más cerca está, más se exaspera. A veces tiene grandes blancos de memoria. Toma conciencia de sí misma en mitad de la calle, o en el cuarto de baño. Se pregunta: «¿Cómo he llegado hasta aquí?». Luego, como si se acordara: «El cuerno». Y cuando lo dice la casa parece de nuevo otra casa, el sol delinea cada objeto como si estuviesen impresos a carboncillo sobre las mesas, colgados de las paredes, como si ella misma fuera una destilación natural de este espacio.

En internet descubre una imagen que la hipnotiza: un hombre de Canadá que se ha injertado bajo la piel de la cara cinco bolas de silicona. Con brusca rigidez le mira durante horas, como si de la fascinación fuera a brotar un sentido, y eso fuera a ayudarla, a hacer desparecer el miedo. Porque aún tiene miedo. No se pregunta: «¿Qué será de mí con el cuerno?», sino eso otro, mucho más temible: «¿Qué seré yo con el cuerno?». Del hombre de Canadá hay cinco fotografías en internet. Sostenido por una hamaca, en la cocina de su casa, en un jardín tras el que se vislumbra un columpio, en un coche, junto al cartel de entrada de su ciudad. Con gesto serio, fuerte, como si fuesen hermanos desde hace mucho tiempo, se miran. El hombre se llama Jason Stone. Mónica aprende su nombre como se aprende el nombre de un amor. Lo escribe en su diario: «Jason Stone». Luego se desliza dentro de su piel: siente los apósitos de silicona en la carne, mira su cara abultada en el espejo, desliza los dedos lentamente por los apósitos hasta que siente su textura gruesa, secreta. Y surge esa frase misteriosa: «Yo soy la herida y el cuchillo». Cuando la escribe en el diario, debajo de «Jason Stone», le parece tan limpia y tan redonda que no siente la necesidad de explicarla. Dos días después la relee y la encuentra incomprensible. «Yo soy la herida y el cuchillo.» Sabe, sin embargo, que la escribió conscientemente, en un momento de lucidez, y que tras escribirla, no sintió la necesidad de añadir nada más; tan profunda era la sensación de haber tocado un nervio, un forma blanda y pulposa, un corazón.

Vuelven los hombres. El miedo del cuerno, ahora que se aproxima cada vez más, la hace amarles de una manera extraña, desprovista del mecanicismo habitual. No a todos, sólo a algunos. Pero cuando sucede tiene la sensación de que trata de aferrarse con ellos a la vida. Por un momento se olvida de todo. Por un momento recorre con la mirada los cuerpos de algunos de los hombres que vienen y piensa: «Yo podría enamorarme de ti». Y se extrema en la delicadeza. Puede ver su piel blanca muy de cerca, puede ver el nacimiento de cada pelo, y cómo cada pelo hunde su raíz en la piel, y cómo en la base de cada pelo la piel se hunde bruscamente y el pelo entra en ella como una aguja minúscula para una extracción. Y puede ver también la boca, como una herida blanda, como una cicatriz abierta, y los dientes, y la lengua en la que se suceden, alfombradas, miles de diminutas papilas gustativas cada una con una función específica. Y puede ver la milagrosa mecánica de las articulaciones: los hombros, los codos, las rodillas, la cadera, se hace diminuta hasta tocar la membrana que une el hueso con la carne y la piel. Se asombra de las erecciones como de un milagro, piensa: «qué hermoso es esto», como si su sensibilidad no la dejara pensar más allá de la superficie. Cuando se corren se concentra en el leve descanso de los ojos, de la boca. Los pómulos parecen hundirse entonces levemente, la piel recupera su flaccidez, se acaricia el sudor, imagina el prodigio de cada poro como un vaso minúsculo rebosante de agua salada, se hace tan pequeña como los miedos y recorre cada poro como si en cada uno tuviera que poner una bandera.

Incluso hay un hombre que se enamora inexplicablemente de ella. Se llama Antonio, pero todos le llaman Toño.

«Me llamo Antonio, pero todos me llaman Toño», dice.

Le manda mensajes al móvil, mensajes obscenos a mitad de la noche, casi siempre monosilábicos: «Voy», «Ven». Mensajes nerviosos. Él mismo es grande y nervioso, suda mucho, cuenta chistes que Mónica no entiende, le gusta reír. Y cuando los cuenta se queda todavía un segundo en silencio, esclafado como un niño dominical con los brazos recogidos, expectación pura, y ríe al instante con una risa estentórea. Mónica se liga a él durante unas semanas como si estar ligada a él fuera una delación del verdadero gesto, del cuerno. Porque ella no habla. Ella sólo asiste a la fermentación. Una tarde Toño deja de pagar, pero sigue viniendo. Mónica no sabe cómo decirle que se vaya, cada vez le cuesta más hablar. Como si hubiese olvidado cómo articular ciertas palabras, ciertas frases: abre la boca, quiere decir: «Toño, no quiero que vuelvas» y no dice nada. Junto a Toño se produce una última expansión de su cuerpo, como una goma que ha sido estirada hasta un punto insufrible y de repente se destensa sin romperse, haciéndose fláccida. Toño habla y habla. Es bruto e inofensivo, y hasta en ocasiones tiene insospechados gestos de delicadeza. Un día dice:

«Hay que limpiar tu casa».

Y limpia durante media hora, hasta que se aburre. El efecto, al final, es doblemente pernicioso, la limpieza de una mitad de la casa pone de manifiesto la suciedad de la otra mucho más que antes. Igual que el cuerpo. Se desmorona sólo en lugares concretos. Las ojeras son casi violetas algunos días, las uñas están sucias y hay que limpiarlas, uno de los pezones se ha oscurecido más que el otro, la comisura de los labios ha cedido, inclinándose ligeramente, los párpados se hinchan por las mañanas, le duele la rodilla izquierda, las digestiones son difíciles y pesadas, como si las costillas que le faltan provocaran una presión antinatural sobre los intestinos. Sin aviso de ninguna clase hay en las cosas un olor denso a carne podrida que a Mónica le parece que emana su propio cuerpo y del que no consigue escapar por mucho que se duche. Porque desde hace días, desde que Toño viene y reaparece a su voluntad, Mónica cree estar constantemente sucia. Un día no le abre más la puerta. Toño golpea furioso un momento, luego parece avergonzarse y se va. Sus mensajes llegan todavía durante más de una semana, hasta que también ellos van extinguiéndose. Dice alguna brutalidad, luego, a los dos minutos, llega otro mensaje pidiendo perdón. Tres horas más tarde, otra brutalidad. Los últimos son, sencillamente, tristes. Y sin embargo Mónica no quiere que dejen de llegar, los espera, como si en esos mensajes hubiera un último vínculo a algo, como si el cuerpo de Toño, ese cuerpo que sólo recuerda por fragmentos y por el que nunca se sintió atraída, supusiera una gran pérdida.

Entonces es el silencio. El silencio vibrante, ahí donde el suelo falta. Y súbitamente este penoso, inexistente lugar; el cuerno. Porque todos han pasado ya y sólo ha quedado el cuerno, como una fulguración sin vínculo a ninguna otra idea, a ningún otro recuerdo;

el cuerno. Deja pasar los días, sin aceptar ya a ningún cliente. Se desliza desde el lunes hasta el domingo como si cada día de la semana tuviera que eliminar un pensamiento. Todos los seres posibles de su cuerpo han salido de una vez. Le parece que, en algún lugar, cantan sobre ella.

Se desnudó despacio, dejando la ropa primorosamente doblada, como hacen algunos suicidas antes de arrojarse por una ventana. En el espejo de la sala de espera se miró por última vez. Bajo las olas trémulas de la piel, los huesos, la carne, los intestinos. Le hubiese gustado hacerse una fotografía entonces, exactamente en aquella postura, ante el espejo. Con su letra redonda, muy lentamente, habría escrito al dorso: «Yo, antes». Con mucha delicadeza y nostalgia, como quien sabe que se despide de un lugar al que no regresará nunca: el pelo caía hacia la izquierda, la mano derecha temblaba un poco, las rodillas eran delgadas, cosas que nunca volverían a ser. Más, mucho más. Recoger esa imagen con los dedos, y renunciar a ella. Renunciar al recuerdo. Había llegado casi con una hora de antelación y la habían dejado en una sala pequeña con unas revistas. Una hora más tarde había entrado una mujer y le había pedido que se desvistiera.

«¿Ya está lista?»

«Sí.»

Tuvo un instante de vacilación. Luego susurró para sí misma: «Mi cara con un cuerno», como si se tratara de un mantra, la enfermera le había causado desconfianza. Fue entonces cuando el cuerno comenzó a emerger del fondo, despacio, muy despacio, cuando comenzó a sentirlo crecer de verdad, y sintió miedo. Su presencia no se distinguía mucho de la de un simple dolor de cabeza. Le dieron una bata azul, abierta en la espalda, unas babuchas higiénicas, y la acompañaron hasta la sala de operaciones. La camilla estaba fría. Lo sintió con placer: el frío. Luego le pusieron la mascarilla. Apareció el cirujano plástico.

«Respire con normalidad.»

«¿Qué es esto?»

«La anestesia.»

Pero ya sabía que era la anestesia, no era eso lo que preguntaba. Pensó: «Me meterán en esa marmita, y yo saldré roja, colorada, con un cuerno». Y a medida que la anestesia hacía efecto tenía la sensación de que su cuerpo iba advirtiéndolo, fosilizándose como una sustancia calcárea, creando un caparazón duro hecho de cientos de miles de materias superpuestas.

El sueño de la anestesia fue salvaje. Comenzó en el estómago. Para posarse en ella, el sueño comenzó dulcemente, como una leve sensación de hambre. Veía ciertas imágenes casi abstractas que poco a poco fueron concretándose hasta adquirir la forma de rostros no del todo humanos. Los elementos que componían esos rostros no eran distintos de los de cualquier otro y, sin embargo, había algo en ellos que los distanciaba por completo. Abrían sus bocas y de ellas salían unas lenguas largas y finas que recorrían la superficie sobre la que estaban apoyados, como si se alimentaran de esa forma. También ella probó a abrir su boca y de ella surgió una lengua semejante; extensa, más fina que las otras, como un largo hilo rosado. Sentía todo lo que tocaba con la lengua. La lengua era el único lugar en el que sentía.

Había, en todo, una especie de alegría primordial, casi demoníaca, como si hubiese llegado más allá de donde había previsto, como si por primera vez existiera en un polo opuesto. Pero sabía que era un sueño, que estaba anestesiada, en las otras operaciones también había sentido lo mismo. Se despertó abotargada, delirando. Preguntó si se había muerto.

«No. La operación ha salido bien», dijo la enfermera.

Estaba despierta. ¿Había despertado ya o era eso el sueño todavía? Allí, como una estatua, recordaba haberse levantado de la camilla, haber saludado al doctor. Una mano le había quitado la vía del suero con gran delicadeza, recomendándole que doblara el brazo para que no quedara señal, y ella lo había hecho, otra mano le había ayudado a vestirse con aquellas antiguas ropas humanas. Se dirigían a ella por su nombre, que de pronto le resultaba extraño y melodioso. Reconocía vagamente haberse llamado así. Veía sus caras humanas desde fuera y le parecían feas, ridículamente, casi conmovedoramente feas. Luego recordaba haber bajado a la calle. ¿Era eso la calle? Sí, seguir adelante; llamar a eso: «adelante», llamar a eso: «calle», llamar a eso: «seguir». Los otros asistían sin mirar, ella nombraba las cosas. Recordaba haberse llevado las manos temblorosas hasta la frente, haber tocado la venda, habérsela quitado torpemente, haciéndose un poco de daño. El doctor le había dicho antes de salir:

«No se la quite aún, hasta dentro de dos días».

Ella había reconocido cada palabra, pero no el significado de la frase. Al igual que los rostros la sintaxis se había desmoronado. Se quitó la venda delante de él, se la puso en la mano y salió.

Al aire libre el cuerno recibió por primera vez la luz, y cuando lo tocó con la punta de los dedos sintió un dolor eléctrico en todo su cuerpo. No pudo evitar vomitar, un vómito en el que expulsaba por fin todo lo que sobraba, apoyada en un árbol, probando el sabor ácido de lo que ya no era. Como si quisiera perdonar, como si una irrefrenable sed de perdonar la inundara, perdonó también al vómito, al árbol, su irritante constancia, aquellas últimas cosas. Luego algo pareció cuadrar estático en todo el paisaje, como si en las entrañas del mundo se hubiese producido un movimiento minúsculo que había hecho encajar por fin todas las descomunales piezas del universo. Se miró las manos: había allí unas manos. Caminó buscando un espejo, un reflejo, cualquier superficie que le permitiera contemplarse y ver por fin el cuerno; lo encontró.

«Tu nombre es Mur», dijo. ■

CONDICIONES PARA LA REVOLUCIÓN

Pola Oloixarac

Pola Oloixarac nació en Buenos Aires en 1977. Es escritora y traductora. Su primera novela *Las teorías salvajes*, fue publicada en Argentina (2008), España (2010) y Perú (2010); y próximamente se traducirá al francés, holandés y portugués. En 2010 participa del Programa Internacional de Escritores de Iowa y recibe la beca del Fondo Nacional de las Artes de Argentina. Estudió filosofía en la Universidad de Buenos Aires y ha colaborado con artículos sobre cultura y tecnología en diversos periódicos y revistas de la lengua. Escribe desde que es niña y le gusta bailar, tomar baños de espuma y cultivar orquídeas. Mantiene la bitácora melpomenemag. blogspot.com

Esa mañana, Mara pasó por la casa de su madre a buscar ropa limpia. Se deslizó con paso yámbico entre los sillones del living y las mesitas ratonas atestadas de revistas; no quería cruzársela. En el modular de la biblioteca, flanqueada por libros de Eduardo Galeano y Gabriel García Márquez, la computadora mostraba un juego de solitario inconcluso; madre Cris estaba ausente. Andaba un poco deprimida porque Quique, su presente amoroso, no tenía un carajo que hacer. Al principio deambulaba por la casa de Cris, primero olvidándose el cepillo de dientes y luego ofreciéndose gentil (sospechosamente) a cocinar, hasta que un día ella lo miró fijo y le dijo mirá, yo creo que hoy por hoy en una relación de pareja lo más importante es respetarse los tiempos, pero si necesitás, dejame terminar por favor, si de verdad necesitás, podés quedarte. Quique tenía ojos castaños, estatura media y un aire desorientado, pero despojado de todo lo que hace a la desorientación un asunto atractivo o romántico.

–Vos no me reconocés porque ahora me dejo las canas y uso colita –había acercado el hocico él.

Pese a haber estudiado una carrera pasablemente humanista, Quique seguía pareciendo un contador; tal vez por eso, contra eso, ataba su melena de pelo lacio en una colita, lo cual agravaba sensiblemente más las cosas. Según la versión oficial, que defendería armado de un vasito de tinto a lo largo y ancho de la flamante sede de la Asamblea Popular de Vecinos «Palermo Dale Para Adelante» (la vieron nacer juntos), Quique y Cris habían militado juntos durante un breve lapso en el PCR[1] de La Plata, aunque probablemente Quique estuviera falseando los hechos, porque después se supo que él andaba con la corriente de Erminio Golández, que tampoco hizo gran cosa, estudió un tiempo Letras antes de pasarse a Socio y vivió siempre en Caballito.

---

1 Partido Comunista Revolucionario.

Cris hubiera preferido no escuchar una mención tan directa a la colita; era una mujer lo bastante hecha y derecha –y sola, muy pronto vieja– para saberse capaz de soportar la visión de la colita, no para hablar de ella. A Quique no lo arredraron las miradas laterales de Cris, la deliberación de algunas ausencias y distracciones. Lo leía como un despliegue de párametros, como una lógica hembra lubricando su propia versión de la conquista segundos antes de lanzarse, insaciable, al apareamiento. La dulzura de la desesperación era un bien inalienable en las damas de mediana edad para quienes el sexo casual pronto sería una joya de la abuela que nadie querría tocar. Quique era un tipo optimista, y la consigna de la asamblea era Manos al Trabajo, Cambio y Renovación (tenía un juicio por alimentos iniciado por Norma, su pareja anterior). Quique entrecerraba los ojos, la señalaba con el vaso y cumplía su papel cívico de buen tipo jugando al seductor:

–En aquella época yo te tenía de vista, pero vos andabas con uno.

Cris apretó los labios, intentando alejarse mentalmente de la escena: por el momento, ser el recipiente del galanteo de Quique estaba lejos de resultar un acontecimiento halagador. Pero «uno» despertó del letargo el interés (la vanidad confundida con interés) de Cris, que aprovechó para reír histéricamente, invadida de complicidad: Y sí, con uno andaba, seguro.

Quique sintió que unos gordos de la UOM² le hacían señas con los brazos, invitándolo a avanzar, como si él estuviera en el auto y quisiera estacionar; vos dale para adelante, pensó, mientras deslizaba el pulgar cautelosamente por la presilla del *jean* de Cris. De un rápido vistazo, Cris detectó la mano colgando cerca de su orgulloso culo, el organizador del encuentro; incapaz de renunciar a su oportunidad de jugar a la *cocotte*, Cris comentó: Hmm… peligroso. Mirá que yo soy de las que se enamoran, yo que vos, lo pienso dos veces. Si Quique hubiera tenido veinte años menos, hubiera jugado una apuesta consigo mismo de cuánto tiempo le tomaría penetrarla por

---

2 Unión de Obreros Metalúrgicos.

el ano; ahora, maduro y sereno, sacó la lengua levemente antes de llegar a tocarle los labios.

Después contó cuando se embarcó a España, en el 73. Ella lo miró con los ojos muy abiertos, hasta que se escandalizó: ¡Pero si fue el momento más luminoso! ¡Toda nuestra generación, toda la juventud, como nunca, en las calles! ¡No te podés haber ido en el 73! Ella exageraba un poco estos entusiasmos, consciente de que abrir grandes los ojos y elevar el tono de voz eran parte del despliegue de la política, de la pasión y, por lo tanto, de sí misma: los grupitos de caceroleantes que conversaban cerca se percataban de su presencia candente, de su estilo vital y aguerrido, y se sentía inmediatamente más joven. ¡Y cuando liberamos a los presos! ¡Y cuando tomamos el Centro de Estudiantes e hicimos echar a todo el plantel de la reacción! ¡Y cuando…!– En un giro de ternura que exasperó a Cris, Quique la interrumpió tomándola dulcemente de la barbilla:

–Yo sentía que algo no iba bien, Cris. Las prerrogativas maximalistas empujaban el carril de los acontecimientos a una encrucijada. Además tenía una tía que se mudaba justo en ese momento, estaban todas sus cosas en el barco, y me subí. –Cris volvía a apretar los labios, su atención se volvía errática, él trataba de hacerla entrar en razón–. Cris, las bases se hallaban removidas de su centro. La lógica de la coyuntura se nos iba a los caños. Yo dejé el peronismo cuando me di cuenta de que la violencia era el único camino que me quedaba por recorrer. Siempre anduve en política, pero siempre me consideré más gramsciano que peronista. Troskista, también. En rigor tuve un momento metodológicamente marxista pero de banderas peronistas.

No había quedado convencida, pero al menos había conseguido marearla un poco. El contexto acompañaba. La desilusión democrática ante la caída del gobierno de De La Rúa se traducía en un campo semántico de «urgencia», «cambio», y planes para el futuro de la sociedad. Quique soltó con cuidado algunas cifras de lugares, nombres propios esenciales, verificando el efecto que tenían sobre el rostro de su prospectiva amante. Era una especie de Batalla Naval en clave, donde la amplitud del itinerario combativo buscaba corresponderse con algún oasis afectivo de la pantanosa estructura sentimental de Cris. Ciertas expresiones faciales mantienen relaciones biunívocas con un conjunto de datos; las expresiones son estimuladas a partir de datos; el objetivo de Quique era proveer caramelitos informacionales que estimularan esos escapadizos objetos mentales que anidan típicamente bajo el cuero femenino y hacen a un hombre «interesante». Tanteando las coordenadas de la grilla, la batalla naval de Quique sobre la fantasía hembra incluía vivencia de camarada, espíritu juvenil revoltoso, compromiso genuino con las bases, participación activa en la lucha armada (¡hundido!). Quique se sonrió saboreando palabras muy similares, reviviendo una vieja táctica aplicada en Barcelona y París sobre españolas, uruguayas y sabrosas argentinas recién llegadas. El compromiso político propulsaba una fuerte fusión con otras vidas. En el exilio, Quique y Rodrigazo habían descubierto que la aritmética traumática que fundía un pasado y un bigote podían funcionar como la prueba de un cúmulo de experiencias privilegiadas, tan colectivas como íntimas, a la luz de cuya sombra misteriosa la verdadera patria socialista existiría por siempre; en el corazón de los camaradas y amantes, como rezaba la dedicatoria de Walt Whitman a sus lectores en *Hojas de hierba*.

Cada noche de amor era la última. Rodrigazo y él compartieron ufano despliegue de artillería. Quique se citaba con una chica en algún barcito del Quartier Latin, charlaban un poco; a los diez minutos su socio entraba al café. Entonces Quique levantaba la vista, se le transformaba la cara, no lo podía creer: ahí estaba el Hombre Nuevo, parado junto al dintel: tiernamente desorientado, pues poco sabía del caos mundano y sus costumbres. Quique se cuadraba junto a la mesa del bar, los ojos desorbitados (el otro venía de la muerte); la chica de turno seguía la escena con el corazón en la boca, y Rodrigazo «el Hombre Nuevo» avanzaba hacia ellos con el temple inquebrantable de su convicción, la ternura de quien ha visto el futuro ardiendo, la mirada fogosa de quien es Soldado de su Tiempo. Los dos correligionarios se daban un abrazo de valientes, de cosacos, de hombres nuevos, mientras la chica se tapaba la boca con la mano (reprimiendo un sollozo, verificando su aliento), balbuceando: ¡Historia viva, *pièces* de historia viva!, y salía a telefonear a otra preciosa amiga con ganas de cambiar la sociedad.

Vení que te parto en *pièces*, vení *sans culotte*, murmurarían ellos sin salir de personaje (en su cara había noticias de que la gente moría). Rodrigazo guitarreaba el cancionero exacto, y la voz de Quique no era mala; además de los acordes de «Canción para mi muerte», el compilado «Cuba Libre» y los hits revolucionarios, habían aprendido *«Mon leggionaire»*. No había tiempo que perder, ¡mañana podríamos estar muertos!, las chicas se sacaban la ropa listas para consumir el cetro de la pasión ofrecida. O se repantigaban en los catres, exhibiendo juguetonamente sus curvas rosadas (de una armonía que la doctrina pictórica revolucionaria, cifrada en *Les Demoiselles d'Avignon*, encontraría reaccionaria y fascista) listas para recibir las estocadas; ¡Rocamadour, bebé!, gritarían con el diafragma en posición. El verano anterior, Rodrigazo y Quique se largaron a recorrer Latinoamérica juntos: fogones, canciones de protesta, peleas y amistades con troskos, chinos y peronachos duros. Rodrigazo llevaba pantalones acampanados y mocasines altos; en la mochila tenía pegada una calcomanía con una carita que decía «Sonríe, Perón te ama».

Cris suspiró, un poco nerviosa; éste debe de ser un cobarde, un perejil de superficie. Dejó correr los ojos por la asamblea barrial; un leve bajón en la tensión eléctrica la ensombreció por unos instantes. Quique movía la boca, debía de estar diciendo algo. Cris entreabrió los labios, dejando la mirada suspendida entre el recuerdo y el vello que rodeaba la nuez de Adán del sociólogo. Entre el símbolo y la memoria, Cris logró refugiarse en la abstracción de macho, desde donde planeaba resistir la masacre libidinal con tufillo a derrota que emitía ese hombre. Dejó caer lentamente: Fueron tiempos muy duros, muy duros, sabés, para los que nos quedamos acá. Él la atrajo contra sí lo más virilmente que pudo; la entendía perfectamente. Del bolsillo del *jean* de Cris colgaba un llavero en forma de corazón,

Quique tenía una erección feroz. Quiso apoyarla para marcársela, pensando que tal vez la alegraría, y justo pusieron un tema de César «Banana» Pueyrredón.

Se armó la jarana, dijo Eduardo, que venía balanceándose con una bandeja de buñuelitos y pasta frola. Los había hecho la compañera Irma, cocinera desocupada, para el flamante Club de Trueque que inauguraba ese día. Eduardo le guiñó un ojo a Quique, Cris no lo vió. Era habitual poner un poco de música, porque estimulaba la cohesión. Cada uno traía licores caseros, whisky, granadina o lo que tuviera en casa; se escuchaban canciones del «Nano» Serrat, Celia Cruz, Juan Luis Guerra y alguna que otra Internacional. Los cincuentones iban de un lado a otro, con sus vasitos de plástico y el interior de sus frentes arrugadas lleno de esperanza en el cambio; ellas se meneaban al ritmo de una imagen de sí mismas que decididamente no era la que compartían con el resto de los seres humanos, esforzándose en demostrar que podían ser, si no mujeres, al menos antídotos contra la depresión.

A las pocas reuniones podía individualizarse las solteras, las separadas, aquellas proclives al mete-saca puro y las figuritas que gustaban de hacerse las difíciles, al menos por un rato, como la mamá de Mara.

Pero ahora las asambleas languidecían y el club de trueque fundado por Eduardo y Quique estaba a punto de cerrar.

El revival de las pequeñas cosas de la vida, que tanto lo favorecía, se probaba un paraíso momentáneo; Quique perdía credibilidad. El restablecimiento de la calma política lo rajaba a patadas de ese edén donde se sobrevivía con tan poco, espiritual y económicamente. El fracaso monetario y profesional de Quique, que en aquellas doradas asambleas fuera leído como la prueba de su honestidad, había agotado su alícuota de costo-oportunidad; ya no era redituable como antes, ni podía reconvertirse fácilmente en capital-honestidad. El asunto de la pasta frola en mal estado había escalado, alguna gente terminó intoxicada en el hospital; así empezaron las presiones para cerrar el Club de Trueque y también la Asamblea Barrial.

Quique se sentía solo, traicionado, como si lo hubieran nombrado delegado de limpieza y después de terminada la fiesta todos se hubieran mandado mudar –a otra asamblea, a otra razón social.

El crepúsculo de las ambiciones, que tan bien acompañaba su insignificancia, lo expulsaba del calor del conjunto; otra vez la Circunstancia, diosa perenne de la excusa, lo regresaba a su agujero, dejándolo solo con su alma y su incapacidad de hacer algo interesante en sociedad con ella. Tal vez no era su culpa, era un defecto profesional. La sobrevaluación de la sociedad como objeto de estudio lo había entrenado en el manejo de una cantidad de subterfugios intelectuales que le permitían desestimar la noción de «responsabilidad del yo» en relación a su relación con las cosas. Estas armas conseguidas, aunque fútiles para el desarrollo de una ética constructiva, le proporcionaron una salida al alcance de sus posibilidades. Parapetado en el estribillo de la «coherencia ideológica», Quique encontró un lema sencillo que servía de explicación. Comprendió –lo hizo público– que hay una dinámica de los muchos que hace imposible hacer las cosas bien. En rigor, Quique se sentía acompañado en la aceptación de su cobardía e inoperancia por intelectuales de la talla de Michel Foucault –y, quién sabe, quizás también por Gilles Deleuze–. No se puede ser vanguardia; las buenas intenciones de unos pocos se van a pique cuando intentan organizar a los muchos; hay una relación inversamente proporcional entre la pureza de las intenciones y el número, razonaba Quique. El debate sobre los límites de la política y la política de los límites sería su aporte intelectual a esa hermosa primavera de cacerolas y reclamos, que tan injustamente habían opacado unas pocas porciones de frola. La bondad de sus intenciones había quedado asentada; ahora sólo le faltaba un poco de plata. Por el momento, no dudaba que Cris lo dejaría vivir en su casa. Era más bien improbable que le dieran una indemnización por exilio, en definitiva nunca había militado oficialmente en ninguna organización; pero Cris creía que Quique esperaba la llegada del reconocimiento del Estado ilusionado, y Quique anunció que tomaría el cuarto de Mara para armar su estudio, aunque dormía todo el día.

O al menos eso coligió Mara, al entrar en su antigua habitación y encontrarlo desplegado en su ex cama, con un libro de Levinas abierto sobre el pecho como un pájaro muerto. El crujido del placard lo despertó.

–Uy, Mara, cómo me encontrás. –Quique sonrió una hilera de manchones de cigarrillo, agarrando el libro–. Vos viste cómo son estos franceses, a veces te dejan K.O.

Mara le dio la espalda y empezó a meter camisetas en un bolso. Quique puso un señalador en el libro, y le miró el culo. Era diferente del de la madre, pero no demasiado diferente. Se ajustó mejor los anteojos.

Le llegaba el aroma del cuerpo de Mara; olía distinto que todas, todas las demás. Quique se quedó sentado en la cama. Qué cosa la imaginación, pensó Quique, todo está y no está presente al mismo tiempo, todo paaasa y tooodo queeda, pero lo nuestro es pasar, pasar haciendo caminos, caminos sobre la maaar. De pronto algo en Quique se ensombreció, como si nubarrones de pensamientos oscuros se reflejaran en las aguas marrones de su entendimiento: qué órgano más proletario, el culo, el órgano donde uno se sienta y aunque parezca, aunque tenga conciencia de que trabaja, no hace otra cosa que esperar la muerte. Hay que hablar, se dijo, hay que hablar para que no parezca que estamos solos.

–Che, Marita, ¿te contó tu mamá que Rodrigazo y yo íbamos al mismo colegio en el secundario?

Como en una telenovela de Manuel Puig, Mara dobla una prenda y eleva un rostro carente de expresión; su ojo mental se disloca hacia otro tiempo. Su mente está llena de imágenes y recuerdos que pudo haber vivido o no: en la modalidad de las películas mentales que denominamos pensamiento, recuerdo e imaginación suelen ser la misma operación. Rodrigazo (¿qué otro podía ser?) debía de ser el ex de Silvia, una amiga de la facultad de Cris que estuvo secuestrada en Campo de Mayo y ahora vivía en España. Mara no la conoció sino como otro capítulo del infinito relato materno: Imaginate, pobrecita, le habían matado a su amor, a su compañero de lucha, y ella estaba encerrada ahí, que le sacaban la capucha sólo para meterle en la boca alguna porquería o para besarlo a él –a él y nada más que a él. Era una chica preciosa, rubiecita, no muy alta, pero muy bonita. Bueno, la cosa es que la agarró de amante el Jaguar Gómez y bueno, te imaginás que con él no había tu tía. Era un morochazo feo, muy peludo, con esas caras de altiplano que la ves y querés salir corriendo pero feroz el Jaguar, de sólo verlo te cagabas de miedo. Además era el supercapo de los grupos de tareas, así que imaginate el poder que tenía. Y con él *tutti i fiocchi*, no podías negarle nada, tenías que hacer todo lo que él dijera. Creeme, Mara, si yo hubiera tenido que acostarme con un tipo así para salvarlos a vos y a tu hermano, no te quepa duda, lo hubiera hecho.

Mara cerró el bolso de un tirón, espantando imágenes. Mientras, Quique se cernía sobre ella con dos brazos expectantes, como un arquero esperando el penal.

–Correte –dijo Mara.

Para Mara hubiera sido fácil condenar al ostracismo a ese síntoma depresivo materno que jugaba a la hombría. Su madre no toleraría una movida de ese tipo; el despecho la haría montar en coléricas olas que Quique (semiahogado, a la deriva) no podría surfear; lo borraría, lo desaparecería para siempre, NN, *kaput*. Pero no quería hacerle favores a su madre, acercándose tanto a ella. Su último pretexto edípico, Horacio, era un periodista amigo de su madre. Horacio escribió un tiempo en la revista *Fierro*; con la vuelta de la democracia consiguió un puesto como Inspector de Baches y se volcó al periodismo de investigación. Una noche en su habitación, después de tener sexo con él, Mara hizo un movimiento brusco y, de una patada, lo tiró de la cama. El tipo quedó de rodillas junto a ella, expuesto y vulnerable. Sin mirarlo, Mara se incorporó tranquilamente sobre la almohada y prendió un cigarrillo.

–¿Por qué hiciste eso? –preguntó él.

–Porque me dio la gana –respondió ella.

Cuando el tipo le pegó una cachetada que hizo volar el cigarrillo, ella se irguió iracunda, con las narinas abiertas en actitud desafiante. Él le dio otra cachetada; entonces ella salió corriendo al baño principal y puso la traba. Se acurrucó junto al bidet y esperó. Esperaba que él viniera a buscarla pateando abajo la puerta, en medio de amenazas sibilantes; al sentarse sobre el piso frío se dio cuenta de que estaba toda mojada. Después escuchó la reja del ascensor abrirse y cerrarse.

Lo de Horacio había sido unos días antes del cacerolazo, Mara lo recordaba perfectamente. Su madre había entrado en el departamento como una tromba, con los ojos encendidos (como se ponían los de esa amiga suya, presa en Rawson, cuando describía al jefe de las FAR con una Itaka en la mano y esa cosa increíble brillando en los ojos, que venía a liberarla mientras ella lo esperaba acurrucada temblando en su celda). Cris se encerró en el baño, envuelta en un silencio que aullaba por recibir atención. Mara empujó la puerta, un poco divertida. La madre entreabrió la boca sin dejar de pintarse; había sacado su bolsita de maquillaje y se delineaba rápidamente, pero con precisión: Prendé la tele Mara, se vino el estallido social, la gente está toda en las calles (tu madre te lo dijo antes que nadie).

Quince pisos más abajo, un colorido animal aplastado se dibujaba y desdibujaba contra el asfalto. De ventanas de los edificios cercanos, donde asomaban otras personas, salían destellos metálicos, que trepaban las paredes y hacían latir la calle. Mara volvió a las habitaciones de su madre, que ahora sacaba ropa del armario y la desparramaba sobre la cama. ¿Adónde vas, yo también tengo que empacar? No, Mara, cómo nos vamos a ir, hay que estar para apoyar al pueblo que se expresa, huir es de cobardes, todo este tiempo aguantando y aguantando y de pronto la voluntad popular se pone en guardia y alza el puño en alto, vos qué decís, no sé si la pollera de *jean*, o voy con el pantalón de lino, más sobria. Eran las nueve de la noche; las noticias de los saqueos en el gran Buenos Aires se alternaban con el estado de las avenidas cortadas por vecinos indignados en toda la capital, rostros demudados rompían las vidrieras y los chinos dueños de supermercados trataban de defenderse. La ciudad se sincronizaba en una sola frase rítmica; finalmente, Cris se decidió por unos *jeans* y unas zapatillas.

Es que cuando a la clase media le metés el dedo en el culo, no hay con qué darle, reflexionaba la madre de Mara percutiendo su cacerola de acero inoxidable a lo largo de la avenida Coronel Díaz. Los ortodoxos análisis políticos de su madre se mezclaron con los de otras «chicas conocidas», mujeres de su edad con las que se había cruzado en la tintorería alguna que otra vez, sin interactuar en absoluto. Mara caminaba a su lado; ir por donde van los autos le recordaba al Mundial Italia 90, a su papá con la celeste y blanca. Por todas partes podían verse tranquilas hordas que iban para el mismo lado, algunos paseando junto a sus perros, que ladraban excitados o cagaban plácidamente en los canteros. La gente conversaba con los que tenían al lado, manteniendo la melodía de la cacerola. Los kioscos estaban abiertos; al mirar hacia arriba podían verse más ventanas encendidas con personas agitando los metales conductores del calor político. A Mara le preocupaba que un colectivero loco aprovechara para «expresarse» y matar a cientos de personas. No había policía en las calles.

Las columnas de caceroleantes se dirigían al Congreso y a Plaza de Mayo por las avenidas principales de la ciudad. A la altura de Santa Fe y Riobamba Mara se encontró con una compañera del colegio, Lucía. Hacía mucho que no se veían; Mara forzó el encuentro yendo hacia ella –temía que, de lo contrario, Lucía hiciera lo posible por evitarla–. Lucía le contó que acababa de volver de Bolivia, donde «la situación rural no da para más». Trabajaba como cronista gráfica para una ONG de periodismo independiente y había cubierto extensivamente las últimas horas dramáticas; el fotógrafo con el que trabajaba aparecía una y otra vez en el relato, era evidente que Lucía podía hablar de él durante horas. Mara la escuchaba encantada, siempre había tenido una manera deliciosa de referir eventos y enamorarse de las personas. Lucía consultó su reloj; había gente esperándola. Para decirle que le gustaría acompañarla, Mara exageró su humildad y explicó rápidamente que tenía que huir de su madre, de modo que la decisión de caminar juntas dependiera más del nervio altruista de Lucía que de sus ganas, y Lucía accedió. Caminaron juntas entre gritos, tambores, columnas, vallas de seguridad; al llegar al Congreso, Lucía cerró su mano sobre el brazo de Mara: Cuidado, dijo Lucía, es una trampa mortal para encerronas.

El pico amoroso entre Mara y Lucía tuvo lugar durante un verano en Buenos Aires. Se juntaban todos los días en casa de Lucía con otra amiga, Liti, una morocha alta muy pálida que parecía una especie de Marilyn Monroe punk; a las seis, cuando la madre de Lucía volvía del trabajo y la luz sobre las cosas se ponía violeta, se dispersaban. Hablaban todo el tiempo, ¡tenían tantas cosas que decirse! Compartían datos sobre el universo urgente que rondaba al acecho esperando el momento para tirárseles encima: todo indicaba que, desde los doce, habían entrado en las aguas meadas de una pileta de colonia vacacional donde los varones jugaban al tiburón tratando de alcanzarlas bajo el agua para luego emerger al grito triunfal de se la toqué. Preguntas como: ¿cuándo está bien tocarles las bolas? ¿qué es el perineo, y dónde se encuentra exactamente? captaban su atención. De a poco, la velocidad del fraseo cambiaba, y las teorías del sexo se mezclaban con las historias de miedo.

Los papás de Liti eran de ERP; Liti llevaba bajo los ojos una imagen de su mamá embarazada corriendo bajo las balas en Ezeiza. Su papá nunca lo confirmó, pero ella estaba segura, algo le decía que «se había cargado un par». Los papás de Lucía se conocieron militando en la Juventud Cristiana, en una villa donde impartían el catecismo; no entraron en la lucha armada pero aceptaron la responsabilidad de albergar a varios amigos guerrilleros que murieron o huyeron tiempo después. Entre sus compañeros de división, la mayoría eran hijos de ex militantes; en algunos casos los padres habían sido enemigos entre sí, por pertenecer a un bloque de la Jotapé (padre de un novio de Lucía) que mandó al frente a otros (futuros novios o padres de novios de Mara). O padres que pactaron con la cúpula (del ejército o de montoneros) dejando desprotegido al resto, como el famoso progenitor cuya esposa fue liberada a cambio de una lista de compañeros en armas (presuntos padres de compañeros de división). Lucía había ido la primaria a un colegio de monjas de Belgrano, donde iban muchas hijas de militares; tenía una amiga, Mariu, que había sido criada por sus abuelos, esposa y coronel del Ejército. Mariu decía que sus padres habían muerto en un accidente de automóvil, pero después corrió la versión de que su madre, hija de un coronel, se había enamorado de un guerrillero y al saberse en peligro entregaron sus dos hijitas a los abuelos para que las cuidaran; luego los secuestraron. Su abuelo le había contado que sus padres se consideraban soldados, que su hija se lo había dicho después de robarle las armas y el uniforme militar que guardaba en la casa; «yo quise protegerlos y no me dejaron», el abuelo se avergonzaba y sufría. Con todo, de chica lo que más le gustaba a Mariu era pasear en tanque, pero era difícil contarlo sin que le tuvieran lástima e insultaran con o sin disimulo a sus abuelos. Cada detalle era un haz de luz coherente que se alineaba con otros, como láseres de amor y brutalidad que les permitían asistir a la tórrida escena de sus propios nacimientos. Eran las hijas librescas de un extraño país literario, poblado de monstruos de una prosa grave y góticos Facundos iluminados bajo el cielo encapotado. Así como la tragedia da relumbre a la belleza moral de Antígona, estas historias exaltaban el milagro de sus propias presencias; las recortaban como seres individuales y puros, venidos de una aristocracia nacional de fuego y bravura; como niñas untándose la cara de barro para darse miedo unas a otras, observaban fascinadas cómo la crueldad se transforma en asombro, en bocas y expresiones propias.

Mara todavía extrañaba ese verano. De hecho, quería abrazar a Lucía y decirle que se veía hermosa; pero la multitud las empujaba hacia una esquina estrecha, en una calle adyacente al Congreso, y vio que Lucía se ponía paranoica. Mara sintió que explotaba de júbilo: ¡al menos estaban juntas en una encerrona!

–No, por acá no.– Había dicho Lucía. En presencia del peligro, la había tocado–. Es una trampa mortal para encerronas.

En la calle multitudinaria, todo estaba negro de hombres. Apenas podían distinguir las expresiones faciales; una sombra sonora rodeaba los cuerpos y ponía los músculos en estado de alerta. Mara se puso en puntas de pie para mirar más lejos; eran cientos, por todas partes, cientos seguidos de miles. Rogó que viniera la caballería a perseguirlas; tomaría a Lucía de la mano y escaparían. La expresión de Lucía era tensa y expectante, seguía tomada del brazo de Mara. Las dos tenían miedo y estaban emocionadas.

Alrededor había expresiones de angustia, con picos de euforia y excitación. Las ancianas gritaban imprecaciones contra los políticos salientes, sin respetar la melodía general; estos aportes se sincopaban rápidamente aplanados por la fuerza del conjunto. Adolescentes con remeras rotosas hacían pogo entre la gente, otros sólo seguían el ritmo alegremente y charlaban con el de al lado; la ansiedad juvenil los arrojaba a las filas delanteras, curiosos ante la posibilidad de un enfrentamiento policial. La atmósfera correspondía a un acontecimiento glorioso, y no faltaron los razonamientos del tipo: «Mirá todos los que somos, más de cien mil; con un tercio que tomen las armas, se toma el país».

Mara divisó a la tropa de estencilistas que conformaban Powa, Toni y dos chicos rubios, bastante lindos. Los cercaban unos satélites femeninos con la cabeza rapada y boinas estilo Mayo del 68. Pasada la medianoche, los ánimos estaban caldeados y la multitud se agolpaba contra las vallas de contención que rodeaban al edificio del Congreso. Después de gritar un poco, las chicas se encaramaron sobre los hombros de Powa y uno de los rubiecitos; en ese momento extrajeron sus cámaras mini-DV y empezaron a filmarse mutuamente participando de la protesta social. Las chicas gritaban y alzaban los puños, decían «vamos loco», «aguante», y otras frases de argot celebratorio asociado al fútbol; los chicos las sostenían y miraban a cámara. Luego Toni se subió en andas sobre otro amigo y se besó con una de las chicas contra el fondo de la batalla popular. Era una linda postal; mirándolos sobresalir verticalmente sobre la gente, Mara recordó que Toni añoraba otra hecatombe, con retoques a la escenografía: su sueño era saltar de liana en liana sobre una Buenos Aires jurásica, hecha de bosques tropicales y estructuras oxidadas de hierro; destruir de una vez por todas este sistema capitalista corrupto, ¡volver a ser animales, Mara, colgarnos de los árboles!

La utopía Neanderthal de Toni conservaba un corazoncito marxista, penetrado del chic ecológico antiglobalización con que se intenta matar el aburrimiento en Europa; Mara era demasiado esnob para tolerarla. También estaba Etián, apostado con micrófonos y minidisc amarrado a la cintura, grabando la percusión de las cacerolas, con una remera que rezaba «Somos todos bateristas». Lucía los observó, algo distante, sin emitir comentarios apresurados que pudieran enturbiar la pureza de la expresión popular.

En ese momento Mara divisó a su madre. Estaba charlando con Jerom, uno de los adláteres de Powa, un morocho alto y atractivo, con una leve fama de filmar a las chicas con las que se acostaba. Cris estaba riendo demasiado, la boca cada vez más cerca y más abierta. Mara, miembro de la raza humana, sabía lo que eso significaba, del mismo modo en que un pedazo de tierra lunar se encuentra unido a su cuerpo celeste antes de que lo arranquen a golpes. Las hordas recién llegadas la empujaron; eran adolescentes haciendo pogo a los gritos, y un par de columnas del MAS. Mara apretó fuerte la mano de Lucía y cerró los ojos, adivinando a lo lejos a los equinos haciendo cabriolas en el lugar, retenidos por el brazo firme de la ley montada en ellos; podrían soltarles la rienda en cualquier momento, Mara no podía esperar.

Su madre y Jerom volvieron a verse en la asamblea popular de Palermo, Jerom había ido a curiosear porque vivía cerca. Cris lo acompañó a pintar algunos esténciles; ella sostenía la placa y Jerom apretaba el aerosol. La operación le destruía las uñas pero no importaba, estaba que deliraba. Mara hizo lo posible por evitar más detalles acerca de los nuevos *hobbies* maternos, pero la certeza es una conejita que se empeña en ser capturada, y no tardó en llegar el día en que desayunaron en la cocina los tres. Jerom en cueros, porque hacía calor, presidía la mesa; la falta de aseo exaltaba su masculinidad. Con un gesto algo convulso, por acción de la felicidad, Cris calentaba la pava, ansiosa.

Mara se sentó a la mesa en silencio. Jerom leyó inmediatamente la escena y se repantigó en su silla, guiñando un ojo a Cris; cualquier comentario suyo sería una explicación; él no le debía explicaciones a nadie.

–Con Cris pegamos algunos stencils.

–No sabés qué lindos! –la voz de Cris sonaba más aguda que de costumbre–. Es mucho mejor, más prolijo. –Hizo una pausa, la idea había salido incompleta–. Digo, que el graffiti.

Inmediatamente Cris cebó el mate de Mara. Mara se contuvo de tocarlo, temerosa de replicar el estado de excitación psicomotriz de la madre.

–Si te interesa –y Jerom parecía interesado– podrías venir con nosotros. Tenemos comandos que cubren distintas zonas de la ciudad; los organizan Powa y los chicos. A veces nos tocan zonas de quilombo, otras es más tranquilo. Siempre de noche, que es más cubierto, más copado. Salimos en grupos de tres o cuatro por auto. Hacemos el stencil, documentamos la escena con fotos y mini-DV, y después juntamos todo el material en la Cyborga, el cubil de Powa y los chicos.

–Ajá. ¿Y qué cosas pintan? –Mara ya sabía; hacía unos meses se habían acostado, pero evidentemente él no se acordaba.

–Y, cosas contra Bush, contra el imperialismo, la guerra, el capitalismo, todo eso –contestó Jerom, que sí se acordaba.

–Es increíble cómo todo vuelve, ¿no? –Cris apoyó los codos en la mesa, mirándolos a ambos. Se sentía más segura repitiendo frases conocidas–. Digo, hace unos años, nosotros peleábamos por las mismas cosas. Miralos ahora, los chicos de la nueva generación, en plena rebeldía popular, apoyando el cacerolazo, luchando por un mundo más justo. Me parece más bien fuerte, ¿no?

–El reclamo actual es pacifista y el de ustedes no lo era. Es un mundo de diferencia. Además, esta protesta es pura burguesía en autodefensa –dijo Mara.

–Eso no tiene nada que ver –saltó Cris moviendo un poco el pelo, atenta a qué hacía Jerom–. Cada tiempo tiene su propio discurso, pero lo importante es la esencia, que es romper con el individualismo y trabajar por un mundo mejor, ¿o me vas a decir que no? A vos te vino todo muy fácil porque naciste acá, muy tranquila, y yo te pude pagar una educación, un medio social acorde, pero hay otra gente que no tuvo lo que vos tuviste, ¿entendés?

–¿Y eso qué tiene que ver?

–Te estoy diciendo que si vos lucharas por el derecho de otros a estudiar, a comer, a trabajar y tantas otras cosas, entenderías que es muy distinto vivir tan tranquila y egoístamente, que tratar por todos los medios de ayudar a los demás, de la forma que sea, con las armas y los dientes, si tiene que ser, si el momento histórico así lo pide.

Cris sorbió el mate. Al final había levantado un poco el tono, es cierto, ¿pero qué iba a hacer? Ella era enérgica, pasional, se dijo. La intervención, sin embargo, no parecía convencer a Jerom. Mientras Mara rumiaba que todos los fascismos promueven los ideales más elevados para justificar la violencia (Bush enarbolaba como propios los valores de la libertad y la democracia), Cris notó que Jerom parecía mover la cabeza en sincronía. Cris cebó un nuevo mate y lo acercó a Jerom. Jerom acercó la boca a la bombilla, sin mirarla.

Con amargura, Cris recordó aquel cursito de «Capital Emocional y Programación Neuro-Lingüística» que hizo en el 99. El tono, el microrritmo y la velocidad del pestañeo eran los tubos transmisores de la empatía, los vasos de contagio de las ideas compartidas; luego, éstas crecen hasta convertirse en «perspectivas de vida». ¿Se estaba volviendo incapaz de dar y recibir? Recordó a su profe, Sami Wasskam, y cómo le controló la empatía una vez recurriendo a los biorritmos esos. Sami había sido un imbécil, también. Ella nunca se lo hubiera cogido de no haberle él controlado los biorritmos como lo hizo. Feo, eso era lo que era: feo e inferior a ella. Fuera de control, la sonrisa de Cris se desvaneció unos instantes; decepcionada, advirtió que ya no importaba lo que tuviera que decir; ya no importaba el qué, como decía Sami, sino el cómo. La técnica para surfear las certezas contemporáneas se le escapaba; Jerom ya no le hablaba, de hecho ni siquiera parecía registrarla.

El día de la inauguración del Club de Trueque Jerom llegó a la asamblea barrial acompañado de una chica japonesa, que tenía el pelo rosado y, contra toda prevención, dos tetas, lo cual es poco usual entre las orientales. Cris la había visto merodeando los comandos esténcil: la chinita reía con regularidad, pero también sabía quedarse callada y abrir grandes sus chinos ojos cuando le hablaban, como si las palabras le entraran mejor por los ojos que por las orejas. La conducta autosatisfecha de Jerom evidenciaba que acostarse con ella no había presentado ninguna dificultad; la chinita debía de dar bien en cámara. Mientras Quique y sus adláteres repartían la pasta frola, que Jerom y la china esa ni siquiera habían tenido voluntad de probar, Cris se dio cuenta de que había terminado, sin mayores efectos especiales, su romance con las nuevas modalidades guerrilleras.

Entre otras decepciones de ese verano, el temido Regimiento de Caballería y sus huestes pretorianas nunca llegó. Pasarían algunas noches hasta que se dignara a recuperar la faz incandescente de la fuerza bruta, arrojando gases lacrimógenos o desfilando su hambre de gente inocente con ametralladoras listas para atacar. Las marchas de diciembre ya no eran tan divertidas como antes; disuelta en la multitud, la magia del encuentro con Lucía pronto desapareció. Mara hizo planes mentales para ir a buscarla en los mítines del Partido Obrero, sede Balvanera, donde iba el fotógrafo que le gustaba, pero nunca lo hizo. ■

EN UTAH TAMBIÉN HAY MONTAÑAS

Federico Falco

Federico Falco nació en 1977 en General
Cabrera, un pueblo del interior de
Argentina, al borde de la pampa seca.
Durante un par de años estudió agrono-
mía, antes de mudarse a la ciudad de
Córdoba y recibirse de Licenciado en
Ciencias de la Comunicación. Escritor y
videoartista, ha publicado los libros de
cuentos *222 patitos*, *00* y *La hora de los
monos*. En poesía publicó la plaqueta
Aeropuertos, aviones y el libro *Made in
China*. Entre otras, participó en las antolo-
gías *La joven guardia*, *In Fraganti*, *Es lo que
hay*, *Hablar de mí*, *Asamblea Portátil* y en la
versión digital de la antología *El futuro no es
nuestro*. Es docente en las cátedras de Cine
y Literatura y Arte Contemporáneo en la
Universidad Blas Pascal, de Córdoba. En
2009, recibió una beca de la New York
University y el Banco de Santander para
realizar un MFA en Escritura Creativa en
Español en NYU. Actualmente vive entre
Córdoba (Argentina), Madrid y Nueva
York.

1

Durante todo ese año Cuqui lo pensó mucho, pero las obligaciones en la escuela, las clases de patín artístico, las lecciones de dibujo y los cumpleaños de quince de sus amigas la habían mantenido demasiado ocupada. Cuando llegaron las vacaciones volvió a darle vueltas al asunto y llegó a una conclusión: Dios no existía. Así que Cuqui decidió volverse atea. La primera persona a la que se lo dijo fue a su abuela. La abuela se encogió de hombros, a ella le daba lo mismo que Cuqui fuera atea, protestante, judía o católica. Después, por teléfono, Cuqui se lo contó a su mamá.

Mamá, ya no creo más en Dios, le dijo. Me hice atea.

La mamá de Cuqui, del otro lado de la línea, se quedó callada.

Mamá, ¿me escuchaste?

Sí, dijo la madre.

Me di cuenta de que las personas que no creen en Dios son superiores a las que sí creen, porque no dependen de nada. Yo no quiero depender de nadie, mamá, dijo Cuqui.

Hija, ¿qué te pasa?, ¿por qué me decís estas cosas?, preguntó la madre.

Porque es lo que pienso, respondió Cuqui y escuchó a su mamá sollozar del otro lado del teléfono.

Mamá, no llores, por favor.

Mamá, ¿estás ahí?

Sí, dijo la mamá de Cuqui y colgó.

Todos los veranos, la mamá de Cuqui ponía en alquiler la casa en que vivían. La dejaba en consignación en una de las inmobiliarias del centro y ella se iba a trabajar como cocinera a un hotel, en lo más alto de la montaña. A Cuqui le entregaba una cajita que contenía un fajo de billetes y la mandaba a vivir con su abuela.

La plata de la cajita debía alcanzarle para los gastos de los tres meses de verano. La inmobiliaria alquilaba la casa a turistas que llegaban a Villa Carlos Paz en busca de diversión y tranquilidad y que se pasaban el tiempo escalando cerros, sacándose fotos arriba de un burro y charlando con otros turistas, sumergidos en el lago, con el agua a la cintura y el sol quemándoles los hombros. Para ganar en horas extras la mamá de Cuqui no tomaba ningún franco, así que nunca bajaba a la Villa. Cada dos o tres días llamaba por teléfono a la casa de la abuela y preguntaba si había alguna novedad. Cuqui siempre le decía que todo estaba bien.

La abuela de Cuqui vivía en la parte alta de Carlos Paz, sobre el faldeo de la montaña, cerca de la base de la aerosilla. Desde el jardín se podía ver, abajo, el lago completo, las casas grises y blancas, los hoteles del centro, la calle principal que viboreaba hasta terminar frente a la iglesia, en la rotonda del Reloj Cucú. El verano en que Cuqui se hizo atea fue un verano largo, seco y sofocante. Cuqui odiaba las vacaciones. No le gustaba el calor, se llevaba mal con su abuela, bañarse en el lago barroso le daba asco y los turistas la sacaban de quicio. Desde el almuerzo hasta el atardecer era imposible salir a ningún lado. El sol brillaba sobre el lago y calcinaba los techos, las veredas y el asfalto. Cuqui se tiraba en la cama y miraba la biblioteca de su abuelo, saturada de libros viejos, de enciclopedias, de revistas de pintura. Durante horas pensaba en qué hacer con su vida. Cuqui quería hacerse famosa. El problema era que todavía no sabía cómo lograrlo.

Hubo un tiempo en que el sueño de Cuqui era ser modelo. Veía a Kate Moss en la publicidad de Calvin Klein y soñaba con ser modelo. No de pasarela, porque Cuqui es bajita, sino modelo de gráfica. Fantaseaba con que alguien, algún día, la descubriría caminando por la peatonal y la sacaría de Villa Carlos Paz, de la casa de su mamá, de los veranos con la abuela. Cuqui entonces viajaría por el mundo, la retratarían los mejores fotógrafos y saldría en la tapa de la edición italiana de la revista *Vogue*, que de todas las *Vogue* es la que tiene las mejores producciones. Hasta que un día Cuqui no tuvo más remedio que enfrentarse a sí misma. Se sacó el pantalón de gimnasia, se sacó la remera, se sacó el corpiño deportivo que su mamá la había acompañado a comprar, se sacó la bombacha y se quedó quieta, parada frente al espejo.

Las persianas estaban bajas, apenas si entraba luz. Cuqui se miró un rato largo.

Ni siquiera para fotografías de revista podría servir, dijo después.

Se olvidó del asunto, hasta que leyó un titular en el diario: «Björk cerró la pasarela en el desfile de Jean Paul Gaultier». Si Björk, que también es bajita, lo hizo, ¿por qué yo no voy a poder?, pensó Cuqui. El secreto está en destacarse. Tengo que volverme alguien importante; así los mejores diseñadores me invitarán a cerrar sus desfiles y los grandes fotógrafos me pedirán que pose para ellos. Es la única manera de salir en la tapa de la *Vogue* italiana.

Cuqui ya había llegado a una conclusión respecto al otro problema que le preocupaba: Dios no existía y por lo tanto ella se volvió atea. Ahora debía lograr salir de Carlos Paz y volverse famosa. ¿Pero cómo hacer para destacarse? Se propuso resolverlo durante el verano y se pasaba las horas pensando en eso. Cuando se cansaba, Cuqui daba vueltas por la casa en silencio. La abuela dormía la siesta recostada en la cama con los pies en alto y el ventilador prendido. Cuqui recorría la cocina, veía el polvillo y las telarañas en los vidrios de las ventanas, los pelos de gato sobre el sillón del comedor, la mesa de madera para cuatro, que podía agrandarse para que entraran seis u ocho comensales, pero que nunca se usaba.

La gata bostezaba en el único resquicio de sombra, en medio del jardín chuzo bajo el sol. El pasto alto se enrulaba, reseco y marrón. El sillón azul decolorándose en la galería. Cuqui se sentaba y se quedaba muy quieta, sin ganas de hacer nada. Miraba los autos en la calle, los turistas que bajaban camino al lago con sus sombrillas bajo el brazo, un perro que se rascaba las pulgas. Cuqui sentía la transpiración sobre su cuerpo, el pelo pegado a la nuca, la cuerina del sillón a la que se adhería de a poco, el sudor entre la piel y el tapizado. Cuando oía que su abuela se levantaba, corría de nuevo a encerrarse en su habitación. Bajaba las persianas, trababa la puerta, y volvía a pensar.

Así pasó el primer mes del verano. Después, de improviso, Cuqui se enamoró de un mormón. Era un mormón joven, bonito, de ojos celestes y pelo bien rubio, que Cuqui conoció en la casa de la vecina de enfrente. Una tarde, sentada en el sillón azul, Cuqui vio a dos chicos que caminaban bajo el rayo del sol. Los chicos iban vestidos con camisas blancas de mangas cortas, corbatas y pantalones negros y cada uno tenía una mochila en la espalda. Tocaron el timbre en la casa de los Aguirre, pero nadie los atendió. Tocaron en el departamentito del viudo Lamónica y tampoco les abrieron. Uno de los chicos se secó la frente transpirada y buscó refugio debajo del fresno grande. El otro chico llamó en la casa de la señora de Pérez. La señora de Pérez los espió un segundo por la ventana, preguntó qué querían, dudó un instante y los invitó a pasar.

¡Mormones en lo de la señora de Pérez! ¡Por fin algo interesante!, dijo Cuqui y corrió al baño, a lavarse la cara y acomodarse un poco el pelo. Se sacó el pijama, se puso su vestido negro, controló que su abuela siguiera roncando frente al ventilador, buscó una taza vacía y salió.

Entró por el lavadero, haciéndose la distraída.

Señora de Pérez, señora de Pérez, llamó.

Se oían voces en el living. La señora de Pérez apareció en la cocina.

Estoy con gente, dijo. ¿Qué necesitás?

Cuqui le mostró la taza. No me presta un poco de azúcar, pidió.

Mientras la señora de Pérez sacaba la lata de azúcar de la alacena, Cuqui se asomó al living comedor. Los mormones estaban sentados en los sillones frente a la ventana. Uno era un chico común y corriente, con las mejillas poceadas de viejas erupciones de acné y las orejas un poco grandes. El otro mormón era hermoso. A Cuqui le hizo acordar a Joey McIntyre, uno de los cantantes de New Kids on the Block.

¿Gustarían un café?, les gritó la señora de Pérez.

Los mormones levantaron la vista y vieron a Cuqui, apoyada en el marco de la puerta. Cuqui los olía con los ojos cerrados. Emanaban un aroma picante, a bosque de pinos, jabón y colonia de perfumería.

No tomamos café, nuestra religión lo impide, dijeron los mormones.

¿Un té, entonces? ¿Coca-Cola, Sprite?, les preguntó la señora de Pérez al tiempo que despertaba a Cuqui y le señalaba la puerta del lavadero.

Andate, le dijo con un susurro.

Yo también quiero escucharlos, respondió Cuqui.

De ninguna manera, dijo la señora de Pérez. Tu abuela necesita el azúcar. Llevásela.

Un vaso de Sprite estaría bien, respondió uno de los mormones desde el living.

La señora de Pérez abrió la heladera, la cerró, volvió a abrirla y se agarró la cabeza con las manos. La Sprite se había terminado. Buscó en el aparador el potecito donde guardaba las monedas y el sencillo y sacó un billete de cinco pesos.

Tomá, le extendió el billete a Cuqui, andá hasta lo de Vicente y comprame una Sprite de litro y medio. Decile que es para mí, que no te cobre el envase, se lo devuelvo a la noche. Fijate que esté bien fría.

Cuqui corrió al almacén. Cuando volvió, la señora de Pérez les mostraba a los mormones las fotos de su marido, que había muerto el invierno anterior.

Le gustaba leer, le encantaba leer, dijo la señora de Pérez y señaló la biblioteca detrás de los sillones. Los mormones giraron sobre sí

FEDERICO FALCO

mismos y miraron por un instante los cientos de lomos de las *Selec-ciones del Reader's Digest*, uno junto a otro, perfectamente alineados. Años y años de *Selecciones* mensuales, ordenadas por fecha de publicación.

Desde la cocina, Cuqui llamó a la señora de Pérez. Levantó la botella y se la mostró.

¡Ah, por fin, aquí llegó la bebida!, dijo la señora de Pérez. Ahora mismo se las sirvo.

Ella es Cuqui, la nieta de una vecina, la presentó mientras acomodaba los vasos en una bandeja.

¡*Cookie*! ¡Como una galletita!, dijo el mormón igual a Joey McIntyre.

Galletita, en inglés, se dice *cookie*, le explicó a Cuqui el otro mormón, el mormón de las mejillas poceadas. Tu nombre suena igual que galletita en inglés.

Cuqui ya no lo escuchaba. Nunca nadie antes había pronunciado su nombre en un idioma diferente.

2

Cada mormón llevaba el nombre impreso en un prendedor dorado, a la altura del corazón. El mormón feo se llamaba Robert y le decían Bob. El mormón lindo se llamaba Steve y no tenía sobrenombre. Bob era más grande que Steve, hacía poco había cumplido veintidós años y parecía muy serio. Los dos hablaban perfecto español, pero la pronunciación dura del inglés se les notaba en el final de las palabras. Steve y Bob les contaron que creían en Dios y en que Jesús era hijo de Dios y que creían en la Biblia. Además de todo eso, como eran mormones, ellos también creían en otro libro, un libro sagrado que se había escrito en América.

La voz de Bob era suave y pausada. Les explicaba las cosas como si Cuqui y la señora de Pérez tuvieran cinco años. Steve asentía con la cabeza y añadía algo de tanto en tanto. Cuando Bob terminó de hablar, Steve abrió su mochila, sacó dos libros de tapas azules y los apoyó sobre la mesa, junto a los vasos y la bandeja.

Éste es el *Libro del Mormón*, estos ejemplares son para ustedes, dijo.

Antes de que Steve terminara de cerrar la mochila, Cuqui vio dentro, junto a un par de libros más, un *tupper* vacío y un desodorante Axe, de los verdes, sin tapa.

Acá pueden leer de nuevo lo que Bob nos ha contado, siguió Steve.

Queremos que durante la semana piensen en lo que escucharon y que le pregunten a Dios, con fe, con el corazón sincero, si deben creernos o no, dijo Bob. Él les va a responder. Si preguntan con fe, él les dará una respuesta. ¿De acuerdo?

De acuerdo, de acuerdo, dijo la señora de Pérez. Tenía las manos juntas sobre la falda y asentía lentamente, con los ojos semicerrados y cara de conmovida.

Bob sonrió, giró la cabeza y miró a Cuqui:

¿De acuerdo?, preguntó.

Sí, claro, dijo Cuqui.

Antes de irse, Bob y Steve fijaron una fecha y una hora para la próxima reunión. Aunque Cuqui la anotó en un papelito, no le hizo falta volver a mirarlo. Miércoles, tres de la tarde. Nunca lo hubiera olvidado. Lo repetía una y otra vez. Durante toda la semana no pensó en otra cosa que no fuera en Steve sonriéndole con sus dientes blanquísimos y sus ojos celestes salpicados de luz. Steve acariciándole el pelo. Steve abrazándola con fuerza y buscando su boca. Steve diciéndole *Cookie, Cookie, Cookie*. Cada vez que pensaba en Steve, Cuqui corría a su habitación, le ponía llave a la puerta y se tocaba.

¿Qué hacés ahí adentro?, preguntaba la abuela.

Nada, dejame en paz, gritaba Cuqui y seguía.

Fue al supermercado, se compró un Axe verde y a la noche, antes de acostarse, rociaba su almohada con el desodorante y dormía abrazada a ella. Soñaba con el pecho blanco de Steve. Se imaginaba los lunares que tendría en la espalda, las pecas sobre los hombros, el pelo dorado y ralo entre las tetillas.

Steve, murmuraba entre sueños, acunada por el olor.

¿Leíste, vos?, averiguó la señora de Pérez ni bien Cuqui le golpeó la puerta, el miércoles siguiente. Su *Libro del Mormón* esperaba junto a la bandeja lista, los vasos boca abajo sobre un repasador de puntillas y la botella de Sprite sumergida en una hielera plateada. De entre las hojas del libro surgían señaladores improvisados, papelitos, folletos, hebras de lana.

Cuqui no tuvo tiempo de responderle. La señora de Pérez ya espiaba por la ventana.

Ahí vienen, ahí vienen, dijo y controló que todo estuviera en su lugar. Dejó que sonara el timbre y, aunque estaba parada junto a la puerta, esperó medio minuto antes de abrir.

Bob seguía igual de desagradable. Steve, en cambio, estaba mucho más lindo de lo que Cuqui lo recordaba. Se había afeitado la barba al ras y sus mejillas brillaban, lisas y pulidas. Ya no llevaba la corbata azul con pintitas celestes de la semana anterior. Ahora usaba una de cuadros muy pequeños, mezcla de borravinos y dorados, que le quedaba todavía mejor. Incluso la camisa, blanca y de mangas cortas como la que vestía la primera vez, parecía más chica, más apretada a su cuerpo. Se le marcaban los músculos en los brazos. Los hombros anchos y la espalda recta dejaban adivinar las formas de un deportista. Cuqui se acordó de los hombres en calzoncillos que aparecían en los catálogos de Avón que todos los meses una vecina le llevaba a su mamá y sintió una oleada de calor que le comía la cara. Bajó la vista, se tiró el pelo hacia delante, miró a través de su flequillo. Bob le extendió su mano. Steve sonreía un paso más atrás.

Adelante, pasen, pasen, decía la señora de Pérez mientras señalaba los sillones y servía gaseosa.

Bob y Steve se sentaron y la señora de Pérez les alcanzó sus vasos. Los dos bebieron en silencio, de un solo sorbo, como si estuvieran muriendo de sed. El living de la señora de Pérez se había llenado del aroma picante y salvaje del Axe verde. Cuqui se dio cuenta de que Bob y Steve compartían el desodorante y que, después de caminar por Villa Carlos Paz a la hora de la siesta, se detenían y volvían a ponerse un poco antes de entrar en alguna casa. Por eso Steve lo llevaba en la mochila.

Cuando terminó su gaseosa, Bob se secó los labios con un pañuelo y les preguntó si habían leído el *Libro del Mormón* y si habían pensado en lo que ellos habían dicho.

La señora de Pérez enseguida hizo que sí con la cabeza.

Por supuesto, respondió Cuqui.

Bien. Hoy les presentaremos a Joseph Smith, el creador de la Iglesia de Jesucristo de los Santos de los Últimos Días, dijo Bob y empezó a hablar. Cuqui no pudo oír ni siquiera la mitad de la historia. Durante la semana, la señora de Pérez le había comentado a la abuela de Cuqui que Cuqui estuvo en su casa con los mormones. Ese miércoles, media hora después de las tres de la tarde, la abuela de Cuqui se lo contó por teléfono a la mamá de Cuqui, que puso el grito en el cielo y le ordenó que sacara ya mismo a su hija de ahí. La abuela de Cuqui cruzó la calle, tocó el timbre y dijo:

Te venís conmigo, sin chistar.

Cuqui se tuvo que ir. No pudo despedirse de Steve, ni enterarse de cuándo volvería a la casa de la señora de Pérez.

Esa noche la mamá de Cuqui la llamó por teléfono.

No quiero que nunca más te acerques a esa gente, le dijo.

Yo hago lo que se me antoja, respondió Cuqui. Soy atea, no me interesa lo que dicen, así que quedate tranquila. Ni yo los voy a hacer ateos a ellos, ni ellos me van a convertir en mormona a mí.

¿Entonces para qué vas? Tu abuela me contó que te han dado un libro, que lo tenés en tu pieza, que te encerrás con llave.

Me gusta uno de los mormones, mamá, eso pasa. Estoy enamorada y voy a pelear por él.

Te lavaron el cerebro, dijo la madre de Cuqui y se largó a llorar.

Me tenés harta, mamá, dijo Cuqui y colgó el teléfono.

Que yo no te vuelva a ver cruzándote a lo de Pérez, escuchó Cuqui que le gritaba su abuela, justo antes de cerrar la puerta y tirarse en la cama a llorar.

3

A partir de entonces a Cuqui ya no le importó más el calor, ya no le molestaban los turistas, ya no pensaba todo el día en qué hacer con su vida. Cuqui estaba enamorada. En su cabeza sólo había espacio para Steve. Fue a la biblioteca de Carlos Paz y leyó hasta la última palabra que encontró sobre los mormones. Hizo una lista de preguntas que sonaban profundas y exigían respuestas largas, y se la guardó en el bolsillo. No quería que le faltasen temas de conversación cuando volviera a cruzarse con Bob y Steve. Empezó a dar vueltas en bicicleta durante todo el día. Sabía que Steve y Bob misionaban por el barrio, que iban de casa en casa, golpeando las puertas. Encontrarlos no tenía por qué ser difícil y, sin embargo, le llevó una semana entera recobrar el rastro. Siete largos días de pesquisas, acecho y pedaleos infructuosos. Hasta que, de casualidad, los vio sentados en la plazoleta, al pie del Monumento al Bombero Voluntario. Cuqui se acuclilló detrás de un arbusto y los espió. Bob sacó un *tupper* de la mochila y se puso a revolver unos fideos fríos. Comió durante un buen rato, mientras Steve leía el *Libro del Mormón*. Después cambiaron. Bob le pasó el *tupper* a Steve y recibió el *Libro*. A Cuqui se le acalambró un pie, se levantó, estiró las piernas, hizo como que paseaba, y corrió a ocultarse detrás de un siempreverde. Cuando Bob y Steve terminaron de comer, guardaron el *tupper* y volvieron a misionar. Cuqui los siguió durante toda la tarde, mientras ellos predicaban. Se escondió en jardines, detrás de postes de luz, entre dos autos estacionados, arriba de un árbol. En ningún momento perdió el rastro. Al atardecer, Bob y Steve regresaron a su casa y Cuqui pudo saber dónde vivían: un departamentito en el patio de una ferretería, en la otra punta de Carlos Paz, cerca del

Reloj Cucú. Al día siguiente le preguntó al ferretero si hacía mucho que eran sus inquilinos.

Se van rotando, cada tres meses vienen dos nuevos y los viejos se van, le dijo el hombre. Son buena gente.

Cuqui averiguó cuáles eran sus horarios.

Salen a las nueve y media y andan todo el día en la calle. Acá no vuelven hasta las siete u ocho de la noche. Enseguida apagan la luz.

En los días que vinieron, Cuqui anotó minuciosamente en su libreta las costumbres de Bob y Steve, las casas que visitaban, el tiempo que permanecían en cada una, la frecuencia con que regresaban. Cuando supo todo, comenzó a tenderles emboscadas. Los esperaba en una esquina, bajo la sombra de un árbol, y les salía al cruce con su mejor sonrisa.

¡Chicos, qué casualidad!, saludaba Cuqui, antes de hacer la primera pregunta.

Bob tenía más experiencia. Era más grande y había misionado durante más tiempo. En las charlas con la señora de Pérez, él había llevado siempre la voz principal. Sin embargo, con Cuqui daba un paso a un costado y cedía la conversación a Steve. Cuqui sabía que Bob no confiaba en ella. Tal vez la señora de Pérez lo había puesto sobre aviso, tal vez estaba celoso. Ella sacaba la lista que había escrito en la biblioteca y hacía las preguntas con verdadera convicción, pero las respuestas no le interesaban y eso no lo podía ocultar. Bob se cruzaba de brazos y se sentaba en la casillita del gas de una casa. Ni siquiera intentaba contestarle, dejaba que Steve se hiciera cargo. Él sí se esforzaba en convencer a Cuqui. Estaba lleno de ardor y entusiasmo, como si necesitara lograr una conversión para recibirse de misionero o como si deseara impresionar a Bob, demostrarle cuánto sabía.

¿Vos me podrías explicar cómo llegaron los antiguos profetas desde Jerusalén hasta Estados Unidos?, le preguntaba Cuqui.

¿Y qué pensás de la teoría de Darwin en relación a los sobrevivientes de la Torre de Babel?, volvía a preguntar.

No le daba tiempo ni a respirar y apenas Steve terminaba con su respuesta, Cuqui averiguaba si en Utah los mormones seguían casándose con varias esposas, o esparcía sus dudas sobre la posibilidad de escribir un libro entero sobre planchas de oro, o afirmaba que era imposible que un hombre aprendiera a hablar en lenguas antiguas en el transcurso de un solo día.

Steve la escuchaba con atención. Después sonreía con la cara llena de paz.

Necesitas fe, le decía. Dios es mucho más grande que nosotros, sin fe nunca lo entenderás. Y después se disculpaba porque tenían que seguir, una familia los esperaba. Antes de despedirse, Steve le prometía a Cuqui que esa noche iba a rezar por ella.

Esta noche rezaré por vos, le decía Steve. Pediré para que el Espíritu Santo te ilumine y te dé el don de la fe y del discernimiento.

Gracias, gracias, respondía Cuqui y se subía a la bicicleta y se iba feliz, porque Steve esa noche iba a pensar en ella. Cuqui corría a su pieza, se abrazaba a la almohada impregnada de Axe verde e imaginaba a Steve sentado junto a ella, en el borde de la cama. Steve levantaba el brazo, le mostraba la axila. Cuqui apretaba la válvula. Los vellos rubios de Steve, suavecitos, traslúcidos, recibían la lluvia de desodorante y se humedecían. *Thank you,* decía Steve y se agachaba y, antes de hacerle el amor a Cuqui, le recorría con la lengua el borde de los párpados, le humedecía los ojos cerrados.

4

Un día, Cuqui tuvo una idea. Para hablar de otra cosa que no fuera sólo religión, invitaría a Bob y Steve a cenar. Tenía la plata que su mamá le había dejado, podía llevarlos a algún buen restaurante.

Nunca cenamos fuera de casa, a las diez de la noche debemos acostarnos, le respondió Bob.

Entonces, los invito a almorzar, propuso Cuqui.

Comemos siempre con otros misioneros o con familias de la congregación, dijo Bob.

No hay problema, los invito a desayunar, insistió Cuqui.

Bob dudó un instante. Miró a Steve. Steve no dijo nada.

Bueno, está bien, un desayuno, respondió Bob, por fin.

Cuqui saltó de alegría. Se subió a la bici y bajó por la calle principal de Carlos Paz a todo lo que daba. Estaba tan feliz que saludaba con la mano a los diarieros y esquivaba con una sonrisa a los chicos que repartían folletos de cabañas en alquiler, de excursiones por el lago, de parrilladas diente libre. Hizo un recorrido por varios hoteles, visitó los salones donde se servía el desayuno, pidió presupuestos, investigó el menú y preguntó en qué consistía cada cosa, cuánto costaba, si se podía repetir. Se decidió por el Hotel del Lago. Era caro, pero el gran ventanal sobre la costa valía la pena.

La noche antes del desayuno Cuqui casi no pudo dormir. Una y otra vez repasó los temas de conversación que propondría, los lugares de cada uno alrededor de la mesa, la ropa que se pondría. El Hotel del Lago ofrecía un desayuno americano con servicio de buffet. Cuando Cuqui fue a averiguar, la encargada le mostró el salón. Era tarde y sólo en algunas mesas quedaban familias de turistas. Los pies de Cuqui se hundieron en la alfombra mullida, color bordó. Por el ventanal se veía el lago y, detrás, las montañas marrones, secas; ni una nube en el cielo. En el centro de las mesas había arreglos florales con rosas, margaritas y hojas de hiedra.

¿Son flores verdaderas o de plástico?, preguntó Cuqui.

La encargada frunció el ceño.

Verdaderas, por supuesto, dijo.

Cuqui acarició con dos dedos un par de pétalos y vio que no le mentía.

¿Se puede comer todo lo que uno quiere?

Cuantas veces lo desee, respondió la encargada.

¿Y se come igual que en Estados Unidos?

Sí, señorita, es desayuno *americano*.

FEDERICO FALCO

La música funcional era suave, mullida igual que la alfombra. Un turista de bermudas y remera blanca se levantó para buscar el diario sobre el mostrador y volvió a su mesa. Un mozo salió de la cocina con una gran bandeja redonda, de acero inoxidable, cubierta con una campana de vidrio. Cuqui se imaginó a Steve y Bob sentados junto a la ventana, comiendo despacio sus huevos revueltos con tocino. Se los imaginó riendo a carcajadas, y agradeciéndole profundamente el haberlos invitado a desayunar igual a como se desayuna en su país. Cuqui había logrado que recobrasen los sabores del hogar. Se imaginó a Bob levantándose con discreción, diciendo que quería caminar un poco por la terraza para tomar aire fresco y a Steve a solas con ella, en la mesa bañada de luz. Steve dejaba la servilleta a un costado y posaba su mano sobre la mano de Cuqui. Ella sentía todo su calor.

Gracias, decía Steve, mirándola a los ojos. Gracias, Cuqui, muchas gracias, se imaginó Cuqui que decía Steve antes de besarla y, ya de madrugada, se durmió.

Puso dos despertadores, pero no le hicieron falta. Se levantó cuando todavía no había salido el sol. Se dio un baño rápido, se lavó los dientes y tomó un vaso de Coca-Cola, como para no salir con el estómago vacío. El vestido blanco, largo, las sandalias de tiritas, y un toque de perfume detrás de las orejas. Eso era todo. Simple, fresco, el atuendo ideal para un desayuno con vista al lago. Cuqui lo había dejado preparado sobre la silla y tardó menos de un segundo en vestirse. Nada de collares, ni aros. Se miró al espejo. Estaba perfecta. Ya era hora de partir.

Desde el dormitorio, su abuela preguntó qué hacía, adónde iba.

Tengo algo importante, dijo Cuqui. Vuelvo antes del almuerzo, gritó mientras cerraba la puerta.

La bicicleta la esperaba apoyada sobre la pared del pasillo. La tarde anterior había controlado que las dos gomas estuvieran bien infladas y que a la cadena no le faltara grasa. No quería ningún contratiempo. Cuqui se deslizó cuesta abajo por las calles vacías y todavía en sombras, la falda del vestido recogida, para que no se enredara en los rayos ni se manchara con los pedales. Las piernas lisas, brillantes, recién depiladas. El viento le hacía flotar el pelo y le descubría la cara y a Cuqui le dieron ganas de cantar algo, una canción divertida, o mejor, le dieron ganas de silbar una melodía que le sirviera de banda de sonido. Se sentía en medio de una película. Joven y sensual.

Voló por la calle principal, atravesó Carlos Paz en un santiamén, cruzó el puente nuevo sobre el brazo más estrecho del lago, y tomó a contramano la curva que bajaba al Reloj Cucú, total no venía nadie. El dueño de la ferretería sacaba asadores portátiles, escaleras y mazos de escobas y los disponía sobre la vereda, en exhibición para los posibles compradores. Cuqui dejó la bici apoyada en un poste de luz.

¿Me la cuida?, le preguntó al ferretero y el ferretero hizo que sí con la cabeza.

Andá tranquila, le dijo.

Cuqui caminó por el callejón asfaltado, bordeando la ferretería. Pasó junto al cartel de Goodyear, junto a los rollos de alambre tejido, las pilas de varillas, los postes esquineros. Atrás, en el patio diminuto, hacía años que se habían secado las plantas de las macetas. El departamentito de los mormones tenía la ventana cerrada. Cuqui golpeó la puerta. Una vez, dos veces. Silencio. Miró su reloj, era la hora convenida. Volvió a golpear y, del otro lado, le pareció escuchar un gruñido, el crujir leve de un elástico de metal.

¿Quién es?, preguntó una voz que parecía la de Bob.

Cuqui, respondió Cuqui.

Un minuto, dijo Bob.

Cuqui escuchó murmullos y pasos atropellados. El ruido sordo de un revoltijo de telas. Más murmullos y, por fin, la llave que giraba en la cerradura.

Bob tenía puesto un pantalón de basquetbolista, una remera dos o tres tallas más grande de lo necesario y el pelo revuelto y pajoso.

¿Listos para el desayuno?, dijo Cuqui mientras miraba a través de la puerta entreabierta. Vio una mesa de fórmica cubierta de platos sucios, pilas del *Libro del Mormón*, paquetes de galletitas abiertos y una azucarera sin tapa. Vio dos sillas de plástico con el logo de la Cervecería Córdoba impreso en el respaldar. Vio un póster con la cara de Jesús clavado con chinches en la pared, y debajo del póster, una cama con las sábanas caídas y una almohada contra el respaldar.

¿Qué hora es?, preguntó Bob y se rascó la cabeza.

Las siete y media, tal como habíamos quedado, respondió Cuqui.

Detrás de Bob, sentado en la cama, en calzoncillos y con otra remera inmensa, Cuqui pudo ver a Steve que bostezaba y se restregaba los ojos. Steve se puso una gorrita de béisbol con la visera hacia atrás, sonrió y saludó a Cuqui con la mano abierta.

Necesitaremos quince minutos más, dijo Bob.

Está bien, no hay problemas, los espero acá, respondió Cuqui y dio dos pasos hacia atrás.

Sí, está bien, espéranos, dijo Bob.

Sólo cuando él cerró la puerta y ella giró un poco y miró hacia el cielo celeste y los fondos de la ferretería, Cuqui advirtió la oleada de aire tufoso, cargado de humedad y aromas, que había surgido del departamento de los mormones y que la envolvía. Un olor parecido al del sudor que a veces les había sentido a los varones en el colegio, pero mezclado con restos de sueño, de sábanas sucias, de saliva seca en la comisura de los labios y con algo más dulce, como manzanas, o cereal saborizado o una porción de torta olvidada en la heladera.

Cuqui cerró los ojos y respiró profundo, para atraparlo por completo. El olor ya se había diluido y apenas si encontró algunas trazas, confusas, que grabó en su memoria. Supo que ése era el aroma de Steve al dormir y que el Axe verde sólo servía de disfraz para la gente. Sólo ella conocía su intimidad.

Y, sin embargo, le molestaba que en esa intimidad también hubiera un poco de olor a Bob.

5

A pesar de que Cuqui insistió para que comieran todo lo que quisieran, Bob y Steve apenas si se sirvieron una taza de leche y un trozo de pan cada uno.

Había poca gente en el comedor. Una familia en la otra punta y un par de jubilados en las mesas más cercanas al buffet. Y Bob y Steve allí, frente a Cuqui, con sus corbatas y sus camisas blancas y el pelo rubio aplastado con gel, la raya al costado, perfecta, las mochilas llenas de *Libros del Mormón*, las bandejas en la mano. Afuera, en el lago, una vela de *windsurf* cortaba en dos la superficie del agua, deslizándose tan lenta que parecía quieta.

Pueden repetir, dijo Cuqui. Cuantas veces quieran.

Con esto va a estar bien, respondió Bob mientras se sentaba.

No, en esa silla no, le dijo Cuqui. A vos te toca la otra, ese lugar es para Steve.

Bob y Steve intercambiaron una mirada y no dijeron nada. Steve se sentó donde Cuqui quería. Ella intentó comenzar una conversación. Habló de calor y la sequía, del peligro de incendios, del recambio de quincena y de un accidente en la aerosilla. Bob y Steve la escuchaban en silencio.

Steve se muda hoy, dijo Bob cuando Cuqui se calló. Hemos decidido que lo mejor es trasladarlo a otra misión, lejos de aquí.

Cuqui no entendió y por un instante siguió hablando de otra cosa. Bob tuvo que repetirlo:

Steve se va hoy mismo. Viaja esta noche, dijo.

Cuqui creyó que le estaban haciendo un chiste. No podía ser cierto.

¿Es verdad?, le preguntó a Steve. Decime, mirame a los ojos. ¿Es verdad?

Steve bajó la vista y dio un sorbo largo a su taza de leche.

¿Por qué mentiría?, dijo Bob.

No te pregunto a vos, le estoy preguntando a él, saltó Cuqui. Steve, ¿es verdad?

Sí, dijo Steve, la mirada clavada en el mantel.

Sí, había dicho Steve. Cuqui sintió que el lago desaparecía, que el sol brillaba hasta volverlo todo blanco, que una mano negra tiraba hacia abajo de la punta de sus intestinos. Los ojos le temblaron. Eso era el vacío.

¿Podés retirarte un ratito?, le pidió a Bob, haciendo fuerzas por recomponerse. Me gustaría hablar con Steve a solas, dijo

Eso no es posible, respondió Bob. Los misioneros debemos ir de a dos. Es una de las formas de resistir los ataques del demonio.

Es suficiente, Bob, dijo Steve.

Pero...

Está bien, Bob, sé lo que hago.

Bob se levantó y se alejó sin decir una palabra.

La noche anterior Cuqui se había dormido repasando la lista de temas de conversación. Ahora ya ninguno servía y sin embargo cada ítem estaba todavía allí, enroscándose en su cabeza, superpuestos unos a otros, impidiéndole pensar. Cuqui cerró los ojos.

Te amo, dijo.

Steve se puso colorado.

Cuqui se acercó a él. Intentó besarlo. El olor del Axe verde, tan cerca, y sin embargo, como detrás de una pared.

No, dijo Steve y la alejó. No, dijo de nuevo.

Los ojos de Cuqui se llenaron de lágrimas.

¿Es porque soy atea? ¿Es por eso?, preguntó.

Steve no respondió.

Es porque soy fea, dijo Cuqui.

Steve le hizo una seña a Bob, para que regresara.

Cuqui se levantó y, sin despedirse, caminó hasta la recepción. No quería que Bob la viera llorar. En el corpiño tenía guardado un billete de los que su mamá le había dejado en la cajita. Lo alisó sobre el mostrador, pagó la cuenta y salió.

Volvió a verlos esa tarde, a la hora de la siesta. Cuqui golpeó la puerta de la casa de los mormones y le abrió Steve. Estaba terminando de armar su valija. Cuqui lo invitó a dar una vuelta.

Bob también tiene que venir, dijo Steve. Cuqui aceptó. Caminaron hacia el lago. Frente al Reloj Cucú se apiñaba un montón de gente. Faltaban cinco minutos para la hora exacta y los turistas esperaban con las cámaras en alto, apuntando a la puerta por donde aparecería el pajarito de madera.

Te traje esto, para que siempre me recuerdes, le dijo Cuqui a Steve.

Era un corazón de lata que vendían en los quioscos. El corazón se cortaba al medio, por una línea premarcada, de manera tal que quedaban dos mitades iguales. Cada mitad tenía un ojalillo por donde pasar una cadena, para colgarse el medio corazón al cuello. Cuqui había cortado las dos mitades, y volvió a cortar al medio la mitad que le correspondía a Steve. Le dio el fragmento con el ojalillo a Steve y el otro, la parte de abajo del corazón, a Bob.

Para que los dos me recuerden, les dijo. Llévenlo con ustedes adonde vayan. Ténganlo con ustedes cuando misionen y cuando vuelvan a Estados Unidos. Llévenlo siempre con ustedes.

Sonaron las campanadas del reloj, se abrió la puerta de doble hoja, y apareció el cucú de madera con el pico desplegado.

¡Cu-cú!, ¡cu-cú!, ¡cu-cú!, chilló el pájaro.

Cada noche rezaré por vos, dijo Steve.

Sí, está bien, dijo Cuqui.

El pájaro retrocedió y las puertas se cerraron durante un segundo. Enseguida volvieron a abrirse.

¡Cu-cú!, ¡cu-cú!, ¡cu-cú!, gritó de nuevo el pájaro y la andanada de turistas disparó otra vez sus cámaras.

Necesito hacerte una última pregunta, dijo entonces Cuqui.

Sí, cómo no, dijo Steve.

¡Cu-cú!, ¡cu-cú!, ¡cu-cú!, gritó por tercera vez el pájaro de madera.

¿Cómo es Utah?, preguntó Cuqui.

No sé, nunca fui, mi familia es de Arkansas, dijo Steve.

En Utah también hay montañas, igual que acá, dijo Bob.

Cuqui sonrió. Se hizo sombra con la palma de la mano para que el sol no le encandilara las pupilas y miró el lago, los hoteles en la orilla, la calle principal y sus negocios, las sierras secas todo alrededor de Villa Carlos Paz.

Gracias, es lo que quería saber, dijo y dio media vuelta y se fue.

Bob y Steve se quedaron allí, quietos entre los turistas que sacaban fotos con flash. Cada uno apretaba en su mano un pedacito del corazón de lata.

Después, el pájaro de madera volvió a desaparecer tras la puerta y ya no regresó. Los turistas guardaron sus cámaras y poco a poco se comenzaron a dispersar. Cuqui pedaleó a toda velocidad, subió la cuesta, rumbo a la aerosilla. Quería llegar rápido a la casa de su abuela, tirar el Axe verde a la basura, encerrarse en su habitación a pensar. Debía recuperar el tiempo perdido. Sólo quedaba un mes de verano. ∎

GRANTA

BARRAS
Y ESTRELLAS

Santiago Roncagliolo

Santiago Roncagliolo nació en Lima en 1975, país que su familia dejó temporalmente por motivos políticos en 1977. Novelista, dramaturgo, guionista de telenovelas, periodista y traductor. Su historia intimista *Pudor* (2005) fue llevada al cine. Su thriller político *Abril rojo* recibió el Premio Alfaguara en 2006. Su novela de no ficción *La cuarta espada* penetró en la mente del terrorista más peligroso de la historia americana. *Memorias de una dama* rastreó los orígenes de la Mafia en Cuba. Ésta última fue censurada y su publicación está prohibida en todo el mundo. Su nueva novela, *Tan cerca de la vida*, es un thriller ambientado en el mercado del sexo de Tokio. Su obra, publicada en español, se ha traducido a trece idiomas.

Carlitos amaba a los Estados Unidos. Empapelaba las paredes de su habitación con banderas americanas, y también con afiches turísticos de lugares extraños como «Idaho, el hogar de la papa». Decía todas las palabras que podía en inglés, por ejemplo «Hershey's» o «Chuck Norris», y al hacerlo, masticaba las sílabas hasta que sonasen como en las películas. Supongo que pronunciaba realmente bien ese idioma, porque nadie le entendía nada. Hacía falta preguntarle varias veces qué había dicho exactamente.

No es que Carlitos tratase de aparentar. Al contrario. Nunca conocí a nadie tan auténtico como él. Era incapaz de fingir nada que no pensase realmente, aunque en realidad, tampoco pensaba demasiadas cosas. Si nos hicimos amigos fue porque ninguno de los dos tenía más ideas que las estrictamente necesarias. Eso une.

El padre de Carlitos era muy, muy gordo, y también era oficial de la Marina de Guerra del Perú. Había hecho estudios en Panamá, en la Escuela de las Américas, y luego en algún lugar de Estados Unidos cuyo nombre se me escapa, algo así como Nápoles. En el mundo exterior, se desplazaba precedido por un coche escolta y vestido con un uniforme negro con visera blanca que disimulaba un poco su volumen. En cambio, de puertas adentro siempre andaba en calzoncillo y camisetita. Viendo su enorme vientre a punto de reventar la camisetita, nadie habría imaginado que era un hombre tan importante.

La madre de Carlitos se ocupaba de recordarlo, y de rememorar con pasión la temporada que habían pasado en Norteamérica. Su manera de expresar que algo le gustaba mucho era decir que era «como allá». Lo mismo hacía el hermano mayor de Carlitos, que siempre hablaba de la ropa que se podía conseguir «allá». Cuando viajaba, volvía con zapatillas relucientes, como de astronautas, o con chaquetas rojas llenas de cremalleras estilo Michael Jackson.

Carlitos era demasiado pequeño para tener recuerdos de «allá». Pero adoraba viajar a Disney. Había estado ahí cuatro veces desde que tenía uso de razón.

Cada vez que Carlitos hablaba de Disney, yo volvía donde mi padre y le decía:

—Quiero ir a Disney.

—¿Por qué? Yo te he llevado a Ecuador.

—Lo único que recuerdo de Ecuador es que había árboles de plátano y me dio diarrea.

—También te puede dar diarrea en Disney.

Yo pataleaba y rezongaba, pero mi padre era inconmovible. De hecho, ni siquiera se tomaba la molestia de responderme. Por la época en que Carlitos y yo empezamos a andar juntos, su principal ocupación era ponerle los cuernos a mi madre. Mamá era profesora en un colegio fuera de Lima, así que volvía a casa casi de noche. A menudo, por la tarde, papá se presentaba en casa con una mujer, cuando creía que yo había salido a jugar. La llamaba Betsy y se metía con ella en su cuarto.

Todas esas veces —o casi todas, supongo— yo estaba en casa. Yo no salía a jugar casi nunca. Los chicos del barrio jugaban fútbol, y a mí no me gustaba el fútbol. Me quedaba en casa con Carlitos, que tampoco jugaba fútbol porque eso no se jugaba en Estados Unidos. Nos pasábamos las tardes mirando las tarjetas de béisbol que su padre le traía de sus viajes al Norte. Ni Carlitos ni yo entendíamos el béisbol, así que no teníamos nada que decirnos. Las mirábamos en silencio, y quién sabe qué pensábamos. Debido a eso, en esas tardes, papá nunca nos escuchó.

En cambio, Carlitos sí escuchó a mi padre y a su amante varias veces, quizá una decena. Pero nunca dijo una palabra. Ni a mí ni a su familia. A lo mejor es porque con su familia hablaba en inglés, y no sabía decirlo en ese idioma. En cualquier caso, cuando papá llegaba y pasaba a su habitación entre risitas y siseos, Carlitos se limitaba a bajar la cabeza y pasarme en silencio una nueva tarjeta de algún pitcher o un catcher. Yo le agradecía mucho sus silencios, y creo que entonces empecé a valorar su compañía como nunca había hecho con nadie.

Tuve oportunidad de devolverle el favor a Carlitos, pero eso fue algunos años después, cuando ya teníamos como trece. Por entonces, mis padres ya se habían divorciado y yo empezaba a hacer esfuerzos por salir con chicas. Había una, Mily, que ya había besado a todo el barrio, al menos a los que jugaban fútbol, que siempre tenían prioridad en estas cosas. Cuando Mily terminó con el último defensa, ya nadie quería salir con ella, porque daba mala imagen.

A mí me tenía sin cuidado el currículum de Mily. Al contrario, pensaba que, con sus antecedentes, sería más fácil besarla. Y como ella lo había hecho tantas veces, me enseñaría a besar bien. Durante semanas, me apunté a todas las fiestas donde ella se presentaba. Yo era inexperto y pensaba que para besar a alguien hacía falta sentir cosas profundas. En consecuencia, me obligué a mí mismo a enamorarme de ella. Con la práctica, conseguí pensar en ella automáticamente, hasta que lo realmente complicado fue olvidarla y concentrarme en los estudios y los exámenes.

Al fin, después de varias fiestas y de bailar muchas canciones lentas, intenté darle un beso en la cocina de la casa de un amigo. Pero ella se negó:

–No te acerques –dijo.

–¿Por qué? Has besado a todo el mundo.

–Por eso. No quiero que piensen que soy fácil.

–¿Qué tiene de fácil? Llevo semanas tratando de hacer esto.

–Te diré qué vamos a hacer: todas las tardes saco a mi perro a pasear al parque. Si vienes a hacerme compañía, es posible que un día nos besemos. Pero no te imagines nada más. ¿OK?

Como un esclavo, acudí a acompañarla en sus paseos por el parque todo el verano, pero ella jamás me dejó tocarla. Su perro, un basset hound con cara de triste, parecía reírse de mí cuando yo aparecía. Para más humillación, Mily siempre me preguntaba por Carlitos. Quería saber qué le gustaba a él. A qué jugaba. Si nos veíamos mucho. Si podía llevarlo al parque alguna vez. Hice todo lo posible por ignorar lo que me trataba de transmitir, pero al final, tuve que admitir que a ella le gustaba el imbécil de mi vecino.

Tenía mérito. No lo he dicho hasta ahora, pero Carlitos distaba mucho de ser guapo. Era enorme y fofo, tenía los dientes torcidos, y jamás había mostrado ningún interés por las chicas. A lo mejor por eso le gustaba a Mily, porque era el único que nunca había intentado propasarse con ella.

Aunque Carlitos no tenía la culpa de nada, me enfurecí con él. Simplemente, su compañía me recordaba mi fracaso con Mily. Dejé de verlo. No quería que estorbase en mi esforzado camino hacia mi primer beso. Al parecer, eso sólo sirvió para que Carlitos quisiese verme más que nunca antes. Me tocó el timbre seis días seguidos. Les preguntó por mí a mis padres. Me llamó por teléfono a medianoche. Yo nunca le respondí.

No tardaría en arrepentirme de eso. El beso de Mily nunca llegó, pero al final del verano, me enteré por otros vecinos de la tragedia que se había cebado con la familia de Carlitos mientras yo no le hacía caso.

Ese mismo año, sus padres habían enviado a su hermano mayor a estudiar a los Estados Unidos. Manuel, que así se llamaba el hermano, había empezado a ir y venir con gran frecuencia, con demasiada frecuencia, pero eso a nadie le parecía raro. Al fin y al cabo, al padre de Carlitos lo habían ascendido a almirante. Su casa estaba llena de guardaespaldas armados y, con toda probabilidad, ganaba mucho dinero. Llevar y traer al chico no debía de representar un gasto excesivo para él.

Lo que sí sorprendió a todo el mundo fue que la policía arrestase a Manuel en el aeropuerto, cuando iba a partir en uno de sus viajes. Esa vez, Manuel había pasado apenas 48 horas en Lima, saliendo a discotecas por la noche y durmiendo de día. Su familia apenas lo había visto, y aunque comenzaban a sospechar lo que ocurría, nadie se animaba a preguntar. A lo mejor confiaban en que nadie detendría al hijo de un almirante.

Al principio, nadie pensó que la detención de Manuel duraría demasiado. Tenía que ser un error. O el almirante-papá-de-Carlitos se ocuparía de que fuese un error. Pero por lo visto, Manuel llevaba encima demasiada cocaína como para ignorar el tema, incluso para darle una condena leve. Y al parecer, su padre tampoco toleraba esos comportamientos en su familia. Movió todos sus contactos para conseguirle una celda amigable en una prisión de máxima seguridad, pero no pudo o no quiso hacer más.

Todo esto me lo contó otro chico del barrio, y cuando lo supe, me sentí culpable por haber ignorado las llamadas de Carlitos. Fui a buscarlo de inmediato. Su madre me recibió con una expresión sombría que yo no quise interpretar como un reproche por mi ausencia. Su padre ni siquiera se dio cuenta de quién era yo.

Encontré a Carlitos entre sus GI Joes, que comenzaban a parecer anacrónicos en un chico de su edad, y sus pelotas de fútbol americano, que nunca usaba porque nadie sabía jugar a eso. No supe qué decirle y me senté sobre la cama. Él tampoco dijo nada. Su cuarto olía raro, pero siempre olía raro.

Después de un rato en silencio, dieron las cinco, la hora en que Mily paseaba a su perro, y a mí se me ocurrió que podía hacer algo para redimir mi falta. Me lo llevé al parque y traté de organizar una charla animada entre los tres. Cuando pensé que todo estaba encaminado, pretexté que tenía que ir al dentista y los dejé solos. No supe más, y Carlitos tampoco habló de eso nunca.

Unos seis o siete años después, me encontré con Mily en una discoteca. Bailamos, nos reímos y recordamos los viejos tiempos. Al final, pasamos la noche juntos. Fue divertido, y un punto nostálgico. Antes de quedarme dormido, recordé el episodio aquel en el parque, y le pregunté:

—Oye, ¿recuerdas aquella tarde que te dejé con Carlitos? ¿Hicieron algo? ¿Aunque fuera un besito?

—Nada —me dijo ella—. Yo lo intenté, esa tarde y muchas otras, pero él sólo quería enseñarme sus tarjetas de béisbol.

Nunca le conocí una novia a Carlitos. Nadie más lo hizo, que yo sepa. Conforme mi interés por las mujeres aumentaba y el suyo se mantenía en cero, nos fuimos distanciando.

Por supuesto, de vez en cuando nos encontrábamos por la calle e intercambiábamos unas palabras, pero cada vez más, éstas sonaban vacías, meras fórmulas de cortesía inevitables. Él solía contar enteras las últimas películas que había visto, o los últimos partidos de algún deporte que yo no entendía, y en realidad, le daba igual que yo lo escuchase o no. Recitaba el evento por completo, segundo a segundo, detallando cada punto de giro, y si yo lo interrumpía, me dejaba hablar unos segundos y luego volvía a su monólogo.

Dado su estado general de autismo, en el barrio se especulaba con la posibilidad de que Carlitos fuese maricón, que era lo que se decía de cualquier persona rara. Pero el rumor se apagó casi tan rápido como se había encendido: en realidad, Carlitos no parecía capaz de ningún comportamiento sexual.

Cuando todos dejamos de crecer, él continuó estirándose, y pronto se hizo demasiado grande incluso para entrar con comodidad en las amplias furgonetas 4x4 en que lo embutían sus guardaespaldas. La necesidad imperiosa de seguridad –su padre ya era general– le impedía venir con nosotros a nadar en la playa o simplemente a vagabundear, de modo que todo ese cuerpo se iba convirtiendo conforme crecía en una masa fofa e informe, como una medusa mutante. No obstante, todo ese crecimiento físico no iba acompañado de desarrollo hormonal. Carlitos carecía de vello facial, su voz era incómodamente chillona y aguda, y en verano, sus piernas lampiñas parecían las de un bebé gigante con zapatillas importadas.

Cuando todos en el barrio ingresamos a la universidad, Carlitos abandonó definitivamente nuestra órbita. Ni siquiera llegamos a saber si intentó ir a la universidad o no. Sólo sabíamos que trabajaba como boletero y acomodador en el cine de un centro comercial cercano. Tampoco aprendió a conducir: todos los días, bajaba a la calle con su uniforme rosado del centro comercial y se metía en una furgoneta llena de guardaespaldas. Intuyo que lo mismo hacía para regresar.

La de Carlitos parecía una vida apacible, pero en todo caso, estaba a punto de dar un giro inesperado. Por esos años, una segunda desgracia se cernió sobre su familia, una peor que la de su hermano.

Ocurrió durante un viaje de su padre a EE.UU. En los últimos años, la carrera del general se había estancado, lo que quiere decir que su número de guardaespaldas llevaba varios años estable. Se rumoreaba que estaba a punto de retirarse, y sin embargo, llevaba varios años sin viajar a Nápoles-o-como-se-llame, o a ninguna misión diplomática militar. Y en esas circunstancias, se le metió en la cabeza visitar su escuela una vez más, la última antes de su jubilación.

Quizá el padre de Carlitos quería quedar en los registros como un ex alumno ilustre. O a lo mejor, sólo sentía nostalgia. El caso es que, aprovechando sus últimas vacaciones, el general viajó a Miami para tomar ahí un vuelo nacional con dirección a su escuela. Había hecho esa ruta cientos de veces. Tenía una visa americana para diez años. Pero en esta ocasión, algo falló.

En la oficina de migraciones, cuando dio sus datos, algo extraño apareció en la pantalla de la computadora del oficial. Por entonces, los americanos aún no te tomaban la foto y las huellas digitales al entrar, pero ya te preguntaban si querías matar al presidente o si habías participado en el genocidio nazi, y por lo visto, tenían archivos digitales con todas esas informaciones.

El caso es que hicieron pasar al general a una salita aparte. Él accedió gustoso. Al parecer, pensaba que le tenían preparada una recepción oficial. Y algo de eso sí que hubo. Dos oficiales le hicieron un largo interrogatorio, cuyos detalles no consigna ninguno de los chismes de mi barrio. Cabe suponer que él les proporcionó los nombres de gente importante que conocía, en su escuela y en otras instituciones militares. Debe de haberles sugerido que pidiesen referencias sobre él. Mientras consultaban su expediente, los oficiales lo dejaron esperando en la salita. El padre de Carlitos se pasó horas ahí, y aún seguía ahí muchas horas después de perder su conexión.

Como ya dije, el padre de Carlitos era un hombre muy gordo. Supongo que entre los nervios y el calor de Miami, sudó mucho durante esas horas. Y su tensión se disparó. O quizá le falló un riñón. Los chismes del barrio tampoco dan muchos detalles médicos. El caso es que, cuando los oficiales volvieron al cuartito, encontraron su cadáver aferrado a su maletín de trabajo. Dentro del maletín sólo llevaba su diploma de la escuela militar y su gorra. Por eso tardaron un par de días en informar de su deceso a la familia.

Antes de terminar la universidad, me mudé a vivir solo, y cambié de barrio. La historia del padre de Carlitos la fui reconstruyendo mucho después de ocurrida, a partir de retazos de conversaciones con viejos amigos comunes. Pero incluso cuando la escuché por primera vez, Carlitos y su madre llevaban mucho tiempo fuera del barrio. Habían desaparecido sin dejar rastro.

Con el tiempo me casé, y me divorcié, y me volví a casar, y me volví a divorciar. No tuve hijos, y quizá ésa fue la razón de los dos fracasos. Pero no me arrepiento. Eso sí, debo admitir que las primeras semanas durmiendo solo después de pasar años con una mujer son un infierno.

Después de mi segundo divorcio, decidí escaparme de Lima para tomar un poco de aire. Así, al menos olvidaría con más rapidez. Tenía un primo viviendo en Los Angeles, y pasé unos días con él, pero me aburría, así que alquilé un auto y me dediqué a pasear por California. Aunque quizá la palabra correcta es «deambular». No era capaz de mirar nada ni de hablar con nadie. Lo único que me hacía sentir bien era conducir durante horas por carreteras vacías.

Una tarde en Oakland me detuve a comer algo en un café. El tren pasaba justo sobre el techo de la cafetería, y yo tenía la sensación de que estaba a punto de estrellarse contra algo, igual que yo. De repente, en una mesa, descubrí a Carlitos, comiendo una hamburguesa con queso. Frente a mis ojos pasaron sus tarjetas de béisbol. El olor raro de su cuarto. Mily. Ecos de un mundo que nunca había vuelto a tener un orden.

No puedo decir que nos saludásemos con emoción, como dos viejos camaradas. Más bien, creo que nos teníamos curiosidad. No sé si yo había cambiado especialmente, pero Carlitos seguía pareciendo una versión hipertrofiada de su hamburguesa con queso. Y juraría que esa cara seguía sin albergar un solo vello.

–Soy camarógrafo –me explicó–. Para un programa de espectáculos local. En Oakland no hay muchos espectáculos, pero está bien.

–¿Y tu madre?

–Vive conmigo aquí.

–¿Vives con tu madre? ¿Y qué haces cuando quieres echar un polvo? ¿La mandas a su cuarto?

Me reí. Pero él no se rió. Dudó por un momento, como si realmente examinase esa posibilidad, antes de contestar:

–No... nos llevamos bien. Todo está bien.

–Claro.

Guardamos silencio. Yo no sabía cuánto tiempo llevaba él fuera, y pensé que me preguntaría algo sobre mi vida, o sobre Lima. Pero en vez de eso, después de remojar sus papas fritas en la última gota de kétchup que le quedaba, preguntó:

–¿Has visto *The Bounty Hunter*?

Su pronunciación me trajo el recuerdo de su esmerado inglés americano. Aunque después de tantos años, en ese país en que hablar inglés no llamaba la atención, la suya ya no parecía buena dicción. Sólo un inglés cerrado y masticado.

Negué con la cabeza, y él continuó:

–Jennifer Aniston tiene un ex esposo que la busca para entregarla a la Policía. Cuando la encuentra, la mete en la maletera del coche, pero luego ella se escapa, y tiene que esposarse a ella, y entonces...

Siguió una larga explicación sobre la película, casi escena por escena, que duró todo lo que tardó el sol en ponerse. A continuación, me habló del hockey sobre hielo, detallando con gestos cómo los jugadores se abrían la cabeza a golpes.

–Pero esto es Oakland –terminó–, y aquí no hay hielo.

–Comprendo.

Miré mi reloj. Había pensado pedir una cerveza más, pero cambié de opinión. Él se estaba rascando una oreja. Yo empecé a preguntarme cómo despedirme sin sonar desagradable. El tren volvió a pasar, haciendo vibrar el local.

–¿Sabes lo que siempre decía Manuel? –dijo él, de repente.

No me había atrevido a preguntarle por su hermano, y ahora que él sacaba el tema, tampoco me atreví a preguntarle por qué hablaba de él en pasado.

–¿Qué decía siempre Manuel?

–Que todo lo que le pasaba era un pago justo por lo bien que se la había pasado. Que lo único que le importaba era divertirse, y lo había hecho en grande.

–Suena como una buena filosofía –dije, por decir algo.

–Lo es. Yo también creo eso. Hay que disfrutar intensamente de la vida, ¿verdad?

–Claro que sí. Claro que sí.

Sin saber por qué, no fui capaz de moverme de mi sitio. Él tampoco. Nos quedamos ahí sentados, en silencio, hasta que la camarera empezó a poner las sillas sobre las mesas. Y por mí, nos habríamos quedado más. ■

GIGANTOMAQUIA

Pablo Gutiérrez

Pablo Gutiérrez obtuvo el premio
Tormenta en un Vaso al mejor nuevo
autor en castellano con su primera novela,
Rosas, restos de alas (La Fábrica, 2008).
Apareció en el panorama editorial español
de la nada, pues su anterior experiencia
literaria se remonta a 2001, cuando quedó
finalista del premio Miguel Romero Esteo
de dramaturgia con una obra que no llegó
a estrenarse. *Rosas, restos de alas*, es el
relato íntimo y poético de la búsqueda
desesperada de la plenitud. Nació en
Huelva en 1978, estudió Periodismo en
Sevilla pero pronto abandonó la profe-
sión. Ahora es profesor de Literatura en
un instituto de Cádiz, donde vive con
sosiego, muy cerca del mar.

De cadetes nos frotábamos las suelas con cocacola para no partirnos la crisma cuando jugábamos al raso. El relente empapaba el cemento y nosotros nos deslizábamos por la pista como el avión cuando llueve, las manos escondidas en los puños, el pavimento pringoso bajo la helada del sábado y en la boca del aeropuerto once gigantes abrochados como fardos a los asientos, el piloto achica los ojos para que la nariz coincida con las líneas azules, el viento, la lluvia, todos los relámpagos de los dioses iluminando nuestras mandíbulas enormes. En aquellas canchas de invierno qué andanadas contra los salesianos, ya se van comulgados los nenes –decíamos–, ya desfilan los nenes con su escudito bordado, nadie respira en el pasaje hasta que el avión corre por la pista y el piloto clava los frenos. Noche cerrada: a pedazos se desmorona el cielo sobre Treviso, siempre llueve en Treviso, qué importa si de aquí al hotel y del hotel a la cancha vigilados por el perro guardián, de cadetes cómo mordíamos, cómo zumbábamos sobre cualquiera y un sábado vinieron a verme de la Caja y me dieron la mano como a un hombrecito, dijeron ¿no están tus padres?, carajo cómo le pegas, ¿y si pruebas un tiempo con nosotros? ¡La Caja, con Izquierdo y Lafuente y aquella torre de rizos que la pinchaba con quince añitos, un tronco con tobillos de elefante que se movía leeento como un mimo pero cuando la cogía abajo, je, la Caja. Los viejos me dijeron bueno pero sólo si sigues con los estudios, y mamá venga a llorar como si me fuera a la Antártida, no llores, mami, vendré todos los fines de semana, cuántas horas en el autobús que trae de vuelta a los reclutas de San Fernando, rapados y canijos como leprosos, malencarados y tristes con los macutos al hombro, la nariz llena de granos. Dos desayunos, carne en el almuerzo, pescado en la cena, fuentes de verduras en bandejas de lata: nosotros también formábamos ejército, un ejército de muchachos gigantoides con manos afiladas, nuez prominente y sombra en el bigote. Cumplíamos órdenes, teníamos jefes, castigos y uniformes, qué bonito el uniforme de la Caja, con ribetes dorados, un nombre y un número en la espalda, era la primera vez que veía mi nombre impreso en una camiseta, como un idiota estuve mirándola igual que a la foto de una novia, habría dormido con ella puesta si mi compañero de habitación no se hubiera reído, serio como un monje y estirado y seco, se las pasaba leyendo y tiraba bien pero era flojo y allí había que azuzar correr como un gamo, y cuajar los riñones en los entrenamientos para volar en los partidos como Songoku cuando se quitaba las pesas, a cualquiera les metíamos tandas de cuarenta, qué bueno si ahora se pudiera jugar así, si fuera tan fácil patinar entre los rivales como el avión en la pista, saltar de esa forma, golpear de esa forma, reír y ganar siempre de esa forma, pero ya todo es fajar y envolver y morder el protector para que no te partan los dientes, como aquí en Treviso cuando me arrancaron una muela en la primera embestida, primer minuto y pumba, al suelo como un sparring, claro que entonces no tenía ni veinte años y entraba temblando en esa cancha que parece un gimnasio y los hinchas te sacuden desde que pisas el tubo, el alero Perotti me arrancó el diente de un codazo de fullcontact, corriendo a la clínica para coserme el hueco porque la hemorragia no paraba, caía una lluvia monzónica, imagina, un tío grande como un castillo cubierto de sangre pidiendo un médico, la enfermera casi se cae redonda al verme, en Treviso o en Bolonia cómo sacuden los italianos, cada punto es una batalla olímpica, se te agarran al cuello como medusas, ni ánimo ni paciencia me quedan pero no sé hacer otra cosa, después de lo del Fórum quién se fiaría de mí, yo pensé que acabaría entrenando muchachos con un sueldito modesto, no quiero una casa nórdica en la cumbre de ninguna montaña ni yates ni coches que no pueda aparcar pero después de lo del Fórum quién se atrevería a meterme en un vestuario con muchachos si sólo sirvo para embutir kilos y mala leche, aunque también tuve mis finuras y mi elegancia y algo conservo, como contra el Baskonia cuando perdíamos de dos y a Otis le habían pitado la quinta y en la última jugada le hicieron un trap al flaco y lancé aquella piedra que pensaba que acabaría fuera del pabellón pero joder que entró como se las cascaba Larry Bird, las gradas se volcaban, en *Gigantes* me hicieron una retrospectiva, salí en los telediarios, mira si no va a ser ésta mi temporada –pensé– pero luego vino lo del Fórum y por eso tengo claro que antes de que acabe el año me dan la patada, si al menos dejara de llover, si pudiera quitarme este chándal y abrocharme un abrigo de verdad y escapar del hotel sin dar aviso pero mirando a izquierda y derecha por si el perro guardián hace la ronda como si fuéramos juveniles, si pudiera arrancarme este sayo ridículo que cuando se tienen más de treinta años te cae arrojado de un quinto piso, ya estoy harto de servir de hombre anuncio con los letreritos de Seguros AGF y Ópticas Univisión, si pudiera escabullirme de este hotel lejanísimo volcado en una ronda de circunvalación con glorietas decoradas y pasillos corridos de moquetas y barandas de latón dorado, tristísima recepcionista diminuta que me mira con ojos redondos desde el interior de su uniforme de cartón como si yo fuera un gigante sulfúrico que golpea el mostrador pidiendo una guía de teléfonos, la página de clasificados de un periódico, si un taxi me llevara a la ciudad: caminar desordenadamente, sentirme holgazán y espléndido, sentarme en un café y convidar a una rubita, pedir un palo de nata, engullirlo de un mordisco, llamar como en el siglo pasado desde una cabina, hablar con Luisa del tiempo y de Treviso, preguntarle si la pequeña ya duerme, no, aún no, está haciéndome trampas al parchís, dile que se ponga, qué-lejos-estás-tengo-una-quemadura-en-el-dedo-ya-le-he-comido-dos, si pudiera me importaría muy poco lo del Fórum pero llueve como en el diluvio y quedé preso en esta habitación custodiada por el perro guardián, dentro de este disfraz de hombre anuncio, compartiendo cuarto con un niñato saltimbanqui que se cree Vince Carter y que lleva dos horas jugando a los marcianitos, preso como si estuviera de colonias domando a un poni y haciendo tirolina mientras papá y mamá se van una semana a París para ver si allí se besan como no se besan acá, y aunque pudiera escapar y despojarme y subir a ese taxi seguiría en el transporte de este cuerpo montañudo coronado por un rostro de aborigen perseguido. Sobre esa cumbre mi frente de pantalla de cine sobresaldría como la antorcha de un faro: la rubita apretaría las rodillas como una niña que se hace pipí, en la confitería no quedan palos de nata, en este siglo no hay modo de encontrar una cabina en la que el hilo no cuelgue amputado como una extremidad horrible.

Gigantomaquia. Humanos contra gigantes. Todos esos pequeñines escupiéndome desde las gradas, colgando tiras de papel higiénico de mis orejas, orinando en mi toalla, llamándome cosas espeluznantes, la palabra repetida que redondea su bocas y que suena igual en todos los idiomas, aunque sean sílabas y fricativas y qué-sé-yo distintos siempre suena a lo mismo.

Ya la pequeña dormirá en su camita, Luisa ya la habrá arropado y surcado su cuerpecito muelle con sus dedos delgados, la luz del pasillo encendida. Sentada frente al televisor como una india será incapaz de dormir y pellizcará un libro del estante, leerá hasta que se haga de día, preparará café y vestirá a la niña, no te olvides del abrigo, tendrá que dejar el coche en doble fila, bajar con ella en brazos y regresar corriendo porque ya suenan las bocinas y luego en casa volverá a la cama y dormirá hasta el mediodía, Luisa incorregible, nunca me haces caso, no te puedes alimentar de ese alpiste, los tobillos se te están volviendo de pájaro, las manos de pájaro, los dedos y los párpados y la mirada vacía de pájaro como la del chico-conejo del Fórum.

En el espejo del lavabo se refleja mi rostro como una máscara mortuoria, molde de cera que dice quién fui, cuál mi nariz y cuáles mis pómulos, dónde la boca torcida, cuántos surcos en la frente. Oigo el tap-tap de miniVinceCarter sobre sus marcianitos, al menos quiero tener buen aspecto cuando mañana aparezca en las pantallas de sus cámaras. Me hacen fotos, me detestan y me hacen fotos, agitan el puño y enfocan sus teléfonos hacia mí, lo mismo sucede en Belgrado y en Lyon. Son felices, me odian y son felices porque no hay nada como el alivio de concentrar ese vector eléctrico en un solo foco, cumplo un servicio social tan valioso que el

GIGANTOMAQUIA

gobierno debería subsidiarme de manera vitalicia, evito que piensen en los bancos y en los burócratas, soy el villano predilecto, durante la semana hacen acopio de ira y asco para verterla sobre mí, represento mi papel de enemigo público mejor que un pederasta, mejor que un golpista, mejor que un político corrupto, un tirano de país exótico, deberías pudrirte en la cárcel por mucho que jures que fue un accidente, un infortunio, un lance, una desdicha, conjunción de movimientos, el vídeo repetido tantas veces, tu mano grande y pesada como el granito cayendo sobre su nuca de conejo, pobre, pobre chico telegénico, la escena congelada de tus mandíbulas prensadas mientras sacudes ese golpe único, el silencio del público que permite oír los pasos del doctor sobre el parqué, la toalla que cubre al chico que se retuerce y convulsiona, tu mueca, tu mirada fija en el cuerpo que ya no es el chico que te perseguía por la cancha y se burlaba de ti –abuelote ganso– sino un vestigio debajo de una toalla que dice Ópticas Univisión, el partido suspendido, la pregunta, la lentitud con la que cruzas el tubo.

Qué importa que dijeran lamentamos este hecho luctuoso, se encuentra tan conmocionado que no puede hablar de ello, un fatal accidente, una coincidencia maldita, intencionada pero cómo sugerirlo siquiera, cómo decir denuncia y juez, pésame a la familia, la cuchilla de afeitar deslizando, el tap-tap de los marcianitos, nunca me haces caso, Luisa-pájaro, tienes que dormir y comer y salir al sol, eres un murciélago, la niña tan blanca, tan delgadita, en lugar de sentarte con ella en el parque os refugiáis en casa y jugáis como gatitos o fabricáis catedrales con tarugos de plástico, raquitismo, te olvidas de la cena y la merienda, los niños necesitan merendar y jugar al sol, correr hasta el asma, vitamina D, nunca me haces caso, al menos tener buen aspecto mañana, ofrecer mejillas pulimentadas al holocausto de su saliva, dijeron mejor quédate en casa, descansa un tiempo pero qué casa, qué tiempo, qué agujero, no –mentí–, necesito seguir con esto para no clavarme en la figura de pobre-chico-conejo, para que la ansiedad y la culpa no me enreden y en cambio sí la saludable rutina benéfica que cura todo mal, el raíl, la normalidad, irán a por ti en la cancha, dijeron, te van a perseguir, dijeron, la gente sólo entiende aquella cosa horrible, tú fuiste, es absurdo, cómo podría –mis mejillas pulidas como un escudo.

Desde entonces qué veloces los pies, qué suave el tacto del cuero casi como cuando cadete, a veces pienso que sigo siendo un mico y no aprendí nada de ninguna cosa, ahora me abren hueco y me siento ágil, líquido, será que no se atreven los maricones, braceo, salto, será que el chico-conejo se reabsorbió dentro de mí, pero es Treviso y llueve el diablo y mañana se acabó el filme, mañana me van a zurcir, se me lanzarán al cuello mañana, venganza por el compatriota mañana, dijeron mejor no vengas, habrá bronca pero que no me culpen ni me persigan, por eso las mejillas de chapa y el tap-tap de los marcianitos. Debería haber un videojuego de pobreschicos contra mí, yo ajusticiando pobreschicos con golpes de desnucar conejos en venganza de todos los abuelotes gansos que se arrastran por la pista como Moses Malone, zapatillas de ruedas para nosotros, jubilación con honores de almirante para nosotros, vida normal con mujer e hijos normales que no conspiren contra ti ni digan eres incómodo y feo, mejor vivimos solas las dos, claro que aún te amo, es otra cosa, otra cosa.

En Treviso. Las calles. El taxi. No puede ser tan difícil encontrar una farmacia. ∎

GRANTA

LA HOGUERA
Y EL TABLERO

Matías Néspolo

Matías Néspolo nació en Buenos Aires a finales del verano de 1975. Desempeñó todo tipo de oficios hasta lograr ganarse la vida con la escritura y en la actualidad se dedica al periodismo. Vive a orillas del Mediterráneo. Tiene tres hijas parlanchinas, una mujer estupenda y un perro que se llama *Jonás*. En 2005 publicó su primer poemario *Antología seca de Green Hills* y en los años siguientes, varios cuentos en distintas antologías. La última de ellas, *Schiffe aus Feuer. 36 Geschichten aus Lateinamerika* (Fischer), apareció en Alemania. Incluso editó una en 2009, junto a su hermana Jimena Néspolo, *La erótica del relato. Escritores de la nueva literatura argentina*, y publicó su primera novela, *Siete maneras de matar a un gato* (Lince) que será también publicada en inglés en Harvill Secker. «La hoguera y el tablero» es un fragmento de su próxima novela.

1

Lo primero que hizo el Tano Castiglione al pisar tierra fue quemar los papeles. Había llegado a la isla al caer la tarde. Y antes de que la lancha de línea se perdiera tras el recodo del río, ya había bajado del muellecito y vaciado su mochila sobre el limo de la orilla como si fuera una bolsa de basura. A los manotazos volvió a guardar la comida, la poca ropa que traía, un par de libros y una libreta en blanco. Al resto le pegó fuego con la misma llama con la que se prendió un cigarro. Estaba oscureciendo rápido y la luz de esa hoguera improvisada lo delataba. El Tano no quería hacerse ver. Así que empujó con el borceguí unas páginas dispersas y con una rama removió el corazón de la pira para darle aire y acelerar la combustión. Las cenizas remontaban el humo como mariposas negras. Se distrajo siguiendo a las más grandes en su revolotear de alas rígidas sobre el agua. El cielo viraba de morado a negro a toda velocidad. Al tirar la colilla sobre el esqueleto carbonizado se dio cuenta de que entre esos papeles también estaban sus documentos y sin querer se le escapó una carcajada. Un perro ladró a la distancia, en algún punto indeterminado entre las islas, y el buen humor se le disipó enseguida con la última lengua azulada de la hoguera. La pisoteó sin furia ni rencor. Más bien con método. Y las mariposas se astillaron en diminutas polillas antes de levantar vuelo.

Se calzó la mochila al hombro y se internó entre los sauces siguiendo el sendero de pasto ralo que nacía del muelle. Iba ligero y fresco como recién parido. A lo lejos divisó el rancho. Se alzaba sobre pilotes a un metro y medio del suelo. De la baranda del alero colgaba un bote. Un detalle inesperado que lo llevó a preguntarse si sería ésa la casilla del Negro Brizuela. La isla no tenía nombre. El muellecito tampoco. Pero sí el brazo del río que desembocaba en el remanso del Irlandés. Se había bajado en el segundo atracadero remontando la corriente. Del primero sólo asomaban un par de tocones. Se lo había llevado el agua, le dijo el lanchero. Y por las indicaciones que le repetía el Tano como un boy scout aplicado, la isla tenía que ser ésa. No había pérdida. Pero ahora el bote colgando lo hacía dudar. Brizuela no lo había mencionado. Tenía lógica porque era la única forma de no quedarse incomunicado cuando subiera el río. Pero la lógica de un hombre precavido. Y el Negro no lo era. Más bien todo lo contrario.

El Tano trepó la escalera del rancho con cautela, como si se estuviera metiendo en propiedad privada y lo fueran a correr a escopetazos en cualquier momento. Estiró el brazo y palpó sobre el dintel, un tirante grueso y sin cepillar que sobresalía unos centímetros. Ahí estaba la llave. Tal y como le había dicho Brizuela, pero algo no cuadraba. No había cadena ni candado. La puerta estaba abierta. La empujó suavemente con el pie y volvió a dejar la llave en su sitio.

El rumor de unos pasos le erizaron la piel. El interior estaba en penumbras.

—¡Roberto, qué sorpresa! ¿Qué hacés acá?

El Tano tardó en reaccionar. Un fósforo rasgó el silencio y dibujó la silueta alargada de una chica que encendía un farol de querosén. La chica bajó la mecha para que no humeara, acomodó la tulipa de cristal y lo colgó en un clavo de la pared.

—Pasá, no te quedés ahí... —le dijo acomodándose un mechón de pelo detrás de la oreja.

—No soy Roberto, me estás confundiendo. Y yo te hago la misma pregunta.

La chica se lo quedó mirando desconcertada. Abrió la boca, pero no dijo nada. El Tano avanzó unos pasos y dejó la mochila en el suelo. De todos modos iba a hacer noche ahí. No tenía otra opción.

—Mirá que estás arisco, eh. Soy Vero, ¿no me reconocés?

La boca se le contrajo en un gesto de reproche. Tenía los labios gruesos, bien delineados. La cara alargada y llena de pecas. El Tano la estudió de arriba abajo rebuscando en su memoria y nada. Imposible que la conociera de algo porque se acordaría. Era un pedazo de hembra. Muy linda. Enseñaba el ombligo con una remera ajustada que le marcaba las tetas. Soberbias. Y unas piernas kilométricas bajo la pollerita de gasa, rematadas en sandalias de tiras que trepaban tobillo arriba. Quizá algo estrecha de caderas, pero el Tano se imaginó el culito firme y redondeado que lo compensaba.

No cabía duda de que la chica lo confundía con otro. Pensó en seguirle el juego, pero algo raro en su mirada lo hizo recular. Unas pupilas afiladas como de grafito que se ahogaban en la miel de unos ojos preciosos. Claros y ajenos a toda dulzura, pese al color. Y esas puntas de lápiz roto lo taladraban.

–¿Nos conocemos? –la tanteó el Tano con delicadeza.

–Estás muy raro, Roberto... ¿Qué te pasa? –le replicó ella casi en un susurro.

Se la notaba preocupada o impaciente. Si le estaba tomando el pelo, lo hacía de maravilla. El Tano torció la boca involuntariamente con una mueca que quería ser una sonrisa, pero se quedó a medio camino en un gesto de fastidio. O de asco. Y se puso a revisar el rancho sin demasiado entusiasmo.

–No me pasa nada. Estoy cansado... –le dijo.

Fue una respuesta mecánica, sin pensar. Pero al escucharse se le puso otra vez la piel de gallina. Como si aceptara de un modo tácito la identidad de otro. Sin resistencia. No quería seguirle el juego, pero lo estaba haciendo. Aunque tampoco era para tanto. Ya le convenía ser otro. Además, si ella quería tomarlo por ese tal Roberto o por Juan de los Palotes, no había manera de evitarlo.

La casilla estaba limpia y tenía lo justo para refugiarse un tiempo. Mucho más de lo que se esperaba encontrar. No faltaba nada. Nada imprescindible. Una mesa de tablas y tres sillas desvencijadas. A un lado había un anafe a gas sobre una mesada y una estantería repleta de cacerolas, cacharros, latas de conserva y unas cuantas velas. Junto a la mesada, bajo un ventanuco, había una pileta con una bomba de agua manual. Como las de antes. Sacudió la palanca con fuerza y la canilla escupió un chorro generoso y fresco. Bebió directamente del pico y se lavó la cara. La chica le alcanzó la toalla que colgaba de un clavo junto a la ventana. Le sonreía servicial. El Tano la aceptó sin abrir la boca. Su mirada otra vez lo descolocaba. Esos ojos desmentían la sonrisa.

–¿Tenés gas? –le preguntó.

–Sí, la garrafa está nueva. La cambié hoy, no te preocupés...

Al otro extremo del rancho había unas cuantas bolsas de arpillera en el suelo, como si fueran almohadones, alrededor de un cajón alargado que hacía de mesa ratona. Sobre esa mesa, un pedazo de queso, tres flautas de pan, una botella de vino abierta y una partitura anillada. Pateó una bolsa y la notó blanda. Estaría rellena de lana o trapo porque ahogó el golpe sin crujir.

Sentía los ojos de la chica clavados en la nuca, pero continuó su inspección como si nada. Apartó la cortina de tela que suplía una puerta ausente y entró a la pieza. Había una especie de armario apolillado y un colchón de dos plazas sobre unos palets, con sábanas, una manta arrugada y hasta almohadas. Más no se podía pedir. La noche ya se colaba por la ventana abierta. Si aguzaba el oído, podía escuchar cómo rebotaban los cascarudos contra la malla metálica del mosquitero. Se acordó de los espirales y del repelente y susurró una puteada. El Negro Brizuela se lo había advertido. Los zancudos no perdonaban, sobre todo en primavera.

Ya iba a salir cuando un rectángulo oscuro sobre las tablas descascaradas de la pared le llamó la atención.

–¿Qué estás buscando? –le preguntó la chica, apartando la cortina.

–Nada en especial, ¿por...? ¿Escondés algo?

Ella respondió con una carcajada franca y el Tano aprovechó el resplandor del farol para estudiar el rectángulo con detenimiento. Era una foto sujeta con una chinche. Cinco o seis personas que brindaban por algo. Sólo la reconoció a ella y a Brizuela, pero con mucho trabajo porque el Negro tenía el pelo largo. Se lo veía muy joven.

–¿Tenés hambre? Iba a hacer un arroz con atún... –le dijo divertida, soltando la cortina.

–Perfecto –respondió el Tano. Seco, desde la oscuridad.

Al salir abrió la puerta del baño de un golpe. El último rincón que le quedaba por registrar. Más que un baño era una letrina con buen aspecto. Tenía inodoro, pero sin descarga. Un balde que había que llenar con la bomba manual cumplía esa función. Del cielorraso colgaba un tacho de veinte litros con una canilla en miniatura y una regadera de goma en el extremo. El desagüe se reducía a un agujero en las tablas del piso. Al menos tenía ducha. Y en caso de que bajara la temperatura, se podía calentar agua en el anafe para rellenar el tacho.

Con esa última comprobación al Tano sólo le quedaba un problema por resolver. Un problema de casi un metro ochenta con unas piernas impresionantes. Que bien mirado no era un problema, sino más bien una bendición. Un regalo del cielo. Pero el Tano no estaba para semejantes sutilezas. Se le estaba acabando la paciencia. Y fue al grano. Con aspereza:

–¿A vos quién te manda?

–A mí no me manda nadie, nene. ¿Qué te agarró? Yo me mando solita desde que me fui de casa de papá y mamá con diecisiete años... –le dijo la chica, mientras sacudía el salero con ganas sobre la cacerola haciéndose la ofendida.

Hablaba con una papa en la boca. Puro teatro. Si seguía por ahí, iba a encontrar una fisura. No había que aflojar. Y el Tano siguió en el mismo tono.

–¿Y qué hacés acá?

–Lo mismo que vos. Hacés cada pregunta... Como si no supieras... –Ahora el teatro era una plancha de acero inoxidable de cuatro milímetros.

Si estaba actuando, se merecía un Oscar. La chica agarró un paquete de arroz y una lata de la estantería y se lo quedó mirando. Parecía que la miel de esos ojos se iba a derramar de pena en cualquier momento. Una miel cristalizada en la que podía ver, igual que sobre una planchuela metálica, su propio reflejo, borroso y desenfocado.

El Tano resopló con ganas y recogió la mochila. La apoyó contra la pared y prendió un cigarrillo. Salió a fumar bajo el alero del rancho. Necesitaba serenarse y pensar en frío. Apretó fuerte la baranda hasta que se le acalambraron los brazos. La ceniza colgaba inmóvil del cigarro. Un gusano gris y encorvado que no quería desprenderse. Finalmente se vino abajo cuando se arrancó la colilla de los labios. La tiró hacia la oscuridad y le dio unos golpes a la panza del bote. Sonaba bien. Estaba entero. Recién ahí escuchó el concierto de la noche. Una multitud de ruidos que no sabía identificar. Superpuestos y en sordina, acunados por el rumor del río. Cuando los mosquitos empezaron a castigarlo con ganas, entró al rancho. Y volvió a la carga, pero mansito.

–¿Hace mucho que estás acá? –le preguntó después de acomodarse sobre las bolsas de arpillera y empinar la botella de vino.

–Tenemos vasos, eh. No seas ordinario... –le dijo la chica. Los llevó a la mesa ratona, llenó uno para el Tano y se sirvió sólo un dedo para ella–. Hace como una semana, ¿hoy qué día es?

–Jueves.

–Llegué hace exactamente diez días –precisó enjuagándose el labio superior después del primer trago.

–¿Y qué tal?

–Bárbaro... Acá se respira una paz increíble. Una calma que te transforma por dentro, ya vas a ver. Es como si entraras a otra dimensión... Pero la verdad que ya me estaba aburriendo un poco, para qué te voy a engañar.

El Tano le respondió con un gesto ambiguo. Subió las cejas y movió la cabeza, como si lo entendiera perfectamente. O al menos quiso dar esa impresión.

–La única macana es que no hay luz –siguió ella–. Yo no sabía nada... Si hasta me traje la *notebook*, ¿lo podés creer?

–¿Tenés una *notebook*?

–Obvio, ¿por?

–Sos de guita entonces...

–¡Ay, Roberto! ¡Por favor! No empecés con tu resentimiento de clase y todo ese discurso, que te ponés insoportable. –Ahora se retorcía con fuerza el mismo mechón que antes se había llevado detrás de la oreja y se le había formado una arruga vertical entre las cejas.

–Yo no empiezo nada, nena, calmate un poco. Pienso en voz alta nada más...

–Sí, empezás como siempre. Tenés ganas de pelear.

El Tano se acabó el vino de un solo trago y se volvió a llenar el vaso. Ella era una concheta y ese Roberto se la cogía. O por lo menos discutían como si fueran una pareja. Eso estaba claro. Lo que no estaba claro era todo lo demás.

Cambió de tema con lo primero que se le cruzó por la cabeza.

–¿Cada cuánto pasan las lanchas de línea?

–Hay cuatro al día –le dijo la chica mientras echaba el mismo número de puñados de arroz a la cacerola–. Una a primera hora de la mañana que va siempre vacía. Pasa otra al mediodía y otra por la tarde, que no te las aconsejo porque van repletas. Llevan y traen a los hijos de los isleños a la escuela y aparte son unos maleducados. Gritan, se pegan... Parecen animalitos. Y la última, al caer el sol, que es la que te tomaste vos.

–Te las conocés todas...

–No, pero no te creas. Si casi no salgo... –le dijo parada en puntas de pie para afirmarse sobre el abrelatas–. No hace falta. También pasa una lancha almacén. Son un poco careros, pero tienen de todo.

La lata de atún se le resistía. El Tano se deleitaba viéndola renegar de espaldas, apoyada sobre la mesada. Sacudía ligeramente el culo con cada hendidura que hacía en la hojalata. Y no se equivocaba. Era redondo y perfecto. Todo un desafío a la ley de gravedad. Cada tanto ella giraba la cabeza y lo miraba de reojo. Se sabía observada. El Tano se dio cuenta enseguida de que la cosa no requería tanto esfuerzo, a no ser que se tratara de una función privada. Y eso era. Se prendió otro cigarrillo y la disfrutó hasta el final.

El Tano se sirvió un poco más de vino y se atragantó al primer sorbo.

—¿Qué hacés con eso, loca? —le dijo entre toses.

La chica se le venía encima empuñando un cuchillo grande de cocina. Fruncía la boca y lo miraba fijo.

—¿No querés queso? —le preguntó blandiendo el cuchillo con una sonrisa helada en los labios.

Antes de que el Tano acabara de toser, ella había cortado el queso con movimientos rápidos y precisos en una docena de daditos regulares. Con un golpe de muñeca cargó dos sobre la hoja y se la acercó al mentón como si fuera una cuchara. Con el filo hacia adentro.

—Tomá —le dijo.

El Tano carraspeó sin mover la cabeza y agarró los daditos con tres dedos temblorosos. Ella retiró el cuchillo y cortó el pan en rodajas con la misma seguridad.

—Esa destreza tuya no me gusta nada... —le dijo el Tano sin decidirse a tragar el queso que se había llevado a la boca. No estaba seguro de que su garganta lo quisiera dejar pasar.

—Ay, no seas tonto, Roberto... —le dijo ella sin soltar el cuchillo, apretándole una rodilla con la mano libre, antes de pegar el salto—. ¡Se me va a quemar el arroz!

El Tano largó el aire y tragó el queso. La chica retiró la cacerola, apagó el fuego y sirvió el arroz caldoso en platos hondos. Sobre las dos montañitas blancas repartió el atún. Llevó los platos a la mesa y en un tercero recogió las rodajas de pan que habían quedado sobre el cajón.

—¿Comemos?

El Tano llevó la botella y los vasos. Ella trajo un par de cucharas y se sentaron a comer. La silla del Tano crujió al recibir su peso.

—Sentate en ésta, mejor —le dijo ella acercándole la que había quedado desocupada. El asiento de paja también estaba deshilachado y a punto de desfondarse, pero el armazón y las patas parecían más firmes.

El Tano cambió de silla y se puso a comer sin hacer comentarios. Serio. Incluso contestó con un gruñido cuando ella le preguntó si estaba bien de sal. Un gruñido con el que podía decir que sí, que no o que le importaba tres carajos. Comieron en silencio. Al tragar el último bocado el Tano estiró las piernas satisfecho.

–¿Querés un poco más de vino?

Antes de que él respondiera, la chica ya había repetido el gesto anterior. Se sirvió un culito en su vaso y llenó el del Tano. Era el cuarto. Sin el vino que llevaba encima, toda esa excesiva atención que le prodigaba una desconocida lo habría sacado de quicio. O lo hubiera hecho desconfiar. Pero ahora el Tano veía esa situación con otros ojos. Sin sombra de angustia. Como si fuera una obra de teatro delirante que no le quedaba más remedio que representar hasta el final, por más absurda o ridícula que pareciera.

–¿Se puede saber qué te resulta tan gracioso? –le preguntó la chica en un tono neutro como si le siguiera la broma y le recriminara algo a la vez.

–No me hagás caso, se me subió el tinto a la cabeza. –El Tano le ofreció un cigarrillo, que ella rechazó con cara de asco, y se llevó el suyo a los labios. Pero lo dejó ahí, apagado.

–Ahora que estás más relajado, ¿te puedo hacer una pregunta?

–Preguntá.

–Pero prometeme que no te vas a enojar, Roberto... –Se retorcía otra vez el mechón rebelde con el dedo índice.

–Y, depende con lo que me salgás, flaca... No sé, fijate.

La chica recogió los platos y los puso en la pileta. Bombeó un poco de agua para dejarlos en remojo. Al ver que el Tano prendía el cigarro, le llevó la lata vacía de atún para que la usara de cenicero. Volvió a sentarse, se mojó los labios con el vino y barrió las migas de la mesa con el dorso de la mano. Se tomaba su tiempo.

–¿Qué estabas quemando en la orilla? –le soltó de pronto.

–Nada... Basura.

–¿Y de qué te reías? –La chica le clavó otra vez los ojos. Fríos.

El Tano apartó la mirada y chupó el cigarrillo con fuerza.

–No me reía, te habrá parecido.

–Te reías, te escuché... Mirá que estás raro, eh –le dijo moviendo la cabeza, como si negara algo evidente. Suspiró y le dedicó una sonrisa exagerada.

El Tano, a su vez, intentó forzar una risa que se quedó en carraspera y apagó el cigarrillo en la lata. Ella le agarró la mano al vuelo poniéndose de pie.

–Dale, vamos a la cama. ¿O te vas a quedar mirando la tele...?

–¿Por quién me estás tomando, flaca? –le respondió el Tano pegando el salto y agarrándola de la cintura, sin saber muy bien a qué se refería.

2

Me ofrece blancas y me hace la escandinava. Como si supiera. Es mi talón de Aquiles. No puedo con esa defensa. Hace años que me rompo el marote y no hay manera. Y eso que es una de las más arriesgadas. Pero yo no puedo sacar ventaja. No consigo desplegar un buen ataque. Nunca he podido. Lo único que hago es empantanar el tablero. Si el otro no comete un error flagrante –como los del Tano, por ejemplo–, yo a lo máximo que llego es a tablas. De esas trabajosas y aburridas que las pedís o aceptás para que se acabe de una vez la tortura. Y eso me calienta.

En el círculo ya saben, me conocen. Por eso me responden con la escandinava cada tanto y nada más que para hacerme engranar. Aunque les espere un juego de mierda, trabado y sucio. Y sepan de antemano que tampoco se la pueden llevar de arriba. Pero me la hacen igual. Para jorobar nomás. Para amargarme el día.

Y ahora este hijo de puta que no sé de dónde carajo salió me lo está amargando. Encima no levanta la mirada de la posición. Se hace el concentrado. Como si necesitara pensarla. Y está repitiendo la más ortodoxa. La de manual. Se cree que no me doy cuenta.

Lo miro a Bruno por encima de su cabeza y el turro se caga de la risa. Le pregunto con un gesto quién es este tipo y él se encoge de hombros. Sube el labio inferior, abre los ojos y niega con la cabeza. No tiene ni idea. Yo tampoco. Es la primera vez que lo veo por acá. De eso estoy seguro. Porque con esa pinta está más desubicado que chupete en el culo. De traje y corbata, escrupulosamente engominado, camisa blanca y gemelos. Con las puntas del pañuelo que le asoman del bolsillo del saco. Le falta el clavel en el ojal nada más. ¿Y eso? ¿Qué tiene ahí, un Rólex? Sí, es un Rólex y no parece que sea trucho. Mirá cómo agarra el alfil... Con esas uñas. A mí no se me escapa nada: esas uñas son de manicura. Lo último que me faltaba, un pelotudo que se la quiere dar de dandy. ¿Quién carajo se cree que es, el conde Isouard?

Y yo que me pensaba que era un paracaidista. Uno de esos aficionados que de vez en cuando se descuelgan a la salida de la oficina. Hacen el ridículo en un par de mesas y se van a casa con la cola entre las patas. Y no vuelven más. Mejor. Que se vayan a probar suerte con los jubilados del Parque Rivadavia o del Centenario. No es que yo quiera hacerme el elitista ni mucho menos, lo que pasa es que acá se juega en serio. En el Torre Blanca hay nivel. Por algo Juanjo se viene a entrenar con nosotros. Y muy mal no le debe de ir porque sigue sumando puntos en el ranking internacional. Para no hablar a los pendejos que son unas fieras. Compiten todos. Yo hace muchos años que lo dejé, pero vengo cada día. Igual que Bruno. Y seguimos en forma. Seguimos dando guerra.

Pero no, este tipo no es ningún paracaidista. Sabe muy bien lo que está haciendo. Sabe cómo sortear el peligro de un desarrollo prematuro de la dama. El peligro de caer acorralada por los peones o de perder un tiempo. Pero eso no demuestra nada. Eso está en los libros. ¿Cuál me querés hacer? ¿La variante Lasker? Dale, hacela, salame. Yo te sigo. Vamos a ver si te sirve de algo la lección que te aprendiste de memoria. Porque las de manual se te van a acabar en cualquier momento y para el medio juego no hay receta. Mucho menos como yo te lo planteo, ya vas a ver...

239

Lo raro es que no habló con nadie. ¿Cómo sabía? Alguno de los muchachos le tiene que haber dicho: «Si lo querés joder al Negro, hacele la escandinava». Pero no, el tipo entró sin saludar y se vino derecho a desafiarme. Esperó calladito a que terminara con Soriano y se sentó sin abrir la boca. Eso sí, con toda la parafernalia, no vaya a ser que se le arrugue el saco. Qué personaje...

−Mire, Brizuela, voy a ser directo porque no me gusta andar con vueltas. −Uy, el mudito habla. Y resulta que no quiere perder el tiempo. Me parece muy bien, pero vigilá el reloj, Lasker, porque en la codificada estás consumiendo más del necesario.

−¿Con quién tengo el gusto?

−Emmanuel Lasker, encantado. −¡Y la concha de tu madre! Encima me querés boludear... Esa mano tendida te la dejo de garpe sobre el tablero. ¿Quién carajo te pensás que sos?

Mirá, te la voy a dar igual. Que no se diga que soy un maleducado. Ése no es mi estilo. Pero apretá, manicura. Ahí, bien.

−Ya me parecía, con semejante despliegue... ¿En qué puedo servirlo, maestro? −Hacete el pistolero todo lo que quieras, manicura, que con ésta te saco del libreto.

A ver de qué te disfrazás ahora. Y no te me distraigas, eh, porque te clavo ese caballito y se te viene la noche.

−¿Cómo localizo al Tano Castiglione?

A la mierda... Ahora sí que me descoloca. Lo último que me hubiera imaginado... En qué quilombo se habrá metido este pelotudo para que lo venga a buscar semejante personaje. Me dijo que se tenía que borrar un tiempo, que le bancara un par de semanas el ranchito del Delta, pero yo me pensé que lo que quería era dejar el muerto en la pensión. Debe como cinco meses de alquiler. O a lo sumo que intentaba sacarle el cuerpo a esa mina medio pirada con la que está enroscado. Por eso no le pregunté nada. Pero se ve que se rajó por algún otro asunto que no tiene nada que ver. El Tano está metido en alguna grosa de verdad. Y eso sí que me desconcierta. Mucho más que la que se acaba de sacar de la manga este tipo. Sin pensarla demasiado. Porque ahora resulta que no tiene que estudiar

LA HOGUERA Y EL TABLERO

la jugada y me responde al toque. Como si me hubiese estado esperando. Pará un cachito, Negro, repasala treinta segundos. No, un minuto mejor, que vas bien de tiempo. Tomátelo con calma. ¿Qué es esto? ¿Un gambito o un farol?

–Ni idea, maestro. –Pero qué payaso, mirá cómo me levanta una ceja... Ni que fuera Humphrey Bogart. Qué se cree, que me voy a dejar impresionar por la primera de su cosecha que me hace después de una apertura de memoria–. ¿Usted lo conoce al Tano? ¿Para qué lo anda precisando...?

–Y a usted qué carajo le importa, Brizuela. No se meta donde no lo llaman. Dígame cómo lo localizo y le regalo una pieza. A ver si así remonta un poco el asunto...

–No hace falta, jefe. Quédese tranquilo que la va a perder igual...

–*Ma* sí, yo me mando. Éste me tiró un farol. Si mis cálculos no me fallan, se las cambio todas y me llevo un peón de arriba. Y esa posición tan ventajosa que se supone saca en limpio con toda esta combinación no se la veo por ningún lado–. ¿Por qué no me deja sus señas, maestro? Si el Tano se da una vuelta por acá, yo le digo que se ponga en contacto con usted. ¿No le parece?

–No se haga el pelotudo, Brizuela. Dígame dónde está el Tano, antes de que se le complique el juego. Hágame caso que no vale la pena. Y no me refiero sólo al flanco dama.

Uy, la puta madre que me parió. Sí, el peón me lo llevo. Pero esa diagonal abierta no me gusta nada. Y va a encolumnar las torres en un par de jugadas. ¿Pero qué está haciendo? ¿Por dónde se quiere mandar? No entiendo nada...

–No se me ponga prepotente, Lasker, que amenazando pierde toda su elegancia. Fíjese bien porque se le puede torcer el asunto. Y no me refiero sólo al nudo de la corbata. –Ahí te marco los puntos, manicura, y con tu misma fórmula.

Me refiero a las torres y a la diagonal, porque no me creo que tengas un chumbo bajo el saco. Así que lo mejor que podés hacer es guardarte esa pose de matoncito de cuarta porque vas a salir perdiendo. Ya le estoy haciendo señas a Bruno para que le avise a los muchachos, a ver si todavía hay que pegarte, gilún. Pero el nabo de Bruno ni siquiera me mira. Es un caído del catre. Está analizando con Medina una partida rápida entre Juanjo y el viejo Soriano. Juanjo le debe de estar dando una flor de paliza.

–Yo no lo amenazo, no me malinterprete. Mire, Brizuela, la cosa es así... Se puede fumar acá, ¿no? ¿Quiere un cigarro? Tengo un tabaco cubano muy bueno que estoy seguro que le va a gustar... – Uy, la concha de su madre. Va calzado. Todo ese teatro de sacar la pitillera del bolsillo interior del saco para mostrarme la culata. Y es una automática. Manicura juega en serio. En otra liga. El Torre Blanca le queda chico, eso no se discute.

Bueno, entonces la milonga es otra. Ahora toca defensa cerrada. Reforzar la retaguardia y conservar ese peón de ventaja a cambio de la posición negra. No es que me acobarde; yo no me arrugo, de ninguna manera. Que no se diga, pero tampoco como vidrio. Y mejor que manicura vea que le pongo buena voluntad, así que le doy fuego. De la mesa de al lado manoteo un cenicero y lo dejo junto al tablero. Enfrentado al reloj. El tiempo sigue corriendo, pero es el suyo. No hay drama. A este ritmo, si no me mando ninguna cagada, con mi peoncito de más me aseguro las tablas.

Sin embargo, a este tipo hay que reconocerle una cosa: por lo menos no habla al pedo. Tenía razón, el tabaco es de primera. Para disfrutarlo. Pero qué calor que hace, así no se puede. Me chorrea la frente… Yo no sé por qué Soriano cierra la ventana del fondo. Siempre hace lo mismo. Mirá que se lo dije, que dejara abierto para que se haga corriente y no se envicie el aire, pero el viejo es cabezón.

–Como le venía diciendo, la historia es así: el Tano tiene algo que no es suyo y necesito que me lo devuelva. Lo encuentro, me lo da y todos contentos. Punto. ¿Me entiende, Brizuela? Sabemos que se fue al Tigre ayer a la tarde. En tren. Lo que no sabemos es dónde está parando. Y aquello es un laberinto de islas. Un quilombo, usted conoce por allá, qué le voy a contar, y yo la verdad que no puedo ponerme a jugar al niño explorador. No tengo tiempo ni ganas. ¿Se da cuenta? –Manicura alinea las torres en la misma columna y me guiña un ojo, como si yo no viniera calibrando esa posibilidad desde hace por lo menos tres o cuatro jugadas atrás. Éste me subestima o me está tomando por un reverendo pelotudo, una de dos.

–¿Y yo qué quiere que le haga, Lasker? De mil amores le echo una mano, pero no tengo ni idea de dónde puede estar... –Una gota se me descuelga entre las cejas y me baja por la nariz.

Me seco la frente con la manga y lo busco a Bruno tras el humo. Ahora se sentó con los demás en línea. Los tengo a todos de espaldas. Al que veo es a Juanjo que se pasea entre las mesas. Les está jugando simultáneas. Parece que Bruno ni se enteró de las señas. Mejor así. A ver si alguien liga un corchazo por mi culpa. Esto se está poniendo cada vez más denso. Dentro y fuera del tablero.

–Sí que sabe... No se haga el boludo, Brizuela, que no le cuadra. Y le va a salir mal, hágame caso... Elvira me dijo que usted tiene una casita en el Delta. Por qué no me dice cómo llegar y nos dejamos de pelotudeces. Es sencillo.

Vieja borracha, buchona de mierda...

Me mandó al frente de una. Qué hija de puta. Tanto llenarse la boca con la lealtad en los años de plomo y ahora la turra me botonea a la primera de cambio. Y al Tano lo manda al muere, directamente. Porque no creo que manicura se conforme con un coscorrón en la cabeza. Con esa cara de nada que tiene este hijo de puta... Capaz que es un profesional. En cuanto el Tano le dé lo que quiere, lo boletea, me la juego. Le encargan un laburo, el tipo hace lo que tiene que hacer y lo cobra. Así de fácil. No le importa quién es quién ni de qué va la cosa. A manicura no le tiembla el pulso. Eso se nota. Con sólo verlo cómo la juega de Lasker te das cuenta.

La cuestión es que Elvira al final resultó ser una rata de puerto. Por algo el Tano la quería dejar clavada con el alquiler... Porque la conchuda le podría haber dicho cualquier cosa. Y no, le pasó el dato bien pasado.

Pero bueno, Negro, tampoco te pongas así. Pensala bien. Pobre mina, capaz que manicura le hizo el mismo numerito de la pitillera.

O andá a saber, capaz que hasta la encañonó. Y la vieja se fue al mazo. A un tipo así no le podés batir cualquiera porque te la jugás. Si el dato no es bueno, vuelve y cagaste. Ya está, no te enrosqués más. Dejala a Elvira que reviente sola. Ahora el tema es otro. Ahora el quilombo lo tenés vos. ¿Qué vas a hacer, Negro? Decidite rápido porque el tiempo sigue corriendo. Y es el mío el que gotea ahora. Su reloj está inmóvil. Tengo que mover ficha, aunque no quiera. Tenés que jugar, aunque no te convenga. Estás obligado. Es la regla de oro. La broma de siempre. Como en la vida... Si querés, podés mover la pieza más irrelevante del tablero, la que altere lo menos posible la situación; pero estás moviendo igual. Jugás a perder un tiempo, a demorar el asunto. Pero después tenés que enfrentarte al mismo quilombo. O a uno peor. No podés zafar.

Peón avanza y no pasa nada. Una casilla nomás, para que no se me quede huérfano. Manicura achina los ojos, pero no los baja al tablero. Me mantiene la mirada. Y fuma. Sigue esperando mi jugada, aunque ahora mi reloj esté inmóvil.

–Es una tapera que ya se habrá venido abajo. Capaz que se la llevó el agua en la última crecida. Yo hace años que no voy. Está en la loma del culo, perdida entre las islas... ¿Cómo sabe que el Tano está allá?

–Usted dirá. –Manicura descarga la ceniza con un ligero golpe de pulgar en la base del purito, le da una profunda calada y avanza el caballo por el flanco dama.

Mueve con delicadeza, como si las piezas fueran de cristal. Pero ese caballo de frágil no tiene nada, es de chapa galvanizada más bien. Y me va a hacer mierda. Viene a apoyar en dos el ataque de las torres. Ya me lo esperaba, pero no tenía con qué salir a cortarle el paso. Si desarmo la retaguardia, se me manda la dama por la diagonal y es mate en cuatro. Pensá, Negro. Pensá. Cambiale todo, forzalo. Cuando menos piezas haya sobre el tablero, mejor es la defensa. Ésa la sabés, no sos un principiante...

–No creo, el Tano me hubiera dicho... –Otra vez me levanta una ceja. No se la come. Si lo siguieron hasta Retiro, seguro que ya lo estaban campaneando el miércoles, cuando vino a llorarme la carta–. En serio le digo, Lasker… Si no me cree, yo le explico cómo llegar a la casilla, no tengo ningún drama. Pero se va a ir hasta allá al pedo y lo único que va a conseguir es que lo recaguen picando los mosquitos. No sabe cómo se ponen en esta época, parecen aviones… Aparte de que se va a perder, es un quilombo.

–Entonces me va a tener que acompañar…

–No, si no hace falta… Tampoco digo que sea imposible encontrar la casilla. Yo le hago un croquis, le doy todos los detalles y llega. Quédese tranquilo… –Te estás hundiendo hasta el garrón, Negro. Fijate bien lo que decís, porque vas a quedar engrampado y de ésta no zafás más.

Sí que zafo, qué no voy a zafar. Con el alfil lo obligo al cambio. Es un sacrificio en toda regla, eso no lo niego, porque no lo recupero más. Con suerte me llevo otro peón y hasta ahí. Pero es una jugada magistral, porque al tipo no le queda más remedio que entrar por el aro y le cambio todo: dama, caballo, torre…

–¿En qué quedamos, Brizuela?

Manicura se lo lleva de mala gana haciendo tronar las piezas y le pega un buen golpe al botón del reloj con la base de mi alfil. Está perdiendo la paciencia. Buena señal.

Me largo atropellado a explicarle el viaje, hasta el más mínimo detalle dándole referencias incluso donde no las hay. Intento marear a manicura lo más posible. Y mientras tanto pienso en qué punto del recorrido voy a desviarlo. Hasta dónde lo voy a acercar al rancho. Es como cuando pasás un número de teléfono falso. Lo mejor es cantarlo de memoria lentamente cambiando una sola cifra. Con una sola que no sea buena sobra. Si te lo inventas entero, la cagás. Porque después hay que repetirlo, una, dos, tres… las veces que haga falta. Y te ponés en evidencia.

Ahora manicura juega rápido. Se dio cuenta de que yo puse la cuarta. Si no lo tumbo por tiempo, me voy a tacho. Le quedan siete minutos. A mí, doce. Me voy arriba con los peones que me quedan, apoyando con la torre, sin parar de hablar. Cuanto más le explique mejor. Lo voy a mandar a la mierda. Ya la pensé, en el brazo del Bragado, justo antes de llegar al remanso del Irlandés, lo desvío hacia los camalotes... Por ahí no van las lanchas de línea. Se va a tener que alquilar una. Pagarle a algún *mencho* que lo lleve. Yo no creo que pueda coronar, pero él menos. Si me quiere acorralar sólo con una torre y un caballo, la tiene que hacer bien. Y tampoco se la voy a poner fácil.

Con las explicaciones me desbordo y manicura me mira fijo. No pregunta nada ni me pide aclaraciones. Debe de tener una grabadora en la cabeza. Manoteo una papeleta de la mesa de al lado, de las que usamos para anotar las partidas de los torneos, y le pido una birome para hacerle un mapita en el reverso. Manicura saca una lapicera del mismo bolsillo interior del saco donde tenía la pitillera y se queda un buen rato sosteniendo la solapa con la izquierda. El hijo de puta se está cerciorando de que le haga una buena foto al chumbo que tiene ahí guardado. Como si no lo hubiese visto antes...

Yo dibujo, muevo y hablo, todo al mismo tiempo. Parezco una máquina. Le quedan tres minutos. Vamos bien, Negro, dale. No pensés, vos dale para adelante. Dale que ya lo tenés.

Le voy mostrando el mapa a cada rato para robarle segundos. Le apunto referencias y nombres, muchos nombres. Cuanto más atiborre el dibujo, mejor. Más desorientado va a estar, porque los nombres se los va a meter en el culo. Uno por uno. Pero ¿qué me mirás con esa cara sobradora? Qué ingenuo que sos, manicura... ¿Qué te pensás, que las islas vienen señalizadas, que los cauces están indicados con boyas de prefectura? Sos un salame.

Le ofrezco un peón a ver si muerde el anzuelo y manicura me clava los ojos. Tendría que seguir hablando... Tendría que hacerme el boludo para distraerlo, pero no puedo. La ansiedad me pierde. Es mi último manotazo. Ahora el que tiene que perder un tiempo es él. Si se lleva el peón, cambiamos las torres y son tablas porque me ahoga. Todavía le queda un minuto y medio. Si juega rápido y bien, el mate me lo puede dar igual. Pero manicura come el peón guiñándome un ojo. El turro se dio cuenta... Y encima ahora se hace el sorprendido. Sube las cejas y abre un poco la boca. Actúa mal a propósito.

–Lo felicito, Brizuela. Muy buena. –Se pone de pie y me tiende la mano.

Yo se la estrecho otra vez, pero de mala gana. Ni me paro siquiera. Así no me gusta. Así no tiene gracia. Si lo que quería era humillarme, regalándome las tablas me basurea mucho más que con un mate bien dado. El hijo de puta se las sabe todas...

–Cuando vuelva del Delta hacemos la buena y de paso le cuento cómo me fue con el viajecito –me dice.

Se da media vuelta y se va. Y yo me quedo ahí en vilo, mirando el tablero. Juntando angustia por anticipado por esa partida de la que no voy a poder zafar. Lo único que hice con esta jugada en falso fue aplazarla. ∎

LIBRERÍA

Rafael Alberti

Literatura
Poesía
Ensayo
Arte
Infantil y juvenil

BOCA PEQUEÑA Y LABIOS DELGADOS

Antonio Ortuño

Hijo de inmigrantes españoles, Antonio
Ortuño nació en Guadalajara, México, en
1976. Fue, en ese orden, alumno destacado, desertor escolar, obrero en una
empresa de efectos especiales y profesor
particular. Lector inconfeso de Homero,
Arquíloco, Jenofonte, Safo, Marcial,
Catulo, Tácito y Suetonio…, descontando
a Shakespeare nada le ha entusiasmado
tanto como los clásicos griegos y romanos.
El buscador de cabezas (2006) fue seleccio-
nada por la prensa mexicana como la mejor
primera novela del año. La segunda,
Recursos humanos (2007) fue finalista del
Premio Herralde. Ha publicado, además,
los relatos de *El jardín japonés* (2007); y a
finales de 2010 aparecerá una nueva colección, *La señora rojo*. También es coautor
del ensayo *Contra las buenas intenciones*
(2008). Su obra ha sido traducida al
inglés, francés, italiano, alemán, rumano
y húngaro.

Recibo esta carta:

«No me pide, doctor, que escriba un texto que me explique ante usted y el resto de los carceleros. No: me exige que continúe a otro, que retome las líneas robadas a uno tan infortunado como yo. Le aviso por adelantado que no lo conseguiré. Nada de lo que he escrito hasta ahora ha servido para explicarme y no me queda sino pensar que, ya que me encuentro preso y mi muerte se aproxima, no hay esperanza de que mi prosa llegue a las cercanías de lo que soy. ¿Escribir, pues, algo que no sea *mío*?

La náusea y la abulia interminable impidieron que le entregara estas cuartillas en su anterior visita. No es fácil fantasear entre rejas y más arduo aún es resignarse a hacerlo bajo la luz de esta lámpara y sobre la lisura de esta mesa, que iluminaron y apoyaron inútilmente a Gustavo López. No puedo considerar más que un presagio malsano, doctor, que me favoreciera usted con estos implementos obsequiándome al tiempo con el dato de la identidad de su viejo propietario: el amigo asesinado en alguna celda adjunta.

Mi padre me enseñó que no resultaba conveniente utilizar los objetos personales de otro, ni sentarse en un asiento recién desocupado. Esa sensación de vergüenza me agobia cuando miro el círculo de luz sobre la mesa, doctor: la de ocupar un sanitario caliente. Siento náusea, dije, pero lo que siento es odio. Porque incluso cuando usted descubra que mi presencia en este lugar es equivocada y monstruosa, me entregará al paredón o no moverá una mano para evitar que me arrastren ante él.

¿Asistió a la ejecución de Gustavo? ¿La miró impávido y sereno y fue capaz de fumar? ¿No sintió algún dolor al producirse la descarga, aunque fuera el de perder un paciente? Me obligo a escribir, aterrado todavía por el calor de la lámpara y la mesa que pesan sobre mi cuerpo como los ropajes de un cadáver.

Conocí a Gustavo y aunque quizá él no se habría llamado mi amigo, puedo decir que lo apreciaba. Cuando el resto de los escritores se cambiaban de banqueta para no cruzarse conmigo, sólo Gustavo siguió dejándose invitar las cervezas y conversando sobre el fútbol del domingo.

Durante nuestra primera entrevista, doctor, se mostró usted extrañado de que el autor del himno nacional hubiera sido arrestado. Podrá calibrar, entonces, el tamaño de la sorpresa y el espanto que me corroen. No estoy preso, como otros, por no creer, sino por *creer demasiado*. Mi convicción y fanatismo son tan lisos y sin fisuras que se toman por ironía.

No puedo escribir más. Espero que estas líneas sean, al menos en parte, un germen de lo que espera recibir.

Con atentos saludos de

Ricardo Bach».

17 de mayo

La primera señal de la hipocresía de Bach fue la referencia patética a Gustavo López. Un hombre de verdad no habría agradecido como un cachorro la atención y amistad de un enemigo. Así, he tenido la ventaja de conocer el fondo último del pensamiento del preso desde un inicio: es un cordero en busca de afecto. Ha pretendido mostrarse dócil y confundido a la vez que ha vindicado su militancia, como si ese partidarismo no obligara a una virilidad que no parece capaz de mostrar.

Bach es rubio: boca pequeña y labios delgados. Compone unos gestos de desamparo, escudado en dos profundas ojeras, que han conmovido a más de un celador. Sospecho que ansían sodomizarlo, pero la guardia que he destacado y la cámara de seguridad lo impiden. Vestido con uniforme de reo y sin goma para el cabello disponible, se las ha tenido que arreglar como ha podido para mantener ese aspecto atildado del que parece tan orgulloso. Los trajes a la medida, el peine de carey y los zapatos deslumbrantes han sido sustituidos por un overol y botas de trabajo y la característica melenita de los retratos ha dado paso a un corte militar.

Me recibe con aspavientos de júbilo y sigue mis pasos como un perrito, ofreciéndome la silla con un gesto señorial y afeminado que me humilla: una anciana atendida por un camarero. Se sienta sobre el jergón de la celda y fuma los cigarros que le entrego con deleite de niño.

Responde con precisión y resulta tan minucioso que me veo en la necesidad de contenerlo. Gustavo López, en la época en que lo traté, dejaba caer la ceniza del tabaco al suelo y su mayor gesto de higiene consistía en reunirla con el zapato luego de pisotear la colilla. Bach se esfuerza, en cambio, por mantener el piso de la celda impoluto y se ha procurado (quizá por medio de algún celador afecto a los pestañeos de sus ojos grises) un escobillón, un recogedor y un cesto con los que se deshace de cada molécula de ceniza.

Lo he visitado tres veces y su cortesía ha sido expuesta de modo tan intenso que comienzo a dar crédito a la teoría de que se burla de nosotros. ¿Cómo explicarme, si no, esa atroz «Oda al falo de mi carcelero» que entregó junto con su primer reporte y que me he resistido a incluir en esta libreta?

Por otra parte, Bach parece contar con un suministro inagotable de objetos difícilmente asequibles para otros. Su lecho está cubierto por una cobija de lana en lugar de por una sábana percudida de orines. Cada vez que le entrego papel y bolígrafos, los une con gestos de gozo con las provisiones que guarda en una cajita de madera laqueada. Ha llegado a ofrecerme café y, ante mi sorpresa, ha revelado un cazo metálico con filtro y todo que luego manda calentar. No he llegado al punto de delatar ante la superioridad sus privilegios, pero si en verdad se ha eliminado (o al menos dificultado) la posibilidad de que consiga estos objetos mediante caricias clandestinas, sólo el mesmerismo explica la obediencia que el personal de la cárcel parece rendirle.

Bach se deja ver animado pese al desgarro pueril con que escribe. Un sólo vistazo a sus obras (*Virilidades* es el título de la más demencial: la cantata a un astronauta que se reproduce mediante clonación y conquista el universo, festejando cada paso de su carrera con orgías donde se ayunta copiosamente consigo mismo) me ha provocado una antipatía que no experimentaba por nadie hace años. Comprendo que, tal como confiesa, el resto de los escritores de la ciudad se cambiaran de banqueta al mirarlo. Comprendo que sus correligionarios se apresuraran a meterlo a la cárcel. A un hombre como Ricardo Bach habría que ahorcarlo.

19 de mayo

«Caro doctor:

El pesar y el miedo no remiten, pese a sus ilustradas y apaciguadoras pláticas. He soñado con un grupo de fieros sacerdotes, moteados sus vestidos como el pelaje de jaguares, que me conducen a una montaña de fuego, me desnudan y arrojan a las bocas humeantes. He soñado, sin embargo, que, en el último instante, un anciano de agilidad asombrosa se lanza tras de mí y consigue llevarme a la orilla. ¿Qué significado podrá tener este sueño, doctor? ¿Acaso habrá algún bondadoso que evite mi destrucción antes de que suene la hora final en el campanario de mi vida? Quisiera que estuviera usted aquí, doctor, conmigo, ahora mismo. Estaría más tranquilo ante su presencia, la más consoladora de las que pueblan estos, mis días finales.

Lo espera con impaciencia,
Ricardo Bach.»

20 de mayo

Las insinuaciones de Bach me perturban. No porque me vaya a ver arrastrado, como pajarillo bajo el hechizo de una serpiente, a correr a su celda y poseerlo. No: tengo la seguridad de que este imbécil se burla de nosotros y necesito definir la forma en que hemos de triturarlo. Gustavo López fue sincero al entregar los textos que se le requerían y así fue consumada su perdición. Pero doblegar a un ser esquivo como Bach requerirá del uso de recursos más sutiles. Quizá mi primer dictamen fue erróneo y no es un cordero sino un chacal lo que tenemos cautivo. Por ello, la primera medida será retirarle todas las comodidades y sustituirlas por otras menos convenientes. No tendrá una cobija de lana, sino un edredón rosa. No gastará un uniforme de preso, sino que lo obligaremos a vestir camiseta y pantaloncillos, como un niño. No tendrá papel y bolígrafo, sino una máquina en la que podremos ver lo que pergeñe. Mantendremos en reparación indefinida el sanitario de su celda y apenas le permitiremos una visita diaria a los baños colectivos. Por lo pronto, esta noche se apagarán todas las luces del Reclusorio Federal Número Uno salvo las que alumbran la celda de Ricardo Bach.

29 de mayo

«Doctor:

Le escribe el más desgraciado de sus pacientes. Sé que no debo culparlo por las humillaciones que se me han infligido, pues su misión es auxiliarme y procurar mi curación. Por ello recurro a usted, para rogarle que me sean proporcionados solamente los implementos comunes de los que gozan los internos de esta cárcel. No deseo estas ropas de niño que me orillan a usar ni este cobertor de marica que han instalado en mi cama. Entiendo que mi cafetera resultara una exageración, pero sustituirla por un expendedor de crema para manos no parece comprensible. La luz fría me quema los ojos, doctor, y la carencia de un sanitario, pues el mío, que sigue descompuesto tras nueve días de reparaciones, me hace padecer indecibles tormentos. Si no he escrito en esta máquina que se me ha proporcionado no es por suspicacia, querido amigo, sino porque mi decaída salud y ánimo lo impiden. Ayúdeme a que sean reinstaladas mis comodidades o al menos se me ponga al nivel de los otros y pídales a los custodios que retiren de mi celda los carteles de animalitos y el jabón de olor. Si me socorre, garantizo que pondré a su disposición informaciones preciosas, o curiosas al menos, sobre los hombres cautivos en esta jaula: noticias de las que me suelo enterar en el patio, al que por ahora me resisto a salir vestido como un crío y víctima propiciatoria de una agresión (permanezco en mi celda a menos que se me conmine a abandonarla a fuerza de patadas en el vientre, lo que ya ha sucedido). Sé, por ejemplo, que los presos reservan un apodo singular para usted, con la pronunciación del cual lo humillan al tiempo que enaltecen su propio y carcomido ingenio. Venga a mi celda, consiga que me reinstalen el sanitario y la cafetera y me devuelvan las ropas de preso y prometo que seré su fiel aliado en la prisión, sus ojos y oídos en el patio, su infatigable indagador de pasillos.

Trémulo,

Ricardo Bach.»

4 de junio

He encontrado a Bach demacrado, pero mi llegada lo reanima notoriamente. Me informa que mi intervención –parece creerme capaz, de hecho, de lo que soy capaz, característica no muy común entre los reclusos– ha procurado que le sean devueltas sus ropas y que su sanitario sirva al fin, al menos buena parte del día. He dado órdenes de que pasen tres horas entre sus evacuaciones y la posibilidad de que se las desagüe, para que su mazmorra adquiera el aroma nítido de mierda humana con que me he topado al llegar.

Le obsequio cigarros y le entrego personalmente una nueva cafetera. Sin que me lo pida, ofrezco una explicación de mi ausencia: me declaro convaleciente de gripa. Antes de que pueda continuar, él revuelve entre los objetos personales que conserva en su cajita laqueada y me obsequia unas petrificadas pastillas para la tos. Al ver que contemplo su regalo con desconfianza, me lo arrebata y estrella el empaque contra la mesa tres o cuatro veces, hasta que las piezas se desprenden unas de otras y resultan consumibles.

Sumiso, guarda silencio hasta que, directamente, lo interrogo por mi apodo. Se sonroja y comienza a relatar los pormenores de cada conversación de presos de la última semana: cuchicheos sobre la brutalidad de los guardias, murmullos contra la mala comida, disquisiciones sin sentido al respecto de lo que acontecerá o no en la calle. Algún loco jura que las explosiones que se dejan oír por las noches corresponden a las bombas con que sus camaradas pretenden sacarlo de prisión. Tomo nota y termino por reclamar que no me haya revelado el sobrenombre prometido. Sonríe: «No me obligue a descartarme, doctor. Permítame conservar ese dato inocuo por lo pronto, mientras hago algunas confirmaciones».

Ricardo Bach es un marica bastante atractivo.

10 de junio

«Doctor:

He releído las páginas escritas por Gustavo López que usted gentilmente me proveyó. Temo que mi retórica resultará inútil para la misión que se me ha solicitado. Continuar la redacción de una prosa ajena, especialmente si el eje que la anima es la confesión íntima, se encuentra más allá de mis intereses y, sospecho, mis posibilidades. Tiemblo aún al recordar el fusilamiento de Gustavo, imagino las sensaciones que lo arrebataron: el pecho inflado de sangre, flemas y pólvora, la respiración apagándose. Continuar la redacción de una confesión ajena equivale a una violación, a la desviación de la experiencia de otro, su confiscación y traición. A menos, claro, que convierta el manuscrito sentimental de Gustavo López en el de

Ricardo Bach, texto aún más tramposo, pues la confidencia no ha sido nunca un tema de mi interés y le repele naturalmente a mi estilo. Insiste usted, doctor, y amenaza con devolverme el delantal y las zapatillas, implementos, por cierto, con los que negó antes cualquier relación. Se empeña en mirarme al otro lado de esa cámara de seguridad que retrata mi encierro y me pregunta, incesante como un mosquito, por el apodo que se le adjudica. Ya que representa mi última esperanza, al menos la única permitida para la escasa visión de un condenado, me afanaré en complacerlo. Corra usted, cuando lea este mensaje, al monitor donde acostumbre a analizarme, encienda la máquina que le reporta mis palabras y, más pronto que tarde, encontrará las líneas requeridas. No me pida más: no me veo capaz de complacerlo otra vez.

Agotado,
Bach.»

12 de junio

Está sufriendo. Eso me parece, al menos, contemplar a través de la cámara. Pero Bach es un actor. Mañana veré si el resultado es el deseado. Cada texto que le arranque a su delirio matizará, desmentirá, y en definitiva borrará el de Gustavo López, cada uno será su igual o su caricatura, lo despojará de toda dignidad y peculiaridad y Gustavo López habrá muerto, deleitosamente, por segunda vez.

13 de junio

En la máquina, en lugar de la información solicitada, encuentro un texto lleno de insultos dirigidos a mi santa madre, cuya autoría Bach me atribuye. Marica de mierda.

18 de junio

Me han dicho que, antes de su detención, Bach estaba bien considerado entre los poetillas de la Facultad, principales y casi únicos consumidores de sus escritos. Quizá en memoria de aquel éxito mínimo, su actitud resulta a tal extremo arrogante y brusca. Tras haber sido apaleado, luego de la broma que me jugó, se negó a recibirme en dos ocasiones distintas: debieron convencerlo a puñetazos de obedecer.

Lo percibo, al volver a su celda, en pleno declive. Rebasa apenas la treintena, pero el deterioro físico que le ha infligido la prisión es notable. La ropa le cuelga de unos brazos flacos y se le arremolina sobre un pecho hundido. El estropajo del cabello se le cae a mechones y su cara de niña muestra una eterna mueca de acidez. Tiene un ojo clausurado por un moretón y las encías le sangran, quizá por mala higiene, quizá por la paliza que lo ha postrado en el jergón. Le ofrezco un cigarro y el pequeño tributo reblandece lo que le queda de altanería. Se abalanza y, un segundo después, humea con satisfacción.

Lo primero que me dice es que tiene una larga experiencia como paciente de psicólogos, así que poco le preocupa, en esta instancia final, tratar con otro más. Responde el nuevo cuestionario con letra firme y lenta, mal trazada pero comprensible. Pretendo interrogarlo sobre sus obras pero se resiste. Ahora, afirma, nada importa. Se confiesa entregado a la añoranza y la tarea de ganarse a los presos como público para recitales futuros. Yo, que me he preparado con algunas disquisiciones que demuestren la morbidez insoportable de su caso, decido creer en esa embustera redención y adopto una táctica distinta.

Con otro cigarro y el compromiso de conseguirle libros, obtengo su promesa de regresar al trabajo. Antes de que me marche, se acerca y corrige una vez más: «La política es cosa que me resultó siempre ajena y me limité a contemplar. A mí lo que me tiene en la cárcel, doctor, es el destino. Y quiero escribir sobre él, porque eso me explicará mejor que mil manifiestos».

Comprendo que Bach ha decidido olvidarse de posiciones reivindicativas en espera de que la condena de muerte le sea remitida. Para animarlo a comenzar de inmediato, le obsequio el resto de los cigarros y ordeno que se le entregue papel y un atadillo de bolígrafos en lugar del ordenador. Sonríe con exhibición de sus rojas encías. Estoy seguro de que aprovechará esas hojas para escribir contra mí.

Si no por otra ofensa, estos tipos deberían estar presos por su ingratitud.

21 de junio

Luego de la inevitable entrega de cigarros, Bach me ha cedido unas cuartillas de estilo moroso y reflexivo, sin mucho que ver con sus obras juveniles. Insiste con desesperado interés en que, si le doy tiempo y papel suficiente (da por sentado el tributo de cigarros, lo que no deja de ser revelador), podrá culminar la reescritura.

«Soy un desdichado, doctor. Apuesto a que sus informes no lo consignan, pero soy un carnicero, un vulgar. No le pido que me libere, sino que me trate, que olvide la circunstancia externa de que me opuse (por ignorancia) al gobierno (al menos eso es lo que se me ha ordenado pensar) y recuerde que soy un hombre que ha sufrido.»

No entiendo cómo es que puede exponer parlamentos tan solemnes sin perder esa sonrisita en la que las encías no dejan de manar sangre, que unos flacos labios limpian cada tanto como los limpiaparabrisas de un automóvil.

Le recalco que su sentencia no podrá ser alterada, en ningún caso, por mi intervención y que me ha sido negado el poder de evadir a los acusados de su condena, incluso si los declaro locos. Recibe la información sin bajar la cabeza ni perder la compostura.

«No le pido la vida, doctor, sino tiempo para poner en papel lo que aprendí, lo que tengo ahora mismo en la cabeza. Nada de palabras en escapatoria del sentido: sólo sentido, sólo reflexión. No me lo niegue.»

Le doy cigarros y le digo que me interesaría, claro, leer uno o dos capítulos de su puño y letra. Cuando se sienta seguro, cuando su estilo comience a mejorar y la sonrisa de su horrenda boca sea sincera, lo entregaré atado de manos para que lo ejecuten y me quedaré con la obra inacabada, bella como una estatua sin brazos.

Quizá presienta mis maquinaciones, porque antes de que me retire, desliza: «¿Sabe cómo lo llaman en el patio de la cárcel, doctor?».

Demuestro mi desinterés en el asunto marchándome de inmediato. Su risa me sigue pasillo abajo.

¿Cómo lo llaman? ¿Cómo lo llaman?

23 de junio

Felicito a Bach por el trabajo entregado y le prometo que tendrá tiempo para escribir el resto. Se le mira satisfecho mientras enciende el cigarro y se acomoda los anteojos (¿Cómo habrá obtenido gafas, el miserable?). Dice que la poca luz que le concedemos le ha provocado jaquecas y una fuerte irritación de ojos que la manzanilla fracasó en contener. Ignoro la manera en la que pudo conseguir té en esta prisión insensible a toda necesidad humana, pero sospecho de los celadores. Le pregunto si alguno de los custodios lo ha asaltado. Responde con una carcajada que desplaza por un instante la máscara de afabilidad que se coloca ante mí y muestra el negro fondo de su desprecio.

«No, doctor. Mi carne, como verá, es poca y no resulta ya apetecible. Si le preocupa la manera en que conseguí la manzanilla, le diré que a cambio de ella sólo tuve que ceder algunos de los cigarros con que usted, tan atentamente, me obsequia. El socio del trueque fue otro recluso, un profesor con quien hablo a veces: tomamos juntos el sol. Es un tráfico inocuo y confío que no lo delatará. Tengo amigos entre los presos.»

Le pregunto qué tantos. Ríe.

«Tengo amigos, doctor.»

Adivino que ha improvisado la historia, pues no hay tales amigos ni paseos ni tal profesor con los bolsillos llenos de manzanilla, y la intención de Bach es que ordene que se coloque en su mazmorra una luz eléctrica o quizá, incluso, alguna silla donde pueda redactar con desahogo; escribe ahora tendido en su lecho, lo que hace su letra en exceso vacilante.

Tengo prisa por hojear sus cuartillas. Ordeno que se le dé una ración extra de té. Debe captar la ironía, porque sonríe. Ahora que lo pienso, no ha dejado de sonreír jamás.

24 de junio

Debo confesarlo: las cuartillas de Bach me interesan. Más todavía tras confirmar, gracias a los afanes de un par de agentes comisionados para dicha tarea, que algo contienen de verdad sobre su vida.

Pero basta ya: no puedo darme el lujo de ceder a un preso tales privilegios y cesiones. Cientos o miles más esperan por mí. Lamento no conocer el final de sus peripecias, pero si queremos –y queremos– quebrarlo, éste es el momento.

Lo primero que nota es que no le he traído cigarros. Su sonrisa se hace, acaso, más forzada. Pero no decae. Tras de mí entran a la celda dos guardias que cargan con la mesa y la lámpara. Bach, se diría, está eufórico. Cuando le arrebato las hojas de papel comienza a reír con deleite.

«Ya veo, doctor, que nuestro acuerdo torna a su fin. Algunas noches pensaba que me permitiría terminar y que incluso sería capaz de enviar mis textos al extranjero; allí, alguien me publicaría y mi nombre no se perdería para siempre en el caño, como el agua sucia. No tengo más que reír. Supongo que no volverá y me dejarán aquí, para siempre mudo. Pero parpadea, usted. No: me llevarán a los paredones. Ya veo. Dirá quizá, mi amigo, que no debí desperdiciar mi tiempo. Yo replico que tan sólo hacía acopio de recursos y que esta circunstancia, la muerte, no detiene mi evolución. Incluso ahora pienso en frases y capítulos que existen desde que puedo concebirlos. La posteridad es un asunto que no me toca.»

Fastidiado por la perorata, me despido. Bach asiente y extiende la mano, que estrecho con vehemencia.

Escucho que la reja se cierra y el candado se muerde la cola y me regodeo.

Vuelvo a mi oficina y a la cena, a mis valses y al expediente de esta noche, en la seguridad de que hemos silenciado a un hombre antes de que sus palabras lo salvaran.

Lástima: no tengo ánimos para leer expedientes.

Ceno mi avena y reviso, sin euforia, las breves páginas de Ricardo Bach que conservaré, para siempre, ocultas e inconclusas.

Amanece cuando llaman a la puerta.

Debo aceptar que no estoy preparado.

La sonrisa.

El hacha.

¿De dónde pudo sacar un hacha? ∎

LOS HERMANOS CUERVO

Andrés Felipe Solano

Andrés Felipe Solano nació en Bogotá,
Colombia, en 1977. Ha publicado la
novela *Sálvame, Joe Louis* (Alfaguara).
Fue editor de crónicas de la revista *SoHo*.
En 2007 vivió en Medellín, Colombia,
ciudad donde alquiló una habitación en
un barrio de pasado violento y trabajó en
una fábrica como obrero durante medio
año. Con esta experiencia escribió la
crónica «Seis meses con el salario mínimo»,
finalista del premio que otorga la FNPI,
presidida por Gabriel García Márquez.
En 2008 el gobierno de Corea del Sur lo
invitó a una residencia literaria de seis
meses en Seúl, donde conoció a su esposa.
Este año residirá en la Universidad de
Alcalá de Henares (España) como escritor
residente. «Los hermanos Cuervo» es
parte de su segunda novela, en la que trabaja actualmente.

El río

Antes de conocer al ciclista nunca había fumado. El cigarrillo no le hacía bien a sus encías inflamadas pero no podía dejar de prender uno tras otro, sobre todo con el calor de estas noches. La muela le seguía palpitando a pesar de la mezcla de tres hierbas que un campesino le había recomendado masticar para aplacar las punzadas. Es el mismo emplasto que se le pone a los caballos después de castrarlos, dijo. Así era el tamaño de su dolor. Desde hacía tres días cada vez que se cepillaba los dientes escupía un hilo de sangre y babas. En la casa sólo su abuela prendía un cigarrillo después del largo almuerzo de los domingos. Entre semana nunca fumaba. Hace tiempo que no pensaba en ella. Se levantó para ir al baño y al pararse recordó la manera en que su hermano menor le daba fuego. El corto ritual se había repetido sin falta todos esos años que los tres vivieron juntos. Los vio con precisión en el aparatoso comedor de diez puestos con esos espaldares que sobrepasaban sus cabezas.

La abuela clavó uno de sus ojos verdes con pintas doradas dentro de la cajetilla de Kool. Siempre parecía buscar algo más que tabaco mentolado. Levantó la cara y metió dos dedos largos, huesudos pero hermosos, el índice izquierdo adornado por uno de sus enormes anillos, esta vez el de una serpiente enrollada con ojos de rubí. Sacó por fin lo que buscaba: las tres cuartas partes de un cigarrillo. Entonces, sin decir nada, el hermano menor se levantó de su silla y fue hasta una cómoda. Del primer cajón sacó un encendedor de metal con el que le dio fuego a su abuela y unas diminutas tijeras chinas plegables que puso sobre su servilleta de tela. A la cuarta o quinta calada la mujer apagó con mucho cuidado el cigarrillo en un cenicero de cristal que le había traído la empleada. El hermano menor abrió las tijeras y se las alcanzó a su abuela a pesar de que estaban mucho más cerca de ella. La mujer cortó con decisión la punta del cigarrillo que ahora iba por la mitad, guardó lo que quedaba en la cajetilla y la puso de nuevo en su eterno saco de lana.

El corte siempre era limpio y seguro, como se imaginaba el hermano mayor que había sido el trazo del bisturí en las manos del doctor que lo circuncidó a los tres meses de edad. La circuncisión era una de las pocas cosas que lo diferenciaba de su hermano menor junto al color de su piel. Él era moreno mientras que su hermano era completamente blanco. Su miembro, así lo llamaba en sus largas charlas consigo mismo antes de dormir, era algo para rescatar de ese cuerpo flaco al que se le notaban las costillas. Su miembro circuncidado. Si no hubiera pasado por el quirófano lo aborrecería como le sucedía con sus codos huesudos, con sus dientes, que ahora sangraban, con su culo tabludo y el blanco de sus ojos, casi siempre veteado de venitas rojas. La circuncisión le hacía pensar que descendía de unos inmigrantes judíos escapados de Alsacia durante la segunda guerra mundial que llegaron en barco a Puerto Colombia y después se establecieron en Bogotá, donde fundaron la fábrica de medias más grande de la ciudad. El hermano mayor había leído en un libro alquilado en la biblioteca del colegio sobre la ley judía que ordenaba que los prepucios de los niños circuncidados debían ser quemados como parte del rito. A menudo durante esos almuerzos silenciosos se preguntaba a dónde había ido a parar el suyo. El pellejo se le aparecía solitario y olvidado en una caneca del hospital dirigido por monjas donde nació.

Abandonó la mesa con cuidado. Había perdido las chancletas en otro balneario de mejor cara y no quería cortarse con algún vidrio de la copa que el mesero rompió en un descuido cuando trajo el aguardiente. La mezcla de sangre y agua lo ponían nervioso. De pequeño nunca se lavaba las heridas, le gustaba taponarlas en seco con grandes cantidades de papel higiénico. Después arrancar el pegote era bastante doloroso pero lo prefería. Un trueno quebró en dos el sonido del viento. El ruido cubrió las palabras del ciclista que en ese momento dijo algo desde la piscina. No entendió. No importaba, sabía lo que quería. Tendría que sacar plata del carro para pedir la última botella de trago. Habían acordado gastarse los restos de su dinero en un pollo asado con papas saladas y dos medias botellas de aguardiente. Después no sabían qué iban a hacer. En estos meses de viajar juntos habían comenzado de la nada en varias oportunidades, quizás más de tres, pero hoy ninguno de los dos se sentía con fuerzas para pensar en una salida. O no querían. Por lo menos el tanque del carro estaba a medio llenar. A alguna parte los llevaría.

En el baño se apresuró a escoger el orinal más alejado sin que le importara caminar sobre las baldosas sucias, manchadas por el agua empozada. Quería orinar en paz. Ya se lavaría los pies en alguna de las duchas de afuera. Antes de dejar caer el chorro tibio vio entrar al padre de las gemelas que jugaban en la piscina para niños, junto al barco de cemento.

El balneario había sido construido imitando una isla ocupada por piratas. En la embarcación descascarada, en la que se adivinaban los colores de los que estuvo pintada en el pasado, azul, naranja, verde, sólo quedaba en pie un mástil. El otro estaba cercenado y dejaba ver la punta de una varilla de metal oxidada que había servido de columna vertebral. El trampolín desde donde se arrojaba a los prisioneros al mar parecía estar en buen estado. La piscina para los adultos tenía en el fondo una calavera hecha con baldosas color azul cielo.

A pesar de que el hombre se hizo en la esquina opuesta, al hermano mayor le fue imposible aliviar su vejiga. Le preocupaba que la manía de no poder orinar si alguien más estaba cerca se estuviera convirtiendo en un verdadero problema con el paso del tiempo. Sintió cómo el tipo lo miraba desde su esquina, reprobándolo en silencio al sentir caer un solo chorro de orín, el suyo. Le quemaba las entrañas que pensara que había escogido el rincón más oscuro del baño para masturbarse. Sabía que la gente sospechaba de ellos. No era común ver viajar juntos a dos hombres, uno joven y el otro mayor, casi viejo, sin ningún parecido físico o seña filial que los disculpara. Al salir seguramente el tipo vigilaría a sus hijas desde la canoa café que estaba diagonal al barco. El hermano mayor recurrió a su ayuda infaltable. Sacó de la billetera la postal con las cataratas del Niágara que les envió su madre hacía ya diez años. Alrededor de los dobleces la imagen impresa había desaparecido por completo. Se acordaba de que justo en el centro se podía ver un bote. Ya no estaba. Fue lo que más le gustó cuando su abuela se las entregó en el comedor. El bote y la gente en la borda, con impermeables azules. Su hermano prefería las personas aún más diminutas que se veían en un precipicio, justo al lado de las cataratas. La postal decía que Betty había viajado en esa embarcación durante el mes de octubre de 1984, un día sorpresivamente caluroso para ser otoño. En su cara había sentido las diminutas partículas acuosas que se desprendían del salto aunque se encontraba a cien metros de distancia. La descomunal caída de agua siempre le ayudaba a orinar pero esta vez el truco falló. El tipo seguía vertiendo un chorro largo como si hubiera tomado una docena de cervezas. Sabía que lo miraba por el rabillo. Entonces el hermano mayor cerró los ojos e intentó otra cosa. Pensó en acudir a otras fuentes de agua en movimiento. Pasaron rápidamente por su cabeza una potente manguera azul en las manos de Pastora, que regaba los árboles del jardín de la casa, el dibujo de una represa romana que pertenecía al tomo sobre las Grandes Obras de la Humanidad de su enciclopedia preferida, la foto en blanco y negro de sus abuelos navegando por el Apaporis, hasta que finalmente apareció el río crecido que se veía desde un quiosco del balneario pirata, al que se entraba por la boca de una enorme calavera, también de cemento. De todas las construcciones del agonizante parque temático era la que se encontraba en mejor estado. Si algún día el balneario cerraba del todo y la vegetación se comía sus restos, la calavera sobreviviría triunfante. El hermano mayor se preguntó cómo se vería el cráneo desde la otra orilla de esa corriente de aguas marrón que arrastraba troncos pulidos, pedazos de botellas plásticas, ramas con hojas todavía verdes pero maltratadas y una camiseta roja. Esta vez la imagen del caudaloso río funcionó con rapidez y pudo orinar con tranquilidad.

Al abrir de nuevo los ojos se encontró solo. Fue hasta el lavamanos y se miró en el espejo. Se lavó las manos con agua, entibiada por el sol de la mañana que había calentado las tuberías. El hermano mayor no tocó la pastilla de jabón rosa coronada por un pelo negro, muy grueso, como de animal. Le sorprendió que el secador eléctrico funcionara en ese balneario ruinoso pero alguna vez importante donde habían ido a parar. Cuando regresaban del kiosco, al que fueron apenas llegaron, el ciclista le señaló una placa de piedra y dijo:

–Mire, un año exacto después de que él mismo me entregara la medalla.

El señor presidente de la república Carlos Lleras Restrepo inauguró el balneario «La isla de Morgan» a las orillas del río Cauca el día 16 de octubre de 1966. En agradecimiento.

Una palmera en bajorrelieve acompañaba la inscripción.

Salió del baño y lo invadió el humo de una hoguera donde un empleado quemaba hojas secas desafiando el anuncio de lluvia. Recorrió un caminito franqueado por plantas con flores de colores tan intensos y olores tan pronunciados que le dieron ganas de vomitar el pollo y el aguardiente. Tendría que pedir una cerveza para asentar el estómago, se dijo. Atravesó el parqueadero donde, además del Renault 18 del ciclista, se encontraba un bus pequeño, una camioneta donde supuso que viajaban el tipo, su mujer y las gemelas, y dos motos de gran cilindraje que no había visto cuando llegaron

ANDRÉS FELIPE SOLANO

antes de mediodía. Al caminar sentía un extraño placer cuando alguna piedrecilla afilada se clavaba en sus pies. Abrió el carro y salió un vapor menos caliente de lo esperado. El ciclista había tenido la precaución de parquear debajo de un almendro. Revisó si la cámara video8 aún estaba envuelta en una toalla, recogió un paquete de papas fritas que estaba en el suelo, se lo metió al bolsillo de la pantaloneta y abrió la guantera para buscar la plata. La guardaban en un sobre y el sobre lo metían en una antigua libreta vinotinto donde el ciclista tenía copiados los teléfonos de todas las personas que significaban algo para él. Se sentó y se puso a hojearla. Ya la había revisado muchas veces. El ciclista lo sabía y no le importaba. Quedaban muy pocas cosas que esconderle después de viajar casi un año juntos. Miró las diferentes letras y números, las tintas, negra, azul, verde. Algunos teléfonos copiados a lápiz apenas si se podían leer. Su caligrafía era tan variable como su temperamento. Le gustaba la letra que tenía por los años en que fue campeón, soberbia, libre de temblores. Al final de la página marcada con la letra H estaba el teléfono de su casa y el nombre de soltera de su abuela, Rosa Hurtado. Se preguntó si los dos habrían hablado alguna vez mientras los hermanos vivían con ella. La abuela casi no usaba el teléfono negro que estaba en una mesita del segundo piso de la casa. Nunca había querido instalar un aparato en su habitación. Algunas noches, sobre todo durante el primer año de haberse mudado con ella, los hermanos se despertaban con el sonido del viejo aparato que gritaba por ser contestado. Nadie acudía. La empleada se iba a la cama a las siete de la noche y la abuela, a pesar de dormirse muy tarde, no abandonaba su cuarto después de las diez. Ellos tampoco usaban mucho el teléfono. Empezaron a hacerlo cuando tenían que cancelar las clases de guitarra que les empezó a dictar Nelson.

Unos goterones que se estrellaron contra el vidrio panorámico del carro lo llamaron al orden. Esa mañana había despertado con un estado de ánimo opaco. Sacó del sobre los dos últimos billetes de cinco mil que les quedaban. Le dio pereza abrir la billetera y meterlos junto a la postal de las cataratas del Niágara. En cambio se los metió rápidamente en el mismo bolsillo del paquete de papas y cerró el carro. El aguacero no se decidía a arrancar. El cielo estaba mitad nublado, mitad resplandeciente. Los espaciados goterones sacudían con violencia las flores. Se alegró. Ojalá las acabaran. Regresó a la mesa, puso la billetera debajo de la camisa y se sirvió el último aguardiente tibio antes de pedir la botella final. Las náuseas habían desaparecido y podía seguir con el trago fuerte. Lo necesitaba. La muela le palpitaba sin descanso en las cavernas de su boca. Miró hacia la piscina y no encontró al ciclista. Le pareció raro. Sabía que le gustaba estar metido en la piscina mientras llovía. Era uno de los tantos placeres marcados con su nombre de los que disfrutaba. Tampoco estaba en las duchas del fondo, ni sentado en las sillas blancas de plástico debajo de los guayacanes. De un año para acá el hermano mayor reconocía por lo menos dos docenas de árboles diferentes. Se sentó a esperarlo, debía de estar en el baño o fue a pedir la otra media botella por su cuenta. El viento volcó una de las sillas y la arrastró hasta donde terminaba el pasto. Se dio cuenta de que las gemelas y sus padres tampoco estaban por ningún lado. No había nadie. Estaba solo. El hermano mayor se quedó mirando la calavera en el fondo de la piscina.

La ciudad

Los hermanos Cuervo afirmaron venir trasladados de un colegio con un nombre que no habíamos oído nunca. El mayor entró a segundo de bachillerato, un curso abajo del mío. El menor se matriculó en el último curso de primaria. Desde la primera semana se empezaron a oír toda clase de historias sobre los Cuervo. Con los meses se multiplicaron como sapos-toro en época de lluvias. Durante estas vacaciones me he dedicado a clasificarlas en un cuaderno. Luego de un cuidadoso recuento he llegado a establecer cuatro tipos:

1. Las sexuales
2. Las siniestras
3. Las diabólicas
4. Las marcianas.

Como era de esperarse el primer rumor que se propagó entre los alumnos es que eran maricas. Unas mariposas, pero no muy coloridas. Más bien de las pardas o por lo menos de las negras, de esas que apenas tienen una pinta amarilla o azul aguamarina. Cuando empezamos a tener novias, Diego, mi mejor amigo, dijo que una noche después de ver *Alien III* con María Adelaida en el cine Embajador vio al mayor de los hermanos prostituyéndose en la esquina del centro comercial Terraza Pasteur. Se subió a un jeep verde y empezó a chupárselo a un viejo con corte militar en un parqueadero. Mientras estaba clavado de cabeza, el tipo jugaba con sus dientes postizos, dijo sin que se asomara una risa por su cara. El cuento más extremo de este apartado tiene que ver con sus cuerpos. Según el que la contó, ya no me acuerdo quién fue, los hermanos habían nacido hermafroditas y alguien los vio mientras se vendaban las tetas en un baño antes de la clase de educación física. Después nos metimos con su familia. Al enterarnos de que vivían solos con su abuela el crimen mezclado con el sexo ocupó las conversaciones del descanso. La historia más oscura decía que su madre llevaba una doble vida. Había sido una puta de alta categoría a la que su padre descubrió cuando eran muy pequeños y por esa razón le rebanó la garganta. El tipo estaba en la cárcel de Gorgona, le faltaban por cumplir cinco años de pena y una vez saliera libre los iba a reclamar. Mataría a todo aquel que se hubiera burlado de ellos. Recordé que en una clase de historia nos dijeron que la isla-prisión de Gorgona fue clausurada en 1977 y sus únicos inquilinos eran serpientes venenosas.

Las historias siniestras empezaron con algo de melodrama básico. Primero corrió el chisme sobre su fuga de un orfanato al sur de la ciudad. La señora con la que vivían, una solterona adinerada, los sacó una noche de un caño y los llevó a vivir a uno de los caserones levantados en los años cuarenta que todavía sobrevivían cerca del colegio. La mayoría habían sido demolidos o se habían convertido en talleres de mecánica pero la casa donde vivían los Cuervo permanecía intacta con su humillante estilo inglés. Otros decían que eran sus nietos legítimos, sangre de su sangre, pero que los fines de semana la señora les ponía cadenas en los pies y en las manos, los encerraba en un sótano y los alimentaba únicamente con cuchuco de trigo y pan duro. Por eso los lunes llegan oliendo tan mal, era uno de los comentarios que confirmaban la reclusión. Lo más espeluznante de la historia era imaginarlos en la oscuridad comiéndose aquella sopa espesa, esa papilla babosa que todos odiábamos cuando nos la servían en el restaurante del colegio. Algunos aseguraban que la mazmorra donde los encerraban comunicaba directamente con los sótanos de la avenida Jiménez, los que quedan cerca del lugar donde asesinaron a Gaitán y que por ahí huyó el verdadero asesino del líder. Yo mismo inventé que el menor de los hermanos sufría de una enfermedad tan extraña que sólo veía en blanco y negro y que por eso sus ojos eran como ciruelas deshidratadas. A nadie le gustó la historia. Tuve que cambiar la enfermedad por una con mayor pegada. Fue entonces cuando mencioné el síndrome que lo hacía convulsionar mientras se agarraba las güevas si permanecía mucho tiempo al aire libre. Claro, eso explica por qué nunca juega fútbol, fue la frase definitiva que aprobó mi contribución.

Zorrilla inauguró las historias diabólicas, las más populares luego de que las sexuales quedaran en entredicho cuando vieron en una cafetería, después de clases, al hermano mayor hablándole al oído a una de las asistentes dentales que hacían prácticas en el colegio. Algo que no podíamos negar y que incluso nos llenaba de rabia era la certeza de que los hermanos Cuervo a pesar de ser muy flacos no eran feos. Para todos habría sido más fácil que lo fueran. Palmoteando su pierna atrofiada por la polio, Zorrilla contó una y otra vez en el callejón detrás de la biblioteca, al lado de la iglesia, que no había resistido la tentación y se había colado a la casa de los hermanos un viernes por la tarde. Sólo pudo llegar hasta un patio interior donde asegura que vio un ternero descuartizado cubierto de una nube de moscas que hacían un ruido asqueroso. Al repetir la historia Zorrilla alternaba entre un ternero y una oveja. Finalmente se decidió por un macho cabrío cuando Gómez le dijo que ése era el animal en que el diablo encarnaba cuando quería venir desde el más allá. Todos estuvimos de acuerdo en que tenían tratos con el demonio y que la abuela era una antigua bruja. Ninguno le preguntó a Zorrilla cómo había hecho para saltar con su pierna torcida el muro de dos metros que rodeaba la antigua casa.

Navarro era un ultra católico que daba casi tanto miedo como los Cuervo. Él firmó una de las historias con menos popularidad, referenciada en mi cuaderno bajo el nombre de La Secta. La transcribí dentro del grupo de las diabólicas sólo para dar cuenta de mi exhaustiva labor. Según contó Navarro, los hermanos eran hijos de un pastor adscrito a la Iglesia de la Unificación, fundada por un misterioso coreano. La Iglesia le habría pedido al padre y a la madre abandonar a sus hijos y viajar por los campos repitiendo la palabra sagrada del reverendo fundador, que se identificaba a sí mismo como el verdadero Mesías.

Las historias marcianas siguen siendo mis favoritas. Las denominé así porque presentaban a los hermanos como verdaderos alienígenas. Algunos aseguraban que los Cuervo jamás habían usado jeans, que se tomaban sus orines mezclados con Coca-Cola, que en Halloween salían con el uniforme del colegio y decían que ése era su disfraz, que fabricaban cuchillos caseros y los intercambiaban con los recicladores de la avenida Caracas por marihuana, que eran campeones de esgrima y lucha grecorromana pero los expulsaron de la Liga de Bogotá por maricas. Las referencias a su sexualidad nunca desaparecieron del todo. Se decía que eran tan maricas que después de una visita conjunta al Jardín Botánico, donde nos explicaron que la flor de la Victoria regia se abre sólo en las noches y que expele un olor a durazno, los Cuervo se las ingeniaron para colarse al anochecer y ver con linternas la gigantesca flor amazónica hasta la salida del sol. No sé que tan gay sea eso pero confieso que a mí también me hubiera gustado ver aquella monstruosa flor. Los alumnos de los cursos menores enriquecían el bestiario del mundo exterior como ninguno. Sostenían que los hermanos no comían salsa de tomate, que hablaban latín entre ellos, que se afeitaban las axilas, que coleccionaban ganchos de ropa, sólo leían enciclopedias y que nunca jamás habían visto televisión. Quizás estas dos últimas cosas eran las únicas medianamente ajustadas a la verdad. Lo afirmo porque puedo probarlo. Mi madre fue la contadora de la abuela de los Cuervo durante siete años y por lo menos cada seis meses la visitaba. A veces me contaba pequeñas cosas sobre los hermanos como por ejemplo que no había visto un solo televisor en la casa. Cuando trataba de averiguar más sobre ellos me reprendía por chismoso. Déjalos tranquilos, no ves que no tienen papás, era la frase que me soltaba.

Lo que nadie esperaba, mucho menos yo, es que a finales del 93 los propios hermanos Cuervo me abrieran las puertas de su casa y me entregaran casi todos sus secretos. En cuanto a la veracidad o falsedad de las historias, debo aceptar que nunca me preocupé por aplacar ningún rumor a pesar de que tenía información de primera mano. En cierta medida necesitábamos de esas historias y yo no era nadie para clavarle la estocada final a la leyenda de los Cuervo.

Cuando empezamos a hablar de los hermanos todos llevábamos existencias mediocres y ellos, sin proponérselo, las sepultaron por un tiempo gracias a sus vidas interiores, tan intrincadas y misteriosas como una jungla, tan diferentes a nuestro previsible caldo de hormonas, primeras borracheras y partidos de fútbol que como

un relámpago y de un día para otro borró sin piedad a Mazinger Z
y al Dr. Infierno de nuestros corazones. Nunca lo discutimos y mucho menos teorizamos al respecto. Sucedió así, pero mientras uno a
uno los fueron olvidando cuando todo indicaba que había llegado la
hora de salir en serio con mujeres, yo seguí irrevocablemente atado
a ese par de hermanos, a su abuela, a su casa. Los Cuervo me proporcionaron una vida en el momento en que la conciencia de mi
medianía se hizo más crítica y amenazó con ahogarme. Yo no era
rico ni pobre, ni apuesto ni feo, no era talentoso pero tampoco tarado. Estaba justo en la mitad de todo, era la mismísima línea ecuatorial. Además no tenía un nombre como el de ellos. Yo me llamaba
Nelson y vivía en un apartamento con mis padres, dos empleados
públicos con vidas insaboras que se resumían en partirse el lomo
para mantenerme en aquel colegio e ir al mar en vacaciones. Mis
padres, tan decentes que ni siquiera me ofrecieron la posibilidad del
odio contra ellos como coartada. Por eso no siento remordimiento
alguno por no haber desmentido las historias que se tejían sobre los
Cuervo. Los propios hermanos me empujaron calladamente a no
sentirlo y de vez en cuando se inventaban alguna extravagancia genial para que yo la repitiera en el colegio y obtuviera un gramo de
popularidad que inclinara mi balanza hacia el lado luminoso. Antes
de que el hermano mayor abandonara la casa me confesaron que
todas esas habladurías lejos de humillarlos los halagaban. Por supuesto eso no significa que no fueran tremendamente raros. Por
Dios, estamos hablando de los mismísimos hermanos Cuervo.

Una de las historias del lado oscuro afirmaba que cuando los
narcos empezaron a estallar carros-bombas los hermanos iban
hasta el sitio de la explosión y tomaban fotos de los hierros calcinados, de las casas sin vidrios, de los heridos mutilados, incluso de los
muertos. En el colegio nadie llegó a ver las fotos pero yo las descubrí una tarde en que me dejaron solo en la biblioteca del segundo
piso. Las tenían clasificadas en carpetas. Había tomas de la bomba
al periódico *El Espectador* y al DAS en el 89, de la que pusieron en

el barrio Quirigua o la del Carulla de la 127 en el 90, justo al lado de la casa de mi tía. Me acuerdo muy bien de esa última. Fue un domingo, día de la madre. La bomba explotó una hora después de que compráramos una torta con rosas de pastillaje en el centro comercial donde estaba el supermercado que volaron. También tenían fotos de la bomba del centro 93. Era aterrador imaginarlos tomar un bus hasta el sitio de la explosión y pararse en medio de la tragedia a disparar con una cámara. Calculo que cuando explotó la bomba del DAS debían de tener apenas trece y quince años. Ahora que me acuerdo, cuando el colegio implementó el plan de evacuación en caso de atentado –el hijo de un militar que tenía una pelea casada con un narco estudiaba con nosotros– los hermanos empezaron a llevar máscaras de gas en los morrales. Con Diego las vimos y les preguntamos de dónde las habían sacado. Decían que su abuela se las había comprado en el mercado de las pulgas. Zorrilla, tan exagerado como siempre, dijo que seguro que habían sido de su abuelo.

A rmando Zorrilla fue otro al que los hermanos Cuervo le tendieron la mano. Su gracia, que nos hacía reír hasta las lágrimas, dejó de ser útil cuando las fiestas se instalaron en los viernes y Zorrilla tomó real conciencia de su cuerpo. En ese momento se obsesionó con los hermanos. Confieso que lo llamé con una excusa tonta y me terminó relatando varias de las historias que copié en el cuaderno. No habíamos hablado desde la graduación. Cuando su mamá me lo pasó al teléfono tenía una voz desganada y nasal, tan horrible de oír que me dieron ganas de colgar en el momento. Al empezar a charlar sobre los hermanos esa voz apagada cobró el vigor de las cuerdas vocales de un predicador de televisión. Según él había investigado a los Cuervo por todos los flancos posibles y descubrió que el esposo de la abuela, fallecido hace varias décadas, supuestamente fue embajador de Colombia en Alemania antes de la segunda guerra mundial. El tipo conoció a Hitler e incluso se hizo su confidente. El Führer en persona le regaló las máscaras. Le dijo: las necesitará en el futuro.

ANDRÉS FELIPE SOLANO

El primer día la abuela de los Cuervo me recibió a la entrada de la casa, en una sala en miniatura dispuesta para las visitas rápidas e informales. Unos metros más allá estaba la sala propiamente dicha, un espacio tan amplio como la mitad del apartamento en el que yo vivía, con muebles pesados, un bar con botellas que parecían no haber sido abiertas en años y copas de cristal, una radio donde alguien oyó que Yuri Gagarin había alcanzado el espacio y tapetes de varios tamaños sobre un piso de madera lustroso. No existían porcelanas ni cuadros, la abuela los aborrecía, sólo una pared con espejos que iban hasta el techo, a casi tres metros de altura. La había visto de lejos una vez cuando fue al colegio a la primera entrega de notas. Ese día se reunieron a puerta cerrada el director de estudios, el rector y ella. Acordaron que serían sus propios nietos los que recogerían la libreta de calificaciones y se la entregarían para que la firmara. Si se presentaba un problema mayor, la señora estaba dispuesta a ir pero confiaba en que no sería necesario. Estaba segura. Con el tiempo supimos que los hermanos no habían tenido que pasar un examen de admisión, ni siquiera llenar un solo formulario para entrar a estudiar con nosotros. Un familiar de su abuela era cura y ocupaba un puesto importante en la orden religiosa que dirigía el colegio, así que los hermanos fueron recibidos sin obstáculos. También nos enteramos de que no habían ido a ningún colegio antes. El nombre que mencionaron el primer día era inventado y por eso no lo pudimos reconocer. La señora, que fue una de las primeras profesoras de la Universidad Nacional, los había educado en su casa. Desde muy pequeño el hermano mayor demostró una habilidad excepcional para las matemáticas, tanto así que una de sus fuentes de ingresos, aparte de la mesada que le daba la abuela, consistía en ofrecer presentaciones en los colegios públicos. El rector le dio permiso para ausentarse una o dos veces al mes para estas visitas con la condición de que mencionara el nombre de nuestro colegio y por supuesto vistiera nuestro uniforme. Su hermano menor siempre lo acompañaba. En salones comunales, coliseos de barrio, canchas de fútbol, incluso en escuelas rurales a las afueras de la ciudad, era presentado con extrema seriedad como «la asombrosa calculadora humana». El acto o mejor, el espectáculo, consistía en resolver operaciones matemáticas con números de cinco cifras en pocos segundos. El hermano menor preguntaba a un voluntario el primer componente de la operación y él ofrecía el segundo o al revés. Luego la estrella cerraba los ojos, entraba en un corto y eléctrico trance y dictaba sin titubear el resultado, que un profesor copiaba sobre un papelógrafo. El mismo profesor usaba una calculadora convencional y los comparaba. Casi siempre el copista era el primero en aplaudir extasiado. Cada año el hermano mayor le agregaba a su show dos números. En los meses antes de su partida podía resolver multiplicaciones de diez cifras y ya despejaba raíces cuadradas de cinco dígitos. Una parte de las ganancias la destinaban a un fondo para comprar pólvora en Navidad. Como era de esperarse su abuela no les daba plata para quemar. Los hermanos Cuervo ofrecían cada 16 de diciembre una noche de fuegos artificiales desde la terraza. La dueña de casa no se daba por enterada. Sólo la vieja empleada, Pastora, los acompañaba en las veladas. La presentación duraba el tiempo en que se extinguían cinco velas romanas. Pastora prendía una tras otra y luego las empuñaba hacia el cielo. Como en el barrio no había casi familias, los empleados de los talleres, los borrachos o algún reciclador eran los únicos que se reunían a ver cómo los Cuervo oficiaban de maestros polvoreros, porque el asunto no sólo consistía en prender volcanes o estrellas. Los hermanos diseñaban un plan para activar cadenas de explosiones donde mezclaban estruendos y luces. En su estudio tenían pegado en un corcho el diagrama del año pasado repleto de anotaciones en varios colores y enmendaduras. Parecía uno de los intrincados ejercicios que estaban al final de mi abominable libro de física.

Estaba hablando de la abuela. Cuando llegué a la casa de los Cuervo esperaba encontrarme con una vieja mohosa y extravagante que me llenaría de estupor. Confiaba en que sería tan impresionante la visión que me llevaría a repudiar su encargo a pesar de que había prometido pagarme el triple de lo que le hice saber que le cobraría. De hecho había accedido a ir a la casa luego de que mi madre me dijera que los hermanos Cuervo estaban buscando un profesor de guitarra sólo para poner un pie en sus dominios y estar frente a frente a la señora, ver su barbilla peluda y temblorosa y después contarlo en el colegio con detalles de mi propia cosecha. Al ver cómo bajaba la escalera sin sujetarse del pasamanos de madera y metal, con su espalda recta, su ropa impecable y su rostro despejado sufrí una desilusión. La mujer era una de esas personas que jamás usarían un diminutivo de no ser necesario. Nunca me ofrecería un vasito con agua. Rendido ante su presencia, mis confusas hormonas me llevaron a indagar por su juventud y descubrí en su cara a una mujer de portada de revista. Esa tarde, lo único fuera de lo común en la señora era un anillo con la forma de un escarabajo gigante que llevaba en el índice. Y sus manos. Estaban tan libres de arrugas y manchas que se parecían a las de mi madre, que apenas había cumplido cuarenta años. Ya ven, no tuve otra opción que aceptar darle clases de guitarra a los hermanos Cuervo dos veces por semana después del colegio. Fue pocos meses antes de que empezara el apagón oficial que recortó la electricidad de nuestras casas todas las tardes y noches. Durante ese año largo que duró el recorte compramos velas o lámparas de camping para vernos las caras y el olor de la gasolina de las plantas eléctricas impregnó las calles al anochecer. ■

GRANTA

FORMAS DE VOLVER A CASA

Alejandro Zambra

Alejandro Zambra nació en Santiago de Chile en 1975. Ha publicado los libros de poesía *Bahía Inútil* (1998) y *Mudanza* (2003), las novelas *Bonsái* (2006), *La vida privada de los árboles* (2007) y el libro de ensayos *No leer* (2010). Sus novelas han sido traducidas a varios idiomas. *Bonsái* obtuvo en Chile el Premio de la Crítica y el Premio del Consejo Nacional del Libro a la mejor novela del año 2006. Le gusta coleccionar frases y anotar imágenes de otros. «Formas de volver a casa» corresponde a las primeras páginas de su tercera novela, que publicará en 2011. Actualmente trabaja en el libro de relatos *Berta Bovary*. Vive en Santiago y es profesor de literatura en la Universidad Diego Portales.

Una vez me perdí. A los seis o siete años. Venía distraído y de repente ya no vi a mis padres. Me asusté, pero enseguida volví al camino y llegué a casa antes que ellos; seguían buscándome, desesperados, pero esa tarde pensé que se habían perdido. Que yo sabía regresar a casa y ellos no.

Tomaste otro camino, decía mamá, después, enojada, con los ojos todavía llorosos.

Son ustedes los que tomaron otro camino, pensaba yo, pero no lo decía.

Papá miraba tranquilamente desde el sillón. A veces creo que siempre estuvo echado ahí, pensando. Pero tal vez no pensaba en nada. Tal vez simplemente cerraba los ojos y recibía el presente con calma o resignación. Esa noche habló, sin embargo: esto es bueno, me dijo, superaste la adversidad. Mamá lo miraba con recelo pero él seguía hilvanando un confuso discurso sobre la adversidad. Entonces yo no sabía qué cosa podía ser la adversidad.

Me recosté en el sillón de enfrente y me hice el dormido. Los oí pelear, al estilo de siempre. Mamá decía cinco frases y papá respondía con una sola palabra. A veces decía, cortante: no. A veces decía, al borde de un grito: mentira o falso. A veces decía, incluso, como los policías: negativo.

Esa noche mamá me cargó hasta la cama y me dijo, tal vez sabiendo que fingía dormir, que la escuchaba con atención, con curiosidad: tu padre tiene razón. Ahora sabemos que no te perderás. Que sabes andar solo por las calles. Pero deberías concentrarte más en el camino. Deberías caminar más rápido.

Le hice caso. Desde entonces caminé más rápido. De hecho, un par de años más tarde, la primera vez que hablé con Claudia, ella me preguntó por qué caminaba tan rápido. Llevaba días siguiéndome, espiándome. Nos habíamos conocido hacía poco, la noche del terremoto, el 3 de marzo de 1985, pero entonces no hablamos.

Ella tenía doce años y yo nueve, por lo que nuestra amistad era imposible. Pero fuimos amigos o algo así. Conversábamos mucho. A veces pienso que escribo este libro solamente para recordar esas conversaciones.

La noche del terremoto tenía miedo pero también me gustaba, de alguna forma, lo que estaba sucediendo.

En el antejardín de una de las casas los adultos montaron dos carpas para que durmiéramos los niños y al comienzo fue un lío, porque todos queríamos dormir en la de estilo iglú, que entonces era una novedad, pero se la dieron a las niñas. Nos encerramos a pelear en silencio, que era lo que hacíamos cuando estábamos solos: golpearnos alegre y furiosamente. Pero al pelirrojo le sangró la nariz cuando recién habíamos comenzado y tuvimos que buscar otro juego. A alguien se le ocurrió hacer testamentos y en principio nos pareció una buena idea, pero al rato descubrimos que no tenía sentido, pues con un terremoto más fuerte el mundo se acabaría y no habría nadie a quien dejar nuestras cosas. Luego imaginamos que la Tierra era como un perro sacudiéndose y que las personas caían como pulgas al espacio y pensamos tanto en esa imagen que nos dio risa y también nos dio sueño.

Pero yo no quería dormir. Estaba, como nunca, cansado, pero era un cansancio nuevo que enardecía los ojos. Decidí pasar la noche en vela y traté de colarme en el iglú para seguir conversando con las niñas, pero la hija del carabinero me echó diciendo que quería violarlas. Difícilmente sabía yo entonces lo que era un violador y sin embargo prometí que no quería violarlas, que sólo quería mirarlas, y ella rió burlonamente y respondió que eso era lo que siempre decían los violadores. Tuve que quedarme fuera, escuchándolas jugar a que las muñecas eran las únicas sobrevivientes; remecían a sus dueñas y lloraban aparatosamente al comprobar que estaban muertas, aunque una de ellas pensaba que era mejor porque la raza humana siempre le había parecido apestosa. Al final se disputaban el poder y aunque la discusión parecía larga la resolvieron rápidamente, pues de todas las muñecas sólo había una Barbie original. Ésa ganó.

Al rato encontré una silla de playa entre los escombros y me acerqué con timidez a la fogata de los adultos. Me parecía extraño ver a los vecinos, acaso por primera vez, reunidos. Pasaban el miedo con unos tragos de vino y miradas largas de complicidad. Alguien trajo una vieja mesa de madera y la puso al fuego, como si nada. Si quieres echo también la guitarra, dijo papá, y todos rieron, incluso yo, que estaba un poco desconcertado, porque no era habitual que papá dijera bromas. En eso volvió Raúl, el vecino, con Magali y Claudia. Ellas son mi hermana y mi sobrina, dijo. Después del terremoto había ido a buscarlas y regresaba ahora, visiblemente aliviado.

Raúl era el único en la villa que vivía solo. A mí me costaba entender que alguien viviera solo. Pensaba que estar solo era una especie de castigo o de enfermedad.

La mañana en que llegó con un colchón amarrado al techo de su viejo Fiat 500, le pregunté a mamá cuándo vendría el resto de la familia y ella me respondió, dulcemente, que no todo el mundo tenía familia. Entonces pensé que debíamos ayudarlo, pero al tiempo entendí, con sorpresa, que a mis padres no les interesaba ayudar a Raúl, que no creían que fuera necesario, que incluso sentían una cierta reticencia por ese hombre joven y delgado.

En la villa se decía que Raúl era democratacristiano y eso me parecía interesante. Es difícil explicar ahora por qué a un niño de nueve años podía entonces parecerle interesante que alguien fuera democratacristiano. Tal vez creía que había alguna conexión entre el hecho de ser democratacristiano y la situación triste de vivir solo. Nunca había visto a papá hablar con Raúl, por eso me impresionó que esa noche compartieran unos cigarros. Pensé que hablaban sobre la soledad, que papá le daba al vecino consejos para superar la soledad, aunque debía de saber más bien poco sobre la soledad.

Magali, en tanto, abrazaba a Claudia en un rincón alejado del grupo. Las dos parecían incómodas. Recuerdo haber pensado que estaban incómodas porque eran distintas a las demás personas ahí reunidas. Por cortesía o tal vez por insidia una vecina le preguntó a Magali a qué se dedicaba y ella respondió, de inmediato, como si esperara la pregunta, que era profesora de inglés.

Era ya muy tarde y me mandaron a acostar. Tuve que hacerme un espacio, a desgana, en la carpa. Temía quedarme dormido, pero me distraje escuchando esas voces perdidas en la noche. Entendí que Raúl había ido a dejar a las mujeres, porque empezaron a hablar de ellas. Alguien dijo que la niña era rara. A mí no me había parecido rara. Me había parecido bella. Y la mujer, dijo mi madre, no tenía cara de profesora de inglés. Tenía cara de dueña de casa nomás, agregó otro vecino, y alargaron el chiste por un rato.

Yo pensé en la cara de una profesora de inglés, en cómo debía de ser la cara de una profesora de inglés. Pensé en mi madre, en mi padre. Pensé: de qué tienen cara mis padres. Pero nuestros padres nunca tienen cara realmente. Nunca aprendemos a mirarlos bien.

Creía que pasaríamos semanas e incluso meses a la intemperie, a la espera de algún lejano camión con alimentos y frazadas, y hasta me imaginaba hablando por televisión, agradeciendo la ayuda a todos los chilenos, como en los temporales; pensaba en esas lluvias terribles de otros años, cuando no podía salir y era casi obligatorio quedarse frente a la pantalla mirando a la gente que lo había perdido todo.

Pero no fue así. La calma volvió casi de inmediato. Lo peor siempre les pasaba a los demás. En ese rincón perdido al oeste de Santiago el terremoto había sido nada más que un enorme susto. Se derrumbaron unas cuantas panderetas, pero no hubo grandes daños ni heridos ni muertos. La tele mostraba el puerto de San Antonio destruido y algunas calles que yo había visto o creía haber visto en los escasos viajes al centro de Santiago. Eso era el dolor verdadero.

Si había algo que aprender, no lo aprendimos. Ahora pienso que es bueno perder la confianza en el suelo, que es necesario saber que de un momento a otro todo puede venirse abajo. Pero entonces volvimos, sin más, a la vida de siempre.

Cuando ocupamos de nuevo la casa papá comprobó, con satisfacción, que los daños eran pocos: nada más que algunas grietas en las paredes y un ventanal trizado. Mamá solamente lamentó la pérdida de los vasos zodiacales. Se quebraron ocho, incluidos el de ella (Piscis), el de papá (Leo) y el que usaba la abuela cuando venía a vernos (Escorpión). No hay problema, tenemos otros vasos, no necesitamos más, dijo papá, y ella le respondió sin mirarlo, mirándome a mí: sólo el tuyo se salvó. Enseguida fue a buscar el vaso del signo Libra, me lo dio con un gesto solemne y pasó los días siguientes un poco deprimida, pensando en regalar los demás vasos a gente géminis, a gente virgo, a gente acuario.

La buena noticia era que no volveríamos pronto al colegio. El antiguo edificio había sufrido daños importantes y quienes lo habían visto decían que era un montón de ruinas. Me costaba imaginar el colegio destruido, aunque no era tristeza lo que sentía. Sentía simplemente curiosidad. Recordaba, en especial, el sitio baldío al final del terreno donde jugábamos en las horas libres y el muro que rayaban los alumnos de la media. Pensaba en todos esos mensajes volando en pedazos, esparcidos en la ceniza del suelo –recados burlescos, frases a favor o en contra de Colo-Colo o a favor o en contra de Pinochet–. Me divertía mucho una frase en especial: A Pinochet le gusta el pico.

Entonces yo estaba y siempre he estado y siempre estaré a favor de Colo-Colo. En cuanto a Pinochet, para mí era un personaje de la televisión que conducía un programa sin horario fijo, y lo odiaba por eso, por las aburridas cadenas nacionales que interrumpían la programación en las mejores partes. Tiempo después lo odié por hijo de puta, por asesino, pero entonces lo odiaba solamente por esos intempestivos shows que papá miraba sin decir palabra, sin regalar más gestos que una piteada más intensa al cigarro que llevaba siempre cosido a la boca.

El padre del pelirrojo viajó, por entonces, a Miami, y regresó con un bate y un guante de béisbol para su hijo. El regalo produjo un inesperado quiebre en nuestras costumbres. Durante unos días cambiamos el fútbol por ese deporte lento y un poco estúpido que sin embargo hipnotizaba a mis amigos. Era absurdo: la nuestra debía de ser la única plaza en el país donde los niños jugaban béisbol en vez de fútbol. Me costaba mucho darle a la bola o lanzarla bien, por lo que rápidamente pasé a la reserva. El pelirrojo era uno de mis mejores amigos, pero de pronto se volvió popular y prefirió la compañía de niños más grandes que, interesados por ese juego extranjero, se sumaron a nuestro grupo. Fue así como, por culpa del béisbol, me quedé casi sin amigos.

En esas semanas de ocio no era necesario saber si era miércoles o jueves o domingo. Por las tardes, resignado a la soledad, salía, como se dice, a cansarme: caminaba ensayando trayectos cada vez más largos, aunque casi siempre respetaba una cierta geometría de círculos. Apuraba los trazos, las cuadras, apuntando nuevos paisajes, a pesar de que el mundo no variaba demasiado: las mismas casas nuevas, construidas de repente, como obedeciendo a una urgencia, y sin embargo sólidas, resistentes. En pocas semanas la mayoría de los muros habían sido restaurados y reforzados. Era difícil sospechar que acababa de ocurrir un terremoto.

Ahora no entiendo bien esa libertad. Vivíamos en una dictadura, se hablaba de crímenes y atentados, de estado de sitio y toque de queda, y sin embargo nada me impedía pasar el día vagando lejos de casa. ¿Las calles de Maipú no eran, entonces, peligrosas? De noche sí, y de día también, pero los adultos jugaban con arrogancia o con inocencia, o con una mezcla de arrogancia e inocencia, a ignorar el peligro: jugaban a pensar que el descontento era cosa de pobres y el poder asunto de ricos, y nadie era pobre ni era rico, al menos no todavía, en esas calles, entonces.

Una de esas tardes vi a la sobrina de Raúl, pero no supe si debía saludarla, y volví a encontrarla los días siguientes. No me di cuenta de que ella, en verdad, me seguía. Es que me gusta caminar rápido, respondí cuando me habló, y luego vino un silencio largo que ella rompió preguntándome si estaba perdido. Le respondí que no, que sabía perfectamente regresar a casa. Era una broma, quiero hablar contigo, juntémonos el próximo lunes en la pastelería del supermercado, a las cinco, lo dijo así, en una sola frase, y se fue.

Al día siguiente me despertaron temprano porque pasaríamos el fin de semana en el tranque Lo Ovalle. Mamá no quería ir y demoraba los preparativos confiando en que llegara pronto la hora del almuerzo y hubiera que cambiar de plan. Papá decidió, sin embargo, que almorzaríamos en un restaurante, y partimos de inmediato. Entonces comer fuera era un verdadero lujo. Me fui pensando, en el asiento trasero del Peugeot, en lo que ordenaría, y al final pedí un bistec a lo pobre. Papá me advirtió que era un plato muy grande, que no sería capaz de comerlo, pero en esas escasas salidas estaba permitido pedir sin limitaciones de ninguna especie.

De pronto primó ese clima pesado en que sólo es posible conversar sobre la tardanza de la comida. La orden se demoraba tanto que al cabo papá decidió que nos marcharíamos en cuanto llegaran los platos. Protesté o quise protestar o ahora pienso que debería haber protestado. Si vamos a irnos vámonos al tiro, dijo mamá con resignación, pero papá nos explicó que de ese modo los dueños del restaurante perderían la comida, que era un acto de justicia, de venganza.

Seguimos el viaje malhumorados y hambrientos. A mí no me gustaba, en realidad, ir al tranque. No me dejaban alejarme demasiado y me aburría montones, pero igual intentaba entretenerme nadando un rato, huyendo de los ratones que vivían entre las rocas, mirando a los gusanos comerse el aserrín y a los peces agonizar en

ALEJANDRO ZAMBRA

la orilla. Papá se instalaba todo el día a pescar y mamá pasaba el día mirándolo y yo veía a papá pescar y a mi madre mirarlo y me costaba muchísimo entender que eso fuera, para ellos, divertido. La mañana del domingo me hice el resfriado, para que me dejaran dormir un rato más. Se fueron a las rocas después de darme innumerables recomendaciones innecesarias. Al poco tiempo me levanté y puse la radio para escuchar a Raphael mientras preparaba el desayuno. Era un casete con sus mejores canciones, que mamá había grabado de la radio. Desgraciadamente resbalé de la tecla correcta y apreté Rec durante unos segundos. Arruiné la cinta justo en el estribillo de la canción «Qué sabe nadie».

Me desesperé. Después de pensarlo un poco, decidí que la única solución era cantar encima del estribillo, y me puse a practicar la frase impostando la voz de forma que me pareció convincente. Finalmente me decidí a grabar y escuché la cinta varias veces, creyendo, con indulgencia, que el resultado era adecuado, aunque me preocupaba la falta de música en esos segundos.

Papá retaba pero no golpeaba. Nunca me pegó, no era su estilo, prefería la grandilocuencia de algunas frases que al comienzo impresionaban, pues las decía con absoluta seriedad, como actuando en el capítulo final de una teleserie. Me has decepcionado como hijo, nunca te voy a perdonar lo que acabas de hacer, tu comportamiento es inaceptable, etcétera.

Yo alimentaba, sin embargo, la ilusión de que alguna vez me golpearía hasta casi matarme. Un recuerdo habitual de infancia es la inminencia de esa paliza que nunca llegó. El viaje de vuelta fue, por eso, angustioso. Apenas partimos de regreso a Santiago dije que estaba cansado de Raphael, que mejor escucháramos a Adamo o a José Luis Rodríguez. Pensé que Raphael te gustaba, respondió mamá. Son mejores las letras de Adamo, dije, pero el resultado se me fue de las manos, pues involuntariamente di lugar a una discusión sobre si Adamo era mejor que Raphael, en la que incluso se mencionó a Julio Iglesias, lo que era a todas luces absurdo, pues a nadie en la familia le gustaba Julio Iglesias.

Para demostrar la calidad vocal de Raphael, mi padre decidió poner la cinta y al llegar a «Qué sabe nadie» tuve que improvisar un desesperado plan B que consistía en cantar muy fuerte desde el comienzo de la canción, calculando que al llegar al estribillo mi voz sonaría más fuerte. Me retaron porque cantaba a gritos, pero no descubrieron la adulteración de la cinta. Una vez en casa, sin embargo, cuando cavaba una pequeña fosa junto al rosal para enterrar el casete, me descubrieron. No tuve más remedio que contarles toda la historia. Se rieron mucho y escucharon la canción varias veces.

Por la noche, sin embargo, aparecieron en mi pieza para decirme que me castigarían con una semana sin salir. Por qué me castigan si se rieron tanto, pregunté, enojado. Porque mentiste, dijo mi padre.

No pude, entonces, ir a la cita con Claudia, pero al final fue mejor, pues cuando le conté esta historia le dio tanta risa que pude mirarla sin complejos, olvidando, de algún modo, el vínculo extraño que comenzaba a unirnos.

Me cuesta recordar, sin embargo, las circunstancias en que volvimos a vernos. Según Claudia fue ella quien me buscó, pero yo recuerdo también haber vagado largas horas esperando verla. Como sea, de pronto estuvimos caminando juntos de nuevo y me pidió que la acompañara a su casa. Doblamos varias veces e incluso ella, en mitad de un pasaje, me dijo que nos devolviéramos, como si no supiera dónde vivía.

Llegamos, finalmente, a una villa de solamente dos calles, el pasaje Neftalí Reyes Basoalto y el pasaje Lucila Godoy Alcayaga. Suena a broma, pero es verdad. Buena parte de las calles de Maipú tenían, tienen esos nombres absurdos: mis primos, por ejemplo, vivían en el pasaje Primera Sinfonía, contiguo al Segunda y al Tercera Sinfonía, perpendiculares a la calle El Concierto, y cercanos a los pasajes Opus Uno, Opus Dos, Opus Tres, etcétera. O el mismo pasaje donde yo vivía, Aladino, que daba a Odín y Ramayana y era paralelo a Lemuria; se ve que a fines de los setenta los arquitectos se divertían mucho eligiendo los nombres de los pasajes donde luego viviríamos las nuevas familias, las familias sin historia, dispuestas o tal vez resignadas a habitar ese mundo de fantasía.

Vivo en la villa de los nombres reales, dijo Claudia esa tarde del reencuentro. Miraba a los ojos seriamente, comenzaba a sentirse nerviosa. Vivo en la villa de los nombres reales, dijo de nuevo, como si necesitara recomenzar la frase para continuarla: Lucila Godoy Alcayaga es el verdadero nombre de Gabriela Mistral, explicó, y Neftalí Reyes Basoalto, el nombre real de Pablo Neruda. Sobrevino un silencio largo que rompí diciéndole lo primero que se me vino a la cabeza: Vivir aquí debe de ser mucho mejor que vivir en el pasaje Aladino.

Mientras decía esa frase tonta con lentitud, pude ver sus espinillas, su cara blanca y rojiza, sus hombros puntudos, el lugar donde debían estar los pechos pero de momento no había nada, y su pelo que no iba a la moda pues no era corto, ondulado y castaño sino largo, liso y negro.

L levábamos un rato conversando junto a la reja cuando ella me invitó a pasar. No me lo esperaba, porque entonces nadie esperaba eso. Cada casa era una especie de fortaleza en miniatura, un reducto inexpugnable. Yo mismo no podía invitar a amigos, pues mamá siempre decía que estaba todo sucio. No era verdad, porque la casa relucía, pero yo pensaba que tal vez había cierto tipo de suciedad que simplemente yo no distinguía, que cuando grande quizás vería capas de polvo donde ahora no veía más que el piso encerado y maderas lustrosas.

La casa de Claudia se parecía bastante a la mía: los mismos horrendos cisnes de rafia, dos o tres sombreritos mexicanos, varias minúsculas vasijas de greda y paños tejidos a crochet. Lo primero que hice fue pedirle el baño y descubrí, con asombro, que en esa casa había dos baños. Nunca antes había estado en una casa donde hubiera dos baños. Mi idea de la riqueza era justamente ésa: imaginaba que los millonarios tenían casas con tres baños, con cinco baños, incluso.

Claudia me dijo que no estaba segura de que a su madre le agradara verme allí y le pregunté si era por el polvo. Ella al comienzo no entendió pero escuchó mi explicación y entonces prefirió responderme que sí, que a su madre tampoco le gustaba que invitara a sus amigos, porque pensaba que la casa estaba siempre sucia. Le pregunté, entonces, sin pensarlo demasiado, por su padre. Mi papá no vive con nosotras, dijo. Están separados, él vive en otra ciudad. Le pregunté si lo echaba de menos. Claro que sí. Es mi papá. En mi curso había solamente un hijo de padres separados, lo que entonces era un estigma, la situación más triste imaginable. Tal vez vuelven a vivir juntos alguna vez, le dije, para consolarla. Puede ser, dijo ella. Pero no tengo ganas de hablar de eso. Quiero que hablemos de otra cosa.

Se quitó las sandalias, fue a la cocina y volvió con una fuente con racimos de uva negra, verde y rosada, lo que me pareció extraño, pues en casa nunca compraban uva de tantas variedades. Aproveché de probarlas todas y mientras yo comparaba los sabores Claudia matizaba el silencio con preguntas muy generales de cortesía. Necesito pedirte algo, dijo al fin, pero almorcemos primero. Si quieres te ayudo a preparar la comida, le dije, aunque no tenía idea de cocina. Ya estamos almorzando, dijo Claudia, muy seria: estas uvas son el almuerzo.

Le costaba llegar al punto. De pronto parecía hablar con soltura, con naturalidad, pero también había en sus palabras un balbuceo que hacía difícil entenderla. En verdad quería quedarse callada. Ahora pienso que en verdad maldecía que hubiera que hablar para que yo entendiera lo que quería pedirme.

Necesito que lo cuides, dijo de repente, olvidando toda estrategia.

¿A quién?

A mi tío. Necesito que lo cuides. Ya, respondí de inmediato, muy solvente, y en una décima de segundo imaginé que Raúl padecía una enfermedad gravísima, una enfermedad tal vez más grave que la soledad, y que yo debía ser una especie de enfermero. Me vi paseando por la villa, ayudándolo con la silla de ruedas, bendecido por esa conducta solidaria. Pero evidentemente no era eso lo que me pedía Claudia. Largó la historia de una vez, mirándome fijo, y yo asentí rápidamente pero a destiempo –asentí demasiado rápido–, como confiando en que más tarde comprendería realmente lo que Claudia me había pedido.

Lo que al cabo entendí fue que Claudia y su madre no podían o no debían de visitar a Raúl con frecuencia. Es ahí donde entraba yo: tenía que vigilar a Raúl; no cuidarlo sino estar pendiente de sus actividades y anotar cada cosa que me pareciera sospechosa en un cuaderno. Nos juntaríamos todos los jueves, a las cinco de la tarde, en el caprichoso punto de encuentro que ella había decidido, la pastelería del supermercado, para entregarle el informe y conversar un rato también de cualquier cosa, pues a mí me interesa mucho saber cómo estás, me dijo, y yo sonreí con una satisfacción en la que también respiraban el miedo y el deseo. ▪

ESCENAS
DE UNA VIDA
CONFORTABLE

Andrés Ressia Colino

Andrés Ressia Colino nació en
Montevideo en enero de 1977, en medio
de un proceso dictatorial que se extende-
ría hasta el año 1985. Licenciado en
Ciencias Biológicas, fue docente y residió
en Lund, Suecia. Desarrolla su actividad
en un laboratorio farmacéutico actualmente en Uruguay. Incursionó en la literatura de ficción en 2005. En 2007
publicó su primera novela, *Palcante*. En
2008 recibió el Premio Municipal de
Narrativa por la novela *Parir*.

Fue en un domingo de primavera, un almuerzo familiar en la casa de Carrasco, la mucama que retira los pocillos de café bajo la atenta mirada de Isabela, la esbelta madre de Virna, al tiempo que Bruno, el fornido padre teutón, se interrumpe en mitad de la charla y me dice: ¿No te gustaría usar el Peugeot? Está un poco viejo pero... Yo entonces dudo, o quedo estupefacto, como un niño que ha visto un truco que no entiende, mientras Virna me sonríe, feliz, o más bien fascinada por el noble gesto de su padre, e intenta animarme para que dé el sí. Instantes después estamos en el jardín observando como la puerta del garaje se eleva y gira sobre sí misma lentamente. Trabada en lo alto como un alero, tras un momento de expectativa sale Bruno conduciendo una camioneta Land Rover Discovery color blanco. La estaciona a un lado del camino, desciende, nos sonríe, y vuelve a entrar en el garaje. Conducido en reversa, surge un instante después un Mercedes Benz C250 azul marino, a cuyo volante está, por supuesto, Bruno. Lo ubica junto a la camioneta, desciende del coche, y andando de nuevo hacia el garaje me convoca animadamente. Entre los dos sacamos fuera una moto acuática Yamaha 1800 en su correspondiente tráiler, un bote inflable tipo Zódiac y una vieja y pesadísima motocicleta Zündapp. Luego movemos algunas bicicletas, una cortadora de césped, una mesa de ping-pong, y finalmente, ahí está, dice Bruno, el primer auto que me compré cuando vine a Uruguay. Ahora vamos a ver si arranca, agrega, hace unos dos años que no se mueve.

Lo empujamos fuera. No te preocupes, repite Bruno fatigado, la batería está muerta pero la cargamos con la camioneta. Isabela piensa entonces que es una buena oportunidad para limpiar el suelo del garaje, ya que ha quedado casi vacío, y convoca a la mucama para la tarea. Mientras tanto, Virna revisa alguno de los armarios que hay allí, y no para de encontrar palos de jockey, raquetas, pelotas y decenas de objetos que no hacen más que recordarle lo activa y competitiva que fue durante su adolescencia. Podríamos jugar un día al tenis, amor, me grita Virna desde allí. Estoy de pie junto al Peugeot, intentando ser útil en algo mientras Bruno mete mano en el motor. Miro a Virna y le hago un gesto que quiere decir algo como *¡qué buena idea!*, pero ella está de espaldas a mí, enfrascada en su tarea, así que observo por un instante su cuerpo, miro su culo, y rápidamente vuelvo a atender el trabajo de Bruno cuando éste levanta su mirada, interceptando la mía y provocando un momento incómodo pues de repente la idea *sexo con Virna* hace un flash en mi cabeza, y al mismo tiempo me parece que Bruno, que me está mirando fijamente, también puede ver esa idea, o es que algo parecido se ha formado en su cabeza, o una fugaz transmisión de pensamientos ha ocurrido. De pronto es como si la voz de Virna diciendo *jugar al tenis* resonara entre ambos pero como si hubiese dicho *coger contigo*, y él es el padre y es obvio que eso hacemos, y por eso estoy allí y él quiere darme ese auto para que lo use, porque soy la pareja de su hija, digamos, hace unos tres meses nada más, pero por alguna razón le he caído bien y quizás sea eso motivo suficiente ya que después de todo, a la vista está, no es por prestarme el Peugeot que sus vidas vayan a cambiar sustancialmente; sólo que aquello de explicitar el sexo, aunque nadie lo ha explicitado en realidad, es algo incómodo sin dudas, y siento como si no pudiese respirar con normalidad hasta que, afortunadamente, acaba ese extraño cruce de miradas. Ha sido sólo un segundo. Respiro. Bruno vuelve a la tarea, revisa la varilla medidora del nivel de aceite y concluye, muy poco. Te animás a abrir ahí esa tapa que voy a buscar, me indica, y se encamina al garaje limpiándose los dedos con una estopa. Virna llega corriendo hasta mí cuando estoy afirmado en el tapón que no cede. Mirá, me dice. Tiene una raqueta de tenis profesional y una pelota avejentada que hace picar junto al auto. ¿Después jugamos? Se aleja unos metros con un suave trote para ubicarse frente a un muro verde que se extiende desde el garaje y que pasa a utilizar como pared de frontón, aportando un rítmico golpeteo a la tarde. Finalmente abro la tapa para el vertido del aceite. Bruno demora en llegar. Estoy mirando a Virna correr de un lado a otro cuando aparece. Me mira, pero no hay cruces extraños. Mente en blanco. Bueno, vamos a meterle esto y después hacemos el puente con la camioneta a ver si arranca. Pac, tupuc; tupuc, tupac, suena la pelota que hace volar Virna mientras Bruno va derramando lentamente el viscoso aceite hacia el interior del motor sucio y grasoso. Pac, tupac. Un arrullo de mujer haciendo deporte, y el aceite cayendo lentamente. ¡Bruno! grita Isabela desde alguna parte. Bruno sostiene el flujo con precisión. La pelota da en la pared una vez más, escucho el roce de los zapatos de Virna en el suelo, visualizo sus cortas corridas para llegar a la pelota, la imagino con una corta pollera blanca de tenista. Me resisto, miro el aceite fluir. ¡Bruno, amor! El taconear de Isabela anuncia su llegada desde la casa. Levanto la vista. Se acerca por detrás de Bruno con sus buenas tetas y un vestido de seda liviano con transparencias. Pienso en las tetas de Virna. ¡Amor, me voy en la camioneta hasta lo de María Laura!, dice. Supongo que eso va a generar un conflicto, pues Bruno necesita la camioneta para puentear la batería, pero pronto entiendo que se refiere a la otra camioneta, la más grande y oscura que está estacionada en la vereda. Bruno finaliza el trasvaso del aceite y se incorpora. Beso, dice Isabela y ambos se besan frente a mí, brevemente pero no sin pasión. Isabela se aleja taconeando y sacudiendo su vestido, Bruno intercepta mi mirada. Creo que él está pensando en sexo ahora.

Cae el sol cuando logramos arrancar el Peugeot, lo sacamos a la vereda, y luego metemos todo de vuelta en el garaje que ahora tiene algo más de espacio disponible. Virna nos ha abandonado antes, de modo que festeja recién cuando entramos a la casa, ya un poco cansados. Tras un cuidado lavado de manos, que cada uno realiza en un baño distinto, Bruno me invita a un whisky para celebrar, y se tiende en su sofá para mirar en la gigantesca pantalla las principales jugadas de la fecha en la Bundesliga. Sin saber en qué medida debo seguir agradeciendo a Bruno con humildad, o comportarme como un yerno consumado y tomar algo de queso y aceitunas de la heladera para acompañar el whisky, decido sentarme en silencio a ver

televisión, mientras Virna sostiene una prolongada conversación al
teléfono en el extremo opuesto y distante de la habitación.

El ómnibus me dejaba en la ruta, y a partir de allí tenía que
andar algo más de dos kilómetros por un camino de ripio
que serpenteaba tedioso sobre el campo ondulado, cubierto de es-
pigas resecas y esporádicamente salpicado de frutales, y donde la
única cosa más o menos interesante era el Penal: un largo y oscuro
edificio que se avistaba desde cierto punto del camino, y que resultaba imponente en ese entorno. Era una vista que me había cautivado desde niño, fundamentalmente por el aspecto que adquiría en
las noches sin luna, cuando aparecía como suspendido en el aura de
las luces de vigilancia. En realidad no entendía por qué existía ese
edificio y qué era lo que pasaba adentro, pero animaba mis fantasías
imaginar el aspecto de los guardias y los presos, y soñar con la posibilidad de un masivo escape algún día. No fue hasta que tuve diez
u once años que conocí a un preso. Apareció en el camino cerca de
la casa, vestido con un mameluco gris que no alcanzaba a llenar,
sucio, casi sin pelo, y con un par de viejos zapatos. Invitado por la
abuela, el hombre almorzó en la casa sin pronunciar una sola palabra, y permaneció luego sentado en la misma silla por el resto del
día. En la noche aceptó la cena y una humilde cama. Cuando des-
perté, a la mañana siguiente, aquel hombre conversaba con mi padre junto a los invernaderos, vestido con ropas que él le había cedido. Se lo veía más animado. Me acerqué a ellos con la ilusión de
escuchar alguna historia sobre el Penal, pero sólo hablaron de las
flores, del mercado en el Reducto, y de la tradición familiar por acá
y en el Japón. En realidad era mi padre quien hablaba, mientras que
el hombre apenas pronunciaba algunos comentarios o formulaba
breves preguntas en una voz bajísima, como susurrada. Eso fue
todo. Más tarde o más temprano, no lo recuerdo bien, el hombre
partió. Fin de la historia. Tiempo después, sin embargo, supe de la
salvaje tortura a la que eran sometidos los presos del Penal por
aquellos años, especialmente los presos políticos, y su figura tomó

otra dimensión; no necesariamente más importante ni más significativa en realidad, sino distinta, un poco desconcertante en cierto sentido, pero definitivamente más densa que hasta entonces. Luego, cuando en mi adolescencia una fuerte marea depresiva embota mi razón con oscuras obsesiones y por delante sólo existe la idea de una muerte estoica, esta figura de pronto se agiganta y se transforma en la de un mártir paradigmático capaz de resistir todas las injusticias del mundo. Recordarlo es, en ese momento y para mí, igual a comprobar lo sanguinario y titánico de soportar que es el mundo; ergo, vivir es sufrir. Aun así, al mismo tiempo y de forma inesperada, su imagen adquiere también un matiz esperanzador: si ese hombre, me digo, que realmente atravesó un infierno, fue capaz de seguir adelante con su vida de alguna manera al ser liberado, entonces, posiblemente exista algo, algún tipo de secreto o nivel de entendimiento superior, como los que se adquieren con los años, que algún día, eventualmente, pueda darme las claves para soportar y comprender tanto sinsentido.

–¿Y ahora ya sabés cuál es ese secreto? –le preguntó Virna sin mirarlo.

Jimmy desestimó un posible comentario con una mueca, tomó el cigarrillo que ella sostenía sin cuidado entre sus dedos, y fumó de cara al techo. Virna giró hacia él, y apoyando su rostro en la almohada encontró una cómoda posición desde donde observar su delicado perfil, para ella algo particular y fascinante. En conjunto le parecía un rostro algo aplanado de más, pero la proporción de sus partes, en especial la prominencia de los pómulos rectos, el ancho de la frente y la corta altura de la nariz, le conmovían de algún modo. Los ojos rasgados, delineados por las finas cejas de la frente alta, y sus pupilas oscuras, refugiadas tras los engrosados párpados de escasas pestañas, daban a su mirada un aire misterioso mientras pensaba o recordaba. El pelo desprolijamente cortado, desordenado y parado en la coronilla, parecía reflejar la actividad dentro de su cabeza. Lo observó chupar el cigarrillo, reparó otra vez en su piel lisa, su barba escasa e incipiente, y extendiendo lentamente el brazo que descansaba junto a su cuerpo desnudo, alcanzando su rostro, rozó primero su mentón, para extenderse luego en caricias por su cuello.

–Era otro mundo –agregó Jimmy–. Tipos que se metían en una guerrilla urbana como porque sí, sin ser ningunos bravos guajiros ni nada parecido.

Virna continuó acariciándolo, pasando por su pecho desnudo, descendiendo lentamente hasta alcanzar el vientre lampiño.

–¿Cómo sabés que no lo eran?

Apenas con las yemas de sus dedos, fue describiendo pequeños círculos, variando la presión y el ritmo sutilmente, descendiendo aún más hasta alcanzar los testículos carnosos y huidizos bajo el pene flácido. Jugó entonces con ellos delicadamente, reconociéndolos, deteniéndose en las formas que iba adivinando, probando su consistencia y sus respuestas al presionar con los dedos finos y su pulgar flaco.

Jimmy suspiró, apretó los párpados y pensó en algo.

–Ni a ese tipo ni a ninguno de los viejos sabios de campo les fue revelado nada –pronunció–. Sólo siguieron sus días como pudieron, como hace todo el mundo.

Virna se pegó a él, tomó el pene que comenzaba a hincharse en su mano, y tras lamerle fugazmente la naciente del cuello bajo la oreja, replicó:

–Ojalá no hayan quedado solos, porque ése es el infierno.

El Peugeot era un modelo 205 Cabriolet de finales de los ochenta color blanco, un coche perfecto para pasearse por Punta del Este, donde lo viejo se vuelve *vintage* y los acomodados gustan de admirar la belleza de las cosas simples desde sus voluminosos cero-kilómetro y carísimos modelos de colección. Realmente me divertían mucho esos comentarios, y procuraba tener casuales charlas de ese tipo cuando detectaba que alguien observaba el auto con detenimiento. Virna lo sabía, y aunque a veces la divertían aquellas recorridas por lugares comunes, odiaba mi actitud en esos momentos.

Una mañana, mientras manejaba hacia el puerto por la rambla, identifiqué sobre la derecha a un hombre de unos cuarenta años que miraba el coche desde un BMW M3 doble plaza. Disimuladamente fui disminuyendo la velocidad e hice lo posible por que un semáforo nos detuviera a los dos en la misma línea. La maniobra funcionó, y cuando estuvo a un lado lo miré apenas por un instante, y fingí luego indiferencia, como una adolescente en plan seductor.

–¿Es tuyo? –preguntó el hombre con voz fuerte para llamar la atención.

–¿Lo qué? –contesté.

–Que si es tuyo el...

–Ah, sí, sí, sí.

–Está bárbaro, che. Es un diseño perfecto.

–La verdad que sí; y son unas máquinas boludo... –Sabía que había pocas cosas más simpáticas por allí que un japonés diciendo *boludo* en tono porteño.

–¿Te sirven veinte?

–¿Qué cosa?

–Veinte mil.

–Ah... no, no –respondí tras un breve silencio, y dejé de mirarlo, en un burdo ardid de regateo.

–¿Veinticinco?

Entonces me volví, ya con una respuesta preparada, cuando en el mismo instante entendí que en realidad, por detrás de los lentes oscuros, más que el auto el hombre miraba a Virna, de hecho sentada entre los dos, ya un poco tensa y con la mirada fija y perdida más adelante, y que mejor ardid había sido el suyo, por un objeto además mucho más preciado que aquel del que en realidad estábamos hablando. Quedé en silencio, volví a observar a Virna y descubrí, como si nunca lo hubiera visto, que a través de la fina camisa se adivinaban sus pezones firmes y oscuros. Esta vez yo era el idiota. Afortunadamente el semáforo pasó al verde, y sin una palabra ni un gesto más, el hombre puso a rugir el BMW varios metros por delante.

–Sos un idiota –sentenció Virna después. Y vaya si lo era.

Cuando cortó, Jimmy cayó en la cuenta de que llevaba todo el día esperando una llamada, de Virna o de cualquier persona, pero que sin embargo no había calculado que si alguien podía estar interesado en hablar con él en ese momento, ése tenía que ser Bruno. Quizás, admitió, estaba algo más desorientado de lo que se imaginaba. Miró entorno. Los faros de los autos dibujaban brillantes líneas punteadas en las calles de la angosta península; le pareció un enjambre mecanizado, un hervidero de turistas alborotados por alguna razón que sin embargo nadie hubiese podido precisar.

Le había dicho que iría caminando, y no pensaba cambiar de opinión. Llegó a la casa más de una hora después, algo sediento, en absoluto cansado, pero indignado por el largo trayecto que se había visto obligado a hacer sobre la calzada, pues en aquel barrio las ostentosas residencias tenían por regla extender sus jardines justo hasta el borde de los caminos. Desde el umbral observó en dirección a la piscina. No pudo precisar si ya habían realizado algunos arreglos, o era que piadosamente la oscuridad guardaba las evidencias del suceso.

—Pasá —le dijo Bruno cuando abrió la puerta.

Jimmy, al verlo, confundió su reserva con serenidad, y tan a gusto le cayó aquella primera impresión, que no se percató de que Bruno le daba la espalda y se encaminaba hacia el living sin estrecharle la mano ni concretar alguna forma de saludo.

—¿Qué tomás? —le preguntó luego, ya distante y sin volverse.

—No sé...

—¿Vodka?

—Bueno.

—Vení, no seas tan... —Bruno quedó en blanco—. Así —precisó luego, casi como con una disculpa, mirándolo a los ojos por primera vez.

Jimmy dudó de aquella primera impresión sobre su humor; llegó hasta uno de los amplios sofás, y esperó de pie mientras lo observaba revisar un mueble cercano.

—Sentate —le indicó de pronto Bruno con un ademán que practicó con la misma mano que sostenía una botella.

Poco después se acercó con un par de vasos medianos en su mano izquierda, y una botella de vodka ya destapada en la diestra. Sin usar apoyo alguno, y todavía de pie, sirvió en cada uno de los vasos una buena cantidad. Jimmy lo observó. Era un hombre corpulento, un tipo germánico de líneas rectas y ojos acuosos, que por alguna razón parecía capaz de servir de idéntica manera el vodka incluso después de ingerir la totalidad de la botella y aún más. De hecho, por más que Jimmy intentaba hacerse una idea del estado de Bruno escudriñando la precisión de sus movimientos al servir, era incapaz de decir si éste se encontraba completamente sobrio, o ebrio por completo.

Jimmy tomó uno de los vasos que Bruno le ofreció, y quedó a la espera de un brindis. El anfitrión, sin embargo, apoyó la botella en una mesa baja, bebió de un trago una buena cantidad de su propio vaso, y se dejó caer luego en un confortable sillón de cuero resoplando frente a él.

–Por qué no me contás que fue lo que pasó ayer –le propuso sin rodeos Bruno.

Jimmy reflexionó un segundo, tragó algo de vodka, paseó su mirada entorno, dubitativo, y finalmente comenzó:

–La verdad es que vinimos hasta acá…

–¿Cuánto habían tomado? –lo interrumpió Bruno sorpresivamente.

–Y… bastante –dudó Jimmy–. Cuando salimos tomamos, Bruno. Decirte otra cosa sería…

–¿Qué tomaron? –presionó, interrumpiéndolo otra vez.

–¿Cómo qué? Whisky, cerveza, champagne, speed…

–¿Qué? ¿Cuál? –le increpó Bruno.

–¿Cuál? –interrogó Jimmy sorprendido.

–Sí. De cuál tomaron. Decime.

Jimmy sucumbió en el desconcierto. Interpretaba con claridad que tantos *cuál* y *qué* no hacían alusión a bebidas alcohólicas ni a combinaciones de éstas, pero más allá de esa obviedad, no encontraba ningún elemento que lo ayudara a discernir si se refería a cocaína, ácido, ketamina, éxtasis o alguna de las pastillas que habían pasado por sus manos o las de sus conocidos en esos días. Qué era lo que sabía Bruno exactamente, se preguntó.

—Perdoname —buscó sincerarse Jimmy—, pero no entiendo lo que querés que te conteste.

—No me jodas —protestó Bruno irritado, y vació el vaso en su boca.

—No, no, no, no —se reacomodó Jimmy con rapidez—, ya sé que no estás hablando de tomar alcohol, pero...

—Frula. Merca. Coca. ¿Así querés que te lo diga?

Jimmy se sorprendió. Definitivamente no esperaba algo tan directo. Miró su vaso. Estaba vacío. De pronto recordó, casi sintió la pequeña bolsa blanca apretada en el bolsillo de su pantalón. Se preguntó fugazmente si le convenía ir hasta el baño, descartar (antes seguro se la tomaría); si corría riesgo de ser revisado y entonces acabar de veras complicado. Pero ir al baño en ese momento, a tan poco de haber llegado, era demasiado burdo.

—Pero... —balbuceó Jimmy.

—¿Querés tomar un poco más? —le propuso Bruno, haciendo notar que le había visto mirar el vaso vacío como un posible y fugaz refugio. Sin esperar respuesta tomó la botella y comenzó lentamente a verter vodka en su vaso—. ¿O querés *tomar?*

Bruno miró a Jimmy a los ojos con un gesto medido y deliberadamente ambiguo, algo burlón y desafiante, cómplice y al mismo tiempo intimidatorio, al que sumó con teatralidad el repentino congelamiento de sus movimientos, dejando en vilo el chorrear del vodka, y la botella inclinada suspendida sobre el vaso.

Tranquilidad, me está probando, pensó Jimmy, y se animó:

—Yo no tomo.

Bruno estalló en una carcajada. Dejó la botella sobre la mesa y se echó hacia atrás en el sillón para reír todavía más estridente.

—No hay necesidad —exclamó después Bruno con cierta soberbia, aplacando la risa—. Mirá, Jimmy —comenzó a explicarse después, más sereno y con aires de franqueza—, yo sé que vos venís de una familia laburante, de gente que por ahí la pasó jodida, y en una de ésas te parece que si venís a decirme que te drogas de vez en cuando con mi hija, después lo bien que te aceptamos acá, yo te voy a querer matar. Pero te equivocás. Te lo digo sinceramente. A mí me preocuparía que *no* te drogaras con Virna; porque si no lo hace contigo, lo va a hacer con otro, ¿te das cuenta? Y mirá que ya ha tenido varios novios resfriados. El tema acá es qué están tomando. Quiero saber con qué carajo se están drogando como para que Virna haya hecho una cosa como la que hizo.

–No sé, Bruno –sostuvo Jimmy, sin dejarse convencer por el discurso del otro.

En silencio, Bruno lo escrutó por unos segundos más. Luego sirvió algo de vodka en cada uno de los vasos, tomó el suyo, y mirando a Jimmy a los ojos hizo el ademán de un brindis hacia él, y tragó el contenido de una vez.

–Mirá –continuó con voz pausada–, yo conozco a Virna y a sus amigos, e incluso a la mayoría de las familias de sus amigos, a hermanos, hermanas, primos; y te imaginarás que no hay pocas anécdotas que contar en un ambiente tan unido y con tantas posibilidades de, en fin, de hacer cosas. Es natural. Ahora, si vos me decís una vez más que no *tomás* nada que no sea alcohol, y que además no tenés idea de con qué se está encajando mi hija, entonces te voy a echar de acá a patadas; porque no sé si sos un imbécil, o un cagón hijo de puta que es capaz de mentirme tan fríamente con esa cara de mierda que tenés. ¿Te parece bien?

–Está bien –se rindió Jimmy–, a veces tomamos.

–Bueno. Vamos mejor. Y ayer, ¿qué tomó Virna? Merca, ¿nada más?

–Sí. Aunque por ahí, en el baño…

–Bien, pero en general, ¿qué toman?

Jimmy ensayó un gesto de duda.

–Toman cocaína, por ejemplo –sugirió Bruno con irónica amabilidad.

–Sí.

–¿Y es buena?

–No sé. Para mí sí –agregó nervioso, mirando al suelo.

Bruno se puso de pie, llegó hasta el aparador cargado de botellas, tomó una pequeña caja metálica, regresó, la apoyó en la mesa, volvió a sentarse, y tras abrirla con cierta dificultad extrajo un pequeño espejo ovalado, un delgado y corto caño metálico lustrado, y un pequeño recipiente cilíndrico de color plomizo que destapó con cuidado.

–¿Algo así? –interrogó a Jimmy extendiéndole el recipiente abierto–. Agarralo –insistió ante la inacción del otro.

El envase era de un metal pesado. Jimmy lo sostuvo con cuidado, y a través de la boca angosta observó no un polvillo blanco, sino una buena cantidad de pequeñísimas lascas blanquecinas algo alargadas, que reflejaban cierto brillo cristalino al variar el ángulo de observación.

–No –sentenció convencido Jimmy, y le devolvió el envase.

–Bueno, ahora vamos a tomar un poco y vas a ver la diferencia –repuso Bruno más sereno.

Al tiempo que con ayuda de una diminuta cucharilla plateada comenzaba a formar una línea de cristales sobre el espejo, monologó:

–¿Te das cuenta de cuál es el problema? Es la *calidad* de las cosas que consumen ustedes. A mí no me molesta que Virna tome, me preocupa qué toma. Y mirá que no hablo sólo de esto –dijo levantando el envase que le había mostrado a Jimmy–. Porque está bien, esto es un lujo, es cocaína y podés querer tomarla o no. Pero eso sí, si vas a tomar, tenés que tomar algo como esto, algo bueno, medicinal, la cocaína que vendían en las farmacias de París hace cien años. Si no, estás acabado. Y mirá que yo no tengo problema en hacer que ustedes tengan de esto y dejen de tomar lo que sea que estén tomando como para tener reacciones como la de Virna ayer. ¿Está claro lo que te quiero decir? No sé qué es lo que les pasa a ustedes –se quejó–; agarran lo primero que les dan. Lo que venden por ahí es un veneno, un químico que te parte el cerebro al medio y te frita las neuronas. Y además no sólo es un veneno, también es una obsesión.

Quieren más, y más y más. Y pagan más, y se obsesionan más, y cada vez van más lejos decidiendo menos, pensando cada vez menos, o incluso no pensando en absoluto. Hizo una pausa. Ordenó las últimas lascas en el extremo de la línea, y continuó su discurso sosteniendo el espejo de forma horizontal y a media altura entre ambos:

–Y ojo que esto vale para todo. Es un puto círculo de perdición este sistema. Producir cada vez más y más barato, y hacer que el consumidor trague más y más rápido. Y la clave para mantener esa maldita cinta transportadora andando, ¿sabés cuál es? Que nada de lo que se consume sea real; lo real es caro, y se consume lentamente. Por eso la solución definitiva es: que nada sea real. Ni la comida ni la ropa ni la música ni los libros ni la droga que ustedes consumen es real. Parece comida, parece ropa, parece música, pero es apenas algo similar, hecho para ser devorado inmediatamente. Es un sistema perfecto. Una máquina magnífica, gigantesca y súper eficiente, para hacer nada, cabal y absolutamente nada.

Algo abrumado se interrumpió nuevamente, y tras una breve ausencia le ofreció a Jimmy lo que había estado sosteniendo frente a él todo el tiempo.

–Tomá, probá esto y vas a ver. Estas cosas se están perdiendo, y cuando desaparezcan definitivamente, entonces sí; entonces este mundo será una sola escoria, y la humanidad se matará entre sí por carroña. ∎

LAS CARTAS DE GERARDO

Elvira Navarro

Elvira Navarro nació en Huelva en 1978.
En 2007 apareció su primer libro, *La ciudad en invierno* (Caballo de Troya). En
2009 publicó *La ciudad feliz* (Mondadori),
que obtuvo el Premio Jaén de Novela y el
Premio Tormenta al mejor nuevo autor.
Ha colaborado con revistas como *El
Cultural, Ínsula, Turia* y *El Perro* y con los
diarios *Público* y *El País*. Imparte talleres
de escritura y lleva su propia bitácora
(www.elviranavarro.wordpress.com), así
como Periferia (www.madridesperifera.
blogspot.com), un *work in progress* sobre
los barrios de Madrid, que explora a través de la escritura los espacios limítrofes e
indefinidos. «Las cartas de Gerardo» es un
fragmento de una novela en curso.

Dos carreteras, separadas por un campo yermo de aproximadamente un kilómetro de ancho, franquean el albergue, y sugiero que las crucemos para ver si podemos dar con algún trozo de campo, pero Gerardo me dice que se ha hecho tarde, que es mejor que exploremos el erial. Asiento, a pesar de que durante algunos minutos permanece el deseo de traspasar los límites del paisaje; esta ansiedad de saber qué hay más allá me lleva a caminar como si llegara tarde a algún sitio. Avanzamos en línea recta hasta que es noche cerrada, y volvemos guiándonos por la luz del albergue y de los coches. Ni siquiera alcanzamos a distinguir nuestras deportivas, y fijar la mirada en el suelo produce cierta angustia, como si fuésemos a precipitarnos en el vacío o a pisar un nido de alacranes. Más que caminar, nuestros pies se aferran al terreno como garras. Al llegar a las canchas de baloncesto le digo a Gerardo que me sujete los tobillos para hacer abdominales. El suelo está frío, y me cuesta flexionar; el tener a Gerardo agachado junto a mí, con la cabeza rozando mis rodillas, comienza a desagradarme, y paro en lo que me parece un límite razonable para una principianta. Me siento absurda y pienso que en una pareja esto es lo habitual: la abyección de contemplar y entregarse a las manías del otro. Tales menesteres van con el lote romántico, con la idea de que uno encuentra al fin a un ser especial que nos ama y al que amamos, y que nos concede su beneplácito para todas las cosas estrictamente personales, como mis abdominales a las diez de la noche en la oscura cancha de baloncesto de un albergue a dos kilómetros de Talavera. Tal vez haya algo bueno en ello que he perdido de vista, quizás este absurdo resuma sólo a las parejas muertas, como la mía con Gerardo, quien afirma que todo el mundo se toma estos asuntos con naturalidad, excepto yo. «Estás loca», me dice cuando hago en voz alta razonamientos semejantes, y siento entonces esta locura mía como una soledad lacerante, incluso como verdadera locura; no sé si es así, o se trata de

Gerardo, que me hace creer que lo es. En su compañía pierdo el juicio, y puesto que Gerardo detenta la sensatez, de repente pienso que sin él no voy a ser capaz de moverme por el mundo.

Llegamos al comedor cuando están a punto de retirar las bandejas. Ni siquiera son las once; preguntamos a una vieja con cofia por qué cierran tan temprano. La vieja nos dice que si queremos cenar más tarde, que nos vayamos a un hotel. El menú: guisantes resecos con algo que parece jamón York, pero que resulta ser chóped, y filetes empanados de perfectas formas elípticas cuya aceitosa envoltura encubre un aglomerado de pollo. Sólo me como los guisantes. El chóped y el aglomerado de pollo comparten un mismo color rosa pálido. «Los filetes están crudos», dice Gerardo. En una mesa grande la chica de anoche charla con tres muchachos de edad similar, que deben de ser la totalidad de los estudiantes de bachillerato. Ya han terminado de cenar, y fuman echando la ceniza en la bandeja; luego apagan los cigarros en los restos de chóped. La chica no nos mira.

—Voy a darme una ducha –le digo a Gerardo al entrar en la habitación. Saco el albornoz, la bolsa de aseo y las chanclas de mi mochila-bolso, y cuando estoy a punto de abrir la puerta Gerardo me dice:
—Puedes desnudarte aquí. No te voy a tocar.
Me desnudo dándole la espalda. Noto su empeño de ser advertido en su lascivia; es un desagradable peso en la nuca que me hace enredarme en los pantalones y caer al suelo. Me levanto y me voy envuelta en mi albornoz, con el sujetador y la camiseta puestos. Afortunadamente el agua caliente funciona, y me quedo bajo la alcachofa, que escupe el agua a trompicones, hasta que los dedos se me arrugan y el espejo de los lavabos se cubre de vapor. No quiero volver al cuarto; camino arriba y abajo abriendo las puertas de las duchas, en las que revolotean esos bichitos negros que parecen habitar universalmente los lugares umbríos. Hago ruido con las puer-

tas y espanto a los bichos; una colonia entera acaba volando en torno al espejo, del que caen infinidad de gotas. Se me han quedado los pies fríos, y decido meterme de nuevo bajo el agua; sin embargo, las paredes de los cubículos están ahora llenas de insectos, y no me siento con fuerza para echarlos. Vuelvo al cuarto. Gerardo se masturba tumbado en su cama, con los pantalones bajados hasta los tobillos. No me mira. Cojo mi ropa a toda prisa y, arrastrando el cable del secador, salgo de la habitación antes de que se corra.

Me meto de nuevo en el baño; los insectos han vuelto a ocupar los recovecos de las duchas y son ahora imperceptibles. Temo no encontrar ningún enchufe; en tal caso, puedo ir a la sala de televisión para secarme allí el pelo. Imagino que los cuatro estudiantes de bachillerato estarán repantingados en los sofás de escay, viendo el programa de supervivencia de famosos; me resulta curioso que no pueda visualizarlos más que ante ese programa, y al razonar esta imposibilidad, me digo que todo se debe a mi ánimo y a que Gerardo me hace sentarme con su hermano delante de la tele para comprobar cómo se las apaña Víctor Janeiro. Gerardo considera que hay que hacerle un poco de compañía a su hermano cuando voy a su casa, y que si me parece tan insoportable, es culpa mía por no habernos ido a vivir juntos. Yo por supuesto no cedo, ni en lo de irnos a vivir juntos ni en disimular mi desprecio; por esta razón, es Gerardo quien suele visitarme, aunque ya no se queda a dormir. Simplemente cenamos y a veces nos acostamos, y luego él se va a hacer su ronda nocturna, que comienza pasada la medianoche.

Pedir permiso a los estudiantes de bachillerato para hacer ruido con mi secador mientras ellos ven el programa no me resulta demasiado estimulante; sin embargo, estoy decidida a no volver a la habitación, así Gerardo piense que el hombrecillo me ha cortado en pedazos y me ha metido en el congelador del bar de la piscina. Éste es un buen momento para que terminemos de una vez: yo subiré a por mi mochila-bolso a las seis de la mañana, cuando él duerma, y pediré un taxi. Semejante plan de ruptura tal vez sea inimaginable para otra pareja sin policías de por medio buscando por el albergue a la desaparecida cónyuge; sin embargo, Gerardo y yo nos hemos acostumbrado a la bestialidad y a las extravagancias. Si quiero quedarme colgada boca abajo de un árbol durante todo un día, él me deja, aunque me repita veinte veces que estoy como una cabra. Ésta es otra de las cosas por las que, hasta hace casi un año, se me hacía impensable abandonarle, pues yo detesto la vida normal, y de alguna manera y a pesar del horror, con Gerardo me parece estar a salvo de cierta normalidad. Con él, mediante el procedimiento de llevarlo todo al límite –la rabia al límite, el pensamiento al límite, el asco al límite–, alcanzo una suerte de vida exasperada, y pienso que esa exasperación tiene que arrojarme con violencia a algún sitio.

Por suerte hay enchufes en el cuarto de baño. Se me ha olvidado el peine, e intento desenredarme el pelo con la mano. Al final me conformo con adecentarme las capas más superficiales y el flequillo; el ambiente de Talavera no es tan seco como para alisarme la melena, aunque a lo mejor no se trata de Talavera, sino de la humedad del albergue y, en concreto, del microclima de las duchas, de este extraño relente que sube de las losetas y que huele a mezcla de tubería y pantano. Las incipientes rastas hacen que el cardado se doble y a continuación caiga, como si llevara un miriñaque, si bien lo que más me fastidia es no tener mi rizador de pestañas ni mi lápiz verde de ojos para poner algún rasgo en pie, algún rasgo que me decante hacia una apreciación más amable de mí misma. Salgo del baño con el secador; tengo que pasar por la puerta de la habitación para llegar a la escalera, y lo hago de puntillas. Gerardo debe de haber estado atento de mis pasos porque, cuando alcanzo el primer descansillo, abre la puerta. Echo a correr; en recepción, me detengo. Estoy eufórica.

–¿Natalia? –dice Gerardo dos pisos más arriba. No le contesto.

–Natalia, ¿eres tú? –repite, y mi euforia se convierte en pena. El no poder consolarle con un: «Sí, soy yo; he bajado a por un café de la máquina» me hace llorar. También lloro por no encontrar un término medio entre la alegría de la escalera y la compasión ante la soledad de Gerardo, ante su desconcierto y su confianza a pesar de todo, que han vibrado durante unos segundos en el aire hasta estrellarse. No, me digo, no debo recrearme en que, en lugar de decirle «se acabó», me he ido corriendo, faltándole al más mínimo respeto, que es el de poder entendernos en lo básico, el de hablar sobre estas cosas en vez de huir con placer, como si él fuera un apestado y yo me creciera señalándole su condición; digo: no debo recrearme en esta interpretación desgajada de una totalidad en la que llevamos nueve años perdiéndonos el respeto pero simulando entendernos en lo esencial. Esto me digo, y no sé si es cierto, porque sigo sintiéndome como una hija de puta y continúa pesándome el dolor de haberlo dejado con su confianza hecha añicos; sin embargo, comienzo a andar, despreocupándome de hacer ruido, y de que él esté bajando y pueda ver cómo me marcho por segunda vez.

Voy a la sala de televisión, que está vacía. Hoy es sábado; cómo no se me ha ocurrido que los estudiantes de bachillerato seguramente salen esta noche por Talavera. Me pregunto si irán a la ciudad andando; doy por sentado que todos son tan pobres como la chica cuyo padre es pastor, y que si han de vivir aquí, desde luego no tendrán moto, a lo sumo unas bicis con las que hacer malabarismos bajo la inexistente luna junto a la cuneta. En un extremo de la sala está el PC del que habló la chica, y al verlo siento esa leve ansiedad por mirar mi correo, esa sensación de que, por el simple hecho de no haber visitado mi bandeja de entrada en todo el día, me espera una noticia de primer orden. Tengo asimismo la vaga ilusión de que haya algún mensaje tuyo, aunque estoy segura de que no lo hay. Me siento y le doy al interruptor; espero que no sea necesaria ninguna clave, pues lo último que me apetece ahora es ir en busca del hombrecillo. El PC tarda en arrancar, y hace tanto frío que enchufo el secador y lo apoyo en una esquina del teclado mientras maldigo de nuevo a Gerardo y al mismo tiempo me entristezco porque todo está lleno de sus opiniones, que han acabado por ser las mías. Así, ya me estoy censurando por la ansiedad con la que espero el acceso al ciberespacio, y esta censura es él diciéndome que no soporta a quienes no saben vivir sin internet. Por otra parte, me alegro de haber recuperado el cabreo, pues sólo con la pena peligraba la supervivencia de mi decisión.

Cuatro irrelevantes e-mails me esperan en mi bandeja de entrada. Me dedico entonces a escribirles a un par de amigos, y luego me conecto al Messenger, pero un sábado a las doce y media de la noche todo el mundo tiene cosas mejores que hacer que chatear. Muevo uno de los sofás y lo acerco a la tele; quito el ladrón de los ordenadores para poder ver la televisión con el secador puesto. Hace tanto frío que mi aliento parece congelarse en el aire. Me digo que fuera la temperatura debe de ser más agradable, y que en el interior del albergue hiela por culpa de estas gruesas paredes, aunque la verdad es que el albergue tiene pinta de ser una construcción de los años setenta u ochenta, de paredes finas levantadas con materiales baratos. Los pósters de los cantantes, que cubren por completo el cristal de la ventana, me impiden comprobar la dimensión de los muros, y me tienta salir para averiguarlo. Podría dar unas vueltas por las canchas; si tuviera mi abrigo, incluso podría sentarme un rato a contemplar las estrellas. Necesito hacer algo; tal como estoy, acurrucada en el sofá de escay con el secador apoyado en el empeine de mi pie izquierdo, no sé si voy a poder aguantar la ansiedad de la espera. Sin embargo, dejar mi refugio significa toparme con Gerardo frente a frente, pues es él quien ahora está dando vueltas por el albergue, él quien ha salido al exterior a fumarse un porro sentado en la yerba y ha tirado una piedra en el verdín de la piscina, todo de una forma perfectamente lógica y en mi lugar. Me quedo viendo un documental sobre los ácidos grasos trans, y cuando acaba abandono la sala con la sensación de que se ha calentado un poco.

Una luz tan blanca como la de un centro comercial sale del bar de la piscina, y sé que Gerardo está ahí con el hombrecillo. La luz borra cualquier pretensión de intimidad nocturna, y al franquear la puerta me da la sensación de que van a someterme a un interrogatorio. Voy vestida, pero a estas horas y en presencia del hombrecillo y de Gerardo, es como si fuera desnuda; siento que todos mis pensamientos y lo que he hecho en la sala de televisión se transparentan, y no tengo fuerzas para irme. En un extremo del bar, sentados en una mesa, hay dos estudiantes de bachillerato bebiendo cerveza. Gerardo y el hombrecillo también beben; Gerardo además fuma un porro. Tiene el rostro descompuesto, y sé que está por completo entregado a la conversación. Aun así no puede evitar decirme:

–La sala de televisión no es tuya. Estos chavales a lo mejor querían ver una película.

Los estudiantes de bachillerato no se dan por aludidos. Son adolescentes, y todo se la trae al pairo. Tienen los ojos rojos; supongo que Gerardo les ha pasado ya varios canutos. El ruido del secador me ha mantenido por completo ignorante del movimiento nocturno del albergue, que es parecido a los ambientes que a Gerardo y a mí nos gusta frecuentar: se trata de un sitio raro, sin música, con posibilidad de adquirir algún tipo de conocimiento o experiencia insólita, que las más de las veces suele ser sinónimo de sórdida, y que forma parte del llevar la vida al límite del que he hablado antes. Es aquí donde creo descubrir, de una manera distinta a la de Gerardo, pues él se mantiene más en la tierra que yo, algo muy valioso que no voy a obtener en ningún otro sitio, y para lo cual le necesito. Sin una mano amorosa que me lleve por estos lares, a los que no soy capaz de renunciar, me siento perdida. Para aliviar la tensión y poder entregarme sin remordimientos al estado de cosas habitual, que sólo ha de durar esta noche, esta noche y se acabó, necesito algunas cervezas. Le pido al hombrecillo una Mahou; él me señala la nevera, que me da grima. No encuentro el abridor, pero no quiero preguntar; busco por la barra, donde se amontonan vasos, tazas y cucharillas. Gerardo alarga el brazo para dármelo; seguramente lo ha estado guardando mientras me miraba.

–Gracias –le digo. No me responde. Está asintiendo a lo que le dice el hombrecillo sobre cómo arreglar una cisterna, y eso mantiene ocupadas hasta la última de sus neuronas. Gerardo pone todo su empeño en que sea así, y el empeño en él siempre conduce a resultados satisfactorios. Me quedo tras la barra hasta que acabo la cerveza y cojo otra; luego salgo y no sé qué más hacer. En el bar hay dos puertas, la que da a la recepción y la que comunica con el exterior, que ignoro si está abierta, pero que por suerte tiene la llave en la cerradura. Me acerco y la empujo suavemente para no llamar la atención. Con tanta delicadeza no consigo nada, y tiro con fuerza hacia los dos lados tratando de girar la llave, que se me queda señalada en la piel. No tengo más remedio que apoyar el cuerpo sobre el frío metal para ver si la cerradura cede. En la quietud del bar, en la que los estudiantes de bachillerato hablan en susurros o no hablan, y donde Gerardo y el hombrecillo parecen dos actores sobre un escenario, mis movimientos son semejantes a la enfermedad de una mujer que trabaja en un restaurante muy barato al que solemos ir, y que consiste en insultar mientras sirve los platos. La mujer dice palabrotas como si rezara una oración, alzando la voz y volviéndola a bajar, y su música y sus tacos interrumpen el murmullo de los comensales, que a veces se ríen, pero que suelen mostrarse graves ante la incontinencia de la pobre señora, la cual, por lo demás, mantiene conversaciones normales entre insulto e insulto, apañándoselas para que nadie se dé por aludido, o tal vez sin necesidad de apañárselas, pues la voz que se caga en la madre de todos es distinta de la que mantiene conversaciones normales, como si tuviera un demonio instalado en la garganta. Al fin logro abrir, y salgo a toda prisa, sin mirar atrás; tengo la impresión de que no voy a atreverme a entrar otra vez, aunque mi cerveza ya está por la mitad. Bebo a una velocidad vertiginosa; quiero instalarme cuanto antes en esa agradable conformidad alcohólica, en la que habrá de darme igual pasearme delante de Gerardo y del hombrecillo, y también de los estudiantes de bachillerato, pues ahora no puedo escapar de mi inclinación a humillarme para ser de nuevo aceptada. También es posible que mi compulsión con la bebida y mi creencia en que me voy a mover como Pedro por su casa cuando esté borracha encubran precisamente mi deseo de someterme a Gerardo y, a través de él, ingresar en el mundo. Gerardo ya se ha hecho con toda la concurrencia, y he advertido de qué torcida manera me ha mirado el hombrecillo por no permanecer junto a mi novio, por evidenciar que no estoy a la altura de lo que él espera de la pareja de ese tipo que le está cayendo tan bien y le está dando una coba que jamás habría imaginado en un sábado por la noche en su albergue. Me siento en el escalón y veo pasar solitarios camiones; obviamente éste no es el bar de la piscina, como pensaba Gerardo, sino un bar de carretera, aunque por supuesto no funciona como tal; ahora debe de ser una sala de recreo para los estudiantes de bachillerato, a tenor del billar y del futbolín, en la que además, y si al hombrecillo se le antoja, se puede beber o tomar algún café por la tarde. Quien hizo el albergue tenía unas pretensiones desmesuradas y muy poco sentido de la realidad, o tal vez no sabía lo que deseaba.

Voy a por mi tercera cerveza acusando los efectos de las otras dos. Me deslizo liviana hasta la barra; el abridor está en mi poder, aunque eso carece ya de importancia, pues Gerardo, el hombrecillo y los estudiantes de bachillerato se han pasado al *gin-tonic*. Un suave bullicio provocado por los estudiantes, que hablan ahora más alto y sin parar, ha destensado el ambiente, y me atrevo a sentarme sobre los billares. He dejado la puerta entornada, y el aire frío penetra en el local y remueve el humo de los porros y de los cigarros, alzándolo antes de disolverlo. Por un momento, me da la impresión de que del techo rebosan pequeños coágulos de niebla. El hombrecillo me mira y la desaprobación ha desaparecido de su rostro para dar paso a un repugnante deseo que debe de estar presente cada vez que tiene delante a la chica cuyo padre se dedica al pastoreo, pues esa chica es una Scarlett Johansson de catorce o quince añitos. Me apena que su alegre y brutal inocencia tenga que vérselas con la lascivia del hombrecillo, que me observa sin poder contenerse. Le clavo una mirada de asco; Gerardo se da cuenta de la actitud de su compadre y empieza a vacilar; darle la espalda significa quedarse sin escudería, pero permanecer junto a él le incomoda. El hombrecillo ha bebido lo suficiente como para no darse cuenta del cambio operado en Gerardo; supongo que cree que, puesto que estamos peleados y que Gerardo se ha hecho fuerte en su compañía, él también puede ahora tratarme como le plazca. Imposible hacerle entender mediante sutilezas que está metiendo la gamba, que Gerardo ya se prepara para darle la patada y dejarlo a solas con su impertinente deseo, aunque lo que le espere sea el enfrentamiento conmigo en el cuarto. Me pongo en pie y agarro cuatro cervezas con las que soportar la bronca. Le digo al hombrecillo:

–Nos lo carga todo en la cuenta. –Mientras, Gerardo se bebe lo que le queda de *gin-tonic* de un trago y se levanta, dándole con desagrado la mano. El hombrecillo murmura una obscenidad y me señala, y a continuación se ríe. Gerardo no le contesta. El medio enano se aturde y masculla un taco.

Entramos en el cuarto, y lo primero que hago es agarrar mi cepillo e hincarlo en los nudos del cogote. Tardo mis buenos veinte minutos en desenredarlos; entretanto, Gerardo abre una Mahou, se fuma un porro, va al baño a lavarse los dientes. He enchufado el secador; me da igual despertar a la pareja de al lado. Cuando Gerardo vuelve me estoy rizando las pestañas y pintándome la raya. No dice nada; incluso parece comprender mi tardío acicalamiento para lo que nos espera, y conforme entiende que me preparo para irme, y conforme lo entiendo también yo, pues al principio ignoro por qué esta compulsión por arreglarme, por arrancar de una buena vez el conato de rastas de la nuca y verme bonita en el espejo gracias a mis ojos pintados, nos sentimos tristes. Son las cuatro de la madrugada; le digo que voy a llevarme una birra para el camino, y que por favor me acompañe a la recepción, pues me da miedo el hombrecillo. Pongo sobre su cama sesenta euros, que es bastante más de lo que debemos en el albergue; los acepta porque está mal de dinero. Conecto mi móvil y llamo a un taxi. En el bar ya no hay nadie, y se huele el hachís que Gerardo ha estado compartiendo con los estudiantes de bachillerato. El taxi tarda media hora en llegar; la agonía es terrible, y lloramos. Aparece una furgoneta blanca parecida a la del hombrecillo, aunque con una luz reglamentaria. El taxista nos mira como si hubieran acuchillado a un familiar y tuviésemos que ir a reconocerlo; cuando ve que Gerardo se queda y que nos deseamos suerte, empieza a mostrarse despreocupado, y yo comienzo a adorar su despreocupación; de repente se me antoja tan sana y vital, y me alegro tanto de que sea esa actitud la que me acompañe durante el camino del albergue a la estación de tren, en esta noche que es casi tan oscura como la anterior y en la que sólo se ven las rayas de la carretera. ∎

UNAS CUANTAS PALABRAS SOBRE EL CICLO DE LAS RANAS

Patricio Pron

Patricio Pron nació y creció en Rosario, Argentina en 1975. A los veintiocho años aprendió a montar en bicicleta sobre la nieve en Alemania, país de donde eran la mayoría de los autores que leyó en su niñez. Es autor de los volúmenes de relatos *Hombres infames* (1999), *El vuelo magnífico de la noche* (2001) y *El mundo sin las personas que lo afean y lo arruinan* (2010) y de las novelas *Formas de morir* (1998), *Nadadores muertos* (2001), *Una puta mierda* (2007) y *El comienzo de la primavera* (2008). Pron es doctor *summa cum laude* en filología románica por la Universidad «Georg-August» de Göttingen (Alemania); en la actualidad vive en Madrid, donde trabaja como traductor y crítico. «Unas cuantas palabras sobre el ciclo de las ranas» es un cuento inédito.

01. Unos años atrás, cuando yo era joven y no había leído aún a Sigfried Lenz ni a Arno Schmidt –y, por el caso, tampoco a Kurt Tucholsky, a Karl Valentin o a Georg C. Lichtenberg; más aún, todavía no había leído a Jakob van Hoddis, a Kurt Schwitters o a Georg Heym, al desafortunado y triste Georg Heym– y pese a todo quería convertirme en escritor, viví bajo el escritor argentino vivo. Esta afirmación no es metafórica, afortunadamente. Yo no viví bajo el escritor argentino vivo de la misma forma en que los escritores argentinos viven los unos bajo la influencia de los otros y todos bajo la influencia de Jorge Luis Borges, sino que realmente viví bajo el escritor argentino vivo y fui su vecino y el depositario de un misterio pueril que tan sólo iba a interesarme a mí pero iba a cambiarlo todo.

02. Naturalmente, yo no sabía que iba a ser vecino del escritor argentino vivo antes de convertirme en su vecino; yo simplemente estaba buscando un piso y un amigo que solía pasar largas temporadas fuera de la capital había accedido a prestarme el suyo, que estaba en un barrio de una ciudad en la que yo no iba a vivir mucho tiempo de todos modos. Yo me había hartado de la ciudad de provincias donde había nacido y había decidido irme a la capital; allí, pensaba, podría estar cerca de las cosas que me interesaban y lejos de las cosas que no me interesaban o simplemente en otro sitio, con otros rostros y con calles de nombres diferentes o distribuidas de otro modo y donde quizás pudiera existir una persona con mi nombre que pensara de otro modo e hiciera las cosas de otra forma tal vez más satisfactoria.

Naturalmente también, en esto yo tampoco era nada original, puesto que la vida literaria de ese país consistía principalmente en jóvenes provincianos que aspiraban a convertirse en escritores y recorrían todo el camino desde las tristes provincias hasta la capital y allí malvivían y nunca enviaban cartas a sus familias y a veces volvían a las provincias y a veces se quedaban y se convertían en escritores capitalinos de pleno derecho, es decir, en escritores que sólo escribían sobre la capital y sus problemas, que pretendían pasar por los problemas de una ciudad pobre del sur de Europa y no por los de una capital latinoamericana, que es lo que aquella ciudad realmente era. Uno de esos problemas –aunque, desde luego, uno de los menos importantes– eran los propios escritores de provincias, que solían visitar los talleres literarios de otros escritores de provincias que hacía tiempo habían llegado a la capital y ya no eran escritores de provincias o fingían no serlo, o escribían en pensiones cochambrosas o en las casas que compartían con amigos, provenientes por lo general de las mismas provincias, y después trabajaban en tiendas o en estancos o –si eran afortunados– en librerías, casi siempre en horarios ridículos que acababan impidiendo que pudieran dedicarse seriamente a escribir, con lo que, tarde o temprano, los escritores de provincias terminaban odiando la literatura, que practicaban con la lengua afuera, escribiendo en autobuses repletos o en el metro, porque ésta les robaba unas horas de sueño imprescindibles para aguantar a sus jefes y a los clientes y al clima y a los largos viajes en autobús o metro, y porque ésta siempre parecía estar un paso más allá del sitio donde ellos habían llegado; siempre daba la impresión de que los escritores de provincias iban a alcanzar la literatura en su siguiente relato o en su próximo poema, que estaban a las puertas de un descubrimiento que, sin embargo, los escritores de provincias no estaban en condiciones de realizar porque, lamentablemente, para escribir se necesita haber dormido al menos seis horas y tener el estómago lleno y, en lo posible, no trabajar en un estanco. Más aún: uno puede escribir maldormido y con un hambre atroz, pero nunca trabajando en un estanco; es triste pero es así.

03. Un día, el día de la mudanza, yo cargaba dos cajas con libros con una mano mientras con la otra intentaba encajar la llave en la cerradura de la puerta principal del edificio cuando vi que la puerta cedía y que, del otro lado, abriéndola sólo para mí, estaba el escritor argentino vivo. El mejor escritor argentino vivo me hizo pasar y llamó al ascensor por mí y me preguntó si yo era el que iba a vivir en el cuarto y yo dije que sí y él dijo su nombre de pila y yo dije el mío y él dijo que él vivía en el quinto. Después llegó el ascensor y él abrió la puerta por mí y yo le di las gracias y me lancé dentro con mis cajas como si tuviera alguna urgencia por alejarme del suelo y aún, antes de que el ascensor se elevara, sentí un escalofrío al pensar que el ascensor no iba a funcionar, que no iba a despegarse del suelo como si tuviera goma de mascar en los zapatos, y las puertas se iban a abrir y yo iba a volver a encontrarme cara a cara con el escritor argentino vivo sin saber qué coño decirle o diciéndoselo todo: mi nombre, mi edad, mi jodido grupo sanguíneo y mi admiración incondicional por él.

04. Mi situación era relativamente diferente a la de los escritores de provincias que llegaban regularmente a la capital como ese tipo de insectos que toman por asalto un cadáver y se lo comen y luego ponen larvas en él y de ese modo obtienen algo de vida de la muerte. Yo no había dejado ningún cadáver detrás de mí, tenía algo de dinero y algunos encargos –yo era periodista, un periodista relativamente malo pero requerido, por alguna razón– y además tenía un sitio donde dormir. Una casa, yo suponía, en la que escribiría mis primeras obras realmente cosmopolitas, insufladas por un aire que, yo creía, sólo soplaba en la capital que, por otra parte, se jactaba de la calidad de ese aire. Naturalmente, yo era un imbécil o un santo.

En aquella época yo escribía relatos más bien ridículos, relatos torpes y tristemente ridículos. En uno de ellos, un barco se incendiaba frente a las costas de una ciudad y los pobladores se reunían para contemplar el espectáculo y no hacían nada para ayudar a los tripulantes porque el espectáculo era muy bello y entonces el barco se hundía y los tripulantes morían, y cuando el único sobreviviente del desastre conseguía llegar hasta la costa y pedía ayuda, los habitantes de la ciudad lo apaleaban por arruinarles el espectáculo. En otro aparecía un caballo al que vestían como un hombre para que le permitieran viajar en un tren; parte de su educación tenía lugar durante ese largo viaje en tren, y cuando éste llegaba finalmente a su destino, el caballo –que, de alguna forma, había aprendido a hablar– exigía que a partir de ese momento lo llamaran «Gombrowicz» y se negaba a ser ensillado; sigo sin entender qué quería yo decir con eso. También había escrito una historia sobre un tío que invitaba a una excursión en el campo a una chica que le gustaba pero la chica cambiaba continuamente la sintonía de la radio del coche y comía con la boca abierta y hacía cosas que al tío lo llevaban a pensar que él nunca iba a poder declarársele y que quizás era mejor así y creo que al final todos morían, en un accidente o algo por el estilo. En ese relato yo había puesto a prueba mis talentos para la comparación y el símil; había escrito cosas como «él y ella no se habían visto nunca. Eran como dos tiernas palomas que tampoco se hubieran visto nunca» y «el bote se dirigía apaciblemente hacia el remanso, exactamente como no lo habría hecho un coche conducido por un chiflado que enfila a ciento treinta kilómetros por hora hacia un grupo de niños que están frente a las puertas de un colegio público». Ésas eran las cosas que yo escribía: en ocasiones ciertas personas infieren una relación unívoca entre la capacidad imaginativa y la calidad de la ficción pero omiten el hecho de que los desbordes imaginativos pueden tener consecuencias catastróficas para la calidad de lo que se escribe, y sin embargo, esa capacidad imaginativa es imprescindible en los comienzos de todo escritor, le alientan y le sostienen y le hacen creer que sus errores son aciertos y que él es o puede ser un escritor. Bueno, yo tenía demasiada imaginación por entonces.

05. A los pocos días de estar en la casa de mi amigo había descubierto varias cosas, una de las cuales era que quizá yo no iba a escribir mis primeras obras importantes en ese sitio. Aunque el problema no era realmente el sitio sino la biblioteca de mi amigo: yo abría un libro al azar y leía una página o dos y quedaba completamente desmoralizado por el resto del día; procuraba alternar una vieja máquina de escribir que había encontrado en un rincón y cuyos caracteres me gustaban mucho y la escritura a mano, pero a veces me sentaba a sacar punta a los lápices hasta que surgiera alguna idea y pensaba y pensaba y cuando volvía la vista descubría que el lápiz que acababa de sacar de su caja se había reducido al tamaño de una uña y que a mi alrededor flotaba la viruta del lápiz, madera vuelta una y otra vez sobre sí misma, como las historias que yo había querido escribir y no había escrito. Apenas unos días después de haber llegado a esa casa, ya no quería escribir; de hecho, ni siquiera lo intentaba ya. Era como si supiera que había perdido el tiempo en la estación y el tren había pasado y yo ahora tenía que caminar hasta el jodido fin del mundo, para llegar allí con los pies destrozados y descubrir que hacía rato que todos se habían ido y habían dejado sobre la mesa la cuenta sin pagar y unos cuantos platos sucios que yo iba a tener que fregar en la cocina para cancelar la cuenta.

06. Un día, cuando procuraba abrir la puerta del ascensor sin soltar las bolsas de la compra, me alcanzaron en la recepción un niño que yo nunca había visto antes y el escritor argentino vivo. Una vez más, yo volví a pensar en él y en sus libros y me quedé inmóvil en un rincón del ascensor: aquél era el mejor escritor del país, alguien cuyos libros yo había leído y vuelto a leer y me había ofrecido inspiración y consuelo en épocas que yo no quería recordar. Era el escritor cuyos libros yo corría a comprar tan pronto como salían o que robaba de las librerías sin ninguna mala conciencia, convencido de que la buena literatura no tenía precio pero que, si lo tenía, era mejor que no lo tuviera para mí, que no tenía dinero propio y caminaba muchas horas por día para ahorrarme los billetes de autobús. El escritor argentino vivo había publicado en primer lugar un libro de cuentos que yo había leído en el momento de su aparición y había sido muy importante para mí porque antes de ese libro yo no sabía que se podía escribir así; por entonces todo daba la impresión de que nadie sabía que se podía escribir así excepto el escritor argentino vivo, quien, además, ocupó durante un tiempo las listas de los más vendidos, tuvo novias guapas y fue amigo de estrellas de *rock*. Después de ese libro vino otro, y después otro más; cada uno de ellos estaba presidido por una eficacia que era casi obscena para todo aquel que no pudiera acceder a ella, y supongo que eso no ponía las cosas muy fáciles para él. El escritor argentino vivo llevaba peinados raros y era bueno, era muy bueno, y a los demás nos quedaba insultarle en silencio y pensar en formas absurdas de ponerle un límite a ese talento y a esa prodigalidad y, secretamente, aprender de ella; ambas cosas no son contradictorias en la literatura, cuyos aficionados a veces son como aprendices de brujo, que quisieran aprender todos los trucos del mago más sabio pero, al mismo tiempo, desean fervorosamente que al mago le estallen los trucos entre los dedos, que la mujer serrada acabe así sus días, que las palomas le arranquen los ojos a los conejos en el interior de las galeras, lo que sea. Ése es el gran juego de la literatura, y es el juego que jugaba el escritor argentino vivo y el que jugábamos todos nosotros, cada uno a su modo, pero que no quitaba nada al hecho de que los libros del escritor argentino vivo habían recibido críticas excelentes y el escritor argentino vivo ahora era traducido a otros idiomas y gozaba de esa forma modesta de la fama que tienen los escritores y que ahora sé que es como esos árboles que uno ve en las estepas o en los páramos o en las zonas desérticas y que allí donde arraigan, en su poco numerosa existencia, lo hacen hundiéndose fuertemente en la tierra. Así se había hundido en mí el escritor aquel que ahora me abría la puerta del ascensor y me preguntaba cómo me encontraba en la nueva casa; cuando iba a responder una formalidad, el niño dijo: Mi papá me va a comprar un camión cuando sea grande, y los voy a atropellar a todos. Yo sonreí y las puertas del ascensor se abrieron y me escabullí del ascensor y el escritor cerró la puerta detrás de mí y me hizo una seña con la mano; pero yo no entendí si esa seña era un gesto de despedida o una indicación de que me detuviera. Un bote de mermelada de fresa cayó al suelo mientras forcejeaba con la cerradura de la puerta del piso de mi amigo y dejó un rastro rojo en el suelo como el testimonio de que una virgen acaba de dejar de serlo.

07. Una noche, tal vez la tercera o la cuarta que pasé en aquel piso, mientras me preguntaba si algún día iba a escribir algo en esa casa, escuché ruidos en el piso de arriba. Era el sonido de pasos que iban de una habitación a otra de un piso que, claramente, era mucho más grande que el mío. Yo me quedé allí absorto, escuchando esos pasos como si fueran los pasos más interesantes y misteriosos que yo hubiera escuchado jamás. Mientras pasaban los minutos, los pasos seguían un ritmo irregular, muy diferente del ruido que hacen las casas nuevas para adaptarse a nosotros en un esfuerzo casi físico: se detenían por momentos y, cuando pensaba que ya no iba a escucharlos más, volvían a recorrer toda la superficie de mi techo y detenerse en un punto y de inmediato continuaban o se detenían por un largo rato. Al escucharlos pensaba que estaba accediendo a la intimidad de una persona de la que yo no sabía nada al tiempo que, en cierta manera, lo sabía todo –es decir, en la intimidad de alguien sobre cuya vida yo no sabía nada pero al que conocía por las obras de su imaginación como a pocos– y me sentí avergonzado por esa intromisión involuntaria en su vida y, para no escuchar más sus pasos, encendí la televisión que estaba a los pies de la cama y me puse a mirar un filme que mi amigo había dejado en el interior del reproductor de vídeo.

08. En el filme, un joven padecía un accidente trivial y debía pasar algunos días en el hospital; al regresar a su casa, por alguna razón, creía que su padre era el culpable de que él hubiera sufrido aquel accidente y comenzaba a perseguirlo, observándole desde lejos y manteniendo siempre la distancia. El comportamiento del padre no daba señas de ser peligroso, pero el hijo, que lo observaba a la distancia, lo interpretaba de esa manera: si el padre entraba a una tienda y se probaba una chaqueta, el hijo pensaba que se trataba de la chaqueta con la que –puesto que el padre jamás usaba ese tipo de prendas– pensaba disfrazarse para perpetrar su crimen. Si el padre consultaba un catálogo de viajes en la peluquería, el hijo suponía que estaba buscando un sitio donde escapar tras haber consumado el asesinato. En la imaginación del hijo, todo lo que el padre hacía estaba vinculado a un asesinato, a uno solo, que el hijo creía que iba a cometer y, puesto que el hijo amaba al padre y no quería que éste acabara en la cárcel –y, como además creía que la víctima del crimen del padre iba a ser él–, comenzaba a tenderle trampas para disuadirle de cometer el asesinato supuestamente previsto o para impedirle su ejecución. Escondía la chaqueta, quemaba el pasaporte del padre en el lavabo o destrozaba las maletas a navajazos. Al padre, estos percances domésticos que no podía explicarse –su chaqueta nueva había desaparecido, también su pasaporte, las maletas que había en la casa estaban rotas– lo sorprendían pero también lo irritaban. Su carácter, habitualmente jovial, se agriaba día tras día, y algo que no podía explicarse, algo difícil de justificar pero al mismo tiempo tan real como un aguacero inesperado, le hacía sentirse perseguido por alguien. Cuando iba camino del trabajo, miraba obsesivamente los rostros de los pasajeros del vagón de metro en el que viajaba, si caminaba se daba la vuelta en todas las esquinas. Nunca veía al hijo pero éste sí le veía y atribuía su nerviosismo y su irritabilidad a la ansiedad que provocaba en él la proximidad de su crimen.

Un día el padre le contaba al hijo sus preocupaciones y éste lo disuadía. No te preocupes, es tu imaginación, le decía, pero el padre seguía nervioso y excitado. Esa misma tarde, durante una de sus persecuciones de rutina, el hijo lo sorprendía comprando una pistola. Al llegar a la casa esa noche, el padre mostraba el arma a su mujer y a su hijo pero entonces tenía lugar una discusión. La mujer, que dudaba desde hacía tiempo de las facultades de su marido, quería arrebatarle el arma, había un forcejeo al que el hijo asistía sin saber qué decir hasta que soltaba un grito y se interponía entre ellos procurando arrebatarles el arma. Entonces la pistola se disparaba y la madre caía muerta. Al bajar la vista, el hijo comprendía que su intuición había sido correcta al tiempo que errónea, que había previsto el crimen pero no había sido capaz de imaginar que no era él quien iba a ser la víctima del crimen, más aún, que el autor del crimen sería él y no su padre, y que éste iba a ser apenas el instrumento de una imaginación desbocada y que no le pertenecía y todo iba a ser la acumulación de unos hechos reales, profundamente reales, pero malinterpretados. Como mi amigo había grabado el filme de la televisión, cuando éste terminaba venían anuncios de yogures y de automóviles, y esa noche las luces de esos anuncios estuvieron pegándose a mi rostro hasta que acabó la cinta.

09. A la noche siguiente volví a escuchar los pasos del escritor argentino vivo sobre mi cabeza y poco a poco comencé a atribuir esos pasos a las que yo creía que eran las rutinas de todo escritor: levantarse para coger un libro de las estanterías, sentarse, hojearlo, volver a ponerlo en su sitio, escribir, ir a buscar una taza de café, beberla de pie en la cocina, regresar, seguir escribiendo. Ahora sé cómo lo hace el escritor argentino vivo, me dije: el mejor escritor argentino vivo no duerme y se pasa toda la noche escribiendo, pensé, y la observación de esa rutina me llevó también poco a poco a preguntarme qué sentido podía tener. El escritor argentino vivo ya era prestigioso y tenía un público lector relativamente grande y sobre todo fiel y él era proustiano, en el sentido de que era principalmente un estilista y su estilo ya estaba completamente formado y él podía dedicarse a salir de copas o a ver filmes franceses en los que no pasa nada o a hacer bolillos o a cualquier otra cosa que hagan los escritores cuando no están escribiendo. Me pregunté si el escritor argentino vivo no escribía principalmente para sí mismo porque eso era lo que lo convertía en un escritor y no en cualquier otra cosa, por ejemplo en alguien que escribe o que repara coches o lleva niños al colegio, y me pregunté también cómo hacía el escritor argentino vivo para que la existencia de grandes libros escritos previamente por otros, libros tan jodidamente perfectos que yo jamás iba a poder escribirlos porque presuponían cosas como una buena educación previa y no pasar hambre ni frío y no haber crecido lleno de terror, para que la existencia de esos libros, digo, no le impidiese escribir los suyos. Entonces pensé que tal vez el escritor viera esos libros y a sus autores como ejemplos a seguir y demostraciones palpables de que la práctica incesante de la literatura podía salvarla de sus propios errores y de sus propios defectos y salvar así también a su autor, y esa certeza más imaginaria que real me acompañó y me acicateó y me hizo pensar que yo estaba perdiendo el tiempo, dando vueltas en la cama en lugar de escribir y de esa forma empecé a escribir yo también de nuevo: simplemente, cogí uno de los lápices raídos que estaba dando vueltas por la casa y comencé a escribir. No escribí nada particularmente bueno, nada que pudiera cargar conmigo montaña abajo y exponer a un pueblo que deambulaba por el desierto para que éste lo conservara consigo por generaciones, pero sirvió para poner una vez más la rueda en movimiento. Esa vez, sin embargo, había una diferencia, pequeña pero sustancial: había decidido escribir sin corregir y de la forma en que me habían dicho que no se debía hacer y hacerlo rápido y contra toda objeción, hacerlo contra la opinión general y contra el sentido común y hacerlo también por hacerlo, como lo hacía el escritor por las noches, sin pensar en mi triste condición de escritor de provincias y sin pensar en lo que alguien querría leer y sin ninguna intención de satisfacer su apetito.

10. Mientras estuve viviendo en aquel piso que me había prestado un amigo, los pasos del escritor argentino vivo resonaron sobre mi cabeza noche tras noche y yo, que no podía dormir –no tanto por el ruido de los pasos en sí, que no era demasiado, sino más bien por la convicción de que perdería mi tiempo haciendo cualquier otra cosa–, comencé a utilizar esas noches para escribir, compitiendo en una carrera absurda con el escritor argentino vivo que él desconocía por completo, llenando folios y folios de palabras que iban a ser mi respuesta algún día a lo que el escritor argentino vivo había escrito, iban a partir de allí e iban a ir hacia otro lado, que era la forma en la que él y otros lo habían hecho antes y la forma en que yo debía hacerlo también y otros lo harían después de mí. A veces me quedaba dormido, pero tan pronto como escuchaba los pasos volvía a escribir, allí donde lo había dejado y como impulsado por un mandato superior y anterior a mí mismo que adquiría la forma de una enseñanza literaria aparentemente destinada sólo a mí, una cierta clase de literatura sólo para mi beneficio y resumible en apenas una palabra repetida hasta la náusea: trabaja, trabaja, trabaja. Yo trabajaba. No importaba mucho lo que escribía, yo mismo lo he olvidado. Sabía que lo que escribía no iba a ser aceptado siquiera por las revistas subterráneas –que representaban el espectro más triste y subterráneo del subterráneo mismo– donde yo había publicado antes, beneficiándome, supongo, de la condescendencia con que ciertas almas pródigas alaban las obras de la juventud y de la imprudencia, pero yo seguía escribiendo y, en algún momento, tenía cinco o seis relatos, uno de los cuales era relativamente bueno. En él no moría nadie –lo que, desde luego, era toda una novedad para mí– y nadie parecía salir escaldado de alguna situación violenta y terrible. En realidad, el relato era como un sueño, un sueño de esos plácidos que tienes cuando te quedas dormido bajo el sol y de los que es tan poco placentero despertarse. Los escritores de provincias suelen ser rescatados de su sueño de convertirse en escritores, que es un sueño terrible que cuesta mucho abandonar, cuando sus padres mueren en sus provincias y les dejan una casa o una pequeña fábrica o, en el peor de los casos, una viuda y unas cuantas bocas que alimentar y el escritor de provincias debe regresar a su provincia, donde invariablemente acaba poniendo un taller de literatura; allí, predica las bondades de la capital y convence a sus alumnos de que allí sucede algo realmente y los alumnos acaban marchándose más pronto que tarde a la capital y así se repite todo el ciclo, como el ciclo del nacimiento de las ranas. Yo sabía ya que mis padres no iban a morir en algún tiempo y que, como quiera que fuese, yo no iba a abandonar, iba a seguir soñando el sueño de la literatura y que ese sueño era personal e intransferible y no podía ser compartido sino a riesgo de

ser malentendido por completo, pero también sabía que había aceptado el malentendido y había decidido no resistirlo más y estaba
dispuesto a ser arrastrado por él como un mal viento adonde quiera
que quisiera llevarme.

11. Un día, el relato que era un poco menos malo fue aceptado por
una revista importante. No por una de esas revistas que se proyec-
taban un poco más allá del subterráneo, sino por una revista importante, una de esas revistas en las que supuestamente sólo publicabas
si conocías a alguien de la redacción y te lo habías follado. Bueno,
yo no conocía a nadie de la redacción y por lo tanto no me había
follado a nadie pero allí estaba, publicando en esa revista uno de los
relatos que había escrito en las noches en que escuchaba los pasos
del escritor argentino vivo ir y venir toda la noche de una estantería
imaginaria llena de libros a una imaginaria mesa de trabajo y esos
pasos eran un mandato y una enseñanza acerca de que sólo el do-
minio de la técnica mediante el ejercicio incesante convertía a uno
en un buen intérprete, de sí mismo y de los demás, es decir, en un
escritor.

Unos días más tarde, cuando había pasado ya algo de tiempo y
mi cuento había salido publicado en la revista en la que sólo podías
publicar si conocías a alguien en la redacción y te lo habías follado
y yo había escrito otros cuentos y había publicado dos de ellos y
había sido seleccionado para integrar una antología de escritores
jóvenes, una de esas antologías cuyos índices uno relee diez años
después de publicadas y siente tristeza y miedo, volví a encontrarme
con el escritor argentino vivo en el ascensor y reuní el coraje para
atajar una conversación sobre la mujer que hacía dos semanas que
no venía a limpiar las escaleras y le dije que lo escuchaba todas las
noches. No recuerdo cómo se lo dije exactamente, pero recuerdo en
mi frase las palabras noches y casa y escribir y sé y escritor, y recuerdo su cara de desconcierto y preocupación y, ahora sí literal-
mente, recuerdo que me respondió que su hijo había estado teniendo fiebre y que él se había pasado las noches dormitando en el sofá

y yendo varias veces por noche a medir la temperatura al niño o simplemente a acurrucarse a su lado y pensar que todo iba a pasar rápido. Me dijo también que esos días no había podido escribir nada y que, por primera vez en su vida, eso no le había importado en absoluto. Yo bajé la cabeza y le pregunté cómo se encontraba ahora el niño y él dijo que bien y me mostró un camión que acababa de comprarle. El camión era rojo y tenía una manguera y llevaba consigo a unos bomberos que parecían estar dispuestos a atravesar las llamas del infierno para salvar a un niño de la enfermedad y de la muerte. Yo me quedé sin saber qué decir e incluso el escritor argentino vivo tuvo que darme un ligero empujón para que saliera del ascensor al llegar a mi piso. Unas semanas después, pero una cosa no tiene relación con la otra, me marché del país, y poco después lo hizo el escritor argentino vivo. Él siguió escribiendo y yo seguí haciéndolo también; en el origen de todo ello había una enseñanza involuntaria y un misterio y un mandato que yo había aprendido de él sin que él lo supiera y que jamás le contaría, no importaba cuántas veces volviera a toparme con él. Una vez, sin embargo, le pregunté si él también había tenido un maestro secreto, alguien de quien imitar al menos la entrega absoluta a la literatura y sus mandatos contradictorios, y el escritor argentino vivo me entregó un ejemplar del libro de un escritor argentino muerto y sonrió y yo, al menos por una vez, pensé que siempre era así, que los escritores que amamos nos sirven de consuelo y de ejemplo a menudo sin que ellos lo sepan siquiera y que en ese sentido son tan imaginarios como sus personajes o las tierras que imaginan y pueblan. ∎

librerías con huella

Cervantes librería

OVIEDO

GIL LIBRERÍA PAPELERÍA santander

SANTANDER

librería luces

MALAGA

OLE TVM

VALLADOL

PIEZAS SECRETAS CONTRA EL MUNDO

Carlos Labbé

Carlos Labbé nació en Santiago de Chile en 1977. Siguiendo una tradición familiar, le gusta reconocer el canto de cada pájaro en el campo. Es especialista en la obra de Onetti y Bolaño. Ha publicado la novela hipertextual *Pentagonal: incluidos tú y yo* (2001), las novelas *Libro de plumas* (2004), *Navidad y Matanza* (2007) y *Locuela* (2009), la colección de cuentos *Caracteres blancos* (2010), y los discos de música pop *Doce canciones para Eleodora* (2007) y *Monicacofonía* (2008). Ha sido coguionista de las películas *Malta con huevo* (2007) y *Yo soy Cagliostro* (en producción). Formó parte de las bandas Ex Fiesta y Tornasólidos. Ejerce la crítica literaria y es también editor. La foto de autor está tomada por él mismo en el pueblo de Matanza, Chile. Actualmente reside en Piscataway, New Jersey. «Piezas secretas contra el mundo» es un fragmento de la novela que actualmente escribe.

Albur, el videojuego

Segundo nivel, quinta etapa: los sedimentos

Como nosotros, una incontable multitud innombrable y diminuta deja de apretar botones, de agitar palancas: caemos inertes a través del agua viscosa, nos oscurecemos y vamos posándonos lentamente, polvo que sumerge los huesos hasta que los milenios y la gravedad nos vuelven un solo cerro de sedimento. Antes de derrumbarnos por completo en el limo, el agua nos trae, aumentada y pasajera, la visión de otros brazos, otras costillas, otras clavículas. Nos inquieta la presencia de algo igual a nosotros aunque no sabemos qué somos. Empujamos la palanca del mando de control contra la vibración que provoca el peso de toda el agua sobre nuestro cuerpo muerto, apretamos un botón y otro para ascender nadando nuevamente, para girar y ver lo que esconde el fondo del lago: los cuerpos[1].

---

1. Nota al guión del videojuego.
Me enfrentaría a una, dos, tres ventanas que se habrían desplegado en mi propio vidrio, sentada acá escribiéndote, te buscaría en la falsa transparencia donde se acumularan gotas secas que se habrían mezclado con el polvo de los caminos de Albur y con las nuevas gotas que volverían a caer mientras tú no aparecieras, maldito tú, la ventana que se cerraría a mi izquierda cuando la lluvia cayera más fuerte, la cortina apenas opaca, blanca con vuelos y encajes que una mujer de edad descorrería apenas viera mi cara ansiosa, mi mirada que recorrería también la superficie de su ventana para buscarte, olvidándome de cerrar ésta, la mía, y me empezaría a mojar de a poco el viento frío que me hiciera elegir quedarme en la ventana que se abre a su lado, apenas sobrepuesta, cerrada con un postigo de metal detrás del cual alguien que estaría trabajando en su escritorio –yo escribiendo el guión del videojuego, tú en el tercer párrafo de la carta que nunca te hubieras tomado la molestia de mandarme para decir que habrías llegado sano y salvo a Bergen– se reflejara: caminaría por el pasillo de esta pensión con la cara y el pelo humedecidos, porque la Gracia habría sacado la toalla de mi alcance

De la bitácora electrónica de Alma Valdivia

27-10-2001
21:45

Todo empezó cuando volví al alba desde la cabaña del gringo. Caminé por el bosque lo más rápido que el dolor de allá abajo me dejó, crucé el pueblo y abrí muy callada la ventana de mi pieza. Apenas estuve adentro mi papá me llamó desde el living, sentado en el sofá, vestido, todas las luces encendidas y mi almohada en su falda. Con mi mamá discutieron a gritos. Mi papá me empujó tan fuerte que caí con las piernas abiertas en medio de la alfombra, donde quedaron algunas manchas de sangre. Después de los alaridos mi papá se fue a llorar al baño. Volvió al living mucho después, preguntándome qué castigo pretendía conseguir. Yo me reí en su

---

en el mismo momento que yo hubiera estirado la mano para aceptársela, con una sonrisa, un garabato que se convertiría en pregunta, qué tendría que hacer yo ahí en esa casa, por la chucha, qué más querrían hacerle su mamá y su abuela para que no le dieran más ganas de tomar el peinado de la Alma entre sus dedos, desenredándolo, para que no le doliera cuando pasara el cepillo a todo lo largo de ese pelo brillante mío, idéntico al de su amiga, por la chucha, y qué tendría que ir a meterse a Albur una turista en pleno invierno, si no se podría siquiera ir a visitar los saltos del río o las instalaciones de la salmonera, las mismas asquerosidades que vendrían a preguntar mil veces hasta que el cuerpo de la Alma se hubiera vuelto tierra de hoja, barro, pantano, arena seca que los de la municipalidad llevarían en camiones hasta el lago para emparejar ciertas honduras que estarían formando unos remolinos que afectarían el flujo normal del agua que llega a las salmoneras, me preguntaría ella contra la ventana que recién habría cerrado acá en mi pieza de la pensión, por donde te habría visto llegar caminando al pueblo desde el terminal de buses, y también habría dejado caer la cortina apenas traslúcida. Yo habría abierto la puerta del baño de esta pensión, confundida, saldría de ese baño y caminaría de nuevo a la mesa del café ese donde me habrías llevado la segunda vez, tan encantador por teléfono habrías sido hace tanto tiempo, cuando me invitarías nuevamente a tomar algo, cuando te sentaras en el puesto de la esquina del curso de programación, al lado mío en cada clase, regalándome papeles con divertidas secuencias en falso lenguaje de máquina que me daría el trabajo de interpretar tapándome la boca para no gritar de tanta que era la cosquilla que subiría por mi columna hacia las extremidades, a la punta de estos dedos que estarían aferrados todavía a la fuente de poder de ese viejo computador que habrías llevado a mi casa esa tarde como una ofrenda, un pretexto, los dedos desnudos que no habrían soltado la

---

cara. Entonces volvió a dar alaridos, pero no le pude entender nada ya, confundida entre su voz, sus manotazos contra la pared y el murmullo de las cañerías, porque en ese momento mi hermano fue a abrir todas las llaves de agua de mi casa. Dio la ducha, el lavatorio, la tina, el lavaplatos, el lavadero, la manguera del jardín. Ahí tirada en la alfombra me tranquilizó el agua cayendo sobre los techos de Albur y corriendo en el suelo de mi casa, llegando hasta mí. Mi papá nunca puso un dedo sobre mi hermano antes de esa mañana, cuando lo pescó de la oreja para que cerrara las llaves; mi hermano se dejó caer, vi los ojos casi saliéndose de su cara, que mi papá arrastró por el pasillo mojado. Después mi hermano volvió al living con la boca inflada; le vi caer una gota por el labio y que luego toda esa agua con saliva brotó encima de la mesa del living, sobre la foto familiar de los cuatro sonriendo cuando fuimos a las Torres del Paine. Finalmente mi hermano abrió la puerta y se fue corriendo.

---

caja sin importar que el voltaje cambiara, y tú me habrías afirmado de las caderas, me morderías la oreja cuando te demostrara que esos ensambles ya habrían dejado atrás las tarjetas de sonido, de video, incorporando ahora circuitos integrados, te pondrías sobre mí en el momento que saltaran los tapones, un estallido, por la ventana que se abriera aparecería un hombre grueso, alto, sudado, que querría comprobar si aún llovería, el desconocido me volvería a mirar desde la calle, yo cerraría en una esquina, nuevamente, la ventana desde la cual me habrías salido a despedir la mañana siguiente, el vidrio del café desde donde te habría visto leyendo tu cuaderno con los poemas, sentado, esperando, fingiendo que no te gustaría ponerte donde la gente pudiera observarte, sobresaltada por el tacto de tu mano que se habría deslizado por el marco de esa mesa de café para evitar que no se diera vuelta la taza, arrastrándose como una flecha encima de mis dedos; te contestaría que no, que no podría imaginarme un poema en una serie de comandos de un programa, y tú sonreirías desnudo; me levantaría asustada para cerrar la ventana, para abrirla de nuevo y sentir la lluvia en esta cara, en este pelo, una interrupción en la secuencia que se estuviera ejecutando al escribirte esto mientras la Gracia tomara mi pelo mojado entre sus manos y agregara que me tendría que parecer tanto a la Alma si hubiera alcanzado a envejecer un poco, entonces no alcanzaría a agradecerle que me hubiera llamado vieja porque escucharíamos los golpes en la puerta del baño, un tironeo en la manilla, la voz de su mamá preguntándole si estaría bien que entrara a hablarle, un ruido que se volvería una cadena de insultos, de garabatos que la Gracia le gritaría a la Ausencia en cuanto yo hubiera elegido salir al pasillo, encontrarme con ella, seguirla después de que me pidiera que la acompañara a la cocina a cerrar esa ventana que se estaría golpeando muy fuerte por la corriente de aire y el viento.

27-10-2001
23:58

En el supermercado supe dónde estaba mi hermano. Cerré los ojos y corrí, para qué tenerlos abiertos con esa cantidad de lluvia cayendo desde el cielo negro. Me tropecé en el barro, me levanté apenas y seguí corriendo. Lo mismo la segunda vez, la siguiente y la siguiente. Hasta que no pude levantarme del cansancio. Entonces un escarabajo brillante pasó cerca de mi cara, una madre de la culebra muy apurada por llegar a los árboles y que sin embargo se detuvo a pincharme un poco los párpados sin hacerme daño, para decirme que decidió salir a recorrer días antes el enorme descampado peligroso a riesgo de que un animal grande la triturara con sus patas o un pájaro se la comiera porque supo desde el principio que yo me caí ahí, justo en su camino. La tomé entre mis dedos, caminé bosque adentro para dejarla entre unos troncos, en el lugar donde encontré el polerón de mi hermano. Supe dónde ir, corrí hasta la Austral Salmon. Un guardia quiso pararme pero fui más rápida, más resbalosa de agua y de sudor que él, hasta que llegué al subterráneo donde antes me llevó el tipo de frac blanco, al pasillo, a esa sala oscura hecha completamente de vidrio, a ese enorme acuario secreto. Sentado ahí, apenas con el mínimo reflejo del agua pantanosa sobre su cara y observando muy tranquilo los salmones que nadie pudo ver, encontré a mi hermano. Él me sonrió, me tomó la mano. No le pregunté nada, sólo me apoyé en su hombro y me quedé dormida.

Del libro de guardia del terminal de Albur

El animador le decía a ella que le tenían una sorpresa en el programa, entonces aparecía un viejo en silla de ruedas y sonaba la música emocionante, la mujer se ponía a llorar, se levantaba, se sorbía los mocos, abrazaba al papá perdido por hartos años mientras caían papeles de colores. Los concursantes sonreían, se miraban entre ellos tomados de las manos con una sonrisa, y el locutor en off decía que para ayudar a que más personas encontraran a sus seres queridos había que depositar en una cuenta. Del bus de las once bajaban cinco personas, uno era don José con varias cajas que apilaba y se llevaba en una mula que el Josecito había traído rodando al terminal como a las nueve de la mañana, dos gringos nuevos de la salmonera aparecían con sus impermeables, anteojos oscuros, uno de ellos disparaba su cámara fotográfica a todo lo que se moviera. También llegaba muy cansada, triste, una niña del norte que se amarraba el pelo con objetos de colores brillantes y se iba a maquillar al baño mientras los cabros bajaban el resto del equipaje de la máquina. Se había puesto a gritar como loca cuando veía que le faltaba algo entre sus maletas, le levantaba la voz al chofer cuando él trataba de tranquilizarla diciéndole que su computador en realidad nunca había sido embarcado entre el equipaje, entonces la cabra chica cambiaba la cara, se ponía colorada y pedía disculpas diciendo que se había acordado de que se lo habían robado en el aeropuerto de Coyhaique. Se sentaba sobre sus maletas a esperar, en un momento consultaba su reloj y se daba cuenta de que llevaba rato largo ahí, se levantaba y se asomaba por la puerta del terminal. Lo que veía le daba frío, porque cruzaba los brazos debajo de la parka azul eléctrico, sacaba un gorro chilote de adentro de esa mochila de la que no se separaba nunca, luego se estiraba como un gato o una guagua. Había ido al baño antes y había llorado. En un momento se daba cuenta de las cámaras del terminal y fruncía la cara o sacaba la lengua, pero las morisquetas se detenían cuando veía la caseta del rincón y que adentro había una persona, que esa persona que la estaba mirando era yo. Me levantaba la mano para saludar en el momento en que entraba el alcalde con su comitiva; se habían demorado porque la camioneta estaba atrapada en el barro del camino fronterizo, le pedían disculpas que ella aceptaba de mala gana mientras estrechaba las manos que le ofrecían, el alcalde se aliviaba y también sus acompañantes, diciéndole que se sintiera bienvenida a Albur en nombre de la Ilustre Municipalidad, y que esperaban que fuera un lugar donde ella se iluminara.

Me tocaba más tarde comprobar que no quedara nadie en el terminal. Le abría las puertas a los perros vagabundos para que se guarecieran de la lluvia en la noche, de todas maneras yo limpiaría sus cacas al día siguiente, al siguiente y al siguiente. Entonces apagaba los monitores, las cámaras, las ampolletas de la recepción y los tubos fluorescentes de los andenes. Cerraba con doble llave la caseta, comprobaba que la oficina y el baño quedaran también así, movía el portón de los buses, llevaba las bolsas de basura al tambor grande, pasaba la cadena por la reja de la entrada y sacaba de mi bolsillo el candado, hasta mañana. En el camino a la casa de doña Soledad me había parecido raro que las camionetas de carabineros se mantuvieran estacionadas a la salida del bosque. Yo había bajado la velocidad y me asomaba por la ventana del auto para ver si mi Capitán quería ayuda: llamaba, llamaba, pero mi Capitán no me respondía. Así que iba con la linterna encendida hasta bien entrados los árboles, esperando oír los equipos especiales que traían desde Coyhaique, encontrar los cordones fosforescentes o los focos, pero solamente había hojas, grillos, oscuridad, viento con lluvia. De pronto un murmullo me había hecho apagar la linterna, me quedaba paralizado junto a un tronco cuando en frente de mí se movían rumbo a lo más frondoso de los árboles tres de esos que llevaban disfraces en pleno campo, como la otra noche. Tampoco me habían visto, ni yo había querido que me vieran.

Después de la comida, un policía veterano de Nueva York al principio se burlaba de un joven negro que le había tocado de compañero, pero cuando el joven disparaba desde el último piso de un edificio a un helicóptero de narcotraficantes, hiriendo al cabecilla, el veterano le empezaba a guardar respeto, aunque seguía enfureciéndose cada vez que lo encontraba en la puerta de su casa conversando muy amigo de su hija, que era bonita. Yo me asomaba al pasillo, justo cuando salía de la cocina esta muchacha del norte que había llegado al terminal. Ella me saludaba y yo le devolvía el saludo. Me daba cuenta, aunque se volvía a mojar la cara una vez que entraba en el baño, que había llorado un buen rato. De nuevo en el living, la Ausencia ya se había sentado en el otro sillón de la sala, y me quitaba el control remoto mientras se echaba a la boca una papa cocida con mayonesa que había traído en un plato. Cambiaba otra vez de canal mientras masticaba y se soplaba las yemas de los dedos, porque a veces se los quemaba; en ese momento yo alcanzaba a ver que un equipo de fútbol casi completo se había descontrolado cuando los contrarios metían el gol con el que ganaban. De pronto la cancha estaba invadida de tipos que no eran futbolistas, gente rabiosa del público que con sus jugadores tomaban entre todos al delantero contrario que celebraba poniéndose el índice en la boca, alguien sacaba un cuchillo, otro sostenía una bolsa de frutas que lanzaba muy enojado. Sonaban silbatos cuando la Ausencia exclamaba qué brutos, una mujer con un bikini celeste y plateado minúsculo flotaba en una cama inflable sobre una piscina en el momento que se oía un teléfono celular. La mujer contestaba con voz sensual cuando la Ausencia exclamaba que estos degenerados de la publicidad, pero se quedaba callada cuando aparecían los indicadores económicos en un noticiero. En otra ocasión me acercaba una papa humeante, ofreciéndome con la otra mano el paquete arrugado de mayonesa. Por la ventana se veía que la lluvia empezaba a caer más delgada, aunque seguro que en la noche el agua no iba a dejar dormir a nadie, comentaba alguien desde el pasillo, y acto seguido la Ausencia apretaba el control remoto, sostenía la biblia que había ido a buscar, la abría y comenzaba a leerme un párrafo sobre el único camino a la salvación. Sosteniendo su micrófono, vestida de cortaviento con capucha que le tapaba el pelo liso, una periodista muy joven caminaba por el puente, observaba el río y la Ausencia saltaba del sillón, eso era acá, acá, acá, hasta quedarse callada cuando aparecía el nombre de la periodista, enviada especial a la provincia de Aysén, y doña Soledad se sentaba a mi lado con la Gracia, incluso al asomarse míster Fletcher desde su pieza a mirar el griterío lo tomaban del brazo y lo sentaban en una de las sillas del comedor. No podía volar

una mosca, se quejaba la Gracia después que le preguntara algo a
su abuela sobre la comida de mañana y recibiera un sonoro cállate,
oh, porque se veía el viento zamarreando los árboles de acá de la
plaza, el alcalde y mi Capitán eran entrevistados, sonaba una música
de suspenso si aparecía el lago, el bosque, las cabañas, una camioneta completamente embarrada que se acercaba por el camino, de
la cual se bajaba la periodista sonriente y seria al mismo tiempo.
Juntaba las manos y nos miraba de cerca, a la fecha habían muerto
cinco jóvenes en circunstancias muy extrañas en las inmediaciones
del apacible pueblo de Albur, undécima región, modulaba de una
manera exagerada que hacía a la señora Soledad y a la Ausencia
invocar el santo nombre de Jesucristo, en medio del cual crujía una
puerta que por horas largas había estado cerrada, madera húmeda
contra madera húmeda que se iba apretando si no se movía la puerta de esa pieza de la niña del norte que había llegado ayer y aún no
salía; ella, a quien me imaginaba asomándose apenas por el vidrio
de su ventana con ojos asustados de tanto ver llover, seguramente
no se daba cuenta que de pronto uno de esos objetos de plástico que
le colgaban del pelo largo se había soltado, rodaba por el suelo y se
perdía en una rendija del parqué. Entonces una mujer joven de pelo
rubio me sonreía. Y al sonreír todos los objetos alrededor suyo eran
arrasados por un huracán, su boca se acercaba hasta que todo era
sólo dientes muy blancos, masas enormes de hueso que se volvían
parte de un gráfico que mostraba cantidades de sarro, de bacterias,
de desgaste que normalmente atacaban a una persona, e inesperadamente la periodista estaba acompañando en el living de su casa a
la Susana, la mamá de Juan Carlos Fredes, que cada vez que hablaba de su vida en el pueblo se ponía como siempre, cansadora, murmuraba la señora Soledad, salvo cuando la periodista le preguntaba
qué sentía con todo esto, porque su mandíbula empezaba a temblar
ante la pregunta repetitiva, qué le diría a los que le hicieron esto a su
hijo. Y con los ojos de la Susana mirando el suelo se escuchaba el
canto de unos gallos acá al lado, algunos niños saliendo de la escuela a esa hora, la matraca de un camión de la salmonera, se hacía el

silencio un rato muy corto mientras se acercaban los ojos apretados de la Susana, pobre Susanita, el señor le dé fuerzas, exclamaba la Ausencia y la Gracia la hacía callar ya que rápidamente el bosque pasaba en blanco y negro, después el puente y una música de violines interrumpida por chillidos. El Juan Carlos le había dado un beso en la frente a la Susana a las veinte horas del doce de abril del año noventa y siete, se abrigaba con una campera, llevaba también botas y una bufanda colorada; la Susana se acordaba también de que había gritado voy y vuelvo desde la puerta que cerraba desde afuera con potencia para ganarle al viento, como también peleaba con el viento para que no se llevara las fotos de la última fiesta de cumpleaños del José chico, su mejor amigo desde la escuela y junto al cual se encontraba a la salida del supermercado con cuatro botellas de pisco de treinta y tres grados y dos coca colas, como insistía la periodista para que la Susana se sonara con un pañuelo y moviera la cabeza, respondiendo que sí, que alrededor de las veinte y treinta los muchachos se preparaban combinados en las mismas botellas de bebida, sentados a la orilla del lago, y se ponían a tomar mientras lanzaban piedras cada cual más adentro, apenas decidiendo por el sonido de la piedra sumergida de golpe en el agua quién era mejor tirador. Ya borrachos seguían camino hasta la casa de la Alejandrita, la hermana mayor del José, donde se celebraba el bautizo de la segunda de sus hijas, y ahí el Juan Carlos dejaba sobre la mesa de la cocina su billetera, las fotografías y la bufanda colorada, que seguramente había echado de menos después, de vuelta al supermercado con el José chico a altas horas de la madrugada, por supuesto lo encontraban todo cerrado, apagado y a don José durmiendo cuando un vaquero recorría, con su sombrero café y jeans, el desierto norteamericano en su moto, el viento en sus pocas canas, larguísimos caminos abandonados hasta que encontraba una estación de bencina, se bajaba de la moto, se acercaba a una máquina expendedora, depositaba la moneda, al momento la cajetilla caía, el vaquero mordía un cigarrillo y se llevaba a la boca al mismo tiempo un encendedor metálico, aparecía una rubia muy alta que lo miraba con seriedad, apenas abriendo unos labios bien rojos que por un segundo estaban cerca, lo que hacía que el vaquero sonriera por una vez, botando el humo, caminando hacia ella, detrás de una música de órgano ceremoniosa que acompañaba el metal de la cortina metálica de nuestro supermercado en blanco y negro, el Juan Carlos y el José chico habían comenzado a pegarle patadas a la cortina, borrachos, de manera que el papá del José les abriera y pudieran sacar unos piscos, contaba ahora mi Capitán a la periodista que habían recibido una llamada del mismo don José bostezando, pidiéndole que se dieran una vueltecita por ahí si podían, y que cuando llegaron, una hora más tarde, habían encontrado al José chico apoyado en la cortina metálica un poco abierta, sumido entre varias botellas quebradas, mojado por la llovizna y temblando, mientras que el Juan Carlos había escapado corriendo más por la curadera que por respeto a mi Capitán, le comentaba la Ausencia a doña Soledad, y lo mismo le iba a señalar él a la periodista, que estos muchachos ya no sabían pasarlo bien como corresponde, había aparecido la Alejandrita a preguntar por su hermano porque don José la había llamado también y ella se encargaba de que mi Capitán con mi Cabo pasaran mejor a la fiesta a comerse algo, un café para este frío siquiera, mientras ella se daba el trabajo de acostar al José chico, que mañana se las cantaría bien fuerte, pero todavía quedaba torta en la casa, se reían la Gracia con la señora Soledad, mientras míster Fletcher le intentaba preguntar a la Ausencia de qué se reían en el momento en que el tercer camino lateral, los árboles de la salida del pueblo, el puente, rápido, muy rápido y en blanco, negro, aunque también rojo y amarillo fosforescente, pero casi siempre rojo y con música de violines, pasaban detrás de unos zapatos, pies que circulaban entre las hojas caídas con la lluvia en el tercer camino lateral, el Juan Carlos saltaba la reja, curado, extraño, no parecía el chicoco de la Susanita que me acarreaba los parlantes para los encuentros musicales de la misión brasileña, exclamaba la Ausencia, y la Gracia la volvía a hacer callar porque el Juan Carlos saltaba la reja para caer dentro del terminal, no me acordaba yo de esa noche hasta ese momento; me tocaba ronda de madrugada para esperar los camiones de las cinco y media, escuchaba entonces un ruido, pasos, voces, remezones, salía con la linterna aunque había encendido ya todas las luces del terminal, pasos que no eran los de los perros, esos flojos que dormían tranquilamente apretados contra la caseta, y cuando salía a mirar quién andaba por ahí, cuando gritaba que se identificara, los perros me seguían atrás, en fila, protegiéndose conmigo, sí, era esa noche en que los perros se asustaban porque alguien estaba caminando, abriendo puertas con un ruido de nariz y toses aunque no había nadie, siete minutos después tocaban la bocina en el portón del fondo, había empezado a llover otra vez aunque la neblina no dejaba ver ni los faroles, el camión aparecía y empezaban a descargar cuando un animador vestido con traje negro y blanco abrazaba a la modelo con el bikini del mismo diseño y los mismos colores, negro y blanco, ella levantaba su brazo flacuchento y sonreía, moviendo sus piernas, de cerca aparecían las caderas, las tetas, los hombros, iba a verle la cara cuando el animador ponía toda su sonrisa y anunciaba quién era la ganadora, la periodista que paseaba a lo lejos por el puente, las manos dentro de los bolsillos de la parka como si tuviera pena, nostalgia o duda. Miraba el horizonte, después el agua del río y del mar, que era roja, roja sobre violines muy agudos, y a las nueve treinta de la mañana del día siguiente, trece de abril del noventa y siete, Pedro y César Trincado, que iban en bicicleta hacia el predio de los Menéndez que cuidaban en el invierno, habían visto el cuerpo del Juan Carlos flotando en el río. Agua roja, gritos y más color rojo, luego todo estaba negro y la voz de mi Capitán contaba la manera en que habían arrastrado el cuerpo a la orilla para que la corriente aumentada por la lluvia de las últimas semanas no se lo llevara, y la Ausencia seguía gritando desde la cocina frases repetitivas que estaba leyendo de la biblia, mientras doña Soledad se levantaba pálida al baño y la Gracia trataba de terminar un chiste pero nunca se acordaba del final, era fome, decía. Se refería a las manos del cuerpo del Juan Carlos, que todos habían visto que estaban sueltas, flotando normalmente en el agua, pero mi Capitán insistía en contarle a la periodista, y así se veía entre las sombras coloradas del río, pasando una detrás de otra a mucha velocidad, que el cabro había sido encontrado con las manos atadas en el agua. En ese momento la Gracia se reía mucho, le decía a su mamá que la cortara con eso de que una sola puerta, un solo camino y una sola salvación, que su abuela y míster Fletcher no oían, intentaban conversar por medio de gestos manuales, el gringo se tocaba los ojos, soltaba unas cuantas palabras en inglés y en castellano mal pronunciado, ¿eso, acá?, ¿eso crimen, acá?, preguntaba recibiendo la taza de té que doña Soledad le ofrecía moviendo la cabeza afirmativamente, que la cortáramos todos, gruñía la Gracia, que le daba rabia, mucha, mucha rabia tanta mentira, decía, esos perros de los narcos, gritaba, pegándole puñetazos al brazo del sillón rojo en el momento que yo escuchaba un lejano clic en la bisagra de la puerta de la niña del norte que volvía a encerrarse en su pieza mientras afuera caía una manga muy fuerte de lluvia y la periodista, sentada en un lugar completamente blanco con ocho pantallas en la pared, parecido a la caseta del terminal, ¿no?, me decía la Ausencia en voz baja con una risa, la periodista con la piel muy suave, los ojos claros con un borde de cosméticos de un color parecido a sus pestañas miraban de frente, desmintiendo esos ojos la pregunta de qué era lo que se escondía detrás del silencio de los resignados y golpeados habitantes de Albur, considerando las contradicciones de los testigos el puente y el río que cruzan hacia el pequeño muelle de Aysén tendrían mucho que contar, la Gracia agachaba la cabeza para que su largo pelo liso cayera como una cortina hasta tocar el suelo, y de entre esa cortina salía un aullido en voz baja, que estas putas caras del norte iban también a hacer la limpieza a los narcos con sus reportajes; ella le seguía pegando puñetazos a los muebles después, esta niñita con el espíritu de ira adentro, como los jóvenes de acá, le explicaba la Ausencia a su madre y a míster Fletcher, quien sólo le ponía atención a la Gracia cuando abría la boca, tenía los dientes y los labios muy bonitos, se le formaban arrugas en la parte superior de la nariz con esa sonrisa, de a poco nos alejábamos de su cara para ver la lata de cerveza en su mano izquierda, la blusa rosada de plástico ceñida al cuerpo y abierta en el escote, la minifalda, el pelo rubio, las piernas largas, el mar de fondo, los patines en sus pies, la otra decena de muchachas en patines y falda que, tomando cada una su cerveza, se reían a carcajadas en ese verano mientras la Gracia se sonaba las lágrimas repitiendo que malditos desgraciados, malditos, en una sala de clases en blanco y negro del liceo de acá, unos tambores y un órgano de misa, el padre del Luchito, don Iván de los transportes que trabaja para la municipalidad seguía hablando pero su voz ya empezaba a temblar, alguien que no se alcanzaba a ver le pasaba un pañuelo y don Iván se sonaba, luego volvía por un segundo la sala del liceo, una banca con una silla del liceo tiradas en el suelo, todo rojo, un golpe de sonido y volvía la voz cantada de la periodista. Una foto carnet del Luchito a los dieciséis años, qué joven se veía, comentaba doña Soledad, Luis Flores Belmar cursaba cuarto medio en el único establecimiento de Albur, entonaba la periodista como a las tres de la tarde, rodeada de niños que iban saliendo del liceo. Se oían las campanas, el cadáver de Luis Flores Belmar había sido encontrado casi tres meses después del día en que su familia avisaba a carabineros de su desaparición, el día trece de junio de dos mil en la desembocadura del río aparecía de manera entrecortada un bulto, sirenas de patrullas se escuchaban de repente, las caras de algunas personas acá del pueblo actuando para la periodista, tapándose la boca con las manos algunos, otros tocándose la frente de tan impresionados por la persecución de un auto convertible rojo que manejaba un tipo de anteojos oscuros al que no se le movía un solo pelo, ocho patrullas norteamericanas lo seguían a toda velocidad por la carretera, el jefe de ellos estaba discutiendo acaloradamente con un hombre de traje y corbata que sudaba, rodeado de oficinistas que le iban mostrando una pantalla de radar donde se veía claramente la posición del convertible rojo. El hombre de traje y corbata se volvía áspero, amenazaba con acciones legales e imponía sus órdenes: disparen. En ese momento la Ausencia le arrebataba el control remoto a la Gracia, que le gritaba de vuelta una lista rápida de garabatos y volvía a llorar, envolviéndose las rodillas con los brazos, tapándose la cara con un cojín porque la periodista entrevistaba ahora al Christian Pérez, el mejor amigo del Luchito, que apenas podía hablar de lo afectado que se veía, sí, no, no sabía, no me recordaba de eso, frases cortas a la periodista, tan malagestado este cabro, replicaba la Ausencia en el momento en que comenzaba a decir lo que había pasado sin interrumpirse ni atreverse a mirar de frente, los ojos fijos en el suelo, no, si el Luchito estaba con bajón ese día y yo nomás lo acompañaba después de las clases en la tarde, él estaba preocupado porque las cosas con su polola, cómo se llamaba, la Carolina, no iban bien, ya cumplían los tres años ellos y las cosas no se veían bien, así que yo como era buen amigo lo acompañaba nomás, si para eso éramos amigos, para apoyar en los momentos difíciles y dar un consejo, quién no, po, en la puerta del supermercado de acá se veía muy rápido que al interior dos jóvenes de espaldas sacaban del estante cuatro botellas de pisco que pagaban en la caja. Uno de ellos encendía un cigarro, el pueblo se veía de noche, oscuro salvo algunas ventanas y las espaldas de los jóvenes caminando a lo lejos hacia el camino del mirador, muy rápido se los encontraba sentados en una piedra del cerro, las luces de las casas del pueblo pasaban de nuevo, los muchachos tomaban varias veces seguidas, los vasos de plástico transparente estaban muy cerca, vacíos y luego llenos de pisco, como si fuera agua, estaba impresionada la Ausencia, por eso decía eso, ¿agua?, preguntaba al tiro míster Fletcher sin entender y doña Soledad nos sorprendía diciendo que no, no *water*; pisco, Richard, con un gesto en el que la mano empuñada de ella se inclinaba mostrando el pulgar y el dedo chico. Los vasos llenos de pisco y esta vez también de coca cola en las manos de los muchachos que se burlaban, apenas podíamos verlos borrosos y entrecortados, ésos no eran el Luchito Flores y el Christian, abajo aparecía un cartel: recreación. Por poco tiempo volvía la cara del verdadero Christian mirando hacia el suelo, enojado, luego él desaparecía también pero no su voz, seguía contando que como a la medianoche les había dado más ganas de tomar, el

Luchito seguía triste, entonces habían caminado hasta la bencinera, un kilómetro a la salida del pueblo, donde por supuesto no habían encontrado trago pero habían comprado un cigarrillo suelto y un dulce de cinco pesos, de esos redondos de color chillón en papel transparente, sin embargo se veía a los falsos Luchito y Christian que abrían una mano y en esa mano había un dulce de envoltorio con la marca visible. El Christian se había echado el dulce a la boca y conversaba con el Leo de la bencinera cuando se dio cuenta de que el Luchito se iba caminando hacia el pueblo, ahí podía verse la carretera vacía en la noche oscura y con algo de lluvia, una silueta donde apenas se distinguía la punta encendida del cigarrillo y un brazo levantado despidiéndose, nos vemos mañana, compadre, decía el Christian, sólo en ese momento podíamos ver algo en sus ojos, sin lágrimas. El Christian y el Leo de la bencinera serían los últimos en verlo con vida, la periodista contaba melódicamente cómo el envoltorio del dulce en un bolsillo de la ropa mojada había permitido identificar el cuerpo mientras la Gracia gritaba desde la cocina que esos desgraciados eran los asesinos, ellos, y míster Fletcher abría los ojos.

El fuerte viento volvía a azotar el pelo liso de la rubia que sonreía, después su boca era inmensa, cada uno de sus dientes esas otras enormes masas cubiertas de tales cantidades de placa bacteriana, tales cantidades de sarro, tales cantidades de calcio que salían de un tubo que volvíamos a ver entre sus dedos, un año después en la misma entrada del río había sido encontrado el cadáver de otro joven, pasaba el río a toda velocidad gris, luego rojo, después a todo color con la luminosidad del verano, solamente que ésa era la parte alta del río, cerca del cerro hacia Argentina, y antes había sido la orilla que pasa junto al camino de Coyhaique, no la apagada entrada de río del pueblo donde de pronto había ambulancias, una luz roja de sirena de carabineros, ahí estaban esos infames, murmuraba la Gracia, y la Ausencia celebraba con un único aplauso esa palabra, infame, que dónde la había aprendido, no iba a ser que hubiera estado leyendo, milagro del Señor, qué libros horribles te habían prestado esos perdidos, y la Gracia se burlaba en su cara, le respondía que se callara mejor porque esa palabra la sacó de la Biblia nada menos, pacos infames de la conchesumadre, aprovechaba de pronunciar lentamente en el momento en que la periodista se agachaba y señalaba con el dedo una posa a la orilla del río. Tomaba una piedra gris, redonda, con incrustaciones blancas, perfectamente eso podía ser un pedazo de concreto que había botado la salmonera en la nueva construcción, alegaba la Gracia, y su abuela movía la cabeza demostrando que estaba de acuerdo después de que míster Fletcher inesperadamente interrumpiera a la Gracia y le dijera sí, la salmonera, en su chileno casi inentendible, sonriendo como si hubiera descubierto algo muy importante, la periodista acercaba la piedra hasta que veíamos sus mínimos detalles, incrustaciones blancas, cierto, roca volcánica, minerales de múltiples tornasoles apenas perceptibles porque la piedra se alejaba en la mano de la periodista, en este lugar, el mismo donde los años anteriores habían aparecido los cuerpos jóvenes de Juan Carlos Fredes y Luis Flores Belmar, carabineros encontraba la mañana del veintisiete de noviembre de dos mil dos a Paulo Coliqueo, de veinte años, el Paulo, agregaba la Ausencia, la mano con la piedra se alejaba aún más hasta que la periodista estaba de cuerpo entero bajo el puente lanzándola, y la piedra recorría el cielo nublado para caer en el curso del río, canturreaba su tono fingido la periodista, en el momento que la piedra entraba en la superficie del río empezaban a sonar muy fuerte unos grillos, era de noche otra vez frente al muelle del pueblo, apenas se notaba el fanal en la entrada y la otra luz bien adentro, en la punta del lote de tablas y vigas donde se estaciona el transbordador en la semana, entonces la Gracia interrumpía de vuelta a la Ausencia, que iba repitiendo las palabras de míster Fletcher para decirnos que esas cosas de la periodista eran una mentira horrorosa, qué cosas, niña, le preguntaba elevando la voz doña Soledad, porque nadie le ponía atención esa noche en que partía el transbordador a unas horas extrañas, fuera de lugar, los grillos no cantaban ya bajo esa música de más violines; el transbordador hacía temblar con su mo-

vimiento las lámparas a gas de la cubierta al avanzar lentamente por
la entrada de mar, es que yo en esa época trabajaba conduciendo la
máquina, decía sin que lo esperáramos la voz del Mauricio chico,
quien de a poco asomaba el costado de su cara casi dándonos la
espalda, de frente a la periodista, que muy arreglada y pintada movía la cabeza poniéndole atención al muy mentiroso, esa cerda, se
quejaba ahora la Gracia, interrumpida por el sonoro sshh de alguien, el Mauricio chico contaba que navegaba dos veces por semana a Puerto Aysén, y se veían seis o siete botellas de pisco apiladas
en una esquina de la cabina del conductor del transbordador, que
habían ido a tomar él, dos amigos más y el Paulo a la isla Pato. La
periodista le hacía varias preguntas, por qué a la isla, porque ahí
podíamos quedarnos tranquilos, la vista del pueblo era bonita desde
ahí, pasaba el mar frente a nosotros muy rápido y de mañana, de
noche, de tarde, con lluvia, con sol, se da vuelta el Mauricio chico,
totalmente de espaldas en este momento porque empezaba a llorar,
sórbete los mocos ahora, mierda, gritaba la Gracia, hasta que míster
Fletcher la hacía callar de una manera violenta, con palabras en inglés que no entendíamos pero era claro lo que querían decir, y la
Ausencia miraba inquieta a doña Soledad, que no le hacía caso, sin
dejar por un momento la nuca del Mauricio chico llorando delante
de nadie, porque la periodista había desaparecido de la conversación, el Mauricio chico lloraba frente al paisaje de la entrada de mar
de Albur cuando se ponía el sol, y trataba de decir entre lo que suspiraba, maricón, según la Gracia, después de que ella hablaba la
Ausencia le subía la mano para que no blasfemara, trataba de contar
el Mauricio chico que en eso estaban, sin luces, para qué si la noche
estaba despejada, se veían lindas las estrellas, aparecían unos jóvenes sentados en la isla Pato tomando vasos llenos, vacíos, llenos de
nuevo, pero era un líquido transparente, no oscuro como el combi-
nado que los cabros tomaban en realidad, y de nuevo ésos no eran
el Mauricio ni el Paulo, y estaba recién atardeciendo, faltaba para la
noche estrellada todavía, se asomaban el cartelito de «recreación» y
la voz de la periodista, también la lancha de mi capitán con su tre-

mendo foco que alumbraba los vasos, las manos, la cara asustada de un actor que hacía de Mauricio chico y entonces su voz seguía contando, a este desgraciado le pagaron, agregaba la Gracia, que cuando Carabineros pasaba cerca de la isla en una ronda normal el Paulo se había puesto paranoico, había corrido por la isla hasta el otro lado y se había tirado al agua para volver al pueblo nadando, pero era de noche, estaba oscuro, habían tomado tanto. Miserables, la Gracia lavaba algunas tazas en la cocina y sin embargo se escuchaban sus quejas, la periodista se llevaba coquetamente la mano a la oreja para recogerse un mechón de pelo que el viento le había desordenado, pero antes de tocarse se daba cuenta de que la piedra que acababa de lanzar al río estaba toda enterrada, y que seguramente le habría quedado algo de polvo en las yemas, en la palma, al mismo tiempo que comenzaba a aparecer de vez en cuando un cuerpo mojado en la entrada del río al mar, apenas, apenas interrumpía el movimiento con que la periodista se limpiaba en el pantalón un muchacho que intentaba nadar de noche, borracho, ¿quién se preguntaba por qué quería escaparse?, me decía la Gracia, y la periodista agregaba que el cuerpo del joven Paulo Coliqueo, al ser levantado de entre el fango esa mañana, presentaba uno coma setenta y dos gramos de alcohol por litro de sangre en su alcoholemia.

Albur, el videojuego

Segundo nivel, quinta etapa: los cuerpos

La distorsión del agua nos deja notar apenas que esos cuerpos no son esqueletos, sino masas de carne vestida, ojos abiertos, ojos cerrados, pelo largo y blanco, manos crispadas hacia adelante, uñas rotas de quien incluso en la inmovilidad intenta defenderse. La piel de ellos ha sido cubierta por las algas barrosas, se apilan y se confunden entre los restos de latón oxidado, plástico, basura, madera destruida por las corrientes y convertida en material blando como todo en el fondo del lago. Los colmillos en la mandíbula desencajada de uno de esos adolescentes –esta palabra nos resuena en algún hueso de la garganta, el mando vibra porque sentimos otra vez– reflejan una luz blanquísima que proviene desde el fondo. Es el eco que viene de la osamenta: somos uno de ellos.

Nos movemos, giramos la palanca del mando porque empieza a atraernos la tranquilidad de esa roca redonda que brilla con una luz que –trasparente– se hace tornasol y opaca la ilimitada armonía que nos envuelve a medida que apretamos otro botón y nos acercamos hasta fundirnos con ella, brillante de nuevo cuando nos alejamos, si no queremos dejar nuestro cuerpo descansando para siempre con los otros. ■

Esta segunda edición de *Granta en español 11*
«Los mejores narradores jóvenes en español»
terminó de imprimirse en Imprimeix, S.L.
de Badalona, España en noviembre de 2010.
Para la composición del texto se ha utilizado
la tipografía Plantin Light.